博雅导读丛书

中国现当代文学经典通识

ZHONGGUO XIANDANGDAI WENXUE JINGDIAN TONGSHI

李宪瑜　主编

北京大学出版社
PEKING UNIVERSITY PRESS

图书在版编目(CIP)数据

中国现当代文学经典通识/李宪瑜主编. —北京：北京大学出版社，2021.5

(博雅导读丛书)

ISBN 978-7-301-32151-5

Ⅰ. ①中… Ⅱ. ①李… Ⅲ. ①中国文学—当代文学—文学欣赏 Ⅳ. ①I206.7

中国版本图书馆CIP数据核字(2021)第071053号

书　　名　中国现当代文学经典通识
ZHONGGUO XIANDANGDAI WENXUE JINGDIAN TONGSHI
著作责任者　李宪瑜　主编
责任编辑　艾　英
标准书号　ISBN 978-7-301-32151-5
出版发行　北京大学出版社
地　　址　北京市海淀区成府路205号　100871
网　　址　http://www.pup.cn　新浪微博：@北京大学出版社
电子信箱　pkuwsz@126.com
电　　话　邮购部010-62752015　发行部010-62750672
编辑部010-62756467
印 刷 者　大厂回族自治县彩虹印刷有限公司
经 销 者　新华书店
965毫米×1300毫米　16开本　17.25印张　275千字
2021年5月第1版　2022年3月第2次印刷
定　　价　49.00元

目　录

“我是关不住的”
——胡适《尝试集》导读

胡适的新诗集《尝试集》由亚东图书馆初版于1920年3月,很快就再版,1922年10月出了增订四版,这个版本也是后来最为通行的版本。到1941年的时候,《尝试集》已经出版了十七版①。由此我们可以知道,《尝试集》在现代中国文学史上,实在是很有影响的一部诗集。在第二版的序言中,胡适解释了他要将这本诗集再版的理由,主要在于记录自己的以及现代中国白话诗运动的部分的历史,同时也展示自己在白话新诗音节方面的实验。当然,我们在阅读或者解读文学作品的时候,不可完全无条件接受作者的话;不过我们可以参照胡适“夫子自道”的这一线索来阅读《尝试集》。毕竟,我们今天对“白话新诗”这种文学体式的感受,跟一百年前的人们相比,恐怕太过悬殊了,那么我们不妨顺着胡适这位“新诗当事人”的指点,带着点“历史现场感”来读一读胡适的《尝试集》。当然,如果我们以后读到其他“当事人”的记述,有可能跟胡适的说法是有出入的,那就需要我们通过更多的阅读来判断了;现在,我们就先从胡适《尝试集》读起吧。

一、《尝试集》里的旧诗词

我们可以看到,《尝试集》的封面上题写的是:胡适的《尝试集》,附《去国集》。《去国集》所收是胡适主要作于留美期间的旧体诗词。也就

① 各版本间有增删改换,其中初版至二版、四版的调整较大,后来的版本基本以第四版为样本加以微调。另,关于《尝试集》版本问题已多有讨论,可参看罗文华《〈尝试集〉“第三版”考辨》,《江汉论坛》2013年第11期。

是说,《尝试集》这部白话新诗集中还包含了一册旧诗集。这种新旧并置的意义何在?我们就从这些旧诗开始读,并且考虑一下这个问题。

我们先读这一首《翠楼吟·庚戌重九》(1910):

> 霜染寒林,风催败叶,天涯第一重九。登临山径曲,听万壑松涛惊吼。山前山后,更何处能寻黄花茱酒?沉吟久,溪桥归晚,夕阳遥岫。　　应念鲈脍莼羹,祇季鹰羁旅,此言终负。故园三万里,但梦里桑麻柔茂。最难回首,愿丁令归来,河山如旧!今何有,倚楼游子,泪痕盈袖。①

庚戌年,也就是1910年,胡适刚刚到了美国,入读康奈尔大学,时逢"天涯第一重九",也就是初到异国第一个重阳佳节,海外游子登山临水,不能不油然而生乡愁,于是赋词一首。这首《翠楼吟》很好懂,当然也是由于我们对这种游子思乡的感受、"主题"比较熟悉,词中"天涯""故园三万里""河山如旧""游子"已经很清楚地表明了诗的主旨。如果说有难度的话,可能就是用典的部分了。里面至少有两处典故。一个是"鲈脍莼羹""季鹰羁旅",这是西晋张翰张季鹰的"莼鲈之思",典出《世说新语·识鉴》,说的是张翰在洛阳做官,见秋风起,忍不住思念起家乡吴地的特产名吃莼菜(又说为菰菜)羹和鲈鱼脍,感叹道:"人生贵得适意尔,何能羁宦数千里以要名爵?"意思是,我的人生我做主,怎么能大老远地浪费在这些无聊的功名利禄上呢!于是他说走就走,辞官归去,赶着回家吃鲈脍莼羹去了。还有一个典故是"丁令归来",典出《搜神后记》里的丁令威故事,说的是丁令威入山学道,后来化身为鹤,飞回他故乡的城郭时,有小孩子就张弓射他,他只好又飞走了,在半空中徘徊着吟道:"有鸟有鸟丁令威,去家千年今始归。城郭如故人民非,何不学仙冢累累!"后来诗人何其芳也写过这个故事。倘若比较起来,从游子思乡的角度来说,丁令威这个典故似乎不如张季鹰的莼鲈之思典故更恰切。不过,这种不够贴合可能也正是旧诗在用典方面较为普遍的一个问题:想要抒情达意的时候,不

---

① 收入欧阳哲生编《胡适文集》第9卷,北京:北京大学出版社1998年版。下引《尝试集》诗文均出自此版本,不另注。

见得刚好有那么恰如其分的典可用，但又想用，所以有时候未免有点生硬。——那为什么还老要用典呢？除了显得有才学之外，可能更重要的是旧诗在审美机制上的一种要求，也就是说，诗要通过用典等手段，来达成诗歌的某些风格，或是使典故与诗歌之间的张力关系可以形成某种审美结构。这个时候，典故就是诗内在的特定的一部分。但是诗总归是要随着新的、不同的社会生活而发生改变的，而典故的张力也往往有随之失效了的时候，这时，包括用典在内的各种诗歌形式，也都会发生变化。事实上，晚清的“诗界革命”就对旧诗产生了不小的冲击，而胡适的旧诗词写作，是受到晚清诗界革命影响的，尤其是从黄遵宪到梁启超的影响。

黄遵宪提倡写“新派诗”。我们可能知道他有个著名的写诗口号，叫“我手写我口”，也就是不避俗语、口语，此外他还主张写诗要用新思想和新材料，在《人境庐诗草·自序》里说诗之述事，“举今日之官书会典方言俗谚，以及古人未有之物，未辟之境，耳目所历，皆笔而书之”①。所以从语言形式到思想内容，都要跟古诗不大一样了。梁启超的《夏威夷游记》(1899 年)里提出诗要有“新意境”“新语句”，而“又须以古人之风格入之”。——听起来有点难吧？我们再回过头来读上面这首《翠楼吟》，可能就能够感觉出来，胡适在美国的重阳怀乡，借助用典，保持了一些“古风格”，可还是有些不同的东西出来了，即对旧诗用典可能出现的那种情绪认同，似乎不见了，就是对张季鹰的“此言终负”，“今何有，倚楼游子，泪痕盈袖”，那种含泪思乡的游子，现在哪里有呢？而且，诗中写登山临水，也显得比较豪迈开阔，并不是被羁旅愁思所裹挟着的。这种糅合了时代色彩的新的个人情绪的发抒，隐约有些类乎古人“未辟之境”，里面恐怕就有“诗界革命”的影响。

在美国待了几年之后，胡适有了新的思想观念、新的写诗要求。他说：“在绮色佳五年，我虽不专治文学，但也颇读了一些西方文学书籍，无形之中，总受了不少的影响，所以我那几年的诗，胆子已大得多。”(《尝试

---

① 黄遵宪著，钱仲联笺注：《人境庐诗草笺注》(上)，上海：上海古籍出版社 1981 年版，“自序”。

集·自序》)我们来读一首"胆子大得多"的旧诗,一首写于1915年的《水调歌头·今别离》:

> "但愿人长久,千里共婵娟!"我歌坡老佳句,回首十年前。照汝黄山之下,照我春申古渡,同此月团栾。皎色映征袖,清露湿云鬟。
>
> 今已矣!空对此,月新圆,清辉脉脉如许,谁与我同看?料得今宵此际,伴汝鹧鸪声里,骄日欲中天。帘外繁花影,村上午炊烟。

这首诗里用了"征袖"和"鹧鸪"这种不那么显著的典,不过应该也不难懂,写的是月圆之夜,对月怀人,排遣离愁别恨。那么胆子大在哪里呢?我们来看它的序。这首《今别离》有一个挺长的序,是这样写的:

> 民国四年,七月二十五夜,月圆。疑是阴历六月十五夜也。余步行月光中,赏玩无厌。忽念黄公度《今别离》第四章,以梦咏东西两半球昼夜之差,其意甚新。于四章之中,此为最佳矣。又念此意亦可假月写之。杜工部:"今夜鄜州月,闺中只独看。"白香山云:"共看明月应垂泪,一夜乡心五处同。"苏子瞻云:"但愿人长久,千里共婵娟!"皆古别离之月也。今去国三万里,虽欲与国中骨肉欢好共此婵娟之月色,安可得哉。感此,成英文小诗二章。复自译之,以为《今别离》之续。人境庐有知,或当笑我为狗尾之续貂耳。

从这个序里,我们可以知道:第一,这首《今别离》是致敬黄公度也就是黄遵宪的。胡适认为黄遵宪"其意甚新"的几句诗是这样写的:

> 举头见明月,明月方入扉,
> 此时想君身,侵晓刚披衣。
> 君在海之角,妾在天之涯,
> 相去三万里,昼夜相背驰,
> 眠起不同时,魂梦难相依。①

可见,胡适、黄遵宪的"今别离"诗都是以东西半球的时差来"解构"了古诗的咏月,认为那些"共看明月"的咏月诗咏的都是"古别离之月",而这

① 黄遵宪著,钱仲联笺注:《人境庐诗草笺注》(上),第521页。

里的咏月诗则是咏“今别离之月”了，因为我在看月亮，而你那边是“骄日欲中天”的大中午或者是“侵晓刚披衣”的大清早，并无可“共看”之月啊！那么那种对月寄相思的情感，是不是就无处安放了？那种对月寄相思的古典的抒情方式，是不是就无效了？第二，这首诗是翻译过来的，而且算是两度翻译。胡适先写成了“英文小诗二章”，然后再译为中文，之后再“译写”为“水调歌头”这一词牌，差不多也算是从白话散文翻译成旧体诗词了。了解了这两点，我们再来读这首《水调歌头·今别离》，是不是就可以体会到胡适当时的诗歌理念、写诗的运思过程，都与传统旧诗及其写作不同，这应该就是胡适所谓的“胆子大”了。

“胆子”越大，越不满足，最后终于不满足于原来那种写诗的语言文字了。胡适说：“民国四年……那时我已明言‘文言是半死之文字，不当以教活文字之法教之’。又说：‘活文字者，日用语言之文字，如英法文是也；如吾国之白话是也。死文字者，如希腊拉丁，非日用之语言，已陈死矣。半死文字者，以其中尚有日用之分子在也。’”（《尝试集·自序》）那么写诗要不要用“活文字”呢？我们来读另一首写于1915年的诗——《送梅觐庄往哈佛大学》。这首诗有点长，我们节选其中的第三节来读，这也是最著名的一节：

> 作歌今送梅君行，狂言人道臣当烹。
> 我自不吐定不快，人言未足为重轻。
> 居东何时游康可，为我一吊爱谋生，
> 更吊霍桑与索虏：此三子者皆峥嵘。
> 应有“烟士披里纯”，为君奚囊增琼英。

梅觐庄，就是梅光迪，胡适当时在美国的同窗好友，后来梅光迪回国后到东南大学参与形成了“学衡派”，跟主张白话文学的新文学阵营打起了笔墨官司。——当然这是后话，梅光迪、胡适在美国做学生时还是颇为亲密的，所以梅光迪去哈佛时，胡适写了赠诗。这一节诗之所以“著名”，主要是因为里面出现了好几个新字眼，其实多是音译的人名或地名：“康可”“爱谋生”（爱默生）、“霍桑”“索虏”（梭罗）。这些“外国词语”进入到貌似七言诗的诗中，还要押韵——当然对仗已然是不可能了——在一些读者眼中恐怕就已经显得有些不伦不类了;但还有更过分的一个,“烟士披里纯”,简直莫名其妙,是不是?“烟士披里纯”,就是英文的 inspiration,以前中文里并没有对应的词,梁启超就把它音译为“烟士披里纯”,胡适说这个词直译有“神来”之意——我们今天一般翻译成“灵感”——但他并没有使用“神来”之类,而是仍然选择直接把译音放到诗里去,应该是有意的。胡适好像一直挺喜欢这样做,他还写过“辟克匿克来江边”“未可全断淡巴菰”这样的诗句,仿佛是把这当作一种文字趣味,乃至一种文字反抗,用来对抗旧诗的“陈词滥调”——虽然用得太多,也就有些“新滥调”的嫌疑——不过当时,的确是很“清新”的,清新到引发了不满,照胡适自己的话说就是“惹出了几年的笔战”(《尝试集·自序》)。

首先发难的正是胡适的一班中国同学。他的朋友任叔永(鸿隽)这样回应:“牛墩,爱迭孙;培根,客尔文;索虏与霍桑,‘烟士披里纯’:鞭笞一车鬼,为君生琼英。文学今革命,作歌送胡生。”(相应的一些讨论,大家可以参看胡适的《逼上梁山》一文。)经过一番争论后,胡适说,这样就“逼我把诗界革命的方法表示出来”:“诗界革命当从三事入手:第一,须言之有物;第二,须讲求文法;第三,当用‘文之文字’时,不可故意避之。”(《尝试集·自序》)——所以,这个轨迹就是胡适从接受黄遵宪、梁启超他们的“诗界革命”,到提出了自己的“诗界革命”。这个过程,我们是可以从《去国集》里读出一部分来的。

二、《尝试集》里的尝试诗

胡适本人的“诗界革命”,表现在他的《尝试集》里,从《去国集》到《尝试集》,的确是有变化的。对《尝试集》里的诗,胡适本人也不是同样对待的,而是又分为不同的“编”,也意味着他的不同的新诗阶段。

第一编,胡适称作“以白话入诗”,将“白话”加入诗中而已,也就是说,还不算真正的“新诗”,而是“刷洗过的旧诗”。这种半新不旧的诗,是很有特点的,胡适另外有个更形象的说法,叫作“放脚体”的诗,认为这样的诗,就好像是缠过足的女人扯掉了裹脚布,缠过的脚得到了一定解放,但却永远也不可能是天足了,还是畸形的。不过《尝试集》第一编里也有

一两首诗,胡适自认还不错的,其一就是著名的《蝴蝶》(1916 年)一诗。我们来读一下:

> 两个黄蝴蝶,双双飞上天。
> 不知为什么,一个忽飞还。
> 剩下那一个,孤单怪可怜;
> 也无心上天,天上太孤单。

很简单,是吧?读一遍就可以背下来,有点像童谣。这首诗在新诗史上是颇有地位的。1917 年 2 月《新青年》杂志的第 2 卷第 6 号上,首次出现了白话诗,是胡适白话诗作品的一个小辑,叫作《白话诗八首》,第一首就是这首"两个黄蝴蝶",不过当时的标题是《朋友》,也即是说,这首诗写的是两个朋友分开的情境,多少带有一点咏物诗的意思。后来收进《尝试集》的时候,胡适就把题目改成了《蝴蝶》,大概是想更"客观"一点,不想拖着那个咏物言志的尾巴吧。这首诗虽然是五言八句,但跟五言律诗可以说毫不相干。在《新青年》发表时,胡适在标题"朋友"之下特意加了这样一个注释说明:"此诗天怜为韵、还单为韵、故用西诗写法、高低一格以别之"——所谓"高低一格",因为原来的排版是竖排的,我们现在改成横排的时候,需要将第二、四两行分别右缩进一格——所以这是一首从押韵到排版都采用西洋诗歌方式、用西洋诗歌写法来写的中国诗。诗的每一句都是白话,而且是相当口语化的白话,叙述上也有散文化的"文法"。但问题也就在这里。这首诗跟旧诗没啥关系了,但还不由自主地保留着表面上的五言诗形式,也就是在较大程度上保留了旧诗的音节感,我们一读,就很自然地想把它读作一首五言诗。所以这首诗就受到了嘲笑。主张旧诗的人,自然瞧不上,觉得它一钱不值,就是顺口溜吧;即便在不抗拒新诗的人看来,这首诗也很不成样子,没有"诗味",有些可笑。但胡适自己则是比较认可这首诗的,远不仅是"敝帚自珍"之意,因为他还在别的诗中加以引用,带点自嘲,更带点自得,那就是他同年(1916 年)所作的另一首赠答诗《赠朱经农》,在《新青年》上发表时紧排在《朋友》(《蝴蝶》)之后,两诗之间构成了某种"互文"关系,也显示出胡适第一次在《新青年》上发表白话诗的时候,那种极为用心的考量。后来这首诗也收入了

《尝试集》第一编中。诗中写两个老朋友相聚甚欢,结尾部分:

> 更喜你我都少年,"辟克匿克"来江边,
> 赫贞江水平可怜,树下石上好作筵,
> 黄油面包颇新鲜,家乡茶叶不费钱,
> 吃饱喝胀活神仙,唱个"蝴蝶儿上天"!

这里的"蝴蝶儿上天",自然就是"两个黄蝴蝶,双双飞上天"了。

对这种"刷洗过的旧诗",胡适显然不够满意,不会满足于停留在"唱个蝴蝶儿上天"式的诗歌交际方面,那么该怎么继续往前走呢?我们知道,胡适在美国的时候应陈独秀之请,把他关于文学改良的观点整理成《文学改良刍议》发表在《新青年》上,引起国内关于文学革命的讨论,是为文学革命的兴起,也是新文化运动的重要部分;随着文学革命的进行,一个焦点性的问题慢慢呈现出来了,那就是"文白之争"。这些历史内容我们是大致了解的。那么在这个过程中,胡适回到国内,尤其是到了北京大学任教之后,大力倡导白话文学,他是怎么继续开拓他的诗歌创作呢?胡适自己说:

> 我到北京(按:1917年9月)以后所做的诗,认定一个主义:若要做真正的白话诗,若要充分采用白话的字,白话的文法,和白话的自然音节,非做长短不一的白话诗不可。这种主张,可叫做"诗体的大解放"。诗体的大解放就是把从前一切束缚自由的枷锁镣铐,一切打破:有什么话,说什么话;话怎么说,就怎么说。这样方才可有真正白话诗,方才可以表现白话的文学可能性。《尝试集》第二编中的诗虽不能处处做到这个理想的目的,但大致都想朝着这个目的做去。(《尝试集·自序》)

这与《尝试集》第一编中"以白话入诗"相比,就有了较大改变,除了白话的字、白话的文法之外,还提出了"白话的自然音节",五言七言之类,就可以完全抛弃了。所以第二编与第一编比起来,最明显的不同就是诗句的长短不一。我们来看这首《鸽子》(1918年):

> 云淡天高,好一片晚秋天气!

有一群鸽子，在空中游戏。
看他们三三两两，
回环来往，
夷犹如意，——
忽地里，翻身映日，白羽衬青天，十分鲜丽！

句子长长短短，念起来自然也有不同的气息，用这种句子来写鸽子在空中飞，忽远忽近的，就比较有感觉。音节呢，接近“白话的自然音节”，但胡适自己还有不满意的地方，尤其是“看他们三三两两/回环来往，/夷犹如意”，这几句诗如果按胡适的徽州音来读，里头有三个双声三个叠韵，是比较有节奏感的，所以说起来，这首诗到底还是有着一些“炼字”式的讲究的——然而一到双声叠韵地斟酌字眼，胡适就反思说，这样写其实仍然是逃不过旧的辞曲的影响，跟“白话的自然音节”比，就还是有距离的。那么，到了什么时候，胡适自己才满意了呢？我们接下来读《尝试集》第二编里的《关不住了！》(1919 年)这首诗：

我说“我把心收起，
像人家把门关了，
叫爱情生生的饿死，
也许不再和我为难了。”

但是五月的湿风，
时时从屋顶上吹来；
还有那街心的琴调
一阵阵的飞来。

一屋里都是太阳光，
这时候爱情有点醉了，
他说，“我是关不住的，
我要把你的心打碎了！”

这首诗读起来，是不是跟前面那些都不同了？其实，这首诗不是胡适自己原创的，而是一首翻译的诗，译自美国一位女诗人 Sara Teasdale 的诗，*Over the Roofs*。虽然是翻译诗，但胡适把它看得特别重要，说这首诗就是"我的'新诗'成立的纪元"（《再版自序》），也就是说，他是把这首《关不住了！》看作与自己的新诗观念很贴合的新诗实践，是一个比较理想的新诗呈现，不再是"以白话入诗"的"刷洗过的旧诗"，不再拖着那些难以摆脱的旧诗、辞曲的痕迹。

这个时候，文学革命的讨论已经充分展开，白话新诗的势头也很是不错，胡适他们在《新青年》上开设了新诗的专栏，刘半农、沈尹默、周氏兄弟等人，都来写新诗了。或许我们还不能说新诗在整个社会上、在整个文化界有多么大的影响力，但是在新文化阵营内部，尤其在青年学生这个群体中，已然成为新文学的代表，这也是因为诗这种文体，是文学中的所谓"轻骑兵"吧，在小说、散文、戏剧都还没那么发达的时候，新诗已经冲到前面了。所以胡适在 1919 年 10 月 10 日为《星期评论》的"双十节纪念专号"写了一篇文章《谈新诗》，它的副标题是"八年来一件大事"，也就是说，自从辛亥革命成立民国以来，新诗问题就是一件全社会的"大事"，比起"这八年来的无谓政治"，新诗更值得一谈。这种说法里头自然含有其他的意味，不过的确，新诗及谈论新诗，都是"大事"，之后就像朱自清先生所说的那样："《谈新诗》差不多成为诗的创造和批评的金科玉律了。"①

胡适在《谈新诗》中颇为激扬地说：

> 因此中国近年的新诗运动，可算得是一种"诗体的大解放"。
>
> ……不但打破五言七言的诗体，并且推翻词调曲谱的种种束缚；不拘格律，不拘平仄，不拘长短；有什么题目，做什么诗；诗该怎样做，就怎样做。

那么我们看《关不住了！》这首诗，是不是能够理解胡适为什么称之为他"新诗的纪元"了呢？

---

① 朱自清：《〈中国新文学大系·诗集〉导言》，《中国新文学大系·诗集》，上海：良友图书公司 1936 年版。

三、初期新诗一瞥

以上是我们结合着胡适的说法，选出了几首诗，对《尝试集》进行的一个粗疏的阅读与了解。总体上讲，《尝试集》里的诗都是比较平实好懂的，大家可以自己翻阅，相信你们还会遇到“彩蛋”，比如有一首题为“希望”的诗，你们读了会感到惊喜的。

虽然，《尝试集》在再版、增订的过程中，胡适曾经请了多人，包括任鸿隽、陈衡哲、周氏兄弟、俞平伯、康白情等人来帮助他增订删减[①]，但毕竟，这还只是一家之诗，胡适所言只是一家之言，并不能够代表初期白话新诗的整体面貌。不过可以肯定的是，胡适在初期白话新诗的创作潮流中，的确是那个登高一呼的人；随后的情形即便不是“应者云集”，也称得上颇有规模，连那些声称不擅写新诗的人，也都纷纷写起了新诗，并且写得各具特点。接下来，我们不妨再来看看胡适周围的人，他们在同时期写了什么样的新诗？这也可以帮助我们理解《尝试集》当时所营造的、所处的新诗氛围。我们选几首来读：

三弦

沈尹默

中午时候火一样的太阳没法去遮拦，让他直晒着长街上。静悄悄少人行路，只有悠悠风来，吹动路旁杨树。

谁家破大门里，半院子绿茸茸的青草，都浮着闪闪的金光，旁边有一段低低土墙，挡住了个弹三弦的人，却不能隔断那三弦鼓荡的声浪。

门外坐着一个穿破衣裳的老年人，双手抱着头，他不声不响。[②]

---

① 可参见陈平原《经典是怎样形成的——周氏兄弟等为胡适删诗考》，《鲁迅研究月刊》2001 年第 4 期。

② 原载《新青年》第 5 卷第 2 号，收入许德邻编《分类白话诗选》，上海：崇文书局 1920 年初版，北京：人民文学出版社 1988 年重排版，第 139 页。

梦

鲁迅

很多的梦,趁黄昏起哄,

前梦才挤却大前梦,后梦又赶走了前梦。

　去的前梦黑如墨,在的后梦墨一般黑;

　去的在的仿佛都说,“看我真好颜色。”

颜色许好,暗里不知;

而且不知道:说话的是谁?

暗里不知,身热头痛。

你来你来,明白的梦!①

相隔一层纸

刘半农

一

屋子里拢着炉火,

老爷吩咐开窗买水果,

说“天气不冷火太热,

别叫它烤坏了我。”

二

屋子外躺着一个叫化子,

咬紧了牙齿,对着北风呼“要死”!

可怜屋外与屋里,

相隔只有一层薄纸!②

---

① 原载《新青年》第4卷第5号,署名唐俟。据鲁迅重抄稿校订,收入《鲁迅全集》第7卷,北京:人民文学出版社2005年版,第31页。此处所引为“全集”版。以下引《鲁迅全集》均为2005年版,不另注。

② 原载《新青年》第4卷第1号,收入许德邻编《分类白话诗选》,第117页。

过印度洋

周无

圆天盖着大海，黑水托着孤舟。

也看不见山，那天边只有云头。

也看不见树，那水上只有海鸥。

那里是非洲？那里是欧洲？

我美丽亲爱的故乡却在脑后！

怕回头，怕回头，

一阵大风，雪浪上船头，

飕飕，吹散一天云雾一天愁。①

这些诗，自然不尽相同，但都在初期白话新诗这个层面做出了各自的努力与探索，使得白话新诗的写作成为一种新文学风气。胡适作为引领风气之人，或者说引领者之一——因为像郭沫若等其他诗人也有另外的说法，认为他们的新诗写作可以跟《尝试集》分庭抗礼，比如《女神》是1921年初版的，影响当然也很大。这一点，无论从史料上，还是从新文学的发展理路上来讲都是成立的，不过就当时普遍的意义上说，恐怕还是胡适及其《尝试集》的名头更响、影响更大——到1922年《尝试集》出第四版、印了一万册的时候，胡适就在自序里踌躇满志地说："现在新诗的讨论时期，渐渐的过去了。……新诗的作者也渐渐的加多了。"

我们通过阅读《尝试集》，以及其他早期诗人诗作，可能会感受到其中的不够完美甚至幼稚粗浅，但同时，我们大概也能体会到那种挡不住的元气满满；重新"发现"汉语、"激活"汉语的那种新鲜惊喜的东西，我们就可以明白，白话新诗的到来，就像胡适诗中所写到的爱情一样，它在大喊着，"我是关不住的！"

（撰文：李宪瑜）

① 收入许德邻编《分类白话诗选》，第47页。

扩展阅读：

1. 胡适：《谈新诗》。
2. 许德邻编：《分类白话诗选》。

第四维的赠品
——鲁迅《野草》导读

一、《野草》阅读的前夜

1927 年 7 月，北京北新书局出版了一部文学作品集，名为《野草》，署名鲁迅。[1]《野草》初印一千册，均为薄薄的毛边本。书中收录了鲁迅的 23 篇散文诗作品[2]，以及他在出版前配写的一篇《题辞》[3]。此前，这些散文诗曾陆续发表在 1924—1926 年的《语丝》杂志上（《题辞》单独发表于 1927 年）。

---

① 鲁迅在 1927 年 12 月 9 日致章廷谦的信中提及，《野草》初版封面题字署为"鲁迅先生"，后经鲁迅订正为"鲁迅"。参阅《鲁迅全集》第 12 卷，第 97 页。

② 《野草》作品的文体类型向来存在争议。1931 年，《野草》英文本译出，鲁迅在"译序"中将《野草》中的作品称为"这二十多篇小品"；1933 年 3 月，上海天马书店出版《鲁迅自选集》，鲁迅在该书"自序"中称其为"短文"，并强调，"夸大点说，就是散文诗"；1935 年 3 月，上海光明书店出版《现代十六家小品》，编者阿英（钱杏邨）在《鲁迅小品序》中，将《野草》称为"小品文"，认为它是"一部最典型的最深刻的人生的血书——小品文集"；在《周作人小品序》中，阿英还对周作人和鲁迅的"小品文"做出进一步区分，认为前者倾向于"小品文"，代表田园诗人，后者倾向于"杂感文"，代表艰苦的斗士。在《野草》文体的众多指称中，我们依研究界的惯例，唤其为"散文诗"。《野草》中各篇章按写作时序编排，分别为《秋夜》《影的告别》《求乞者》《我的失恋》《复仇》《复仇（其二）》《希望》《雪》《风筝》《好的故事》《过客》《死火》《狗的驳诘》《失掉的好地狱》《墓碣文》《颓败线的颤动》《立论》《死后》《这样的战士》《聪明人和傻子和奴才》《腊叶》《淡淡的血痕中》和《一觉》。

③ 《题辞》一篇在《野草》最初几次印刷时都曾收入，1937 年 5 月上海北新书局印第七版时被国民党书报检查机关抽去，1941 年上海鲁迅全集出版社出版《鲁迅三十年集》时才重新收入。参阅 1936 年 2 月 19 日鲁迅致夏传经的信，《鲁迅全集》第 14 卷，第 33 页。

在《野草》诸篇发表和成书问世之际，读者和评论界产生了一些自发、零星和浅层的反应，尽管没有像鲁迅的小说集《呐喊》那样引发普遍的热议，但还是出现了一些颇有价值的只言片语。比如，1925 年 3 月，语丝社的章衣萍在读到《语丝》上连载的《野草》时，就公开表示："我也不敢真说懂得，对于鲁迅先生的《野草》。鲁迅先生自己却明白的告诉过我，他的哲学都包括在他的《野草》里面。"①以往的《野草》研究者对这些早期的评论，要么草率低估而置之不理，要么出于意识形态斗争和维护鲁迅形象两方面的需要而对其中的艺术判断加以否定。

除鲁迅自己在《两地书》中的谈论外，章衣萍的这句话或许是报刊文献上最早论及《野草》的文字。其中传达了两个重要信息：其一，《野草》诸篇的确晦涩难懂，造成读者阅读上的困难，也形成人们对鲁迅这种"不知所云"的写法的困惑。尽管这仅仅是读者的直观感受，但它至少提供了一种事实判断，优于那些政治和思想立场上的简单指认。其二，《野草》中包含了鲁迅的哲学（这里似乎并未提到"全部的哲学"），这条信息不胫而走，成为后来的《野草》研究者一抓就灵、紧握不放的"最高指示"，进而考掘出鲁迅的"思想家"和"革命家"身份。现在看来，这一命题尽管提纲挈领，甚至无意中构成了对《野草》的某种价值判断，但毕竟失之武断和笼统，因为鲁迅的读者毕竟还没有准备好他们的耐心，来阅读这部分量极重的作品，对它的消化和理解都需要一段时间。一种比较合乎情理的解释是：《野草》中至少包含了鲁迅（在文学上）的哲学。② 这种解释的前提是，鲁迅首先应该是一位文学家，甚至可以说，他是现代中国首屈一指的文学家。之所以有这种至高的认定，除了鲁迅对中国现代小说的卓越贡献之外，更重要的是，他写出了《野草》。

在《野草》的《希望》一篇中，鲁迅写道："我只得由我来肉薄这空虚中

---

① 章衣萍：《古庙杂谈（五）》，《京报副刊》第 105 号，1925 年 3 月 31 日。

② 这也是文本的一个基本立场，即把《野草》切实地当作一部文学作品（诗歌）来加以研究，探究一种诗学和书写学上的解析方法，力图把鲁迅理解为一个依靠生命经验来开辟文学空间的写作者、一个具备成熟现代精神的汉语诗人。

的暗夜了……"[1]暗夜,已经随风潜入黑夜的内部,但绝非完全的黑暗。在这暗夜中,仿佛若有光。它如此切近,近在眼前,那些暗夜里的文字英雄可以赤手空拳地与它搏斗。据《旧约·创世记》记载,上帝在太初的黑暗中创造了混沌的天地,用语言创造了光,并把它与黑暗分开。上帝称光为"昼",称黑暗为"夜",夜去晨来,为第一日。值得注意的是,"黑暗并非上帝所造。光,也不是肉眼可见的光:当时还没有日月星辰"[2]。但敏锐的书写者擅长发现暗夜,创造暗夜。

如果我们以《旧约·创世记》为参照,来思考一部作品的开端,那里是否也正笼罩着一片暗夜?这让我们更倾向于相信,夜去晨来的第一日,是以这种暗夜为开端的,而不再是那个鸟鸣山幽的清晨。在今天,一个事物获得自己清晨的权利似乎已被剥夺,但我们还有可能把握它的迅速流逝的暗夜。在语言中,一切暗夜都成了前夜。我们相信,每种开端其实都开始于它忽明忽暗的前夜,事物在这里进入一种混沌的极限当中,前面可能是晨曦,也可能是更深的黑暗,但此时此刻,它或许成了纯粹多余的部分,幸免于选择和被选择,但只是昙花一现般地匆匆来去,似乎正经历着一段正在书写的开端过程。1926—1927年,狂飙社的高长虹对《野草》有过三次较为敏锐的评价。在今天看来,这些读者自发的直觉和感受,不啻为一个《野草》阅读的前夜。如果关于《野草》的研究势必将以书籍的面孔呈现,那么它现在仍是一个薄薄的毛边本,等待被裁剪、修整和翻阅。以高长虹之言为代表的那些只言片语,对于读者认清和体会《野草》的文本价值是值得参考的。趁这个毛边本还没有完全接受一种强悍的政治神学的齐整美化之前,在一种过于强大的能指还没来得及对它做出强制命名之前,我们要力图在阅读的前夜里发现《野草》不曾被发现的秘密。

第一次,高长虹表示:"我以为《野草》是深刻。他(鲁迅)说了他象他所译述的 Kuprin 的一篇小说的主人翁,是一个在明暗之间的彷徨者。我没有看见那篇小说,但《野草》的第二篇《影的告别》便表现得很明白。虽

---

① 鲁迅:《希望》,《野草》,《鲁迅全集》第2卷,第182页。

② 此为冯象对《创世记》中"太初"部分的一条注解。参阅《摩西五经:希伯来法文化经典之一》,冯象译注,北京:生活·读书·新知三联书店2013年版,第3页。

然也可以说是年龄的关系吧,但我以为时代或者是较真实的原因呢。在去年的一年间,鲁迅显然是一个战士了,彷徨的分子似乎已减少,而光明加多了,虽然在较深刻的意义上人生怕是永远在明暗之间吧!"①倘若悬搁当时鲁迅与高长虹的私人恩怨,仅就评语本身来看,高长虹对《野草》的直觉是准确的,他开门见山地指出了鲁迅作品的深刻性,发现了他在《野草》中流露出"永远在明暗之间"的写作态度,这实乃一个直取精髓的论断。鲁迅正是一个暗夜里的写作者,也是一个书写暗夜的人。这暗夜的属性是时代的,也是他个人的。

第二次,高长虹写道:"当我在《语丝》第三期看见《野草》第一篇《秋夜》的时候,我既惊异而又幻想。惊异者,以鲁迅向来没有过这样文字也。幻想者,此入于心的历史,无从证实,置之不谈。"②在这里,高长虹对《秋夜》的体会完全合情合理,既"惊异"于鲁迅全新的创造力,又被这种创造力激发出同行间的文学"幻想"。他也果断表示,鲁迅的这种文学体验是独一而排外的,所谓"入于心的历史",属于一个创造者个人的内心经验,因为旁人"无从证实",所以"置之不谈",这本无可挑剔。然而,热爱打笔仗的鲁迅却急躁地将这番坦言理解为对自己的一种冒犯,现在看来,实在没有这个必要。③

第三次,在与鲁迅的论战文章中,高长虹又强调了他彷徨于"明暗之间"的犹疑态度,也对《野草》的艺术价值做出了精确的预见,实际上也为后来的研究者点出了《野草》的命门:"鲁迅一生充满了矛盾,羡慕新的时代,而又不毅然走进新的时代,厌恶旧的时代,而又不毅然退出旧的时代……从《颓败线的颤动》一文产生后,鲁迅艺术上的一条新路开辟了,勇壮地走去,正可以发掘艺术的真金。"④若要真正迎接一个《野草》细读

---

① 长虹:《走到出版界——写给〈彷徨〉》,《狂飙》周刊第1期,1926年10月10日。

② 长虹:《走到出版界——1925年,北京出版界形势指掌图》,《狂飙》周刊第5期,1926年11月17日。

③ 读到高长虹的文章后,鲁迅在给李小峰的信中曾暗讽过此事:"至于《野草》,此后做不做很难说,大约是不见得再做了,省得人来谬托知己,舐皮论骨,什么是'入于心'的。"参阅鲁迅《海上通信》,《华盖集续编》,《鲁迅全集》第3卷,第417页。

④ 长虹:《我走出了化石的世界》,《狂飙》周刊第14期,1927年1月9日。

的日出和朝霞,高长虹对《野草》的这三条印象式批评,是我们值得一再返回的前夜。但多数研究者只忙于为鲁迅辩护,而大大忽略了他的这位论战对手表达出的文学洞见。高长虹的观点正确与否,或者他是否受鲁迅和大多数人的喜欢,这是问题的一方面;而另一方面,我们也不可忽略,他的直观判断刚好被暗夜里那道细弱的光线照耀,因而在我们眼中显得格外炫目,哪怕只是一些转瞬即逝的微尘。

二、在《野草》中发现第四维

鲁迅的《野草》是一部深具现代意味的文本,这几乎是一个共识。但在绝大多数读者眼中,它却更像一部古典作品。在《野草》问世后的若干个年头里,跟中国人通常读到的文学作品不同,《野草》与它的读者始终是隔膜的,仿佛出自遥远时代里某位生僻的古典大师之手。遗憾的是,从《野草》诞生之时起,直至今日,在中国现代文学史上,始终难有第二部在精神高度和艺术水准上与之比肩的作品。我们不得不承认,《野草》所开创的写作传统和美学范式很快就中断了。[①] 对于文学研究者来说,重拾这条遗失已久的文学线索,不断检测和展示汉语文学的诗性表现力,是每当中国文学面临创造性危机时,都需要严肃思考的问题,和应该勇于承担的责任。

一卷薄薄的书册,鲁迅全部采用白话汉语写就(至少在当时看来),

---

① 《野草》通常被视为一部具有里程碑意义的散文诗作品。在中国现代散文诗发展历程的宏观视野中,学者王光明指出了《野草》传统中断的创作论原因:“鲁迅之后,这样独有魅力的散文诗作品极为少见,即使面对‘文化大革命’这样充满神圣的怪诞和荒唐的真实梦魇,中国散文诗也表现得过于苍白无力。究其原因,很可能就是因为许多作者缺乏鲁迅那样的艺术心态和散文诗观念的现代性,缺乏那样极深的内省精神,未能把解剖刀伸向自我这个半明半晦的世界。人们常常为了生活五光十色的表象,忘记了像鲁迅那样捕捉瞬间转变如云雾中山水的内心消息,真正表现现代生活在内心引起的矛盾和紧张,人们注意到散文诗必须作为一根感受神经感受生活的足音,却忘了其不可模拟的妙音正来自心灵琴弦本身的颤抖,因而不能像鲁迅那样通过展开与剖析自己内心生活的深层结构来象征时代和历史的生活。”参阅王光明《现代汉诗的百年演变》,石家庄:河北人民出版社 2003 年版,第 190 页。

却不断传来阵阵陌异、冷酷和扑朔迷离的精神气息，一词一句"阴森森如入古道"[①]，像荒山中突临一处漆黑的洞口，既神奇如谜又步步惊心。在《野草》与读者之间，仿佛隔着一层"波佩的面纱"。我们朝这部作品用力地望去，试图穿透面纱，到里面看个究竟，却总是被那层不透明的影壁遮挡着，在进退维谷间眼花缭乱，迷失自我。除了早期的几位评论者（如钱杏邨、李长之等）对《野草》有过批评和否定之词外，尽管的确看不大懂，读者却既不能轻率地判断这部作品的本末得失，因为它的作者是鲁迅——他被主流文学史命名为伟大的文学家、思想家和革命家，是五四新文化运动的旗手；也不能轻易指出它到底哪里好，因为它的确过于晦涩难懂，整部作品布满了似乎只有作者本人才能领会的情调和暗语。面对这种阅读的两难，李欧梵提供了一个中肯的阐释："《野草》是精英的文本，因为它的意义是高于常人的理解之上的。再者，形式本身的独创性——任何'五四'作家对此都不可企及——也有一种根本的神秘的姿态，既掩蔽着作者的真实意向，也要求读者努力去破译。"[②]《野草》所带来的隔膜感、两难的情境以及"根本的神秘的姿态"或许并非表层的偏见，也不是我们力图尽快摆脱的，相反，它们是可资利用的。这些困难本身，可能恰恰为束手无策的读者提供了某种破解《野草》的小型认识论。我们只有在困难中认识困难，才有可能化解困难。

《野草》之所以被确立为现代汉语诗性写作的开端性文本，正归功于鲁迅在他的写作中为读者制造的这种困难。与传统写法相比，这种困难意味着现代诗歌开始以一种截然不同的态度展开对事物的感知、勘探和处理。以胡适的《尝试集》为先驱的新诗写作传统，奠定了白话文在现代文学史上合理合法的地位，恢复了文言合一的古老梦想，在语言文字上为中国社会的全面革命铺平了道路。然而，现实世界的革命总是压抑、延宕着文学自身的革命，在20世纪初期的中国社会图景面前，《尝试集》传统下的诗歌文本大都沿着传统写法，以现实性为起点，来描述和阐释这个急速变化的世界，来抒发和表现个人的微妙情绪和新奇感受，力图打开从现

① 钱杏邨：《死去了的阿Q时代》，《太阳月刊》第3期，1928年3月1日。

② 李欧梵：《铁屋中的呐喊》，尹慧珉译，长沙：岳麓书社1999年版，第121页。

实性向可能性拓展的通道。在白话文越走越宽的阳关大道上,这一写法成为新文学的主流样式和标准化动作。

无论这类白话新诗为文学革命带来多大的成就和突破,不可否认的是,就文本实际的思想韧性和艺术水准而言,它们几乎只是在一个三维的文学想象世界里展开遨游。在一种严格意义上的现代情境中,诗人们在这些再现了三维生活世界的文本中呈现的只是一般矛盾,还无力揭示隐含在这个时代深处的根本矛盾,他们在作品里卖力书写的、贴近表层结构的时代命题,距离那些最主要的问题尚有一定的距离。他们还无法自觉地去触及、追问一个不可知的世界,还没有准备好必要的心性去揣测一种充满彷徨、疑惧和失败的人生,还没有清醒的意识去歌唱这个世界的速朽和失灵,还没有足够的勇气去热爱人类命运里的虚空和深不可测的未知数。这些明显的不足和匮乏,构成了《野草》和《尝试集》各自开创的两种诗学小传统之间的深刻差异。以上提及的那些货真价实、异常活跃、古典书写路径尚无法感知的现代幽灵,都被历史封存进一只“布里洛盒子”里,降临在中国荒凉的大地上,摆放在 20 世纪汉语诗人的手边。鲁迅用他成熟的“现代心智”首次打开了它,轻轻触动了盒子底部那团未知的黑暗软体,耐心地聆听它沉默的声音,成了现代汉诗写作者中“第一个吃螃蟹的人”。

《野草》展示给全世界读者们的诱惑是一流的,它的起点是一种写作的不可能性。在那些雨后春笋般崛起的白话现代汉诗所支撑起的三维文学想象空间里,《野草》如同鲁迅在《秋夜》中描述的著名的枣树形象,以它“一无所有的”“铁似的”树干直刺着这片一成不变的文学天空,“一意要制他的死命,不管他各式各样地䀹着许多蛊惑的眼睛”①。《野草》的卓越之处,在于它穿越了传统的、三维化的书写空间,在文本中为汉语写作打开了第四维。这是鲁迅开创的一个虚构的精神领地,一个在现实世界里无法找到的异度空间,它只在词语所垒建的通道里才灵光乍现。第四维,可能正是破解《野草》文本之谜的一把钥匙。鲁迅抓住这个全新的第四维,站在某个超越而绝对的位置,重新创制出观察世界的窗口和向它发

---

① 鲁迅:《野草》,《鲁迅全集》第 2 卷,第 167 页。

起词语冲锋的根据地，夜贼般地颠覆了传统写作中三维化的运思逻辑和思考惯性，确立了一个不可能的起点。在《野草》中，鲁迅就置身于他虚构出的第四维上，来观察眼前这个光怪陆离的世界以及它的内在倒影，并抒发出那些现代人难以表达的情感，“在明与暗，生与死，过去与未来之际，献于友与仇，人与兽，爱者与不爱者之前作证”①。

法裔美籍现代艺术家杜尚（Marcel Duchamp）对第四维问题做出过相当具有冲击力的思考，他不但设想通过绘画的二维平面来打开第四维（而不是三维空间），而且考虑通过“命名现存品”（他备受争议的装置艺术《泉》即是最炫目的例证），力图从“任一物”（即物的零度，一维空间）上开凿出一条穿越和转换的通道，以期进入第四维。如果在文学或诗歌领域，面对处于危机中的传统汉语和线性的文字流，这一穿越和转换同样是从一维空间开始的。现代诗歌的秘密任务，或许就是在文字的一维空间里，为第四维预留出位置。这看似一个无法完成的任务，但也恰好从不可能的角度，在潜能的意义上，对汉语提出了更高的要求，对一根渺小的线头寄予厚望，召唤出“日日新”的文化精神。

三、从第四维阅读《野草》

仰仗着面向第四维的书写策略，鲁迅在《野草》中尝试为那些不可能的区域和反常之物命名。作为《野草》的读者，我们更需要强制抵达视听和书写的极限，重新长出暗夜中的眼睛和噪音中的耳朵，在文本中感知“世界黑夜”里的黑暗，倾听无边沉默中幽灵般的声音。第四维的通道给我们机会去接近那些不易察觉却不断涌现的困难和症候，并在其中建立新的法则，发明新的言说方式，借此推动汉语写作整体性的现代性转换。这种情形，正应和了鲁迅在《墓碣文》中梦见的那段阴森、残缺的文句：

> ……于浩歌狂热之际中寒；于天上看见深渊。于一切眼中看见无所有；于无所希望中得救。……②

① 鲁迅：《野草》，《鲁迅全集》第2卷，第163页。

② 同上书，第207页。

在汉语的文化语境中，有一种方式是将我们的阅读带入第四维的重要通道，并对我们的阅读作出极其幽微的启发："梦，就是中国文化对第四维的发现……梦，也是隐秘拯救的时刻，是对消逝之物的回忆，没有哪个文化如同中国文化对梦有着如此之多的想像与再创造，直到二十世纪，弗洛伊德才发现梦的无意识，唤醒犹太人先知性的精神分析能力。"[①]《野草》中的梦境书写，是否将成为我们进入第四维阅读的主要入口呢？

在《野草》收录的23篇作品中（不包括《题辞》），有7篇以"我梦见自己……"这样的句式开头，甚至其中还有"我梦见自己在做梦"这样盗梦空间式的套叠结构（诗人张枣在《楚王梦雨》中写下了一个类似的句子："我的梦正梦见另一个梦呢"[②]）。对此，有论者分析称："这种文体结构表明了一种书写行为，一种写作方式：'梦'的写作方式，而不仅仅是在写作一个'梦'。当'梦'成为写作本身，梦也许就不仅仅是作为隐喻的修辞。这里有着'我'与'自己'加强的重复，在'梦'中的重复，但重复却是显在为一种双重性，一种离异。在这个作为文本结构性的存在的引子中，写作者在分裂着文本，哪怕这是最小的一道裂隙。"[③]从这条最早的裂隙处，一个"抒情我"从作者那里分离出去了，开始了一段文本内部的梦游。这个"抒情我"没有确定的身份，没有来由，也没有目的，仅仅是一次在幽暗处的横空出世。它临时扮演了那个不可能区域的代言人，甚至在一定程度上标记了虚无。虚无降临在"自己"身上，是虚无在说话，在唱歌，将"抒情我"构造为一个虚妄的主体。"我梦见自己……"，在这个反复的句式中，"我"与"自己"发生了分离：一个蛰伏昏迷，关闭了一切感官；另一个神游幻境，在极限里窃取了目光和听觉的潜能，造就了一个"吾丧我"形象的现代版本。那个闯入梦境的"自己"，展示为"我"的"非我性"。

"我"借梦的关卡将"自己"调整为潜能状态，得以遨游于第四维。第四维并不是梦境本身所展演出的空间，因为梦的世界依然是对三维空间

① 夏可君：《虚薄：杜尚与庄子》（汉英对照），南京：江苏美术出版社2012年版，第33页。

② 张枣：《张枣的诗》，北京：人民文学出版社2010年版，第68页。

③ 简燕宽：《〈影的告别〉：到来的"告别"与他者书写》，《无余者》（民刊）2009年第2期，第37页。

的扭曲化和眩晕化，而是同时对睡着的“我”和神游的“自己”保持着适当的知觉，是同时看到两者的不可能状态，它似乎占据了上帝缺席的位置，从那里获得了接近全知的无穷视角和接近自由的超越能力。第四维并不受制于经验世界的“我—它”关系，也不追随关系世界的“我—你”关系，而是对以上两种关系在某种情境下的整合和扬弃，形成了一种更纯粹的“我—我”关系，或更开放的“我—无”关系。它们都暗示了一种“非我性”，是自己对自己的解放、自己给自己的赠礼，是“我”学习如何处理自身存在的可能性和不可能性的契机。第四维也不是我们通常理解的桃花源和乌托邦，那些书本上的美好愿景依然是三维空间的延伸和升华，它们依然是可能世界，而第四维已经走到了可能性与不可能性的交界和边缘，更体现为个体内心生活的修炼状态，它是塑造“心性化自然”的时空框架。

除了通过描述梦境而进入第四维阅读这种主要途径之外，《野草》还依靠令人叹为观止的场景描写来打通迈向第四维的通道。从最广阔的视野来看，鲁迅在《野草》中书写出一种反常化的情调，它为整个文本涂上一层把捉不定的底色。一个亦真亦幻的世界在文本中呈现出来了，那里充满了陌生的动作和迷幻的形象：

> 这上面的夜的天空，奇怪而高，我生平没有见过这样奇怪而高的天空。他仿佛要离开人间而去，使人们仰面不再看见。然而现在却非常之蓝，闪闪地䀹着几十个星星的眼，冷眼。他的口角上现出微笑，似乎自以为大有深意，而将繁霜洒在我的园里的野花草上。(《秋夜》)①

> 她于是抬起眼睛向着天空，并无词的言语也沉默尽绝，惟有颤动，辐射若太阳光，使空中的波涛立刻回旋，如遭飓风，汹涌奔腾于无边的荒野。(《颓败线的颤动》)②

《野草》中的“天空”展现出了最大限度的反常性，它们从内部移至外部，在“我”之外构成一个“非我性”的集合。这种反常的情调直接表象为

---

① 鲁迅：《野草》，《鲁迅全集》第2卷，第166页。

② 同上书，第211页。

主体对陌生夜空的注视，并且从总体上将这一情调映衬到“天空”之下的园地或旷野，让站在大地上的观察者同时具有向上和向下的两重视野，让“我”从内部和外部同时看到“自己”。

在《秋夜》中，“我”把目光从“两株枣树”上移开，并获得了一个向上的视角：当“我”放眼后园上面“夜的天空”，竟连用两次“奇怪而高”来形容这天空，那是“我生平没有见过”的景象，仿佛正在仓皇逃遁，逃到“我”的眼力不再能触及的地方。接下去，在“非常之蓝”的天幕上，鲁迅开始转入对“星星的眼”进行细节描写，他用了一个词：“冷眼”。一道道在狡黠中闪烁的微光让人浑身透凉、惊颤——仿佛不是“我”在看着那天空中的星星，而是那“几十个星星的眼”在一齐对“我”眨着，向“我”放射出冷冷的昏光——在这里，“我”之前具有的那种向上的视角已经被另一种身外的、客位的视角取代了，大地的眼被“星星的眼”取代了，向上的仰望被向下的投射取代了。这奇异而无定闪烁的光芒饱含着微妙的信息，在那光里似乎有种亟待被破解的、“大有深意”的“微笑”，与“冷眼”放出的光一样，那笑也是冷的。冰冷的目光和诡异的笑容从天空洒向大地，它们在“园里的野花草”上物化为繁霜，将它们镀成银色，寒气逼人。

在《颓败线的颤动》中，主人公“她”在深夜走进“无边的荒野”，“于是抬起眼睛向着天空”，向上的视角已然形成。其间，“她”那“颓败的身躯的全面都颤动了”，这“颤动”代替了“无词的言语”，渐渐扩大、流播、上升，直至转化成一种向下的视角，“辐射若太阳光”。阵阵如光的“颤动”怀有深远的驱动力，这是一道看不见的光，它唤醒一切沉睡的精魂，带动天地之间的整个空间都一并复苏、震颤，形成了空中巨大的波涛，发起了世界上唯一的、势不可挡的气象运动。如同《雪》中的“朔方的雪”，在晴空和旋风里蓬勃、奋飞、旋转、升腾，这种因全面的“颤动”而形成的波涛，也飓风般席卷了整个大地。站在荒野上的“她”，在仰望和“颤动”中接受到了整个宇宙投向“她”的目光，也感应着生命与外界自然共通的呼吸和震荡。

《野草》中的《过客》一篇，就可以读成鲁迅为这个难以言说的第四维创作的一出哲学戏剧。在这个意义上，它不是古典的，而正是现代的。我们可以看到，一个形象沧桑饱满的中国版西西弗斯，那个虚妄的主体，那

个从“我”中脱离出来并被放逐到无边梦境中的“自己”,已从文本中向我们走来了:

> 翁——客官,你请坐。你是怎么称呼的。
>
> 客——称呼?——我不知道。从我还能记得的时候起,我就只一个人。……
>
> 翁——阿阿。那么,你是从那里来的呢?
>
> 客——(略略迟疑,)我不知道。从我还能记得的时候起,我就在这么走。
>
> 翁——对了。那么,我可以问你到那里去么?
>
> 客——自然可以。——但是,我不知道。从我还能记得的时候起,我就在这么走,要走到一个地方去,这地方就在前面。……①

在这个“过客”身上,生动地演绎着古老的“芝诺悖论”。我们既能看到“阿喀琉斯与龟”的影子,存在一个永远不可抵达的目标;又可以读成作者对“飞矢不动”的演绎,总有一个不停行走的形象在头脑里挥之不去。你是谁?你从哪儿来?你要到哪儿去?面对这个经典的高更式追问,“过客”的回答统统是“我不知道”。对,“我不知道”!“过客”的答案不是别的,正是这一句别人自以为听懂了的“我不知道”。“我不知道”不是一个否定的回答,而恰恰是一个肯定的回答。它不是对某一个具体问题的回答,而是在面对看不见的整全他者召唤时所做出的回答,是一个姿态性的回答。这个不同凡响的回答,刚好回应了那个不可能的区域所发出的问询,那声问询是听不到的,而主体的回答却是可以听到但仍形同虚无的,很少有人会真正听懂它的含义。在现代社会,人人皆为“过客”,都在对本源和归宿的追问中迷失自己,都无法真正认识自己到底是谁。《过客》不是寓言,它恰恰是现实剧,而鲁迅却从离现实最远的地方——第四维——来讲述这则故事。

“过客”身上蕴含着一股无名的驱力,一道转瞬即逝的光痕,他在回应着一个无法回答的问题,只能以黑暗偿还黑暗,以沉默交换沉默。这个

---

① 鲁迅:《过客》,《野草》,《鲁迅全集》第2卷,第194—195页。

区域和这个回答是现实世界亟待删除掉的，它们只能以幻象的形态，以模糊不清和令人费解的面孔在生活世界里残留着。如同野草在大地上的命运一样，“当生存时，还是将遭践踏，将遭删刈，直至于死亡而朽腐”[1]。当我们面对这个被宣判为非法的不可能性时，就会出现这种悖谬感受，它从《野草》开篇的第一句话中就出现了：“当我沉默着的时候，我觉得充实；我将开口，同时感到空虚。”[2]这声分裂的咒语，其实就是《野草》的根本句法，一种面对不可能性的句法，一种被现实性宣布为非法的句法。“我不知道”，面对那个既看不见又听不到的黑洞，这是一个绝对性的回答，是回答的姿势。它正是来自第四维的回答，在总体的消极性中保持了唯一的积极性，将言说的危机转化为言说的笃定，尽管这个回答中什么都没有。它至少在文本中制造了一个声音，标记了第四维的运动踪迹。于是，在这条野草丛生的西西弗斯之路上，鲁迅之后的汉语诗人纷纷成为“破帽遮颜过闹市”的无辜“过客”，他们苦苦寻找的不是别的，而正是他们已失踪于第四维的“自己”。

四、寻找第四维词根

在人与天空的关系上，《野草》同时提供了向上和向下两种针锋相对的视角，从观察者本身来讲，其实这构成了主观和客观的双重视野：既能从观察者这里向外看，又能在观察者之外的某一点上反过来看向自己。而当我们一旦同时具备了这两种看视能力的时候，就进入了第四维，进入了那个“非我性”的身位里。那里呈现出隐藏在日常生活经验里的不可能性，像一场穿越惊喜和绝望的历险。站在第四维上的阅读，让我们有机会揭示现代诗歌中真正的关键性问题。

《野草》中的《希望》一篇，鲁迅刚好经历了这样的状态，在写作中发现了第四维的一角冰山：“倘使我还得偷生在不明不暗的这‘虚妄’中，我就还要寻求那逝去的悲凉漂渺的青春，但不妨在我的身外。因为身外的

---

① 鲁迅：《题辞》，《野草》，《鲁迅全集》第2卷，第163页。

② 同上。

青春倘一消灭,我身中的迟暮也即凋零了。"[①]"虚妄"是一个理念的圆球,其圆心无处不在,圆周却不在任何地方,它不在光明一边,也不在黑暗一侧,就这样将我们带向第四维,令我们"但居布施者之上"[②]。"虚妄"充当了现代诗人的灵魂寄存地,这里也具有双重视野:时间在"虚妄"的黑洞面前发生了奇怪的扭曲和折叠,它既在"我"的"身中"保持着衰老的"迟暮",又在"我"的"身外"延续着脆弱的青春。鲁迅为这个"身外的青春"列出一个长长的黑名单:"星,月光,僵坠的胡蝶,暗中的花,猫头鹰的不祥之言,杜鹃的啼血,笑的渺茫,爱的翔舞……。"[③]这些反常性的形象是鲁迅笔下尤其偏爱的事物,它们组成了一片"非我性"的夜空,笼罩在"我"孤独的头顶,它们"从天上看下去",看着地面上的"我",仿佛另一个"我"从外面窥视着"自己"。面对这一串令人颤抖的具象名单,"我"痛下决心:"我只得由我来肉薄这空虚中的暗夜了";但"我"几乎同时又对那个反常的结果一目了然,鲁迅在《求乞者》中写道:"我将得不到布施,得不到布施心;我将得到自居于布施之上者的烦腻,疑心,憎恶","我将用无所为和沉默求乞……""我至少将得到虚无"。[④]

鲁迅站在写作的第四维上,获取了一种不可能的视角,同时具备两种矛盾的视野:他看到太阳和星辰悬挂在同一片天空上,却既不是白天也不是黑夜;他在同一个躯体上发现了"青春"和"迟暮",却统统被缝合进一个空虚的裂口里;他让"我"与"非我"一齐显现,却分不清哪个在"身中",哪个在"身外"。诗人超越于文本中固有的、常规的关系秩序,枯坐在一个"不明不暗"的"虚妄"里。在《野草》中,在"虚妄"的名下,鲁迅萃取了自己的梦境,提炼出了自己"身中"和"身外"的经验,作为对那串具象名单的绝密翻译,将那个他一向怀有兴趣的不可能区域编写成一个抽象的目录:

虚:"虚无"(《求乞者》)、"虚空"(《复仇[其二]》)、"虚妄"

---

① 鲁迅:《野草》,《鲁迅全集》第2卷,第182页。

② 同上书,第171页。

③ 鲁迅:《希望》,《鲁迅全集》第2卷,第181页。

④ 鲁迅:《求乞者》,《鲁迅全集》第2卷,第172页。

(《希望》)、“空虚”(《淡淡的血痕中——记念几个死者和生者和未生者》)

无:“无地”(《影的告别》)、“无物之阵”(《这样的战士》)

不:“不知道时候的时候”(《影的告别》)、“不知道算什么”(《雪》)、“我不知道”(《过客》)、“我惭愧:我终于还不知道……”(《狗的驳诘》)、“自身不知所在”(《颓败线的颤动》)、“不竟堕下去而至于断绝”(《风筝》)、“也不拥抱,也不杀戮”(《复仇》)、“既不安乐,也不灭亡”(《死后》)

死:“死亡与朽腐”(《题辞》)、“死的火焰”(《死火》)、“可怜的鬼魂们将那好的地狱失掉了”(《失掉的好地狱》)、“我自己知道已经死掉的时候,就已经死在那里了”(《死后》)、“废墟荒坟”(《淡淡的血痕中——记念几个死者和生者和未生者》)。

《野草》各篇目里遍布了这些“虚妄”的形象和情境,它们基本可以囊括在“虚”“无”“不”“死”这四个具有词根性质的关键词所领衔的集合中。这四个词根均带有鲜明而消极的否定性,并串联、上升为文本中的主导性原则——“虚”是对“实”的否定,“无”是对“有”的否定,“不”是对“是”的否定,“死”是对“生”的否定——但它们却并非对各自那些积极的对立物简单决绝的彻底否定,从而赌气般地从光明撤回黑暗,而是为对立物留有余地,将光明照进黑暗,同时把黑暗掺入光明,这就有了鲁迅创造性的与影子的告别(《影的告别》),有了死而复生的火焰(《死火》),有了一路下坠而不落地的铅块(《风筝》),有了仇人之间的永久对峙(《复仇》)……我们愿意把这四个关键词想象为带领读者楔入第四维的路标性词根。从主题学上来看,《野草》实际上就是这份路标性的抽象目录的诗性外展。作为第四维词根,在“虚”“无”“不”“死”的指引下,鲁迅仰仗现代汉诗的小逻辑和反常化的书写处方,以不可能性为书写起点,来制造和抹除那延异不尽的文本踪迹。

在《野草》中,第四维词根设定了一个第四维的时间点——“不知道时候的时候”——这是一个时间外的时间,是时间的外展,暗中怂恿了“自我”的迷路和“非我”的闯入。它解放了测不准的无意识,还原了荒芜的实在界,建立了反常化的时间框架。第四维词根也规定了一个第四维的空间点——“无地”或“无物之阵”，这是一处只显现于词语中的地名，是三维空间里找不到的地方，是空间外的空间，是空间的外展。那里保存了第四维的精神造型，它直观地呈现为身体的造型，为每一个现代“过客”展示他们彷徨和反抗的姿态圈定了一块地盘。第四维词根也描述了一种第四维体验——“虚妄”“虚无”或“虚空”，这种挥之不去的强烈感受在抒情主人公的“身中”和“身外”进进出出，那是存在之外的存在感，是存在的外展。仿佛这些晦暗的光线顷刻间充满了内心的每一寸领土，又分明听到了它们对自身发出的空余宣言：“我愿意只是黑暗，或者会消失于你的白天；我愿意只是虚空，决不占你的心地。”[①]第四维词根为了让追问一直保持为追问，索性将追问设置为一种反常性的回答——“我不知道”，这句回答不是否定性的，而恰恰是肯定性的，是为追问留出的余地，是追问的外展。人们或者用词语铸成“希望的盾”，去抵御绝望的涌逼，“抗拒那空虚中的暗夜的袭来，虽然盾后面也依然是空虚中的暗夜”[②]；或者“放下了希望之盾”，在裴多菲（Petöfi Sándor）的“希望之歌”里用肉身举起投枪，“我只得由我来肉薄这空虚中的暗夜了”[③]。在鲁迅那里，这个有关“希望”的矛盾并没有被取消或回避，而是试图在发现和言说第四维词根中去尝试解决。

《野草》修炼了一种“虚妄”的技艺，它成为救治绝望的解药，召唤着在第四维上外展的阅读：那些解不开的矛盾和谜团需要等到某个时间外的时间点，放在某个空间外的空间里，体味着某种存在之外的存在感之际，方能找到一个颇为肯定的答案，一个将自身保持为追问的回答。

五、让第四人称说话

鲁迅在《野草》中极为成熟地书写出了一种文本的例外状态，依靠第四维词根的虚构权力和反常化的爆破力，将现代主义的矛盾修辞法推向

---

① 鲁迅：《影的告别》，《鲁迅全集》第2卷，第170页。

② 鲁迅：《希望》，《鲁迅全集》第2卷，第181页。

③ 同上书，第182页。

了一个全新的高度，并在这种特殊的表达中带领我们去思考调节“虚”与“实”、“无”与“有”、“不”与“是”、“死”与“生”之间关系的新证词。在“非此即彼”和“一分为二”的思维习性面前，鲁迅标记出了“一分为三”的指引，它肯定了文本的例外状态，并在外展的立场上挖掘出第四维词根，在更高和更深的层面上启动了新的言说。在《一觉》中，鲁迅在《浅草》与《沉钟》之间拎出了一个“无题”：“草木在旱干的沙漠中间，拼命伸长它的根，吸取深地中的水泉，来造成碧绿的林莽，自然是为了自己的‘生’的，然而使疲劳枯渴的旅人，一见就怡然觉得遇到了暂时息肩之所，这是如何的可以感激，而且可以悲哀的事！？”[①]既“感激”又“悲哀”的诗人，怀着超出两者之外的心性，给出了他“一分为三”的赠品。鲁迅“以这一丛野草，在明与暗，生与死，过去与未来之际，献于友与仇，人与兽，爱者与不爱者之前作证”，这丛“野草”就是那“一分为三”里多出的那个“例外状态”，尽管它一出生即“将遭践踏，将遭删刈，直至于死亡而朽腐”，但它已在地下保存了具有超强生命力的根系，如同隐留了第四维词根。这不可见的根系将它的地上部分“自我悬置”起来，从而“吸取露，吸取水，吸取陈死人的血和肉，各各夺取它的生存”[②]，最亲密地伸入这个矛盾的现代世界的隐蔽处，为第四维词根缔造的例外状态输送至为丰富的给养。这野草潜藏的根就处于“虚”与“实”、“无”与“有”、“不”与“是”、“死”与“生”的“之间”和“之外”的位置，一个不可能的、例外的位置，一种以“虚”“无”“不”“死”为入口而抵达的生命的余留状态。第四维作为一种潜能，也是诗人自己给自己的礼物：

> 你还想我的赠品。我能献你甚么呢？无已，则仍是黑暗和虚空而已。（《影的告别》）

鲁迅在《野草》中给出了什么？与其说他给出的是以梦为草的证词，不如说他为现代汉诗送出了一个“无”。或者更准确地说，鲁迅摆出一种虚位以待的姿势，他为“无”留出了一个位置，这个位置坐落在一种例外

---

① 鲁迅：《野草》，《鲁迅全集》第2卷，第229页。

② 鲁迅：《题辞》，《野草》，《鲁迅全集》第2卷，第163页。

状态中,尽管这里充满着“黑暗”和“虚空”,但那深深隐藏的秘密还是像狡黠的星星向我们眨着眼睛,以便通过一个“虚妄”的“无题”来做好无中生有、向死而在的准备。鲁迅的赠品就是“无”,它掘开了现代汉诗的无穷潜力。

《野草》外展出一个“无”,让与了一个虚位以待的空址。在《死后》一篇中,这个空址被“我”自己的“死”占据了,铺开了一种例外状态的叙事。顺着梦境的速滑道,“我”就安然地、浑然不知地躺在了那个“无”赠送的“空中的坟墓”当中:“恐怖的利镞忽然穿透我的心了。在我生存时,曾经玩笑地设想:假使一个人的死亡,只是运动神经的废灭,而知觉还在,那就比全死了更可怕。谁知道我的预想竟的中了,我自己就在证实这预想。”[①]面对死亡这种不可能的可能性,“我”在例外状态中获得了一系列不可能的无奈至极的恐怖体验:“我”无法行动,只能思想,甚至对一只爬到身上的小蚂蚁都无能为力。这里展示了十足的陌异情调:“我”已经躺在了一个“无”中,但还保持为一个即将消失的残留,维持着一段“无”的余生,荒诞地感受着自己周围一个有限的剩余世界,被动地接受着“有”的围攻。“我”仿佛喝下了策兰递来的一杯“黑牛奶”,在“不知道时候的时候”中毒身亡,于是逃脱了平庸的见识,可以开始顺畅地咀嚼着“实”中的“虚”、“有”中的“无”、“是”中的“不”、“生”中的“死”了。

在这些嚼不烂的第四维词根里,在例外状态中,“我”直视着“自己”的潜能,仿佛“我”活着的时候也同样躺在一座“空中的坟墓”里,沉睡在一个“虚妄”的摇篮里,摆渡着自己貌似清醒的一生。“我”真正地进入到一种匿名状态中,此刻已经没有了“我”“你”和“他”的区分。我们在反复叨念第四维词根之际,例外状态总是已经提供了一种共通的称谓,那可能是一种第四人称,一个非主体的主体。它存在于死后余存的经验中,存在于“我不知道”的肯定回答中,存在于比“有”更基本而顽固的“无”之情调中。在第四维上,通过第四维词根阅读《野草》,同时就训练了我们以第四人称阅读任何现代汉诗的文本,乃至阅读整个现代世界的诸多症候。让第四人称开口,倾听这种不可能的言说,这似乎可以称为第四人称

---

① 鲁迅:《死后》,《野草》,《鲁迅全集》第2卷,第214页。

阅读法，也是一种外展的法则，例外状态为它提供了扎根的沃土。凭借这种奇特的阅读，我们居然能够倾听到那未曾存在之物，在文本中看到更多看不见之物，意外地收到诗人在文本中给出的自己所没有的东西。如同策兰从他的时代里挤出“黑色牛奶”，波德莱尔从他的时代里采摘“恶之花”一样，鲁迅也从他的时代里伸出他“颤动着”的“灰黑的手装作喝干一杯酒”①。

在潜能的意义上，《野草》宛如一只酒杯，以第四人称之名（而非以父之名），承接着宇宙之壶倾倒出的第四维词根。《野草》向啜饮它词根的读者送出了“无”的赠品。如果以第四人称来阅读，从一只容器中倾倒出的不仅是“有”（如水、酒或奶），而且还有“无”。“有”与“无”（“实”与“虚”、“是”与“不”、“生”与“死”亦然）的聚集方能称为赠品，这造就了容器作为一种物的本质，是物的潜能，也是自己给自己的礼物。

《野草》完好地承接了时代之酒杯倾倒出的“有”与“无”，在两者的再次聚集中，似乎化合出了新的产品。微醺的双眼透过无边的黑夜，人们渐渐看到，第四维词根在外展运动中奇崛地显现出来，并且“一分为三”地提炼出超越矛盾双方的例外状态，从“虚”“无”“不”“死”中余留出一个共同的位置——第四人称，它在那些富含机缘的物品中端坐，在人与物、物与物之间不停穿行。只有潜入“地火”中的人们才会有幸瞥见它的面孔，看到那团“生命的泥”：不生乔木，只生野草，花叶不美，根须壮大，野火烧不尽，春风吹又生。以第四人称阅读文本和世界，就是从宇宙之壶中获得馈赠，就是饮下那杯中之“无”，它将在现代人的身体中顽强地生存下去，生成新的血气。例外状态呈现出美的外在结晶：酒杯是酒的外展，物是人的外展，第四维是可能世界的外展，第四人称是“我”“你”和“他”的外展。像阿拉丁等待神灯里冒出的精灵许诺给他的奇迹那样，我们也等待着汉语诗歌写作的奇迹从这神奇的酒杯里飘升出来，赐给我们语言上的复兴，指引我们在真与善的争执中重新发明美，并且从不可能性中不断发明出自身。在第四维的召唤中，现代汉语诗人以第四人称的名义与时代签署了书写契约，他们要写出那不可能之物，并等待阅读那从未

① 鲁迅：《影的告别》，《野草》，《鲁迅全集》第2卷，第169页。

写出之物。这种契约,正从《野草》开始。

(撰文:张光昕)

扩展阅读:

1. 鲁迅:《野草》,《鲁迅全集》第2卷。
2. 孙玉石:《〈野草〉研究》,北京:北京大学出版社2007年版。
3. 张洁宇:《独醒者与他的灯——鲁迅〈野草〉细读与研究》,北京:北京大学出版社2013年版。
4. 汪卫东:《探寻"诗心":〈野草〉整体研究》,北京:北京大学出版社2014年版。

“故事”如何“新编”
——鲁迅《出关》导读

《出关》是鲁迅最后一本创作小说集《故事新编》中的一篇。和《呐喊》《彷徨》这前两本集子相比,《故事新编》的写作历时更长——集内8篇作品写作于1922—1935年间,横跨13载;创作抱负更大——鲁迅选择以小说的形式来构成和先秦上古世界的对话,以现代中国人的眼光凝视本国历史的基底。这么说也许有些抽象,那么请大家打量一下《故事新编》着意排列的目录,就能发现鲁迅的匠心:《补天》《奔月》《理水》《铸剑》《采薇》《出关》《非攻》《起死》,8篇小说的前4篇从民族起源的神话讲到口耳相传的英雄传说,后4篇则在有史可征的周秦之际特别关注儒、道、墨三家思想者的行动时刻。有趣的是,我们看到8个篇名都是动宾结构的双字,而我们读完每篇就可以自然补上动词前的主语,可以说,这8个动作时刻及8个动作的发出者,便是鲁迅所裁选的带领读者进入中国文明与文化传统基底的钥匙。其实,晚清以来,至于“五四”,甚至于今日,欧风美雨吹沐中国,知识人生吞活剥输入东渐的种种西学之时,产生了对习焉不察的本国文化的新的关注,所谓“国学”“国故”的说法由此而生,其最重要的关切问题就是:现代中国人如何重估和重构本国文化传统,从而确立世界体系中中国人再次出发的精神根基,而鲁迅的《故事新编》写作也正基于对这个大问题的关怀。不过,和学术写作的高头讲章不同,鲁迅选择了以小说这个读来看似轻松的文学形式来表达自己的判断。那么,理解这组文本中鲁迅对中国文明文化的判断,鲁迅表达判断的策略及这种策略的效果,就是我们阅读《故事新编》最关键的问题了。这些问题解决了,我们读《故事新编》也会更有兴味和收获。

以上说了《故事新编》的一种可能的阅读门径,为了帮助大家理解,我们可以拿《出关》作为例子讲一讲。选择这篇的原因在于它是8篇新编中唯一得到作者亲自详细解说的:《故事新编》正式出版半个月前,《出关》发表在杂志《海燕》1936 年 1 月中旬的创刊号上,很快引起各种读者的注意,针对这篇小说的评论很多,但鲁迅本人对这些解读并不满意,回复读者信件外又选择站出来发表创作谈《〈出关〉的"关"》。这么一来,就提供了大量珍贵的线索,那么我们可以结合小说和作者的自我阐释,顺藤摸瓜开始读。

一、"无为而无不为"

对中国古典稍有了解的同学,都知道老子著《道德经》而后飘然出关,不知所终,《史记》记录了这个富于传奇色彩的故事,历代人由此传说生发,老子出关变得玄而又玄。鲁迅选择重写这个传说,用意何在呢?我们看一看他回应读者批评的自我说明:

> 那《出关》,其实是我对于老子思想的批评,结末的关尹喜的几句话,是作者的本意,这种"大而无当"的思想家,是不中用的,我对于他并无同情……①

看来,鲁迅写《出关》不为"作意好奇",而是以故事的重述来表达自己对老子代表的道家一脉思想的判断,而这判断可以划分为两个部分:老子思想的核心是什么,对这种思想的评价如何。正如鲁迅所提示的,他把表达判断的代言职责部分交给了小说人物关尹喜。小说中关中众人送别老子后,对着老子留下的《道德经》发牢骚,关尹喜嘲笑老子连恋爱故事也欠奉,原因是他就没有过恋爱,且看关尹喜的推理:

> 这也只能怪您自己打了磕睡,没有听到他说"无为而无不为"。这家伙真是"心高于天,命薄如纸",想"无不为",就只好"无为"。一有所爱,就不能无不爱,那里还能恋爱,敢恋爱?②

虽然关尹喜的推理是为了探索恋爱八卦,颇为无聊,但其推理的源头却来

---

① 鲁迅:《360221 致徐懋庸》,《鲁迅全集》第 14 卷,第 36 页。

② 鲁迅:《出关》,《鲁迅全集》第 2 卷,第 462—463 页。

自《道德经》本文,可以说,“无为而无不为”6 字是关尹喜对老子思想核心的把握,而其后凝聚着鲁迅本人的思考。鲁迅青年时代关于文学功能设想的重要文章《摩罗诗力说》中,曾重点讨论过老子思想:“老子书五千语,要在不撄人心;以不撄人心故,则必先自致槁木之心,立无为之治;以无为之为化社会,而世即于太平。”[①]1920 年代鲁迅撰写的讲义《汉文学史纲要》中,剖析道家老子一脉形成“清虚以自守,卑若以自持”特点的指向在于“尚无为而仍欲治天下。其无为者,以欲‘无不为’也”[②]。不难发现,鲁迅始终把老子思想放在社会运行理念和由此产生的政治统治术的层面进行阐述,“无为”达到“无不为”都是具体的治理手段,其目的不在个人修养,而意在通过这种社会关系的设计达成“化社会”“治天下”的愿望。对于这种设计,鲁迅在《摩罗诗力说》中引入了进化论来破坏:万物“进化如飞矢”则一切生变,人基于进化之力“乃至于人所能至之极点”,相形之下,无为之治则“祈逆飞而归弦,为理势所无有”,不可能达到。[③]而在“无为”与“无不为”的关系间,存在一个隐藏因素,即所谓“有为”,王弼对《道德经》“为学日益,为道日损。损之又损,以至于无为,无为而无不为”一段有一则笺注:“有为则有所失,故无为乃无所不为也”[④],谈到“有为”打破了事物的自我循环,所以会造成缺口,“无为”则能维持圆满,圆满即“无不为”状态。所以“有为”不如“无为”,这个因素可以被舍弃。但鲁迅引入现代进化论后,则改变了“有为”的地位——它是万物进化演变的必然结果,不能被选择,只能被接受,那么不合于进化论的“无为”则失去了作为一种选择的可能性,而唯一的选择“有为”则在“无不为”与“有所失”的两极指向间震荡。

经过以上讨论,我们可以明确两点:首先,鲁迅认为老子思想的应用主要在社会关系设计与社会政治治理的范畴内,而不以独立个体为面对的单位。第二,鲁迅认为老子的思想核心在以“无为”作手段,达到“无不

① 鲁迅:《摩罗诗力说》,《鲁迅全集》第 1 卷,第 69 页。

② 鲁迅:《老庄》,《汉文学史纲要》,《鲁迅全集》第 9 卷,第 374 页。

③ 鲁迅:《摩罗诗力说》,《鲁迅全集》第 1 卷,第 70 页。

④ [周]老子著,[晋]王弼注:《老子道德经》,北京:中华书局 1985 年版,第 45 页。

为"的境界。凭借现代人的进化理念,鲁迅否认了无为的可能性,认为有为是进化导致的单一结果,但也留下了问题,原有的无不为的完满社会理想是否因此而彻底失落了呢?从鲁迅对老子思想加以重估的这条脉络看,《出关》中关尹喜所代言的批评,可以说是鲁迅思考的起点——"无为"已不可能,而整篇《出关》,试图回答的更重要的问题在于:勘破"无为"的虚妄后怎么办?下面我们就一起来看看鲁迅如何四两拨千斤地用小说形式面对这个问题。

二、"呆木头"的言语与力行

《出关》5000字左右,不知是有意的游戏还是无意的巧合,与老子《道德经》的长度基本等同。体量不大,大体包含两段情节:孔子问礼于老子而致使老子西行;老子出函谷关前为关官等拦截,勉而著书讲学。大家读后掩卷回想,留下最深印象的是什么呢?大概多半是围绕老子这个人物的看法吧。《出关》刚发表时的读者回应也是这样,有猜测《出关》是鲁迅自比老子的境遇,有猜测写老子是影射他人,种种揣测,引得鲁迅不得不出来澄清,把大家的目光往小说重估传统思想的目的上引导。不过,也不能完全归咎于其时读者的浅陋,正如前文所引鲁迅的自我解说,作者在创作时已把对思想的批评转化为对思想家的批评,小说这个文体本不长于议论,而长于故事叙述与人物的塑造,限于此,读者自然按对小说的期待去读《出关》,自然聚焦到最主要的小说人物老子。因此,鲁迅对老子思想的重估问题在《出关》被转化为作者对核心人物老子形象的重构问题。人物为实而思想为虚,这两面如何融合呢?《出关》虽短,而鲁迅为解决这个问题创制了多种写法,下面我们来一一说解。

《出关》中老子的样貌姿态是怎样的呢?鲁迅用了一个比喻:

> 好像一段呆木头。①

这个比喻出自小说的第一句话,而同样的字句,在文中前前后后出现了7

---

① 鲁迅:《出关》,《鲁迅全集》第2卷,第454页。

次,可见鲁迅是怎样着意于老子这个形象的构建。

“呆木头”老子掩盖了文中其他可能为我们所注意的老子姿态:首先,被鲁迅舍弃的,是冠冕俨然、宽袍广袖的士大夫的老子。鲁迅喜欢收集汉画像,且兴趣长久涉猎颇多。孔子问礼于老子的故事,是汉画像的一个常见题材,鲁迅相当熟悉并时有收集,他《在现代中国的孔夫子》中曾描述孔子“是一位很瘦的老头子,身穿大袖口的长袍子,腰带上插着一把剑,或者腋下挟着一枝杖,然而从来不笑,非常威风凛凛的”①。写的是孔子,画像中的老子亦可以说相差不远。然而鲁迅在《出关》中并不愿这样写老子的形象,只保留了汉画像中孔老间飞着的那只雁鹅——老子嘱咐弟子将孔丘的礼物晒成腊鹅蒸了吃,幽了春秋士礼一默。其次,被冲淡的是道教供奉的教主老子。托名刘向的《列仙传》中,最早撰写老子乘青牛飘然西去。到宋元时期,老子作为道教“三清”之一被固定供奉,青牛之于老子,已成为民间习焉不察的一种道教信仰象征。《出关》中鲁迅仍配给老子一头青牛,却无意表现这乘牛的神异,神仙家老子的青牛坐骑可以腾云驾雾,鲁迅笔下的青牛却为城墙所阻,爬不过去,其中是返圣为俗的笑谑。

“呆木头”老子可以说是鲁迅的创造。这个形象是否有典籍的出处呢?在《庄子》中写孔子拜问老子事的《田子方》篇中,孔子见到新浴后的老子感叹:“先生形体掘若槁木,似遗物离人而立于独也。”这里,庄子拟老子为“槁木”。《庄子》文中对槁木之形的叙述,在全书的重要纲领《齐物论》的开头同样出现,写论道者南郭子綦“隐机而坐,仰天而嘘,嗒焉似丧其耦”,问道者颜成子游形容此等姿态为“形固可使如槁木,而心固可使如死灰乎”。②《庄子》中论槁木之形,是以寓言的方法论道,《田子方》讲“游心于物之初”,《齐物论》讲“吾丧我”,同说不为外物所动,寻找本源的问题,槁木即枯木,干枯的皮相在《庄子》中是达到内部充盈的手段,遗形体而达本源。可见,《庄子》中老子的槁木之象是修道的方式。同时,得道者和闻道者间的教习,总以从得道者形体的讨论开始,这里的形

① 鲁迅:《在现代中国的孔夫子》,《鲁迅全集》第6卷,第324页。

② [周]庄子著,陈鼓应注释:《庄子今注今译》,北京:中华书局2009年版,第39、576页。

如槁木是将其心得学说外示于人的手段。

鲁迅写老子好像“呆木头”，可以说从《庄子》的“形如槁木”受到了启发。不过，上面我们分析《摩罗诗力说》已谈过，鲁迅认为老子“自致槁木之心”的目的在于修“无为之治”，更多地把槁木作为老子无为的思想学说的喻体，可以说吸收了《庄子》以形喻道的方法而替换了老子之道的指向内容。有意思的是，《出关》中的老子之喻被鲁迅从超然于形体的枯木替换为呆木了。“呆”有不动的意思，可以说合于无为而为的学说，不过在鲁迅笔下，和“呆”有关的形容更多是“呆头呆脑”“呆相”“呆气”“呆鸟”之类，“呆”更近于笨的意思，属于人的个性特征。槁木是不含褒贬的以形喻道，而“呆木头”则更加入了小说家的手腕，既是老子思想的直接喻体，又联系着老子这个人物的精神与特性，可谓用心良苦了。

下面我们谈一谈《出关》中的两段故事。第一段故事讲老子决定出关西行的原因，翻新习见的地方在于：鲁迅并不沿袭老子见周室衰败故而离去的旧说，而处理为孔老相争，孔胜老败的结果。在《出关的〈关〉》里，鲁迅明确提出自己借鉴了老师章太炎《诸子学略说》中的看法。那么，我们先来看看章太炎的原文：

> 虽然老子以其权术授之孔子，而征藏故书，亦悉为孔子诈取。孔子之权术，乃有过于老子者。孔学本出于老，以儒道之形式有异，不欲崇奉以为本师；……而惧老子发其覆也，于是说老子曰：乌鹊孺，鱼傅沫，细要者化，有弟而兄啼。（见《庄子·天运篇》，意谓已述六经，学皆出于老子，吾书先成，子名将夺，无可如何也。）老子胆怯，不得不曲从其请。逢蒙杀羿之事，又其素所怵惕也。胸有不平，欲一举发，而孔氏之徒遍布东夏，吾言朝出，首领可以夕断。于是西出函谷，知秦地之无儒，而孔氏之无如我何，则始著《道德经》，以发其覆。①

章太炎截取《庄子》中孔子说变化一段，尤其“有弟而兄啼”一句，便解作弟子孔子对师者老子的警告，从而衍生出孔子诈取老子学问后，为争夺名利私欲不认本师甚至威逼，而老子畏惧“孔氏之徒”势力，不得不出关遁

---

① 章绛：《诸子学略说》，《国粹学报》第2年丙午第8号，1906年9月8日。

走。这样的说解发前人之未发,却相当不牢靠,其中论据不足:《庄子》多寓言,其中的孔老形象不过设问说理的指代,不能作为史实记录看;同时"有弟而兄啼"在原语境中是说明变化之道的例证之一,单独提取一句解释为孔子的威胁暗示,可算穿凿臆断。章太炎一代学问大家,不会不知道以上的问题,又为什么做如此怪论?我们还需要从《诸子学略说》的立论方式着眼。章太炎论孔子,讥他"以富贵利禄为心""热中竞进""污邪诈伪";论老子,说他虽富"权术",却"事事以卑弱自持",相当"胆怯"。章太炎论诸子学说传承及各自义理,回真而向俗,化思想问题为思想者的问题,以诸子著作为本而发掘诸子的性格,以世故人情解之,并对其个性有鲜明褒贬,进而由其个性月旦延展至其学说的高下品评。我们看《出关》,孔子第二次和老子论学后,老子向弟子庚桑楚宣布自己出走的决定,而庚桑楚所引出的老子对自己和孔子分道的评述,实际是变章太炎的议论为小说人物的发言——"他知道能够明白他的底细的,只有我,一定放心不下。我不走,是不大方便的""上朝廷""背地里还要玩花样"云云,继承了章太炎对孔子"以富贵利禄为心""污邪诈伪"的个性判断,"叫我老头子"也不脱章太炎当年视孔子为背师之徒的冷眼观察。[①] 可以说,化儒道两家抽象的义理优劣的讨论为具象的人格臧否,鲁迅既受惠于乃师的方法,也连带继承了部分章太炎的判断。

听到这里,有些同学也许会为孔子抱屈了:《出关》里孔子两次拜访都挺恭敬有礼的,怎么就成了逼迫老子西行的小人啦?第二部分老子写《道德经》也是应关官邀请才不得不应的差事,也不像章太炎所说的,是为了在遍地孔子之徒的时候保留一点自我学说的火种呀?鲁迅和章太炎的表达好像有点不接合的地方吧。细读文本能力的提高往往就是从发觉这些不对劲的地方开始,让我们就这个问题接着讨论吧。

文中孔老的问答,是将《庄子·天运》所拟孔老对话划分为两段,基本无遗漏地翻译为白话。第一次问答,孔子哀叹过去的经典难以在今天运用,老子讲:

---

① 鲁迅:《出关》,《鲁迅全集》第2卷,第457页。

白鸦们只要瞧着，眼珠子动也不动，然而自然有孕；虫呢，雄的在上风叫，雌的在下风应，自然有孕；类是一身上兼具雌雄的，所以自然有孕。性，是不能改的；命，是不能换的；时，是不能留的；道，是不能塞的。只要得了道，什么都行，可是如果失掉了，那就什么都不行。①

孔子不能完全领悟。第二次孔子来访，针对老子的论道，讲到终于想通了一点：

鸦鹊亲嘴；鱼儿涂口水；细腰蜂儿化别个；怀了弟弟，做哥哥的就哭。我自己久不投在变化里了，这怎么能够变化别人呢！②

老子赞赏孔子终于得道。

我们要注意，《出关》承袭了《诸子学略说》用《庄子·天运》一篇作为孔老相争的依据，但二者使用原文的方式是不同的。《诸子学略说》中仅用了“乌鹊孺，鱼傅沫，细要者化，有弟而兄啼”一句，肢解原语段，将其解释为孔子作为后学得道后对老子的一个威胁警告，而《出关》则使用了完整的语段，将章太炎对兄弟相争之喻的解释部分地消解掉了，而指向《庄子》“不与化为人，安能化人”这讲变化之道的原文的说理归属。不过，鲁迅虽然保持了文段的完整性，但做了一个“截搭题”——把《天运》文段的终点作为《出关》小说的起点，《天运》以万物变化之道作为结论，而《出关》则以变化作为老子面临境遇的起因。老子、孔子这里所处的时点，是鲁迅《摩罗诗力说》中预设的天演进化论对循环论视野打破的一瞬，当孔子领悟出自己久不变化而老子回答“您想通了”的时候，二人都明白了：自己基于过去时代的理论成了不合时宜的旧物。那么，二人如何应对呢？老子决定出走，并发表了一番对孔子和自己此后选择的预言：

孔丘已经懂得了我的意思。他知道能够明白他的底细的，只有我，一定放心不下。我不走，是不大方便的……

我们还是道不同。譬如同是一双鞋子罢，我的是走流沙，他的是

① 鲁迅：《出关》，《鲁迅全集》第2卷，第454—455页。

② 同上书，第456页。

上朝廷的。

> 他以后就不再来,也再不叫我先生,只叫我老头子,背地里还要玩花样了呀。①

对于这段发言,鲁迅给出了和一些读者阅读感受很不一致的创作谈:

> 老,是尚柔的;“儒者,柔也”,孔也尚柔,但孔以柔进取,而老却以柔退走。这关键,即在孔子为“知其不可为而为之”的事无大小,均不放松的实行者,老则是“无为而无不为”的一事不做,徒作大言的空谈家。②

孔老二人明白“无为”的基础已失,故而都有所行动:孔子进取,化“无为”而“有为”,就是鲁迅明确点出的“知其不可为而为之”,达到“有为”的知行合一;老子退走,以行动保有“无为”的理念,而退走的实践已并非“无为”,终于达到一种奇特的行动的“有为”。二人实为一种思想行动分化的一体两面,存在互相观照的紧张感。然而,抽象的行动落在实体的人物身上,就引发了对行动发出者人格修养的好恶判断,《出关》里继承着章太炎的孔诈老诚、孔热衷竞进而老淡泊自持的说法。其时“左联”内部正发生着口号之争,一些人赞成多党合作的国防文学,一些人坚持保存左翼文学的旗帜,徐懋庸、邱韵铎等部分青年就对号入座,认为孔子之徒是指代宣传国防文学的自己,“苦闷”的老子则是鲁迅自况,故而在报章“大鸣大放”。鲁迅借用了一点其师当年的情感,把自己和青年间关系的担忧捎带一笔进去,带一点对当下的笑谑,但被“左联”青年看作路线之争这么严重;此形势之下,鲁迅又声明并非己意,夸赞孔为实行家,指老为空谈家了。能用一篇小说这样地“翻烧饼”,和《故事新编》的文体问题有关(我们后面再谈),亦可见其时文坛风气。

《出关》上半部分虽然仅写了老子、孔子、庚桑楚三人的几段对话,内部却很紧实甚至紧张,这基于三人实则在施展针对为道之变问题的深刻

---

① 鲁迅:《出关》,《鲁迅全集》第2卷,第457页。

② 鲁迅:《〈出关〉的“关”》,《鲁迅全集》第6卷,第539—540页。

辩驳。而下半部分虽然发声人物众多,但老子和关上众人并未真正展开对话,有点鸡同鸭讲,粗粗读着好玩,再看一遍,却能感到这种松弛的表面内部的压力。

我们先看看老子的表现。老子想偷渡函谷关,被关中人马拦住邀请讲学,讲了众人又道听不清,要求编讲义,写了讲义才能出关。我们看鲁迅写老子讲学,和上半部分写其与孔子对话不同,不再译为白话,而全用《道德经》原文,至于写讲义,也是“回忆着昨天的话”,敷衍而成。全用文言,造成和口语的距离,意味着老子并不照顾这些听众是否能够听懂;至于写讲义,照《出关》最初对孔子的训导,“六经这玩艺儿,只是先王的陈迹呀。那里是弄出迹来的东西呢”①,老子也并不认为是什么有意思的东西;甚至讲学的内容,所谓过去的“圣人之道”云云,已在和孔子的辩难中被证明是无用的陈迹了,老子亦不再坚持,不过有人要听,再复述一二而已。可以说,关中讲学对老子而言是一场被动的失败,而唯有出关这个动作是主动的、真诚的、成功的。出关的完成实则是“有为而有所失”,从而达到了老子个体既是肉身的又是理念的超越。

再来观察一下函谷关众人。除了关尹喜有名有姓,且确源于《史记》所录,其他人都是鲁迅所虚构点染,且名之为账房、书记、巡警、签子手等等,以职务辨识身份而已,不过,这样的身份设置不要轻易放过:首先,“巡警”一类都是小吏,在官僚系统的最底层,他们看老子也从职级去看,称为“老聃馆长”;其次,“巡警”一类,并非古人称谓,而是今人的概念,作者借此提示我们,关上众人拥有着现代人的眼光和思维。而他们将以此身份得出对老子的评判。众人听讲听得头痛,但也并不认为自己没听懂,关尹喜和书记二人甚至都抓住了老子“无为而无不为”的关键。不过,两人选取的角度很有意思——前面我们讲过,关尹喜以此分析老子不敢恋爱,没有爱情故事,书记则以经验推断老子理论的无用:

> 譬如罢,倘使他的话是对的,那么,我们的头儿就得放下关官不做,这才是无不做,是一个了不起的大人……②

---

① 鲁迅:《出关》,《鲁迅全集》第2卷,第454页。

② 同上书,第463页。

一个恋爱,一个做官,对关上众吏来说,是除生死外自己追求的最大事体,老子的理论对其无益,换句话说,如果从现代个体的世俗成就方面来评判小说中的老子,他失败了,他的无为等同于无力或无能。鲁迅在信件和公开文章中都表示自己用关尹喜代言,对老子没有同情,但只要对鲁迅的创作稍有阅读的人,都能感到其中的矛盾之处:关上众吏和鲁迅始终蔑视的庸众离得很近,而老子更像在鲁迅欣赏的独异个人的延长线上,当老子的信条无法成为乌合之众的人生指南时,其以肉身承载之道反而因这种个体和群体的疏离获得了某种悲剧的崇高感和正当性——作为个体修养和处世之道的"无为"因其不能达到目标的徒劳而隔绝于世俗,怪异而保持了纯真。

三、构建活的古人:"衍义"与"演义"之间

在《故事新编》还未完全写成的时候,鲁迅即对自己这个系列创作的类型与方法作过定义:

> 神话,传说及史实的演义①

可以说,鲁迅把现代的历史小说放在了传统的演义体小说的延长线上。我们都知道鲁迅曾精细整理与深入研究过中国小说的历史,他所写的《中国小说史略》是国内最早的小说史研究的专著。在此基础上,他取用"演义"说明自己的创作方法,绝非无的放矢。那么,我们来看一看鲁迅怎么解释演义体。

在《中国小说史略》及讲稿《中国小说的历史的变迁》中,鲁迅考察了从宋人"说话"的"讲史"一科,中国的历史小说开始发生,至于元明,乃有各种名为"演义"的长篇章回历史小说。在种种作品中,鲁迅特别以罗贯中《三国志演义》为对象,剖析其特点:

> 凡首尾九十七年(一八四——二八〇)事实,皆排比陈寿《三国志》及裴松之注,间亦仍采平话,又加推演而作之;论断颇取陈裴及

① 鲁迅:《〈自选集〉自序》,《鲁迅全集》第4卷,第469页。

习凿齿孙盛语，且更盛引“史官”及“后人”诗。然据旧史即难于抒写，杂虚辞复易滋混淆，故明谢肇淛(《五杂组》十五)既以为“太实则近腐”，清章学诚(《丙辰札记》)又病其“七实三虚惑乱观者”也。至于写人，亦颇有失，以致欲显刘备之长厚而似伪，状诸葛之多智而近妖；惟于关羽，特多好语，义勇之概，时时如见矣。①

后来做历史小说的很多，如《开辟演义》，《东西汉演义》，《东西晋演义》，《前后唐演义》，《南北宋演义》，《清史演义》……都没有一种跟得住《三国演义》。所以人都喜欢看它；将来也仍旧能保持其相当价值的。②

可见，鲁迅从三个方面说明了演义体的特点：故事基于文献记载而有艺术的增饰；演义以历史人物的塑造为关节；演义源于“说话”，对象是民众，注重其接受度和影响力。同时，他也指出这三个特点的难以把握分寸之处：史料和虚构当如何融合，史料本身怎样剪裁；人物形象往往描写过实，所谓“写好的人，简直一点坏处都没有；而写不好的人，又是一点好处都没有”③；对当下人讲过去事，如何把握两者的距离。通过刚刚的《出关》细读，我们可以感知到鲁迅是怎样步步为营而兴致勃勃地进行自己关于历史演义的实验的。

不过，我们发现《中国小说史略》中鲁迅对演义的说解更多偏向技的层面，即如何“演”，而关于什么是历史小说可以达到的“义”，鲁迅并未加以讨论。换个角度看，这意味着鲁迅并不怎么认同中国传统历史小说在“义”的方面有所成就，而这正是《故事新编》系列试图把握的，就像他在给后辈萧军、萧红的信里对《故事新编》意旨的预言：“把那些坏种的祖坟刨一下”④，对中国文明文化根源作批判性重估。如此主题并不承袭于起于民间的演义体，而更近于士大夫使用的文体“衍义”，晚清万事更始之

---

① 鲁迅：《中国小说史略·元明传来之讲史(上)》，《鲁迅全集》第9卷，第135—136页。

② 鲁迅：《中国小说的历史的变迁》，《鲁迅全集》第9卷，第334页。

③ 同上书，第333页。

④ 鲁迅：《350104② 致萧军、萧红》，《鲁迅全集》第13卷，第330页。

时，章太炎即把“演义”与“衍义”合一而论：

> 演义之萌芽，盖远起于战国。今观晚周诸子说上世故事，多根本经典，而以己义增饰，或言或事，率多数倍。若《六韬》之托于太公，则演其事者也；若《素问》之托于岐伯，则演其言者也。演言者，宋、明诸儒因之为《大学》衍义；演事者，则小说家之能事，根据旧史，观其会通，察其情伪，推己意以明古人之用心，而附之以街谈巷议，亦使田家妇子知有秦、汉至今帝王师相之业。不然，则中夏齐民之不知国故，将与印度同列。①

“演义”成于书场，传于里巷，本是基于百姓口传的想象帝王将相、英雄豪杰功业的俗体，“衍义”则是宋明以来士大夫用以诠释经学经典文本的雅体，二者本来泾渭分明，而章太炎竟然以诸子学将两方源头打通，着力在以俗化雅：以“演事”的方式“演言”，以小说家的方式解构六经、重述诸子，从而达到学问的革命，以至于以学问的转轨激发思想的革命。我们前面讲到《出关》的源头《诸子学略说》，就是这种化“演义”于“衍义”的文章。新的“衍义”体对近现代文化人的影响很深，就以章太炎发掘出的孔老相争故事看：晚清时期，为了与康有为推崇老子为教主的一方对抗，章太炎“激而诋孔”，故而构建孔老相争故事为孔子背师弃义的论据；新文化运动浪潮之中，章太炎演义出的孔子性格成为弄潮者“打倒孔家店”的根据之一；1930 年代鲁迅写《出关》，几个“左联”成员呼吁鲁迅不要远离集体，成为“孤僻”“苦闷”的老子。如果说晚清、“五四”两代人还在以今人的眼光打量古事，更激进的左翼一辈则已不在意原典的意义了，议论古事而启蒙今情的方法至此已演化为古事就是今情，激进到这一步，历史的维度在此眼光下简直无须存在，“衍义”的论说意图撑破了历史“演义”的架子，二者只能分离。

可以说，鲁迅《故事新编》的写作是以创制新的历史小说的实验来反思自己所经历的革命世代中形成的言说中国历史及估量其价值的“衍

---

① 章炳麟：《洪秀全演义序》，《章太炎政论选集（上）》，北京：中华书局 1977 年版，第 307 页。

义”新传统。那么,鲁迅这组文本创作的理想目标是怎样的呢?在《故事新编·序言》的最末,他写道:

> 不过并没有将古人写得更死,却也许暂时还有存在的余地的罢。①

写活的古人,这个目标定得相当高。其并未言明的对话对象,正是晚清以来新的“衍义”传统。鲁迅接受了将解经转化为解人的方法,但不满于其令人物僵死的塑造:将“演义”写人的特点完全挪用,爱而不见其丑,憎而不见其美,在《〈出关〉的“关”》里,鲁迅称为“将他的鼻子涂白”的“漫画化”。其实,漫画化的人物未尝不适合于民间的讲史传统,只是拥有现代小说观念的作者鲁迅已不感到满足。

那么,鲁迅是怎么构建历史人物的呢?他尝试将古人放在一个特定境遇中写,这个境遇有文献可征,被作者剪裁出来,作为检验其言论主张的关口。拿《出关》来说,孔子到来就是检验老子的这么一个关口。而在境遇之中,把历史人物的反应、行动尽可能地描写出来,其所承担的义理主张是抽象的,但基于义理而发生的行动是具体的、丰富的,而真实可感的人物也不再是漫画化的角色。在这个境遇的书写中,现代的基于读—写关系的叙事相较传统的基于听—说关系的叙事更有助于人物构建的复杂化。仍以《出关》与《诸子学略说》的对比为例,如果将《诸子学略说》向演义体稍加转化,则论说者章太炎和全知全能的说书人近似,可以挥洒自己对人物的判断,在叙述故事期间随时跳出来说话,具有极大权威;而《出关》则采取第三人称限制叙事,克制叙述者的声音,无论原典的翻译还是新的观点判断都只能以人物的言语形态出现,化作境遇之中各人的反馈。经过如此剪裁,鲁迅笔下的老子可以称得上现代的演义法所塑造的复杂人物。此外,我们要注意鲁迅放置历史人物的境遇本身的构成。大家还记得前面我们分析老子出关源自“无为”理念的失落,而带来这种境遇变化的大前提是鲁迅所引入的现代进化眼光。老子出函谷关面对的关吏,也显著地在以现代人的思维与眼光打量老子。可见,鲁迅虽尽量在

---

① 鲁迅:《故事新编·序言》,《鲁迅全集》第2卷,第354页。

老子这个主要人物身上寄托古典的原貌,但其进入的却是富于现代世界精神的境遇,在有现代精神的舞台上古典的人物进进出出,正于此现实与过去的不断交锋刺激中,所谓活的古人才能由文本中生长出来。

鲁迅以具体人物演义抽象义理的实验,在《故事新编》中可以说获得了相当的成功。不过,人物以肉身证道,则义理更接近于个体的修养方式,就像《出关》中老子的"无为",本以社会治理为目的,而在小说中更多地展现为个人处世的信条,阐述目标稍稍发生了偏折。这也是演义的文体有所限定之处吧。

(撰文:何旻)

扩展阅读:

1. 鲁迅:《故事新编》,《鲁迅全集》第 2 卷。
2. 鲁迅:《中国小说史略》,《鲁迅全集》第 9 卷。
3. 章绛:《诸子学略说》,《国粹学报》第 2 年丙午第 8 号,1906 年 9 月 8 日。
4. 王瑶:《〈故事新编〉散论》,《中国现代文学史论集》,北京:北京大学出版社 2008 年版。
5. 高远东:《鲁迅对于道家的拒绝——〈故事新编〉与鲁迅对中国传统思想和价值的批判之三》,《现代如何"拿来"——鲁迅的思想与文学论集》,上海:复旦大学出版社 2009 年版。
6. 何旻:《今何以言古?——论鲁迅的〈出关〉写作对章太炎演义诸子法的转化与反思》,《文艺争鸣》2017 年第 7 期。

“阿金”与鲁迅晚期思想的限度

——鲁迅《阿金》导读

引 言

鲁迅笔下的女性大致可分为两类：一类是长发女子（持守传统道德的旧女性），其结局是成为家庭和宗族势力的牺牲品，或辛苦地度日，或被吞吃；另一类是剪发女子（也就是受了启蒙，懂得平等自由的新女性），其结局是走投无路，即使嫁人，也不免“苦痛一生世”[①]。从子君、祥林嫂、单四嫂子到爱姑，鲁迅作品中的女性大多数都可以归入这两类。鲁迅的态度，大体上对旧女子是怒其不争，对新女性是哀其不幸。

然而，后期的阿金却恰恰是无法归入这两类的、相当特殊的一个女性人物。鲁迅对其既无“不幸”之可哀，亦无“不争”之可怒，在一篇短短的《阿金》中，他反复申说：

> 近几时我最讨厌阿金。[②]

让鲁迅如此纠结不已的阿金，究竟何许人也？她不过是鲁迅邻居家的一个女佣。鲁迅一生，多得女佣之助[③]，而他也没有忘本，笔下屡屡写到女

---

① 鲁迅：《头发的故事》，《鲁迅全集》第1卷，第487—488页。

② 鲁迅：《阿金》，《鲁迅全集》第6卷，第205页。

③ 鲁迅在北京时，曾雇有女佣两人，据俞芳回忆为王妈和潘妈，王妈为鲁迅家的女工，潘妈为鲁迅母亲鲁瑞的女工，见俞芳《我记忆中的鲁迅先生》，杭州：浙江人民出版社1981年版，第34页；在上海，有了周海婴之后，鲁迅家中也雇用了两个年老娘姨，一位负责做饭，一位为南通籍许妈，负责照顾周海婴。见萧红《回忆鲁迅先生》，俞芳等《我记忆中的鲁迅先生——女性笔下的鲁迅》，石家庄：河北教育出版社2000年版，第44—45页。

佣,从吴妈、祥林嫂、阿长直到阿金,无不给人留下深刻印象。虽然在生活及写作中,鲁迅都接触、表现了不少知识女性,但要论观察之深刻、叙写之隽永,未必及得上女佣群体。而阿金在这些女佣中的特殊之处,首先在于鲁迅格外明白、确凿地表明了自己的态度,那便是“想到‘阿金’这两个字就讨厌”①。于是乎,解读者便纷纷围绕“讨厌”做文章,或曰阿金“是半殖民地中国洋场中的西崽像”②,或曰“这个昏聩、颟顸、自私的上海娘姨、外国人的女仆,恰恰是一个反面典型”③,或曰“她的风格已完全小市民化、庸俗化了,甚至沾上了一些城市流氓无产者的气息”④,以证明阿金确实讨厌。然而,鲁迅表达之婉而多讽、隐晦曲折是有名的,若是直接照字面理解,难免要落入老先生挖好的坑里。⑤ 细读文本,不难发现鲁迅所谓“讨厌”,乃是一个多义的概念,其实隐含着更复杂的情绪与况味。《阿金》篇幅极短,其实就写了三件事:阿金的恋爱、街头的争吵以及鲁迅对阿金的观察。以下便围绕这三件事来分析鲁迅对阿金的态度究竟如何,以及阿金所折射出的鲁迅晚期思想的几个问题。

一、恋爱的喜剧

“我是我自己的,他们谁也没有干涉我的权利!”⑥(子君)

弗轧姘头,到上海来做啥呢?……⑦(阿金)

---

① 鲁迅:《阿金》,《鲁迅全集》第6卷,第208页。

② 孟超:《谈“阿金”像——鲁迅作品研究外篇》,《野草》第3卷第2期,1941年10月15日。

③ 张梦阳:《鲁迅的科学思维——张梦阳论鲁迅》,桂林:漓江出版社2014年版,第199页。

④ 蒋於辑:《鲁迅眼中的都市女性》,上海鲁迅纪念馆编《纪念鲁迅定居上海80周年学术研讨会论文集》,上海:上海社会科学院出版社2009年版,第347页。

⑤ 竹内实、黄楣、陈迪强、张克、张娟等研究者先后提出,阿金是一个复杂的人物,不应简单加以否定。

⑥ 鲁迅:《伤逝》,《鲁迅全集》第2卷,第115页。

⑦ 鲁迅:《阿金》,《鲁迅全集》第6卷,第205页。

同样是恋爱,子君的宣言当然是铿锵有力、掷地有声的,相形之下,阿金的"轧姘头"就显得粗鄙无文。但下层劳动妇女缺少文化,表述自然庸俗一些。既然是轧姘头,那么阿金大约是已婚。[①] 已婚女性而轧姘头,而且"好像颇有几个姘头"[②],显然很不道德,不少批评家也据此认为阿金恬不知耻、作风败坏。但考虑到当时的历史背景,倘若阿金在乡下也是祥林嫂或爱姑式的婚姻,那么她跑到上海来寻找自己的爱情,是不是也有部分的合理性呢?她的看起来不知廉耻的主张,是不是也体现了一些反对旧式包办婚姻的女性自觉呢?只不过这种女性自觉意识,是用鄙俗的市井语言表达出来的,听起来就有些刺耳。但其反对宗族势力对女性的束缚,追求个人恋爱的自由,合理性与正当性与子君真有高下贵贱之分吗?

不仅如此,和子君在恋爱中被左右、被支配的地位相反,阿金在"轧姘头"的关系中处于支配者的强势地位,这或许是令鲁迅感到不习惯与不舒服的原因之一。例如,鲁迅半夜推窗看到,一个男人正望着阿金的秀阁,此时阿金出现了——

> 并且立刻看见了我,向那男人说了一句不知道什么话,用手向我一指,又一挥,那男人便开大步跑掉了。[③]

一场预谋的幽会,被鲁迅的突然出现所打扰,而阿金不仅毫不慌张,反而指挥若定,那"一指""又一挥",分明显示出她的当机立断、处变不惊。更让人讶异的是,夜会情郎被人撞破,阿金非但不感到羞愧,而且"似乎毫不受什么影响,因为她仍然嘻嘻哈哈"[④],这实在是出乎鲁迅的意料。其后,情郎被人追赶,逃往阿金寓所,阿金不仅不收留,反而"赶紧把后门关上了"[⑤],这更违反了应该庇护爱人于肘腋之下的"彼尔·干德"

---

① 上海方言中将婚外恋称为"轧姘头",见马学新等主编《上海文化源流辞典》,上海:上海社会科学院出版社1992年版,第531页。

② 鲁迅:《阿金》,《鲁迅全集》第6卷,第205页。

③ 同上书,第206页。

④ 同上。

⑤ 同上书,第207页。

模式[①]，使鲁迅不得不重新认识阿金——在两性关系上，阿金实在是一个鲁迅笔下此前未出现过的女性主导者和胜利者。她的恋爱完全以自身利益为出发点，既不受旧道德的束缚，也不在乎新道德的规训。祥林嫂、吴妈对名誉、贞洁的看重，在阿金这里简直是笑谈；新知识分子提倡的爱情至上、为爱牺牲，也不在阿金考虑的范围之内。正像鲁迅所说的，阿金“无情，也没有魄力”“独有感觉是灵的”[②]，阿金的恋爱哲学是以我为主、保全自己、生存第一，女性既不必以男性为依靠，更不必为爱情背上任何道德包袱，爱情可享受时则享受之，若危及自身，尽可弃之如敝屣。较之知识女性，阿金虽然身处社会底层，但她的爱情观反而是最利己最强悍的，男性不要指望靠着花言巧语在她这里占到任何便宜，让她做出任何牺牲。自由恋爱对子君而言是一场悲剧，但到了阿金这里则是不折不扣的喜剧。

二、优胜记略

鲁迅笔下的女佣，多少都经历过一些风波，成为众人的焦点。祥林嫂是因为被劫、改嫁，宁死不从；吴妈是因为被阿 Q 求欢，闹着要上吊。只有阿金是唯恐天下不乱，以闹取胜。原因在于，阿金和祥林嫂、吴妈们的价值观完全不同。阿金与烟纸店的老女人吵架，末了老女人祭出撒手锏，指责阿金“偷汉”。这样的道德谴责在祥林嫂和吴妈那里，是足以让她们痛不欲生、寻死觅活的，然而阿金回答道：

> 你这老 X 没有人要！我可有人要呀！[③]

于是老女人应声而败。

这实在是惊世骇俗的反转。在阿金看来，能不能获得异性的青睐，能不能获得现世的快乐，才是衡量女性价值的标志。“有人要”恰恰是自己有魅力的证明，至于是否属于“偷汉”，在阿金（包括围观的看客）看来根

---

① 彼尔·干德，今译为培尔·金特，是易卜生诗剧《培尔·金特》的主人公。他放浪一生，终于在初恋情人索尔维格那里得到了接纳和救赎。

② 鲁迅：《阿金》，《鲁迅全集》第 6 卷，第 207 页。

③ 同上。

本不重要。阿金以快乐至上的实用主义逻辑颠覆了老女人名声至上的道德主义逻辑,从而令老女人的致命攻击化为自取其辱。以往能够将一个女人逼上绝路的传统伦理,扼杀了子君、李超这样的新女性的道德压力,在阿金这里变得"根本不是事儿"。阿金的言辞固然带有几分泼皮气,但其效果是显著的:新文化运动以来包括鲁迅在内的启蒙主义者苦苦不能解决的伦理难题,被阿金轻而易举地化解于无形。正因为如此,竹内实才称赞阿金的这些粗俗言辞,如果从"反道德"的意义说,"确实是毫无顾忌的,让人觉得很是痛快"①。

不仅如此,鲁迅继续关注着阿金的后续行动:当洋巡捕到来,把围观的看客赶开——

> 阿金赶紧迎上去,对他讲了一连串的洋话。洋巡捕注意的听完之后,微笑的说道:
>
> "我看你也不弱呀!"
>
> 他并不去捉老X,又反背着手,慢慢的踱过去了。这一场巷战就算这样的结束。②

在这里,文章又产生了一层递进。晚清以来,与洋人打交道就是件难事。从国家大事到个人交际,凡涉及洋务,无不棘手难缠,更不要说现在洋人是"官",阿金是民。按照正常的设想,对于这样可怕的洋巡捕,一般没有文化的劳动妇女必然畏之如虎,唯恐避之不及。然而阿金不仅不怕,反而主动迎上去,用洋话交流,以争取对自己有利的结果——不仅内战内行,而且精通"外交",这不仅是祥林嫂、吴妈之流万不能及,而且也高出被七大爷一句"来——兮"吓破胆的爱姑多矣!目睹此情此景,鲁迅一定会想起自己在香港被海关华洋官员刁难的窘迫体验③,而更感到阿金之异于寻常女子。

---

① 竹内实:《阿金考》,《中国现代文学评说》,程麻译,北京:中国文联出版社2002年版,第133页。

② 鲁迅:《阿金》,《鲁迅全集》第6卷,第207页。

③ 鲁迅接受香港海关边检,一开始拒绝行贿,不仅行李被翻得一塌糊涂,最终也不得不付出10元钱的贿赂,可谓完全失败。见鲁迅《再谈香港》,《鲁迅全集》第3卷,第559—564页。

三、“看”与“不看”

众所周知,《阿金》有两个主角,一个是阿金,另一个便是叙述者“我”。“我”看阿金是整篇文章的叙事基线。因此,文章既写阿金,也写了在关系当中、在对比中的“我”。作为写作者,鲁迅采取了惯用的观察/被观察的模式。阿金所有的行动,都是鲁迅从大陆新村二层寓所窗户所见。这种居高临下的空间关系,与观察者/被观察者的视觉关系,与主人/女佣、掌握书写权的知识分子/被书写的底层劳动者的身份关系,是正相对应的。这种关系显然是倾斜和不平等的,从鲁迅的笔调中,我们不难读出反讽和调侃:

> 她曾在后门口宣布她的主张
>
> 望着阿金的绣阁的窗
>
> 这时我很感激阿金的大度,但同时又讨厌了她的大声会议,嘻嘻哈哈了
>
> 阿金和马路对面一家烟饭店里的老女人开始奋斗了
>
> 论战的将近结束的时候当然要提到“偷汉”之类
>
> 但也可见阿金的伟力,和我的满不行①

就像鲁迅自己所说,《阿金》不过写“娘姨吵架”②,一个没有多少文化的女佣,明明是住在亭子间,哪有什么“绣阁”?又会有什么“主张”、开始什么“奋斗”呢?包括随后对接替阿金工作的新娘姨的观察,鲁迅并不掩饰隐含其中的轻视和嘲讽:

> 补了她的缺的是一个胖胖的,脸上很有些福相和雅气的娘姨,已经二十多天,还很安静,只叫了卖唱的两个穷人唱过一回“奇葛隆冬强”的《十八摸》之类,那是她用“自食其力”的余闲,享点清福,谁也没有话说的。只可惜那时又招集了一群男男女女,连阿金的爱人也

---

① 均见鲁迅《阿金》,《鲁迅全集》第6卷,第205—209页。着重号为引者所加。下同。

② 鲁迅:《350129 致杨霁云》,《鲁迅全集》第13卷,第362—363页。

在内,保不定什么时候又会发生巷战。但我却也叨光听到了男嗓子的上低音(barytone)的歌声,觉得很自然,比绞死猫儿似的《毛毛雨》要好得天差地远。①

在鲁迅看来,这位阿金的接班人虽然"很安静",但品味欠佳,而且同样的招蜂引蝶。显然,此时鲁迅是居于观察者的主动位置,并且掌握着评鉴对象的权力。但是,鲁迅作为写作者的绝对观察权遇到了反击。前面提到,在观察阿金半夜幽会时,他被阿金发现:"并且立刻看见了我,向那男人说了一句不知道什么话,用手向我一指,又一挥,那男人便开大步跑掉了。"对于阿金的"反观察",鲁迅的反应耐人寻味:

我很不舒服,好像是自己做了甚么错事似的,书译不下去了,心里想:以后总要少管闲事,要炼到泰山崩于前而色不变,炸弹落于侧而身不移!……②

这一处文字很值得分析。细致观察并记录他人的生活,是作家的职业习惯,也可以说是一种视觉特权。但当鲁迅被阿金"反观"并折返房间时,他的观察过程就被观察对象所中止;他作为写作者的权力,实际上就被观察对象所取消。鲁迅感到"很不舒服",表面上是因为撞破了好事、侵犯了别人的隐私,其实是因为阿金打断了他的观看,并颠倒了原有的权力关系,将他当成了观察/审视的对象。长期以来,鲁迅作为著名的新文学作家、启蒙知识分子,一直居于审视地位,可以自由地采取批判视角来观看/塑造普通民众。从阿Q、孔乙己、华老栓到闰土、爱姑等,在鲁迅的作品中,绝大多数的非第一人称人物都是顺从地被观察、被描写和叙述,而没有也不必做出反应,这似乎已经成为一个叙事成规。③ 然而,此时阿金竟然从被观察者的位置用手一指,断然制止作者的观察,并将固有的视觉关

---

① 鲁迅:《阿金》,《鲁迅全集》第6卷,第208页。

② 同上书,第206页。

③ 在《祝福》中,祥林嫂对叙述者"我"关于灵魂有无的发问,可能是一个被观察者突然反观观察者的例外,而在这里,叙述者同样感到极不寻常的心理体验:"我很悚然,一见她的眼钉着我的,背上也就遭了芒刺一般"。见鲁迅《祝福》,《鲁迅全集》第2卷,第7页。感谢哈佛大学应磊博士的提醒。

系反转了过来，从被观察的位置一变而为观察者，主动地反观、指向鲁迅。这突如其来的、自下而上的冒犯，或许才是鲁迅感到“很不舒服”的深层原因。

不仅如此，令他更不舒服的是，阿金不仅敢于“反视”鲁迅，更敢于“不看”鲁迅：

> 自有阿金以来，四围的空气也变得扰动了，她就有这么大的力量。这种扰动，我的警告是毫无效验的，她们连看也不对我看一看。[1]

在鲁迅想要隐藏起来时，阿金偏偏发现了他；而当鲁迅需要阿金注意到他，对他的警告以重视的时候，阿金们竟然对他视而不见，这无疑是对鲁迅的又一重心理冲击/打击。更重要的是，无论看或不看、可见或不可见，这里的视觉关系都是以阿金的意志而不是以鲁迅的意志为转移，鲁迅失去了以往的视觉主动权和决定权。视觉关系的反转，意味着阿金与鲁迅以往笔下的女性皆有所不同，更具行动的自主性与独立性。诚然，她还是可以被鲁迅视线所观察/描绘，但她的行动已经不在鲁迅可预测和控制的范围之内，是鲁迅不能完全掌控、把握和理解的人物。对于一个随时准备哀怜、分析、批判和启蒙笔下人物的作家来说，这不能不说是相当尴尬和不安的。

四、阿金姐的冷笑

大约阿金给鲁迅留下的印象实在深刻，在写完《阿金》一年之后，鲁迅又写了《采薇》[2]，其中出现了小丙君府上的鸦头阿金姐。她的伟业是跑到首阳山上，对伯夷、叔齐说：“你们在吃的薇，难道不是我们圣上的吗！”从而令二人羞愧绝食而死。初看起来，阿金姐当然要为她的多嘴负责。但仔细分析，杀死伯夷兄弟的并非阿金姐，而是“不食周粟”的道德

---

① 鲁迅：《阿金》，《鲁迅全集》第6卷，第206页。

② 鲁迅：《采薇》，《鲁迅全集》第2卷，第408—427页。

理念。阿金姐只是使用了苏格拉底的反诘法,将一个事实判断——“薇菜也是圣上的”——陈述给伯夷、叔齐,令其自己作出选择:如果他们不认可这个判断,自然不会绝食,也就不会死;如果认可这个判断,因为“不食周粟”,绝食就是一种必然的道德选择。因此,真正令他们死去的乃是“不食周粟”的道德信念,阿金姐只不过讲清楚了“此亦周之草木也”这样一个事实,让伯夷、叔齐的道德律令完全丧失了现实的依据,并且让他们自相矛盾、言行不一的面目公开暴露,从而打破了伯夷、叔齐此前自欺欺人、浑水摸鱼的局面,使他们保持名节的美梦做不下去而已。[①] 因此,鲁迅批判的矛头显然是“不食周粟”这样迂腐可笑、于敌无损于己有害、不能解决任何实际问题的道德高调。阿金姐固然有刻薄寡恩、坏人清梦的一面,但并非一个特别反面的角色。相反,她在这里代表了某种现实逻辑,这种现实逻辑本身并不特别冷酷,也并不特别有力,其实质是某种实用主义的生存哲学(承认现实而谋生存),但和她对峙的人一旦自身为某种道德空想所束缚,就会变得内在虚弱,而阿金姐则会格外显得犀利而刻薄起来,表现出冷酷而有力的面相。

显然,《采薇》中的阿金姐是阿金有意味的延续、精彩的补充。阿金的现实主义生存哲学和反道德倾向在阿金姐这里得到了进一步的强调:她们皆以生存为第一要旨,注重实际而拒绝迷信任何道德偶像;她们既聪明又无情,自己既不做梦,也不惮于打破别人的好梦。比较起来,她们既不是做戏的虚无党,也不是世故油滑的乡愿,而是更接近《立论》中直言招怨的发恶声者。她们虽然只是身份低微的女佣,却拥有不可忽视的力量,“开了几句玩笑”,便击倒了“庄重威严的‘义士’”,并“葬送”了“支撑着作为中国封建社会支柱的全部封建意识形态”。[②] 这样冷笑着戳破了

---

① 事实上,在小说中,至少叔齐是明白他们兄弟是言行不一的,只是不愿被别人揭穿。当阿金姐步步追问伯夷“怎么吃着这样的玩意儿的呀”,叔齐已经知道她的目的,在于以逻辑的三段论,令他们自证其谬,所以在伯夷刚刚说出口“因为我们是不食周粟”,叔齐便“赶紧使一个眼色”,试图阻止伯夷掉入阿金姐的逻辑陷阱,然而为时已晚。因此,真正将伯夷、叔齐推入绝境的不是他们言行不一、吃了周粟这件事本身,而是这件事被阿金姐所揭穿,他们不能再装作不知道自己吃的是周朝的薇菜,义士形象无法再维持。

② 竹内实:《阿金考》,《中国现代文学评说》,程麻译,第145—146页。

纸糊偶像的阿金姐，不正有几分鲁迅自己的影子吗？

五、从阿花到阿金

这样一个精明强悍、非圣无法、难以捉摸的娘姨阿金，是从哪里冒出来的？要回答这个问题，我们先来看鲁迅生活里出现过的女佣王阿花。

1929 年，因为有了海婴，鲁迅又雇用了一个女佣王阿花。她是在乡下被丈夫虐待，逃到上海，做了一段时间帮工，就被夫家发现。[①] 据许广平回忆，阿花的丈夫从乡下来到上海，想劫回阿花，被鲁迅阻止，提出"有事大家商量，不要动手动脚的"。经过劝说，阿花夫家也觉得上海不比乡下，遂知难而退。后经魏福绵调解，阿花不愿回乡下，情愿离婚，鲁迅便替她出 150 元赔偿费，商定以后陆续用工资扣还。后过不两月，阿花便辞去，此后曾托人返还鲁迅 80 元，遂再无音讯。[②]

从王阿花，我们很自然会想到《祝福》里的祥林嫂，同样是被夫家绑架，现实中的王阿花为何能避免祥林嫂的悲惨命运？当然，我们可以说她运气不错，遇到了鲁迅这样的主顾。但同时也不能不看到，现代大都市的出现为女性改变命运提供了外在的客观条件，就像许广平所说，毕竟这是在上海——环境不同，传统宗族势力受到种种限制，如租界当局的管理体制、更讲法治的社区关系、具有现代意识的雇主、大众媒介的存在，都使乡土宗族势力不能为所欲为。因此，同样是被夫家绑架，鲁迅可以替自己家的女工请律师调解，而《祝福》里的四叔只好爱莫能助。另一方面，多元化的大都会带来更为复杂的社会结构与人生经验，也促使生活于其中的女性的思想观念发生着变化。20 世纪二三十年代，上海一度产生了短暂

---

① 鲁迅在给章廷谦的信中说："月前雇一上虞女佣，乃被男人虐待，将被出售者，不料后来果有许多流氓，前来生擒，而俱为不佞所御退，于是女佣在内而不敢出，流氓在外而不敢入者四五天，上虞同乡会本为无赖所把持，出面索人，又为不佞所御退"，见《291108 致章廷谦》，《鲁迅全集》第 12 卷，第 211 页。日记里也有如下记载：1929 年 10 月 31 日："夜律师冯步青来，为女佣王阿花事"；1930 年 1 月 9 日："夜代女工王阿花付赎身钱百五十元，由魏福绵经手"。见《鲁迅全集》第 16 卷，第 157、178 页。

② 许广平：《鲁迅回忆录》，武汉：长江文艺出版社 2010 年版，第 109—110 页。

的繁荣，商品经济的发达，中产阶级的涌现，逐渐成熟的消费市场，都对雇佣劳动力有巨大的需求，也为妇女从土地和乡村宗法制关系中解放出来提供了可能。由于服务行业门槛低，社会需求旺盛，缺少技能的农村妇女纷纷投身佣役行业，使女佣成为上海人数众多的女性职业人群。她们既受到严重的压迫和剥削，同时也获得一定的经济收入，通过自己的劳动实现了经济自立。[①] 随着城市生存经验的积累，这些女性的生存空间不断扩展，她们从雇主、同行、大众传媒等各种社会渠道逐渐获得新的思想观念，进而获得部分女性自觉，并开始谋求自身的解放。可以作为例证的是，在1932—1934年的上海离婚案中，女方主动提出的分别为男方主动的2.6倍、7.3倍和3.3倍。[②] 如同王阿花一样，在进入都市、获得独立经济来源之后，越来越多的劳动妇女不满于原有婚姻，开始借助法律等手段，争取自身的自由与解放。在张爱玲写作于20世纪40年代的《桂花蒸 阿小悲秋》中，我们可以进一步看到女佣阶层自我意识的苏醒。在这样的历史背景下，出现阿金这样的人是毫不奇怪的。同样是女佣，阿花、阿金、阿小这一代的思想观念与行为方式带有鲜明的“都市性”特征，其情感和命运与祥林嫂、吴妈等人已有本质的不同。大都市的环境使底层女性的权利意识与自我意识得到苏醒，并保障了它们在一定程度上可以得到实现。阿金的那句“弗轧姘头，到上海来做啥呢”固然听起来不那么

---

① 上海女佣在民国初期已是发展较成熟的职业，有不同的种类。上海负责介绍佣人的荐头店有两千家左右，巨大的需求使女佣也进一步市场化，从乡村的人身依附式的女佣，转换为职业化的服务，待遇比在乡村有明显改善——“他们这班人，工钱虽然不多，可是很容易积蓄。因为得了人家工钱以外，总多少有点外混，供他的零用。他们终日在家里，又没有赌钱和销耗的机会，手边有了钱，不是寄回家乡，就是上会，或是借给东家”，见李次山《上海劳动状况》，《新青年》第7卷第6号，1920年5月1日。据记载，在银圆时代，普通娘姨月工资约为4—6元，见马陆基《旧上海的荐头店》，施福康主编《上海社会大观》，上海：上海书店出版社2000年版，第172页。在外国人家里当女佣，如果会一点外语，可以拿到15元一个月，见茜《千重万重压迫下的女佣群——女佣座谈会记录》，《妇女生活》第1卷第3期，1935年9月16日。所以，程乃珊认为民国时期的上海娘姨除了养活自己，还可以赡养家人，“月收入完全有可能高过自家老公”，应是可信的。见程乃珊《上海保姆》，《上海文学》2002年10月号。

② 上海市政府秘书处：《上海市政报告(1932—1934)》(第二章 社会)，上海：汉文正楷印书局1936年版，第82页。

雅驯，但正是上海提供了阿金重新选择爱人的条件和可能。因此，说阿金是现代都市文化孕育的产儿，并不为过。

王阿花和阿金同样是女佣，如果说有差别，无非是王阿花的主顾是中国人，而阿金的雇主是外国人。替外国人做女佣，也并不比替中国人做女佣更卑贱。那么，为什么鲁迅对王阿花可以解囊相助，使之摆脱丈夫的纠缠获得自由，对已经自由的阿金却总是讨厌，并将其漫画为一个"轧姘头"的荡妇？这里诚然有个人品质和性格的因素，比如王阿花既勤快又安静，适合鲁迅的生活习惯，而阿金则吵闹喧嚷，不安于室。但另一方面，王阿花最终是需要鲁迅解救的（祥林嫂是向知识分子寻求精神解救而不成），因此仍然是处于鲁迅作品中被支配、被启蒙的女性序列之中；而阿金虽然还是一个女佣，但已经不是阿花那样必须依赖外部力量、不能完全掌握自身命运的半独立者，而是一个完全自食其力、能够独善其身的现代劳动妇女。阿金根本不需要男性/启蒙者/主顾的解救，也不准备解救任何人包括她的爱人，她与爱人、主顾、邻里社会的关系，都是合则留、不合则去，干脆利落，不涉及任何人情恩怨，因此也根本不在男性可以支配掌控的女性序列之中。鲁迅潜意识中对阿金难以接受，这或许也是原因之一。

六、熟悉的陌生人

鲁迅对女佣是熟悉的，但阿金不同于鲁迅此前所描写的任何一个劳动妇女。或者说，在鲁迅的人物谱系中，她具有"新人"的性质。

"人必生活着，爱才有所附丽"①，这是《伤逝》指出的人生要义。阿金最大的优势是，她拥有自己的生活能力。鲁迅笔下无论是劳动妇女还是知识女性，大多都需要依附于男性，接受经济或精神上男主女从的体制，离开了家庭都会发生衣食之忧，都会令人担心她们的生存。唯有阿金，虽然文章中写到她被主人解雇，但我们并不会担心她有生计之忧。阿金显然是一个成熟的掌握了都市生存经验的女性劳动者，和厌恶上海的

---

① 鲁迅：《伤逝》，《鲁迅全集》第2卷，第124页。

鲁迅相比,她更熟悉现代资本主义日常生活的逻辑,积累了丰富的城市生活经验,更善于利用城市谋生和保护自己。她不再是受人摆布、被人左右的传统女性,而是在大都市中如鱼得水、无往不利的新女性。因此,祥林嫂被夫家绑架出卖,如同货物一样被捆绑带走,连自己的工钱和衣服都是交给婆婆带走,这在阿金是绝不可能发生的事情。更重要的是,阿金的行动呈现出善恶新旧之间的灰色状态——她跳出了传统宗法伦理的陷阱,却也不被知识阶级的新道德所束缚;她既不接受启蒙,也不参与革命,其种种言行背后隐含的是一种个人主义、利益最优的现代经济理性。这种经济理性一方面将个人利益的考量放在首位,难免孳生出功利、市侩、投机的心态;另一方面又有助于唤醒个人的自我意识和权利意识,冲破等级观念与陈腐道德的束缚,推动社会的平等。这样的阿金,既是新的商业社会的受益者,又是固有伦理秩序的破坏者。她并不慑服于任何权威之下,不仅早已经脱离了族权(跳出了家族),而且通过"轧姘头"打碎了夫权,对洋人巡捕也能想办法利用之,对代表知识精英的"我"也并不恭敬和服从。她通过劳动实现了经济独立,摆脱了封建人身依附,获得了一定程度上的自由和解放。这种自由和解放诚然有很多缺陷,也受到诸多局限,但又是实实在在的,切实改善了阿金的命运,使其摆脱了祥林嫂、爱姑的悲剧结局。

但是,面对这样一个更有力量、更有破坏性的阿金,鲁迅却陷入一种奇怪的、有些恼怒的情绪中:

> 阿金的相貌是极其平凡的。所谓平凡,就是很普通,很难记住,不到一个月,我就说不出她究竟是怎么一副模样来了。但是我还讨厌她,想到"阿金"这两个字就讨厌;在邻近闹嚷一下当然不会成这么深仇重怨,我的讨厌她是因为不消几日,她就摇动了我三十年来的信念和主张。①

他的被动摇的信念就是,在男权社会中,女性大抵柔弱,"兴亡的责任,都应该男的负",而没想到阿金却有这么大的能量,"假使她是一个女王,或

① 鲁迅:《阿金》,《鲁迅全集》第6卷,第208页。

者是皇后，皇太后"，就"足够闹出大大的乱子来"。[①] 可见，对于这样一个强有力的、可以搅动乃至颠覆现存秩序的阿金，鲁迅是颇感讶异和不安的，甚至说鲁迅感到了被冒犯也不为过。其原因在于，阿金的出现从根本上动摇了鲁迅的两性关系论述。首先，新文化运动形成的启蒙论述在阿金这里失去了效力。在启蒙论述中，女性可以通过知识获得解放，男性知识分子则通过建构与传授知识来掌控、促使女性解放；现在，无知识的下层劳动女性也可以获得更为实际的自由与解放——处于社会下层的女佣阶级，应该是最缺乏保障的群体，竟然不需要启蒙便具有了强烈的自我意识，可以选择爱人，掌握经济权。其次，左翼文学运动带来的阶级论述对阿金也并无效用。阿金虽然是劳动妇女，但并无阶级意识，也从未参与劳工运动，但这并不妨碍她"叫嚣乎东西，隳突乎南北"，成为市井生活的赢家。在鲁迅固有的观念中，中国女性命运相当悲惨，对于"娜拉"型女性而言，"不是堕落，就是回来"，否则便要饿死；到了 20 世纪 30 年代，他又说："穷乡僻壤或都会中，孤儿寡妇，贫女劳人之顺命而死，或虽然抗命，而终于不得不死者何限"[②]。然而阿金这个从农村走出的"娜拉"，虽然失去了温顺、多情、牺牲等男性赞赏的传统品质，却通过自己的努力实现自食其力，既不堕落，也不"回来"。这不能不使鲁迅感到茫然无措，并产生了困惑、失重和晕眩之感。已经有学者指出："鲁迅直到 1934 年都强烈认为女性形象在旧社会是弱者、被损害者。这可能使他无法看到女性形象的另一部分：迎合当时的时代和社会，有时是以强者出现的底层社会的女性形象。"[③]事实上，鲁迅写下《阿金》这篇文章，已经表明他感受到了阿金这一类女性带来的冲击，他意识到了阿金们"无情""感觉是灵的"等新特点，但他没有对特定社会历史进程中资本主义都市给女性带来的变化予以足够的关注，这使其难以认识到，在启蒙论述和革命论述之外，还有一种新生产方式变化带来的女性解放的可能性（哪怕是极有限的）。换

---

① 鲁迅：《阿金》，《鲁迅全集》第 6 卷，第 208—209 页。

② 鲁迅：《论秦理斋夫人事》，《鲁迅全集》第 5 卷，第 509 页。

③ 中井政喜：《关于鲁迅〈阿金〉的札记——鲁迅的民众形象、知识分子形象备忘录之四》，陈玲玲译，《中山大学学报》2015 年第 3 期。

言之,阿金并非阿Q式愚昧不堪的“国民”,也非可以政治动员的“群众”,她已经超出了鲁迅原有的经验结构,是鲁迅的人物辞典中所没有却又不得不面对的坚硬的存在。正因为如此,鲁迅既屡屡抱怨阿金之“讨厌”,又不得不承认“我却为了区区一个阿金,连对人事也从新疑惑起来了”,并在文末犹疑而纠结地说:“愿阿金也不能算是中国女性的标本”[①]——文辞的缠绕,正说明解释的困难。面对阿金,鲁迅感觉到了自己思想的限度,但已经无力突破。衰老病弱而又为名声所累的鲁迅已不大可能改造自己的经验结构,去真正理解阿金。面对这样一个令他备感困惑和难以解释的存在,他丧失了以往剖析新旧女性人物的深刻与犀利,不得不代之以笑骂和调侃,并将这一复杂的情绪命名为“讨厌”。

七、“讨厌”之外

但是,如果仅仅将《阿金》视为鲁迅挫折感的某种宣泄,又未免有些可惜。

鲁迅晚年的写作大致可分两类,一类是应某种要求而作的“命题作文”,也就是“有范围,有定期的文章”,但这类文章“做起来真令人叫苦,兴味也没有,做也做不好”[②]。《阿金》显然属于另一类文章,是在非常放松的状态下随意写成,属于“自选动作”。鲁迅说《阿金》“并无深意”,那显然是指《阿金》不是命题作文,没有特别的政治含义,而不是说《阿金》本身不值得深究。在我们看来,《阿金》虽非长篇大论,却由于“超我”的缺位,流露了晚期鲁迅的某些潜意识或无意识。换言之,鲁迅反复诉说阿金“讨厌”,与其说是对阿金的否定,不如说更像是一种心理防卫机制,由此入手,应能在这一词语背后,触摸到鲁迅后期思想中颇具症候性的问题结构。

回到文本,我们会看到鲁迅之讨厌阿金,与他的听觉体验有极大关系。与阿金有关的声音,几乎成为鲁迅的梦魇:

---

① 鲁迅:《阿金》,《鲁迅全集》第6卷,第209页。

② 鲁迅:《350428 致萧军》,《鲁迅全集》第13卷,第448—449页。

她有许多女朋友，天一晚，就陆续到她窗下来，“阿金，阿金！”的大声的叫，这样的一直到半夜。①

这叫声使鲁迅很受影响，以至于“有时竟会在稿子上写一个‘金’字”。不仅阿金的朋友们嗓门洪亮，阿金本人的音量更是了得。她和老女人吵架，可谓声震四方：

她的声音原是响亮的，这回就更加响亮，我觉得一定可以使二十间门面以外的人们听见。②

鲁迅喜静，对生活噪音非常敏感，曾因家里的女佣吵架而生病。③ 因此厌恶阿金的喧哗，似乎并不值得奇怪。但在这里，鲁迅的“安静”与阿金的“吵闹”更像是能量的对比，后者显然是更有力量、更有行动力的一方。事实上，对于阿金的噪音和扰动，鲁迅是无可奈何的。他曾经尝试阻止阿金的街头会议，但“她们连看也不对我看一看”，因此只能在书斋中生闷气，感叹阿金“摇动了我三十年来的信念和主张”。因此，“喜静/书斋里/乏力”的鲁迅就与“吵闹/街头上/强力”的阿金构成了鲜明的对照。不仅如此，我们还可以把这个对照继续扩充：

鲁迅——知识分子——男主人——室内——喜静——制止吵闹、失败——只在书斋里发议论——我的满不行

阿金——劳工阶级——女佣人——街头——吵闹——继续吵闹、胜利——搅乱了四分之一里——女性的伟力

很明显，鲁迅和阿金几乎在每一个方面都是两两对立的，几乎构成了一组针锋相对的矛盾矩阵。这也启发我们，从表面上看，鲁迅与笔下的阿金是不堪其扰的写作者与邻居女佣的关系，但实际上，我们可以将之理解为一种颠倒的镜像关系。阿金就像一面镜子，鲁迅从中既可以看到部分的自我，同时又可以看到自己的弱点。一方面，我们可以并不费力地发现阿金与鲁迅的相似——刻薄、冷酷的言辞，毫不在意世俗的规则，嘲笑陈腐的

---

① 鲁迅：《阿金》，《鲁迅全集》第 6 卷，第 205 页。

② 同上书，第 206 页。

③ 俞芳：《我记忆中的鲁迅先生》，第 41—42 页。

道德,生存先于理念的生活哲学,注重实际和韧性的斗争,甚至有几分泼皮气;另一方面,阿金的存在又映衬了鲁迅的某些局限。阿金在街头兴致勃勃地吵闹,与鲁迅在书斋中的无可奈何,构成了颇有反讽意味的对比意象。阿金虽然出身底层,但精力充沛,善于组织,斗争泼辣,能言善辩,在现实社会中具有极强的行动性和实践性。反之,书斋中的写作者鲁迅,虽然生活在装备新式卫生间、煤气灶和浴缸的高级寓所,掌握着知识和写作特权,但对现实世界和日常生活的改造和影响是极为有限的。"弄堂英雌"阿金越是能扰动社会,便越是显出"室内写作"的知识分子的失败——后者除了将这一困境以杂感的形式记录下来,似乎已经无能为力。

结　语

对于阿金,本文无意做简单的翻案文章。与其说我们意图褒扬这个人物,不如说我们想指出,阿金是一个多义的复数形象,而这一人物所折射的鲁迅心态,同样是复杂而隐微的。在《阿金》最后,作者说"愿阿金也不能算是中国女性的标本",关于如何理解这句话,有很多答案。但在我们看来,鲁迅显然认为阿金有可能成为中国女性的某种标本。这个强有力的、能扰动社会的女性,是具有某种改变现实的可能性的,只不过这种可能性是如此野蛮、强悍、陌生而独立不羁,几乎不受现存秩序的控制,而鲁迅也不知该如何加以限制。作为知识者的鲁迅在这里暴露出双重的局限——既不能像阿金那样去"扰动"社会(行动的局限),也不能理解、阐释阿金及自己的处境(知识的局限)。不仅如此,如果说阿金是秩序的破坏者,鲁迅对她的不满、排斥、抵触、嘲笑,是否暗示了这位居住于高级公寓中的知识精英已与秩序合谋,而自身已化为秩序的一部分?而如果说阿金是鲁迅的自我投射,那么当客体(镜像)超越主体,谁才是真正的主体?由是思之,鲁迅之"讨厌",固然指向阿金,但或许也指向阿金这一镜像所反射的自我,而隐藏在层层修辞圈套之下的自我指涉,或许才是《阿金》文本复杂性的真正根源。

(撰文:孟庆澍)

扩展阅读：

1. 施晓燕：《鲁迅在上海的居住与饮食》，上海：上海书店出版社 2019 年版。
2. 张克：《越轨的都会之“恶”：〈阿金〉的挑战》，《鲁迅研究月刊》2015 年第 10 期。

附慕课视频：

“偶然的片刻优游”

——周作人小品文导读

1922年,胡适梳理中国近代文学的变迁,称白话散文取得很大的进步:五四文学革命以来,散文方面最可注意的发展,便是周作人提倡的“小品散文”。这一类的小品文,用平淡的谈话,包藏着深刻的意味,看似笨拙,其实却是滑稽。胡适认为,小品散文的成功,可以彻底打破“美文”不能用白话的迷信。[①] 由此可知周作人在现代散文史上的重要地位。

1927年,朱自清总结小品散文发展的态势,指出其中出现了种种的样式、种种的流派:就思想倾向而言,有中国名士风,有外国绅士风,有隐士,有叛徒;就表现手法而言,或描写,或讽刺,或委曲,或缜密,或劲健,或绮丽,或洗练,或流动,或含蓄,可谓绚烂极了。[②] 在诸多的样式与流派中,鲁迅与周作人这两兄弟的文章无疑别具一格,而且是影响最大的。

1930年代,郁达夫编选《中国新文学大系》的散文集,总结1917—1927年间,也就是现代文学第一个10年散文方面取得的成绩。其中鲁迅、周作人两兄弟的文章,占了几乎一半以上的篇幅。郁达夫宣称,中国现代散文的成绩,以鲁迅、周作人两位最丰富、最伟大。[③] 换句话说,周氏兄弟的文章与思想,是现代文学史上难以企及的两座高峰。

鲁迅、周作人两兄弟前半生的生活轨迹,有许多交叉重叠的地方,但他们日后却形成了极不同的文章风格。用郁达夫的说法,鲁迅的文体简

---

① 胡适:《五十年来中国之文学》,《最近之五十年》(《申报》50周年纪念刊),1923年2月。

② 朱自清:《论现代中国的小品散文》,《文学周报》第7卷第20期(总第345期),1928年11月25日。

③ 郁达夫:《〈中国新文学大系·散文二集〉导言》,《中国新文学大系·散文二集》,上海:良友图书印刷公司1935年版。

练得像一把匕首,能以寸铁杀人,一刀见血。与此相反,周作人的文风舒徐自在,信笔所至,看似散漫,但仔细一读,却觉得他的漫谈句句含有分量。一篇之中,少一句就不对;一句之中,易一字即不可。① 概而言之,鲁迅的文字是有金属感的;周作人的文字则像一道流水,不断漫延开去,又有它的行程与方向。

舒芜认为周作人的散文有一种"盈科而后进"之美②。周作人评论他的弟子废名的文章说:"这好像是一道流水,大约总是向东去朝宗于海,他流过的地方,凡有什么汊港湾曲,总得灌注潆洄一番,有什么岩石水草,总要披拂抚弄一下子才再往前去,这都不是他的行程的主脑,但除去了这些也就别无行程了。"③这些话用来形容周作人自己的文章更为合适。

周作人把自己的文章分成两大类:一类是谈吃茶喝酒、谈草木虫鱼、谈风土人情等,称为"闲适文章";另一类则关怀国计民生,属于社会批评、文明批评,称为"正经文章"。④ 这两类文章中,更有周作人自家面目,也更受读者追捧的,还是前一类谈吃茶喝酒、草木虫鱼的"闲适文章"。当然,周作人所谓的"闲适文章"与"正经文章"并不能截然二分,也有用闲适笔调写作的正经文章。

周作人"闲适文章"的代表作,当属收入《雨天的书》这本小书中的一篇,名为《喝茶》:

> 喝茶当于瓦屋纸窗之下,清泉绿茶,用素雅的陶瓷茶具,同二三人共饮,得半日之闲,可抵十年的尘梦。喝茶之后,再去继续修各人的胜业,无论为名为利,都无不可,但偶然的片刻优游,乃正亦断不可少。⑤

---

① 郁达夫:《〈中国新文学大系·散文二集〉导言》,《中国新文学大系·散文二集》。

② 舒芜:《两个鬼的文章:周作人的散文艺术》,《周作人的是非功过》,北京:人民文学出版社 1993 年版。

③ 岂明(周作人):《莫须有先生传序》,《鞭策周刊》第 1 卷第 3 期,1932 年 3 月 20 日。

④ 周作人:《两个鬼的文章》,《过去的工作》,香港:新地出版社 1959 年版。

⑤ 开明(周作人):《喝茶》,《语丝》第 7 期,1924 年 12 月 29 日。收入《雨天的书》,北京:新潮社 1925 年版。

瓦屋纸窗、清泉绿茶,再伴以二三好友,周作人所谓的"闲适",乃是一种生活的艺术,或者说一种相对超脱的人生姿态,一种旁观者的姿态。就像他在《北京的茶食》一文中所说的:"我们于日用必需的东西以外,必须还有一点无用的游戏与享乐,生活才觉得有意思。我们看夕阳,看秋河,看花,听雨,闻香,喝不求解渴的酒,吃不求饱的点心,都是生活上必要的——虽然是无用的装点,而且是愈精炼愈好。"①

一、小品文笔调

周作人提倡的"小品散文",究竟是一种怎样的文体呢?散文家梁遇春认为,小品文是用轻松的文笔,随随便便地来谈人生,好像茶余酒后的闲谈,不用摆出冠冕堂皇的样子。小品文的妙处正在于我们能够通过一个有个性的作者的眼睛去看一看人生。②

1930 年代鼓吹小品文最有力的人是林语堂。林语堂对小品文的定义,就是西方文学中的"个人笔调"(personal style),又称为 familiar style,或翻译为"闲适笔调"。在林语堂看来,小品文其实是一种纸面上的闲谈娓语,作者把读者当成自己的老朋友,写文章就好比与老友促膝闲谈。③林语堂把现代散文分为"说理"与"言情"两派。说理文是教授在讲台上演讲的体裁,言情文是好朋友在密室中闲谈的体裁。换句话说,说理文如奉旨出巡,声势煊赫;言情文如野老散游,即景行乐,时或不免惹了野草闲花,逢场作戏。④

跟小品文笔调相反的,是讲义体、教科书体、学术论文体。教科书的腔调,我们都领教过。而理想的小品文,背后有一双洞察世事的眼睛,有一位有趣的作者,你想和他交朋友。"读其文如闻其声,听其声如见其

① 陶然(周作人):《北京的茶食》,《晨报附刊》1924 年 3 月 18 日。收入《雨天的书》。

② 梁遇春:《〈小品文选〉序》,《小品文选》(自修英语丛刊之一),梁遇春译注,上海:北新书局 1930 年版。

③ 林语堂:《论小品文笔调(一夕话之二)》,《人间世》1934 年第 6 期。

④ 林语堂:《小品文之遗绪》,《人间世》1935 年第 22 期。

人”,这便是理想的小品文。舒芜指出,周作人散文和读者的关系,大部分都是朋友之间的漫谈,而不是站在讲台上说话。读者感受到的是平等的亲切,而不是仰头瞻望或低头崇拜。

小品文在二三十年代的成功,有一定的历史渊源。周作人在《〈陶庵梦忆〉序》中指出,现代散文在新文学的四大部类中,是受外国影响最小的;小品文与其说是文学革命的产物,还不如说是文艺复兴的产物①:

> 现代的散文好像是一条湮没在沙土下的河水,多少年后又在下流被掘了出来;这是一条古河,却又是新的。这风致是属于中国文学的,是那样的旧又这样的新。②

除了历史渊源,小品文的发达还与文学的传播媒介密切相关。小品文与报纸副刊、杂志等定期出版物可以说是相依为命的。小品文的发达,同近代以来定期出版物的盛行互相呼应。因为定期出版物篇幅有限,最适合刊登短而耐读的小品文字,而小品文的冲淡闲适,也最适合报刊读者的阅读趣味与阅读状态。可以说,新文坛上有了《晨报副刊》,有了《语丝》,才有了鲁迅的杂感以及周作人的小品文。③

小品文对媒介的依赖性,在所谓“语丝体”上体现得尤为明显。作为一个同人刊物,《语丝》的办刊宗旨是,用自己的钱,说自己的话,追求自由思想、独立判断和美的生活。其作者群,包括鲁迅、周作人、林语堂、钱玄同、刘半农等。可以说《语丝》为1930年代的主要小品文杂志提供了作者队伍及编辑骨干。《语丝》上的文章,以生辣、深刻、带有讽刺意味的批评文为主。其文体特点,用周氏兄弟的话说,是“任意而谈,无所顾忌”④、“古今并谈,庄谐杂出”⑤。周作人对“语丝体”的定义是:一班“不伦不类”的人,借《语丝》这个“自己的园地”,发表“不伦不类”的文章与

---

① 岂明(周作人):《〈陶庵梦忆〉序》,《语丝》第110期,1926年12月18日。

② 周作人:《〈杂拌儿〉跋》,《永日集》,上海:北新书局1929年版。

③ 参见梁遇春《〈小品文选〉序》,《小品文选》。

④ 鲁迅:《我和〈语丝〉的始终》,《鲁迅全集》第4卷,第171页。

⑤ 周作人:《〈语丝〉的回忆》,《羊城晚报》1957年10月3日。收入《木片集》,石家庄:河北教育出版社2002年版。

思想。[1]

周作人散文涉及的话题相当丰富,这里只着重介绍三类比较特别的文章:一是谈鬼的文字,看他如何剖析人里面的鬼,以及鬼里面的人;第二类是"草木虫鱼"系列,看他如何谈苍蝇、虱子这些不洁之物;第三类是关于故乡的风物。

值得注意的是,1930 年代周作人形成了一种独特的文体,喜欢在自家文章中大段征引古书或抄录他人的论述,即所谓"文抄公"体。在《苦竹杂记》后记中,周作人宣称自己只能写杂文,又大半是抄书,与所谓"文抄公"相去不远。周作人以为,抄书并不比创作容易,天下的书如此之多,抄什么不抄什么,全凭作者的思想态度与文章趣味。周作人"抄书"的标准,看似宽泛实际上很严苛:不问古今中外,思想上需兼具健全的物理与深厚的人情,在文章方面最好能混合散文的朴实与骈文的华美。[2]

二、"街头终日听谈鬼"

夏济安在《鲁迅作品的黑暗面》一文中指出,鲁迅所处的时代是一个过渡期,在光明与黑暗之间,还有无数深深浅浅的灰,好比暮色中藏匿着鬼影,稍不留意,它们便消逝在等待黎明的焦躁中。[3] 鲁迅就是黎明前这暮色里的记录者。鲁迅笔下最摄人心魂的鬼,要数绍兴目连戏中的女吊。他这样介绍女吊的出场:

> 自然先有悲凉的喇叭;少顷,门幕一掀,她出场了。大红衫子,黑色长背心,长发蓬松,颈挂两条纸锭,垂头,垂手,弯弯曲曲的走一个全台,内行人说:这是走了一个"心"字。……
>
> 她将披着的头发向后一抖,人这才看清了脸孔:石灰一样白的圆脸,漆黑的浓眉,乌黑的眼眶,猩红的嘴唇。……她两肩微耸,四顾,

① 周作人:《答伏园论〈语丝〉的文体》,《语丝》第 54 期,1925 年 11 月 23 日。

② 周作人:《〈苦竹杂记〉后记》,《苦竹杂记》,上海:良友图书印刷公司 1936 年版。

③ 夏济安:《鲁迅作品的黑暗面》,《黑暗的闸门:中国左翼文学运动研究》,香港:香港中文大学出版社 2015 年版,第 141 页。

倾听，似惊，似喜，似怒，终于发出悲哀的声音，慢慢地唱道：

“奴奴本是杨家女，

呵呀，苦呀，天哪！……”①

除了“讨替代”的女吊，鲁迅还偏爱活泼而诙谐的无常。活无常在目连戏中的装扮也很特别：浑身雪白，头上一顶白纸的高帽子，手里拿着把破芭蕉扇，粉面朱唇，双眉紧锁，眉黑如漆，不知道他是在笑还是哭。在鲁迅的乡土记忆里，无常是“鬼而人，理而情，可怖而可爱”的一个形象。②

周作人对鬼这类事物也有特殊兴趣，他有一句打油诗云“**街头终日听谈鬼**”③，我们借来作为这一节的小标题。在他看来，鬼是极有趣味也极有意义的东西。他喜欢从历史文献或地方风俗中，去搜求鬼的情状与生活，从中了解一点平常不易知道的人情，换句话说，就是为了看清“鬼里边的人”。反过来说，人世间的各种鬼魅伎俩也同样值得注意，为的是认识“人里边的鬼”。④ 因此我们读周作人说鬼的文章，不妨从两方面着眼，一是关注“**鬼里边的人**”，二要当心“**人里边的鬼**”。

所谓“人里面的鬼”，在周作人这里，带有历史循环论的色彩。他常说太阳底下无新事，一切都要从头再来。易卜生有一出戏剧，讲遗传的力量如何可怕，祖先的坏思想、坏行为，会在子孙身上重现，好像僵尸一样。易卜生的这出戏名为《群鬼》，周作人认为不妨译为“重来”，因为活人身上附有死鬼，一切都要重新来过。⑤ 如何驱逐活人身上的死鬼？在周作人看来，历史是让死鬼显出原形的照妖镜。历史能揭去我们眼上的鳞片，使我们看到千百年前的黑影如何投射到当下的现实生活中，意识到依附

---

① 鲁迅：《女吊》，《中流》半月刊第1卷第3期，1936年10月5日。收入《且介亭杂文末编》，《鲁迅全集》第6卷，第640—641页。

② 鲁迅：《无常》，《莽原》半月刊第1卷第13期，1926年7月10日。收入《朝花夕拾》，《鲁迅全集》第2卷，第267页。

③ 周作人：《偶作打油诗二首》，《人间世》第1期，1934年4月。

④ 周作人：《说鬼》，《青年界》第9卷第1期，1936年1月。收入《苦竹杂记》，上海：良友图书印刷公司1936年版。

⑤ 荆生（周作人）：《“重来”》，《晨报附刊》1923年6月14日。收入《谈虎集》上卷，上海：北新书局1929年版。

在活人身上的死鬼的力量。

我们再来观察“鬼里面的人”。周作人发现清代文人的笔记中，对于鬼的样貌、颜色，乃至高矮胖瘦，都有十分具体的想象：

> 黄铁如者名楷，能文，善视鬼，并知鬼事。据云，每至人家，见其鬼香灰色则平安无事，如有将落之家，则鬼多淡黄色。又云，鬼长不过二尺余，如鬼能修善则日长，可与人等，或为淫厉，渐短渐灭，至有仅存二眼旋转地上者。亦奇矣。[①]

善于看鬼的人，能从鬼的颜色判断家道的兴衰。据说鬼的身长是不断变化的，如果行善就会不断长高，与人相差无几；若作恶，就会越来越短，最后只剩下两颗眼珠子在地上打转。我们不得不佩服古人的想象力。

鬼并不都是可怕的，周作人笔下的“河水鬼”，模样就不讨人厌。普通的鬼，总保留着它死时的样子。比如被老虎吃掉化为鬼的，会一直大叫哎哟哎哟；被砍头者便一手提着自己六斤四两的头走来走去。唯独江浙一带的河水鬼不是这样，无论老的少的村的俊的，一掉到水里都变成一个模样。据说河水鬼身材矮小，就像隔壁邻居家的小孩子，平常三五成群，待在河岸上的柳树下丢铜钱，跟街头巷尾玩游戏的野孩子没有两样。一被惊动就跳下水去，像一群青蛙，但青蛙入水时有波纹，有“扑通扑通”的响声，河水鬼却没有。[②]

江浙一带的河水鬼，可能跟日本的河童有点亲属关系，都要拉人下水。但河童的样子没有河水鬼可爱，据周作人描述，河童的形状大概如猿猴，青黑色，手足如鸭掌，趾间有蹼。河童头顶中央凹下去一小块，像小碟子，碟子里有水时，力大无敌；水干了便软弱无力。头顶边上有一圈刘海，是日本小孩儿常留的一种发型，叫河童发。

人死后为鬼，鬼在阴间或其他地方究竟是否一年年地照常生长，也是周作人关心的问题。他曾专门写过一篇文章讨论《鬼的生长》，其中引清

---

① 俞少轩：《高辛砚斋杂著》，转引自周作人《说鬼》，《青年界》第9卷第1期，1936年1月。收入《苦竹杂记》。

② 周作人：《水里的东西》，《骆驼草》第1期，1930年5月12日。收入《看云集》，上海：开明书店1933年版。

人纪晓岚的一则笔记：

> 任子田言，其乡有人夜行，月下见墓道松柏间有两人并坐，一男子年约十六七，韶秀可爱，一妇人白发垂项，佝偻携杖，似七八十以上人，倚肩笑语，意若甚相悦，窃讶何物淫妪，乃与少年儿狎昵，行稍近，冉冉而灭。次日询是谁家冢，始知某早年夭折，其妇孀守五十余年，殁而合窆于是也。①

照这样说，鬼是不会生长的。死时是什么年龄什么容貌，变成鬼后，也一直是这样，才会有纪晓岚笔记中描述的“小鲜肉”与老妇人在阴间相聚的场景。

周作人自称是无神论者，并不相信世间真的有鬼，那他为什么“喜欢知道鬼的事情”？岂不是自相矛盾吗？周作人辩解说，虽然他不相信人死后为鬼，却相信鬼背后有人。鬼，其实是活人的投影，是活人的喜怒哀乐、恐惧与愿望的投影。

“死后”是怎样一种况味呢？周作人引陶渊明的诗为例：

> 陶公千古旷达人，其《归园田居》云，“人生似幻化，终当归空无”。《神释》云，“应尽便须尽，无复更多虑”。在《拟挽歌辞》中则云，“欲语口无音，欲视眼无光，昔在高堂寝，今宿荒草乡”。陶公于生死岂尚有迷恋，其如此说于文词上固亦大有情致，但以生前的感觉推想死后况味，正亦人情之常，出于自然者也。②

“欲语口无音，欲视眼无光，昔在高堂寝，今宿荒草乡”，这是陶渊明对“死后”的想象，不那么美好的想象。所以我们听人说鬼，无异于听他谈心。人生多忧患，相信有鬼好比是人生之“鸦片烟”。“死”是人不得不面对的最大的悲哀与恐怖，相信死后还有一个世界，一个并非漆黑一团的世界，对于活着的人来说，未尝不是一种无可奈何的慰藉。才子佳人得以再续未了的前缘，断头台前的英雄才能高呼：20 年后又是一条好汉。

---

① 岂明（周作人）：《鬼的生长》，《大公报》1934 年 4 月 21 日。收入《夜读抄》，上海：北新书局 1934 年版。

② 同上。

死亡面前，人人平等。社会学家李猛在《自然社会：自然法与现代道德世界的形成》中指出，死亡的事实本身从来不曾规定人的生活，真正决定人的生活的是对死亡的恐惧，以及由此产生的欲望。死亡不是人的经验，怕死才是。人和其他自然物一样会遭受外力的侵害，但只有人才会预见这一力量的作用，并因此权衡决定自己的行为。死亡面前，人人平等，权力与财富的积累，亦无法使人免除对死亡的恐惧。[①]

三、"且谈草木虫鱼"

阿英编选《现代十六家小品》，在序言中总结小品文运动的发展，认为文学革命初期，小品文的写作是出于战斗的需要，不是为了要写漂亮、缜密的文章。作为正统小品文，即所谓"美文"，引起大家注意的，是1924年《晨报副刊》上刊载的周作人《苍蝇》一文[②]。阿英站在左翼文学的立场上断言，从周作人的这篇《苍蝇》开始，小品文逐渐丧失了战斗的意味。[③] 1930年代盛行的小品文，号称"宇宙之大，苍蝇之微，皆可取材"[④]。"宇宙之大"，小品文家未必可以驾驭；"苍蝇之微"却是作小品文的不二法门。与庙堂文学相对的小品文，提倡从小处着眼，因小以喻大，借"苍蝇之微"指涉"宇宙之大"。

《苍蝇》一文是周作人"草木虫鱼"系列的先声。苍蝇在一般人的印象中似乎是与文学不相关的一个对象。"苍蝇"这个题目虽小，却相当考验作者的知识储备与审美趣味。在中国古典文学以及东西方文学传统中，你能想到哪些与苍蝇有关的诗文或神话传说？

如果让你以"苍蝇"为题写篇文章，该如何落笔呢？周作人从自己的儿时经验讲起，说苍蝇不是一件很可爱的东西，但小孩子未必会嫌弃它。

---

① 李猛：《自然社会：自然法与现代道德世界的形成》，北京：生活·读书·新知三联书店2015年版。

② 朴念仁（周作人）：《苍蝇》，《晨报附刊》1924年7月13日。收入《雨天的书》。

③ 阿英：《〈现代十六家小品〉序》，《现代十六家小品》，上海：光明书局1935年版。

④ 林语堂：《〈人世间〉发刊词》，《人世间》1934年4月创刊号。

自己小时候常在夏天趁大人们午睡时,在院子里丢弃香瓜瓜瓤的地方捉苍蝇。周作人给我们介绍了苍蝇的种类,共有三种:饭苍蝇太小,麻苍蝇太脏,只有金苍蝇可用。小孩子谜语中所谓"头戴红缨帽,身穿紫罗袍"的就是金苍蝇。金苍蝇即"青蝇",早在《诗经·小雅》中就有"青蝇"的身影:

营营青蝇,止于樊。岂弟君子,无信谗言。
营营青蝇,止于棘。谗人罔极,交乱四国。
营营青蝇,止于榛。谗人罔极,构我二人。(《青蝇》)

《诗经》中的"青蝇",代指挑拨离间、搬弄是非的小人,带有很强的伦理色彩。可见中国古来对于苍蝇似乎没有特别强烈的反感,至少苍蝇是有资格入诗的。中国古典诗词中的苍蝇,甚至可以是很美好的形象。周作人的弟子废名,也写过一篇名为《蝇》的散文,特地表彰周邦彦《片玉集》里的一首词:

冬衣初染远山青,双丝云雁绫。夜寒袖湿欲成冰,都缘珠泪零。
情黯黯,闷腾腾,身如秋后蝇。若教随马逐郎行,不辞多少程。
(《阮郎归》)

词人周邦彦把思念情郎的女子,比作秋后黏人的苍蝇,这个比喻不可谓不大胆。女子无法随心爱的人远行,困在闺房里,"情黯黯,闷腾腾",觉得哪儿都不是自己安身之处,行不得,坐不得,于是情愿自己变作讨人厌的苍蝇,一路跟着情郎的马儿跑,大概拿鞭子也挥不走。周邦彦敢将女子与苍蝇相提并论,用黏人的苍蝇来写女子与情郎分别后的相思之情,写得很美好,而且不落俗套。

然而经过近代科学思想的洗礼后,苍蝇被视作传播病菌之物,自然成为一般人唯恐避之不及的恶魔。1920 年代初周作人在西山养病时,曾写过一首题为《苍蝇》的白话诗,十分符合现代人对苍蝇的想象:"大小一切的苍蝇们,/美和生命的破坏者,/中国人的好朋友的苍蝇们啊!/我诅咒你的全灭,/用了人力以外的,/最黑最黑的魔术的力。"①

① 仲密(周作人):《苍蝇》(诗),《晨报附刊》1921 年 5 月 12 日。收入《过去的生命》,上海:北新书局 1929 年版。

周作人在写作《苍蝇》这篇小文章时,不仅依赖中国古典文学的传统,还调动了希腊神话与日本文学两方面的资源,显示出他独特的知识素养。在希腊传说中,苍蝇本来是一个处女,名叫默亚(Muia),相貌美丽,不过太喜欢说话。默亚爱上月神的情人恩迭米盎(Endymion)。当恩迭米盎睡觉时,痴情的默亚还在他身边讲话唱歌,弄得恩迭米盎不能安息,因此惹怒了月神,把她变成苍蝇。变成苍蝇的默亚,对美男子还恋恋不舍,不肯让人家安睡,尤其是喜欢搅扰年轻人。

在日本文学,尤其是周作人偏爱的小林一茶的俳句中,苍蝇更是常见之物,随处出没。检阅小林一茶的俳句,咏苍蝇的诗多达20首,以周作人引用的2首为例。一首题为《归庵》:“笠上的苍蝇,比我更早地飞进去了。”另一首说:“不要打哪,苍蝇搓他的手,搓他的脚呢。”这样的场景我们哪位没有见过,第一反应多半是厌恶地挥挥手,或转身去找苍蝇拍,绝不会生出怜惜之情,更不会从中悟出什么诗意。但恰是从这些不合常情的地方,可以窥见日本俳人对世间万物——即便是污秽之物——的平等的观照。

周作人不是为苍蝇而谈苍蝇,也不是为了炫耀他的东西方文学知识如何丰富。谈苍蝇,是因为这个小东西可以折射出情与理的冲突,或者说现代人在科学与诗这两个国度之间的徘徊。周作人虽然很爱念小林一茶的俳句,但实际上却不能克服对苍蝇的厌恶之情,看到苍蝇来了,仍忍不住要去打。他坦言自己心底有一种矛盾,一方面承认苍蝇是与人平等的一种生命,但受近代科学思想,尤其是卫生观念的洗礼,又总把苍蝇视为携带传播病菌的害虫,想尽各种办法去消灭它。这种情与知的冲突是无法调和的,一面笃信“赛先生”的教诲,一面又不想用科学的显微镜与解剖刀去破坏诗人美与善的世界。徘徊于诗与科学这两个领域之间,周作人宣称他甘愿做“蝙蝠派”。

在周作人的“草木虫鱼”系列中,与“苍蝇”这个题目难度不相上下的是“虱子”[①]。如今生活在大城市里的孩子,恐怕连虱子长什么样子都没

---

① 岂明(周作人):《虱子》,《未名》第2卷第9—12期合刊终刊号,1930年4月30日。收入《看云集》,上海:开明书店1932年版。

见过。周作人指出,虱子在中国文化史上的位置并不低,常作为名士的装饰,比如说晋朝的王猛有“扪虱而谈”的典故。笔记中关于虱子的文献更不少,如清人笔记《坚瓠集》中有一则《须虱颂》,嘲笑宋神宗朝的宰相王安石不修边幅,常年不洗澡,竟带着虱子上朝:

王介甫(安石)、王禹玉同侍朝,见虱自介甫襦领直缘其须,上顾而笑,介甫不知也。朝退,介甫问上笑之故,禹玉指以告,介甫命从者去之。禹玉曰,未可轻去,愿颂一言。介甫曰,何如?禹玉曰,屡游相须,曾经御览,未可杀也,或曰放焉。众大笑。①

《坚瓠集》中还有一条笔记,讨论虱子的吃法,是生吃好,还是烤熟了吃好:

清客以齿毙虱有声,妓哂之。顷妓亦得虱,以添香置炉中而爆。客顾曰,熟了。妓曰,愈于生吃。

这条材料说明贵族家的清客、妓女都有“扪虱而谈”的雅兴。鲁迅《阿Q正传》里也有比赛吃虱子的场景。阿Q看见王胡在墙根那儿赤膊捉虱子,忽然觉得自己身上也痒了起来,脱下破夹袄,翻检半天,不知道是因为新洗呢还是因为粗心,只捉到三四只。他看王胡却是一个又一个,放在嘴里毕毕剥剥的响,十分不平,觉得是“大失体统”的事。②

周作人谈虱子,不光依赖中国历史上的掌故或笔记材料,更有意思的是引入了西方文明史的视野。文中援引美国人类学教授洛威(R. H. Lowie)的通俗著作《我们是文明么》,第十章讲服饰,说起18世纪的时尚,妇人流行梳很高的发髻,高到什么程度呢,有些矮个儿的女子,她的下巴颏儿正好在发髻顶到脚尖的中间。宫廷里的女官坐车时,只能跪在台板上,把头伸出窗外;她们跳舞时,总担心头上的发髻碰到天花板上的吊灯。这么高的发髻,当然不可能天天拆散梳理,于是里面生满了成群的虱子。怎么办呢?为了保护发型,免受虱子之苦,发明了一种象牙钩钗,拿来搔痒,还算雅致又不失体统。《我们是文明么》第二十一章,还谈到一些与虱子有

---

① 《须虱颂》,褚人获编《坚瓠集》丙集卷三,杭州:浙江人民出版社1986年版。

② 鲁迅:《阿Q正传》(第三章 续优胜记略),《呐喊》,《鲁迅全集》第1卷,第519页。

关的地方风俗：

> 正如老鼠离开将沉的船，虱子也会离开将死的人，依照冰地的学说。所以一个没有虱子的爱斯吉摩人是很不安的。这是多么愉快而且适意的事，两个好友互捉头上的虱以为消遣，而且随复庄重地将它们送到所有者的嘴里去。在野蛮世界，这种交互的服务实在是很有趣的游戏。黑龙江边的民族不知道有别的更好的方法，可以表示夫妇的爱情与朋友的交谊。①

日本近代诗人小林一茶的俳句中，也有咏虱子的作品，周作人曾翻译过其中的一首，收录在《雨天的书》中：捉到一个虱子，将它掐死固然可怜，要把它舍在门外，让它绝食，也觉得不忍，一茶忽然想到佛祖从前喂养鬼子母的石榴，作成一首俳句——“虱子啊，放在和我味道一样的石榴上爬着”。按照日本传说，佛祖降服鬼子母后，给它吃石榴以代替人肉，因为石榴的酸甜味与人肉相似。石榴是多子的象征，于是鬼子母后来变成生育之神。小林一茶这首《咏虱》与前面那首《苍蝇》中流露出的不忍之情是近似的。周作人以为中国扪虱而谈的名士，无论如何不能达到一茶这样的慈悲之境，也决作不出一茶这样有风趣的诗句，例如：“喊，虱子呵，爬罢爬罢，向着春天的去向。”

在《草木虫鱼小引》中，周作人质疑文学表达的限度，他认为人生最深切的悲欢甘苦，绝对不能用言语来形容，更不必说用文字传达给他人了。文字所能表现的，只是某一种微薄的情意，固然不很粗浅但也不很深切的部分。② 换句话说，文字所能表现的思想情感，在周作人看来，其实是可有可无、无关紧要的东西。《苍蝇》以及周作人 1930 年代初集中写作的“草木虫鱼”系列（包括《金鱼》《虱子》《两株树》《苋菜梗》《水里的东西》《案山子》《关于蝙蝠》7 篇文章，收入《看云集》），不仅出于对名物的兴趣，而且必须放置到周作人与左翼文学的对峙中去理解。

---

① 洛威（R. H. Lowie）《我们是文明么》第二十一章，转引自周作人《虱子》。中译本参见罗伯特·路威《文明与野蛮》，吕叔湘译，北京：生活·读书·新知三联书店 1992 年版。

② 岂明（周作人）：《草木虫鱼小引》，《骆驼草》第 21 期，1930 年 10 月。收入《看云集》。

四、“东洋人的悲哀”

周作人当时曾被指为“亲日派”，但他认为中国还没有真正的“亲日派”，因为中国人只知道追慕近代日本的富强与崛起，没有人理解日本真正的光荣在于它的文化：“我们要觇日本，不要去端相他那两当双刀的尊容，须得去看他在那里吃茶弄草花时的样子才能知道他的真面目，虽然军装时是一副野相。”[①]从中国出版界极少有介绍日本文艺或美术的读物，就可以知道中国人包括知识界对日本文化的轻视。在周作人眼里，只有像小泉八云（Iafcadio Hearn）这样熟知日本民间文化及风土人情的外国人，才算真资格的“亲日派”，而中国还没有产生“亲日派”的土壤与社会空气。[②]

清末周作人随哥哥鲁迅到日本留学，在东京住了6年，日后将东京视为他的第二故乡之一。他对日本文化尤其是日常生活的爱好，一方面因为水乡与岛国相似的生活习惯，另一方面可以说是出于“思古之幽情”。城市风貌甚至语言文字上多少保留着唐代遗风的日本，在清末游学日本的知识人看来，不啻活在异域的古昔。周作人回忆说，清末知识人在日本的感觉，一半是异域，一半却是古昔，他们惊异地发现在本国业已消逝的古昔，竟健全地活在异域。[③]

周作人对以东京生活为背景的江户文化特别感兴趣，他多次援引日本作家永井荷风《江户艺术论》第一篇《浮世绘之鉴赏》中的一段话：

> 我反省自己是什么呢？我非威耳哈伦似的比利时人而是日本人也，生来就和他们的运命及境遇迥异的东洋人也。……呜呼，我爱浮世绘，苦海十年为亲卖身的游女的绘姿使我泣，凭倚竹窗茫然看着流

---

① 开明（周作人）：《日本的人情美》，《语丝》第11期，1925年1月26日。收入《雨天的书》。

② 仲密（周作人）：《亲日派》，《晨报》1920年10月23日。收入《谈虎集》。

③ 知堂（周作人）：《日本管窥之二》，《国闻周报》第12卷第24期，1935年6月24日。收入《苦竹杂记》，改题为《日本的衣食住》。

水的艺妓的姿态使我喜，卖宵夜面的纸灯寂寞地停留着的河边的夜景使我醉。雨夜啼月的杜鹃，阵雨中散落的秋天树叶，落花飘风的钟声，途中日暮的山路的雪，凡是无常，无告，无望的，使人无端嗟叹此世只是一梦的，这样的一切东西，于我都是可亲，于我都是可怀。①

日本的平民艺术善于用优美的形式包藏深切的悲苦，从永井荷风对浮世绘这类江户艺术的感怀里，周作人读取到“生来就和他们（西洋人）的运命及境遇迥异的东洋人”的悲哀。他随后说：“中国与日本现在是立于敌国的地位，但如离开一时的关系而论永久的性质，则两者都是生来就和西洋的运命及境遇迥异的东洋人。日本有些法西斯中毒患者以为自己国民的幸福胜过至少也等于西洋了，就只差未能吞并亚洲，稍有愧色，而艺术家乃感到‘说话则唇寒’的悲哀，此正是**东洋人之悲哀**也，我辈闻之亦不能不惘然。”②

在周作人认识日本的过程中，一开始关注的是日本的“东亚性”，即日本与东亚各民族之间的相似之处，包括政治情状、家族制度、社会习俗、文字技术之传统、儒释之思想交流等。但抗战爆发后，周作人更强调日本民族的特殊性，特别是中日两国在宗教信仰上的差异。他声称要了解日本，须去理解日本人的感情，而其方法应当是从宗教信仰入手。

通过日本民俗学家柳田国男的研究，周作人注意到日本人的宗教崇拜仪式中往往出现“神凭”状态，即神人合一的状态，这是在中国绝少见到的情况。例如日本乡村神社的出巡，神舆中放的不是神像，而是一块石头或木头代表神的存在，由16人以上的壮丁（多是附近的居民）抬着走，在行走过程中，忽东忽西，忽轻忽重，或撞毁人家的门墙，或停在中途不动，好像神舆被赋予了自由意志似的，抬轿子的人仿佛是蟹的一爪，无意识地动着。这种神人合一的状态，在中国神像出巡的时候是绝

---

① 知堂（周作人）：《怀东京》，《宇宙风》第25期，1936年9月。收入《瓜豆集》，上海：宇宙风社1937年版。

② 同上。

对没有的。[①]

日本的上层思想受到儒家和佛教的浸润，又加上近代西洋的科学观念，但大和民族的根本信仰还是本来的神道。周作人认为神道信仰一直暗中支配着日本全体国民的思想感情，包括知识精英阶层。他试图用宗教仪式中出现的“神凭状态”来解释日本国民在战争中出现的仿佛丢失自我意识，完全被军国主义操控的精神状态。所以周作人才会在战时强调：要了解日本须自宗教入手。[②]

五、故乡的风物

周作人声称他的故乡不止一个，凡住过的地方都是故乡。故乡对于他来说，没有什么特别的情分，只因钓于斯、游于斯的关系，朝夕会面，遂成相识。[③] 从这个意义上说，浙东是他的第一故乡，浙西是第二故乡，南京第三，东京第四，北京第五。在他住过的这些地方当中，周作人倒不一定偏爱浙江，反而觉得北京是最适合居住的，因此1930年代他曾以“京兆人”自居。周作人以为，凡怀乡、怀国以及怀古，所追怀的都无非是空想中的情景，事实上并没有那么可爱。换句话说，对于不在面前的事物，人们总是不胜恋慕。[④]

周作人的小品文中，关于故乡风物的描写不少，其中最体现绍兴特色的，当属《乌篷船》这一篇[⑤]。此文用书信体的形式，向友人讲述故乡的风土人情。船是绍兴人最常用的代步工具，有乌篷船，有白篷船，普通坐的是乌篷船。乌篷船大的称为“四明瓦”（“明瓦”如鱼鳞状，半透明，质地

---

① 柳田国男：《祭礼与世间》第七，转引自知堂（周作人）《日本管窥之四》，《国闻周报》第14卷第25期，1937年6月28日。收入《知堂乙酉文编》，香港：三育图书文具公司1961年版。

② 知堂（周作人）：《日本之再认识》，《中和月刊》第3卷第1期，1942年1月。收入《药味集》，北京：新民印书馆1942年版。

③ 陶然（周作人）：《故乡的野菜》，《晨报附刊》1924年4月5日。收入《雨天的书》。

④ 周作人：《与友人论怀乡书》，《雨天的书》。

⑤ 岂明（周作人）：《乌篷船》（苦雨斋尺牍），《语丝》第107期，1926年11月。收入《泽泻集》，上海：北新书局1927年版。

跟玻璃类似,有透光作用),小的为脚划船,又称小船;但最适用的还是大小居中的"三明瓦"。篷是半圆形的,用竹片编成,上涂黑油,故称"乌篷船"。

周作人在文中向朋友细致描述了坐小船(即脚划船)的经验:小船如一叶扁舟,你坐在船底席上,篷顶离你的头有两三寸,两手只能搁在左右两边的船舷上,还得把手露在外面。坐在船里,仿佛是坐在水面上,船靠近田岸时,泥土便和你的眼鼻接近;若遇到风浪,或坐的姿势不当,就会船底朝天,发生危险。但也颇有趣味,是水乡的一种特色。

周作人建议说,你坐在船上,应该是游山的态度,不能性急,看看四周的物色:随处可见的山,岸边的乌桕树,河边的红蓼和白蘋,渔舍,各式各样的桥,困倦的时候睡在舱中拿出随笔来看,或者冲一碗清茶来喝喝。

去绍兴不容错过夜航船的风味。从绍兴到杭州的夜航船,下午开船,黄昏时候的景色最好看。夜间躺卧在船舱中,听水声、橹声,来往船只的招呼声,以及乡间的犬吠鸡鸣,也很有意思。1950 年代初周作人在随笔中又提起这种往来于杭州与绍兴之间的夜航船,乘坐这种船的大都是从绍兴出去或回来的人,所以即使你不参加谈话,听大家谈天,就好像坐在乡下茶馆里一样,一点都不会感到寂寞。[①]

周作人关于故乡风土的文字中,有一大类是写各种吃食的。他认为看一个地方的生活特色,食物是很重要的面向,不但日常的粥饭,地方上特有的点心以至闲食更有意义,可惜极少有人留心。本地文人以为这些东西琐屑不值一提,外来者又多轻饮食而重男女。周作人认为男女之事大同小异,不值得那么用心,倒不如各种吃食尽有滋味,大可谈谈。[②]

周作人写故乡的吃食,多着眼于民间的生活风景。如他早期的名文《故乡的野菜》,写春天挖荠菜的场景。荠菜是浙东人春天常吃的野菜,乡间不必说,就是城里只要有后园的人家都可以随时采食,妇女和小孩儿

---

① 十山(周作人):《夜航船里》,《亦报》1950 年 9 月 21 日。收入《饭后随笔》,石家庄:河北人民出版社 1994 年版。

② 知堂(周作人):《〈卖糖〉附记》,《卖糖》,《宇宙风》第 74 期,1938 年 9 月。收入《药味集》。

各拿一把剪刀、一只竹篮,蹲在地上仔细搜寻,既是劳作,也是一种有趣的游戏。周作人写故乡风物,除了生活场景的素描,也会插入风土志中的材料作为参照:

> 关于荠菜向来颇有风雅的传说,不过这似乎以吴地为主。《西湖游览志》云,"三月三日男女皆戴荠菜花。谚云,三春戴荠花,桃李羞繁华。"顾禄的《清嘉录》上亦说,"荠菜花俗呼野菜花,因谚有三月三蚂蚁上灶山之语,三日人家皆以野菜花置灶陉上,以厌虫蚁。侵晨村童叫卖不绝。或妇女簪髻上以祈清目,俗号眼亮花。"但浙东人却不很理会这些事情,只是挑来做菜或炒年糕吃罢了。①

对于故乡风物,周作人一直保持着浓厚的写作兴趣。我们再来看他1930年代末写的一篇小品文,说离开故乡太久,对于乡味没有什么留恋,唯独觉得杨梅无可替代。杨梅生吃固然好,在烧酒中浸泡一日,食之也别有风味;浸得时间久了,杨梅的色香味渗入酒中,即普通所谓的"杨梅烧"。接着从杨梅谈到杨梅酒的酿制法:绍兴烧酒,它的烈度虽逊于北方的白干,但别有一种香气,与茅台酒的气味相似,故宜于泡杨梅;白干则未必适用,就好像出身于燕赵之地的勇士,力气有余而缺少韵致。随后又联想到,用洋酒如白兰地浸杨梅,不知是何种风味。《杨梅》一文的开头也引地方志中的材料,呈现地方上关于杨梅的种种风俗,作为入话:

> 方杨梅盛出时,好事者多以小舫往游,因置酒舟中,高饤杨梅,与樽罍相间,足为奇观。妇女以簪髻上,丹实绿叶繁丽可爱。又以雀眼竹筥盛贮为遗,道路相望不绝。识者以为唐人所称荔支筐,不过如此。②

北平沦陷期间,周作人也写了不少有关故乡风物的小文章,屡屡表达自己的思乡之情。如《卖糖》一文称:"绍兴如无夜糖,不知小人们当更如何寂寞,盖此与炙糕二者实是儿童的恩物,无论野孩子与大家子弟都是不可缺

---

① 陶然(周作人):《故乡的野菜》,《晨报附刊》1924年4月5日。收入《雨天的书》。

② 药堂(周作人):《杨梅》,《实报》1939年7月27日。收入《书房一角》,北京:新民印书馆1944年版。

少者也。”所谓“夜糖”其实只是圆形的硬糖。“小时候吃的东西,味道不必甚佳,过后思量每多佳趣,往往不能忘记。”①正如鲁迅《朝花夕拾》小引所云:“我有一时,曾经屡次忆起儿时在故乡所吃的蔬果:菱角,罗汉豆,茭白,香瓜。凡这些,都是极其鲜美可口的;都曾是使我思乡的蛊惑。后来,我在久别之后尝到了,也不过如此;惟独在记忆上,还有旧来的意味留存。他们也许要哄骗我一生,使我时时反顾。”②

结　语

周作人认为,以抒情为主的小品散文,在各种文学门类中是发生最晚的,所以小品文是文学这个大家族中的小儿子。在周作人看来,小品文是个人的文学,不是集体的文学。而且小品文是个人文学的尖端,是文学发达的极致。小品文本质上是一种“言志”的散文,它集合了叙事、说理、抒情的分子,这些分子都浸润在作者自己的性情当中,然后用适宜的手法调和在一起。因为小品文彰显个性、表达自我、追求自由,按照周作人的判断,这种文类的兴盛不可能在大一统的专制时代,而必须在王纲解纽的时代。③

值得注意的是,周作人提倡的小品文,不是纯粹的白话文,要有点涩味和简单味,才耐读。他主张以口语为基础,再加入欧化语、古文、方言等分子,杂糅调和在一起,有知识,有趣味,才可能造就雅致的俗语文。④

(撰文:袁一丹)

扩展阅读:

1. 钱理群:《周作人传》,北京:北京十月文艺出版社1990年版。

---

① 知堂(周作人):《卖糖》,《宇宙风》第74期,1938年9月。收入《药味集》。

② 鲁迅:《朝花夕拾·小引》,《鲁迅全集》第2卷,第236页。

③ 岂明(周作人):《冰雪小品选序》,《骆驼草》第21期,1930年9月29日。

④ 周作人:《〈燕知草〉跋》,《永日集》,上海:北新书局1929年版。

2. 舒芜:《两个鬼的文章:周作人的散文艺术》,收入《周作人的是非功过》,北京:人民文学出版社 1993 年版。

附慕课视频:

“反成长”·罪的观念·个人主义
——老舍《骆驼祥子》导读

但是一首哲学的诗,不仅在色彩上,即在内容上,也是灵魂的史诗,置灵魂于可怕与奇妙的世界中去受试炼,并将时代与事实,历史与自然,善与恶,美的,可以理解的,和神秘的,罪恶与恩惠,无限与永生,全联在一处……

——R. W. Church 著,老舍译:《但丁》

一、“反成长”:《骆驼祥子》叙事一解

作为中国现代文学的经典著作,《骆驼祥子》经受了无数职业或非职业、有效或无效的解读,但其内涵并未被穷尽。这在某种程度上得益于不同时代的思想观念,以及不同阐释者的主体情知,其变迁投射于文本,以至于辉映出不同的意义层面。所谓经典的生长性与可解释性,正来源于此。事实上,自1980年代以来,随着海外中国学的引入,学界逐渐发现了《骆驼祥子》有着更多的阐释路径。无论是精神分析加新批评(王润华)[1]、“煽情悲喜剧/闹剧”模式(王德威)[2]、“‘经济人’的溃败”模式(刘禾)[3],在在启

① 王润华:《老舍小说新论》,上海:学林出版社1995年版。

② 王德威:《写实主义小说的虚构:茅盾,老舍,沈从文》,上海:复旦大学出版社2011年版。该书原为王德威博士论文,英文版出版于1992年。

③ 刘禾:《跨语际实践——文学、民族文化与被译介的现代性(中国,1900—1937)》(修订译本),宋伟杰等译,北京:生活·读书·新知三联书店2008年版。该书原为刘禾博士论文,英文版出版于1995年。

人心智,为《骆驼祥子》的重新解读做出了极好的范例。对这部经典的认识,也逐渐得以摆脱传统社会/政治批评的路径而有了更多的可能。本文即旨在与学界前贤进行对话的基础上,对这一重要文本进行新的阐释。

一个不难发现,却长期未得到重视的现象是:由于与主人公的心智变化有如此密切的关系,《骆驼祥子》或许可以被视为成长教育小说(Bildungsroman)。从这个角度进行分析,或许我们会得出一些意料之外的有趣结论。如果我们参照狄尔泰关于教育小说的著名定义,就会发现《骆驼祥子》是完全可以归入这一小说类型之中的。[①] 当然,如果更精确一些来说,按照格里高利·卡斯托(Gregory Castle)的分期,《骆驼祥子》更接近于19世纪流行的以司汤达《红与黑》、巴尔扎克《幻灭》为代表的一类成长小说,也就是讲述外省青年在资本主义城市中奋斗—幻灭的历史。这一类成长小说与古典主义成长小说不同的是,抛弃了理想结局(人物成长为"对社会有用的人",如歌德《威廉·迈斯特的学习时代》和菲尔丁《汤姆·琼斯》),而选择了人物的注定失败。[②] 从这个意义上说,这一类小说是"反"成长的。[③] 而《骆驼祥子》的"反"成长主题是

---

① 狄尔泰的定义是:"所有这类小说都表现那个时代的青年;他在幸福的晨曦中踏入生活,寻找相近的灵魂,遇到友谊与爱情,又陷入同世上冷酷的现实的斗争中,在多种多样的生活经验之下渐趋成熟,找到自身,明确他在世上的任务。"见狄尔泰《体验与诗:莱辛·歌德·诺瓦利斯·荷尔德林》,北京:生活·读书·新知三联书店2003年版,第323页。当然,现在成长小说已经从一种德国民族文学类型发展为世界文学中相当宽泛的一种小说类型。

② 卡斯托把成长小说从17世纪末到20世纪初的历史划分为三阶段:18世纪以精神追求为重的古典主义年代;资产阶级新人尽情追名逐利的19世纪;19世纪末到20世纪初的反成长阶段。在第二个时期,还有狄更斯《远大前程》中的皮普,以及乔治·梅瑞迪斯和乔治·艾略特笔下的一众人物,可以作为"奋斗—失败"模式的代表。见倪湛舸《成长小说的美学政治:从席勒的头骨到〈伯恩的身份〉》,《上海文化》2010年第4期。

③ 这里的"反"成长,指的是人物的演变轨迹是逐渐向下,以至被社会抛弃,成为彻底的失败者而言,与作为专门批评概念的"反成长小说"(anti-Bildungsroman)有所不同,后者更多是指20世纪现代主义成长小说中以失败为胜利,向既定社会结构挑战的一类小说,如詹姆斯·乔伊斯的《一个青年艺术家的画像》。见Gregory Castle, *Reading Modernist Bildungsroman*, University Press of Florida, 2006。

再明显不过的,因为这部小说不是表现人的潜能如何在社会条件中得到实现,而是表现一个强有力的人是如何在社会生活中逐渐妥协、溃败的。从这一视角来观察,尽管事业上经历了叙述者有意设计的“三起三落”,但祥子从刚入都市的纯真少年,最后堕落成为“个人主义的末路鬼”,却并不出人意料,而是呈现出了一条相当稳定的下滑线。在情节结构上,也相当吻合古典成长小说的线性结构。老舍表现其“逆向成长”的意图,通过小说的几个重要节点清晰地呈现出来,如失去洋车、与虎妞发生性关系、与虎妞结婚、与夏太太发生性关系、得知小福子死去、出卖阮明等。如果读者能注意到,在这些重要的人生转捩点上,小说家都拿出了充分的篇幅,以全知视角对祥子的内心活动进行描述,就会对小说家的主观意图有更清晰的了解:他过于强烈地想让读者了解祥子的思想和精神发生了哪些变化,以至于忽视了这种全知视角的“讲述”在具有引导性和确定性的同时,其实是有伤于小说的真实性的。①

正如狄尔泰所描绘的那些青年,老舍笔下的祥子也是在“幸福的晨曦中踏入生活”。不过,与古典成长小说中那些存在种种不足而有待“成长”的主人公不同,从故事一开始,祥子就已经接近于一个理想中的人物,一个车夫行业中的佼佼者,一个希腊英雄式的完人:

> 他不怕吃苦,也没有一般洋车夫的可以原谅而不便效法的恶习,他的聪明和努力都足以使他的志愿成为事实。……他仿佛就是在地狱里也能作个好鬼似的。……
>
> 他的身量与筋肉都发展到年岁前边去;二十来的岁,他已经很大很高,虽然肢体还没被年月铸成一定的格局,可是已经像个成人了——一个脸上身上都带出天真淘气的样子的大人。看着那高等的车夫,他计划着怎样杀进他的腰去,好更显出他的铁扇似的胸,与直硬的背;扭头看看自己的肩,多么宽,多么威严!②

更重要的是,这个从乡村来到城市的青年,已经对自己的人生目标有

---

① 参见 W. C. 布斯《小说修辞学》,华明等译,北京:北京大学出版社 1987 年版。

② 老舍:《骆驼祥子》,《老舍全集》第 3 卷,北京:人民文学出版社 2013 年版,第 6 页。

了相当清晰和坚定的认识,即买一辆属于自己的洋车,并且具备了实现这一目标的所有优良素质。这更像是古典成长小说结尾时主人公的状态,而在《骆驼祥子》中,祥子的变化才刚刚开始——很快,祥子便实现了他的人生理想,依靠辛勤工作,买到了人生的第一辆车。他把这一天当作自己的生日,不仅买到了车,无疑人生也进入了一个新的阶段。但是,如果情节按照祥子自己设想的,通过劳动继续攒钱买车,“一辆,两辆……他也可以开车厂子了”[①],小说无疑将成为一则平庸无奇的农民进城发家致富的故事,而绝不会是一部深刻的成长小说。小说家必须让主人公经受考验,并在这一过程中发生深刻的变化,而这种变化,必然将从祥子购得洋车、志得意满的人生顶峰状态开始,逐渐向下滑行。通过充满巧合和偶然因素的情节设计,小说家让祥子失去了他的爱车,并让他的圆满完整的灵肉结构产生了第一丝裂缝:他从乱兵中逃出,“带走”了三匹骆驼。当然,按照叙述者的看法,“兵灾之后,什么事儿都不能按着常理儿说”,因此祥子的行为并不能算偷窃,但在众人的眼中,却也是“发了邪财”,而一向健壮的他,也在卖掉骆驼之后,病倒了三天,“身上忽冷忽热,心中迷迷忽忽”。[②]

在洋车第一次得而复失之后,祥子的心理也发生了变化:以前不肯和老弱残兵抢座的他,现在“只管拉上买卖,不管别的,像一只饿疯的野兽”,因此“骆驼祥子的名誉远不及单是祥子的时候了”。[③] 但是,毫无疑问,对于祥子来说,最重要的成长体验是与虎妞的关系。因此,正如许多批评家所指出的,祥子与虎妞的关系而非洋车的“三起三落”才是整部小说的核心情节。当祥子看到夜灯下略施粉黛的虎妞时,“觉得非常的奇怪”,出现了“慌乱”“不好意思”“茫然”“发乱”“苦恼”等以往从未有过的心理体验[④],他第一次喝了酒(这是个富有象征意味的行为),并在酒精的

① 老舍:《骆驼祥子》,《老舍全集》第 3 卷,第 11 页。

② 同上书,第 19—29 页。有趣的是,老舍有意让祥子的身体成为心理变化的一个表征,每当祥子经历心理剧烈动荡之后,身体多少都会有病痛出现。他的精神世界的逐渐堕落是与肉体的逐渐败坏同步的。

③ 同上书,第 39 页。

④ 同上书,第 46—47 页。

帮助下,有了全新的人生体验:

> 他警告着自已,须要小心;可是他又要大胆。他连喝了三盅酒,忘了什么叫作小心。迷迷忽忽的看着她,他不知为什么觉得非常痛快,大胆;极勇敢的要马上抓到一种新的经验与快乐。平日,他有点怕她;现在,她没有一点可怕的地方了。他自已反倒变成了有威严与力气的,似乎能把她当作个猫似的,拿到手中。[①]

祥子不仅在肉体上经验了从未有过的快乐,而且在精神层面也初次感受到了男性的"威严与力气"。在此之前,他只不过是个被虎妞雇佣的车夫,最底层的体力劳动者,但在这晚的性关系当中,他们的关系颠倒过来。[②] 小说中那段著名的、极为优美而精彩的隐喻性描写[③],几乎就是祥子从男孩变为男人的胜利宣言。但是,就在这重要的成长环节之后,他的道德与身体的堤坝,开始出现更加明显的裂缝——他的"头与喉中都有点发痛",更糟糕的是,他觉得"疑惑,羞愧,难过,并且觉得有点危险",他意识到自己已发生了不可逆转的变化:"她把他由乡间带来的那点清凉劲儿毁尽了,他现在成了个偷娘们的人!"而且,这件事如同"心中的一个黑点儿","永远不能再洗去"。[④] 事实上,读者也确实发现,祥子与虎妞的性关系,对于祥子的堕落轨迹起到决定性的作用。从此之后,他成为一个道德上的不洁之人,并开始对一些以往他所排斥的观念敞开了大门。他开始怀疑拉车这件事的神圣性,开始质疑自己的理想和处世原则:"对虎妞的要胁,似乎不必反抗了;反正自己跳不出圈儿去,什么样的娘们不可以要呢?况且她还许带过几辆车来呢,干吗不享几天现成的福!"[⑤]他在发生本质性的变化,成为一个熟悉的陌生人:"一切任人摆布,他自己既

---

① 老舍:《骆驼祥子》,《老舍全集》第3卷,第48—49页。

② 这种颠倒只是暂时的,在老舍看来,在虎妞和祥子的关系中,虎妞占据绝对主导地位。因此,此时祥子将虎妞像猫似的拿在手中,只是在初次性活动中产生的错觉。

③ 王润华认为,是虎妞让祥子在一夜之间成熟,而那段文字是暗喻虎妞与祥子的性高潮。见王润华《老舍小说新论》,第149页。

④ 老舍:《骆驼祥子》,《老舍全集》第3卷,第49—50页。

⑤ 同上书,第88页。

像个旧的，又像是个新的，一个什么摆设，什么奇怪的东西；他不认识了自己。”①不仅在精神上，他和虎妞的婚姻，也使他的身体发生了重要的变化。在淋了一场暴雨之后，祥子得了一场缠绵日久的大病，他看着镜中的自己：

> 他不认得镜中的人了：满脸胡子拉碴，太阳与腮都瘪进去，眼是两个深坑，那块疤上有好多皱纹！②

祥子终于收获了象征成熟的“皱纹”，但这种成熟又恰恰来自肉身的溃败，小说这一细节深具反讽意味。在与夏太太偷欢之后，祥子又染上了更为严重的性病，而对于这样以往“最怕最可耻的一件事”，祥子现在可以“打着哈哈似的泄露给大家”——他已经成为他以前所鄙视的苟活于世的车夫同类中之一员，而这些前辈则慷慨地向他传授着宝贵的人生经验：

> 大家争着告诉他去买什么药，或去找哪个医生。谁也不觉得这可耻，都同情的给他出主意，并且红着点脸而得意的述说自己这种的经验。好几位年轻的曾经用钱买来过这种病，好几位中年的曾经白拾过这个症候，好几位拉过包月的都有一些分量不同而性质一样的经验……祥子这点病使他们都打开了心，和他说些知己的话。③

对于染上这样的“脏病”，祥子可以“心平气和的忍受着这点病”，这得益于“生活的经验”。④ 如小说家所愿，他终于成为无数普通车夫中的一个，完成了从英雄到凡人的“反成长”过程。在这里，叙述者反复提到了一个关键词：“经验”。小说明白地告诉读者：“经验是生活的肥料，有什么样的经验便变成什么样的人，在沙漠里养不出牡丹来。祥子完全入了辙，他不比别的车夫好，也不比他们坏，就是那么个车夫样的车夫。”⑤如同

---

① 老舍：《骆驼祥子》，《老舍全集》第 3 卷，第 127 页。

② 同上书，第 164 页。

③ 同上书，第 184 页。

④ 同上。

⑤ 同上书，第 188 页。

经典成长小说中的那些主人公，祥子“从青年时的理想和幻想转变到成熟时的清醒和实用主义”[1]，只不过这里的清醒带有几分黑色幽默的味道。

但是，此时的祥子“还不能算是很坏”，他还残留着一丝尊严。在小说家看来，祥子还未彻底“成熟”，还未达到成长的目标。他使用了另一个女人作为情节因素，来扮演压垮骆驼的最后一根稻草。当他听说小福子吊死在树林里之后，从人变成了野兽：

> 人把自己从野兽中提拔出，可是到现在人还把自己的同类驱逐到野兽里去。祥子还在那文化之城，可是变成了走兽。一点也不是他自己的过错。他停止住思想，所以就是杀了人，他也不负什么责任。他不再有希望，就那么迷迷忽忽的往下坠，坠入那无底的深坑。他吃，他喝，他嫖，他赌，他懒，他狡猾，因为他没了心，他的心被人家摘了去。他只剩下那个高大的肉架子，等着溃烂，预备着到乱死岗子去。[2]

小说家在这里已经预言了祥子在最后一章出卖阮明的结局：他为了钱而杀人，完成了从人到鬼的“反成长”过程。祥子出卖阮明，只不过是人物性格符合逻辑的发展。在这里，我们会发现祥子很符合巴赫金所强调的成长教育小说里“成长中的人物形象”——“这里主人公的形象，不是静态的统一体，而是动态的统一体。主人公本身、他的性格，在这一小说的公式中成了变数。主人公本身的变化具有了情节意义；与此相关，小说的情节也从根本上得到了再认识、再构建”[3]。虽然看起来，故事刚开始的英雄祥子与堕落成末路鬼的祥子，乃是截然相反的两个人，但作为善恶两极的化身，他们其实是对立统一的一个整体，是作家设计好的坐标系的正负两极。人物虽然发生了从善到恶的惊心动魄的变化，但在叙事结构上，《骆驼祥子》依然没有离开成长小说将主人公建构成为既成长变化又前

---

① 巴赫金：《教育小说及其在现实主义历史中的意义》，《巴赫金全集》第3卷，石家庄：河北教育出版社1998年版，第231页。

② 老舍：《骆驼祥子》，《老舍全集》第3卷，第204页。

③ 巴赫金：《教育小说及其在现实主义历史中的意义》，《巴赫金全集》第3卷，第230页。

后统一的自我主体(ego)的惯常模式。[1]

在这个意义上,我们重新审视伊文·金(Evan King)的英译本对《骆驼祥子》结尾的改动,就会理解,为何老舍会对此勃然大怒。诚然,老舍从不愿接受别人对自己作品的妄自改动;另一方面,作为一部“反”成长教育小说,老舍显然已经设计好了祥子最后的人生状态,这个毁灭的最后形象恰恰是小说开头对祥子近乎完美的英雄形象的一个投影,一个反讽。成长小说一方面注重主人公发生的变化,另一方面则注重变化的结果——主人公最后变成了怎样的人。因此,无论是喜剧还是悲剧,其结局是固定的。只不过在早期成长小说那里,作家追求的是“尘世之子的最高幸福”,而在老舍这里,他想表现的则是这一目的的对立面——地狱中的鬼魂。因此,伊文·金译本的改动全不合逻辑,也根本没有领会整部小说的主题意图。不过,值得一提的是,在一些美国评论家看来,即使是伊文·金改编了故事结局,祥子救出了小福子,两人获得了自由,整部小说令人绝望的基调仍然是无法改变的。[2]

问题在于,老舍为什么会采取“反”成长小说的叙事模式?这部小说和老舍的其他长篇不同,并没有太多的说教,也没有集成传统成长教育小说的教化功能,那么,它的目的何在呢?

二、罪的观念:对《骆驼祥子》主题的另一种解释

为了回答上述问题,我们必须先解决以下问题:在《骆驼祥子》中,祥子为什么必然要“反”成长?老舍为什么不按照经典成长小说的情节模式,写一部农村青年进城,通过劳动致富,开上车厂,成为一个成功者的发家史?换言之,我们可以提问,《骆驼祥子》初版本最后的结尾为什么一

---

① 王炎:《小说的时间性与现代性——欧洲成长教育小说叙事的时间性研究》,北京:外语教学与研究出版社2007年版,第66页。

② 伊文·金的英译本出版之后,美国评论家 William Du Bois 发表评论,认为小说的结尾“那奔向想象中的自由只是作者一个诗意的姿态”,整部作品有浓厚的绝望情绪。见 William Du Bois, “Book of the Times”, *The New York Times*, 1945-07-30。又见孟庆澍《经典文本的异境旅行——〈骆驼祥子〉在美国(1945—1946)》,《河南大学学报》2010年第5期。

定是阴暗和低沉的？老舍为什么要写这样一部沉重得令人难以喘息的小说？老舍曾回忆，面对底层劳动者对祥子结局的质疑，他无言以对，并在1949年后的修改中删去了最后一章。那么，我们又如何从逻辑上解释老舍对普通劳动者充满同情，同时又将其毁灭的悖论？这是否意味着，在老舍看来，祥子的堕落具有某种必然性？如果确实如此，那么这种必然性又从何而来呢？

这其实是《骆驼祥子》研究中的一个重要关节。在1949年之后的中国学术界，主流的看法是将祥子堕落的原因归结为社会因素，以强调小说具有强烈的现实批判性，并认为老舍借此向资产阶级个人主义/自由主义告别，转而提倡集体主义。海外一些学者也持相近看法，如刘绍铭就认为老舍受自然主义的影响，而社会环境是摧毁祥子的主要因素。[1] 王润华更进一步，指出祥子的堕落乃是来自乡村的淳朴原始人被现代都市文明所毁坏的结果。[2] 近年来，学者开始摆脱固有研究范式的束缚，发掘出《骆驼祥子》在现实主义美学之外的丰富内涵。王润华与蓝棣之、徐德明等学者都注意到“性”因素在小说中扮演的重要角色，并认为老舍使用“神秘而不可知”的象征主义手法，“揭露人类心中的隐痛”，具有现代主义小说的一些特征。[3] 事实上，《骆驼祥子》主题的复杂性与多义性已经开始有所呈现。本节即是对《骆驼祥子》的主题提出自己的新观点。

一般看来，老舍是一个现世性特别强的作家。他的作品大多属于现实主义范畴，热衷于社会现实、政治运动层面的描写，更关注国家、民族、文化、国民性等话题，相对缺乏对人性的深度描绘和哲学性思辨。与同时代作家如鲁迅进行比较时，这一点尤其明显。不过现在看来，这种观点或许是一种误解。事实上，老舍最喜欢的《神曲》就采取了中古梦幻文学的

---

① 见王德威《写实主义小说的虚构：茅盾，老舍，沈从文》，第162—163页。

② 王润华：《老舍小说新论》，第142—143页。

③ 参见王润华《老舍小说新论》，第144—171页；蓝棣之《现代文学经典：症候式分析》，北京：清华大学出版社1998年版，第61—79页；徐德明《〈骆驼祥子〉和现实主义批评的傲慢与偏见》，见中国老舍研究会选编《世纪之初读老舍：2006国际老舍学术研讨会》，北京：人民文学出版社2007年版，第284—290页。

形式，是一部带有宗教色彩的、有着丰富意义的寓言。[1] 他所喜爱的小说家康拉德也带有浓厚的现代主义风格。即使老舍的写作从总体上仍不可避免地被归入写实主义的范畴，《猫城记》和新诗《鬼曲》的存在，也已经证明老舍的写实主义的内涵是极为复杂和多样的，而寓言性、抽象性、哲学性的内容，完全可以与他的照相式社会描摹并存。只不过老舍对北京社会风物志式的细腻描写，以及传统的全知视角叙事方式，或许掩盖了小说的寓言性、抽象性内涵，使之不易被批评者所发现。事实上，今天不少学者已经注意到老舍小说艺术的复杂性和多样性，是不能以"现实主义"一言以蔽之的。蓝棣之就认为，老舍在写《骆驼祥子》时，没有严格按照现实主义的创作法则，"不是'再现'生活的作家"[2]。徐德明也指出，《骆驼祥子》受到了现代主义的影响，因而是一个"生命寓言"——"这种寓言的普遍性的追求，是不存在于现实主义叙述中的，现实主义批评理论无法完整地揭示《骆驼祥子》的意义"[3]。这些观点大大拓展了此后研究者的思路。在我们看来，《骆驼祥子》在叙事层面采取了"反成长"小说的情节模式，而在主题层面，是一部思考善恶问题并进而涉及"罪"的观念的带有宗教色彩的小说。老舍曾评价康拉德"不只是个残酷的观察者，他有自己的道德标准与人生哲理，在写实的背景后有个生命的解释与对于海上一切的认识"[4]。无独有偶，在写实主义的外衣下面，老舍自己同样"有个生命的解释"。

从成长小说的情节结构来看，《骆驼祥子》可以被解释为一个"恶"逐渐地、不可逆转地战胜了"善"的故事，这也决定了小说内在的黑暗性。小说一开始，已经预示了车夫们青年时代的光荣"丝毫不能减少将来的

---

① 朱光潜：《西方美学史》，北京：人民文学出版社 1979 年版，第 134—135 页。但丁在给康·格朗德的信里指出了《神曲》除了字面上的意义之外，还有"寓言的，精神哲学的或秘奥的意义"。

② 蓝棣之：《现代文学经典：症候式分析》，第 62 页。

③ 徐德明：《〈骆驼祥子〉和现实主义批评的傲慢与偏见》，见中国老舍研究会选编《世纪之初读老舍：2006 国际老舍学术研讨会》，第 286 页。

④ 老舍：《一个近代最伟大的境界与人格的创造者——我最爱的作家——康拉得》，《老舍全集》第 17 卷，第 88 页。

黑暗"[1],他们走的是一条死亡/毁灭之路。祥子的人生转折,也总是伴随着内心激烈的善恶缠斗。作家常常将祥子放在一个极端的环境中,去拷问他的良知,求解人性的真谛。他让祥子处在社会的最底层:"一个拉车的吞的是粗粮,冒出来的是血;他要卖最大的力气,得最低的报酬;要立在人间的最低处,等着一切人一切法一切困苦的打击。"[2]善与恶的心灵斗争无时无刻不在祥子的脑海中出现——在积蓄被侦探敲诈之后,他甚至曾想到对他最好的曹先生家里去拿几样东西,以弥补自己的损失。到小说的最后一章,老舍甚至故意设计祥子出卖阮明的情节,以显示祥子此时已经成为"恶"的化身。祥子当然是老舍虚构的人物,但在这一人物身上,也有老舍的自我投射。他将祥子置于道德的困境与两难中,思考人物的内心抉择。从始至终,一个强大的叙述声音跟随着主人公,这个全知叙述者无所不知,并对祥子的堕落进行着严厉的判决。因此,可以说《骆驼祥子》是老舍系统思考"善"与"恶"的一部小说。这也可以解释,为什么《骆驼祥子》并没有明确的时代背景,祥子并没有明确的来历。因为作者思考的是带有普遍性的、超时代的人性问题,在本质上,这是一部"向内发展"、带有宗教思辨色彩而非讨论社会问题的小说。而祥子也不是来自某个具体的人物原型(与传统的认识不一样,一般现实主义创作法则会要求有生活原型并进行"典型化"),而是代表着老舍的"善恶"观,具有概念化的抽象性和普遍性。[3]

不过,一个新的问题是,我们该如何理解小说里的"恶"呢?它究竟是来自社会外部环境的压迫,还是出自人性本身?按照以前的社会/政治分析,祥子的堕落显然与黑暗、残酷的社会环境有关,抢掠的乱兵与狡诈的侦探都是导致祥子失去洋车、事业破产的直接原因。但是,我们并不能否认,祥子的洋车被乱兵抢去其实有很大的偶然性。倘若克制住自己的

---

① 老舍:《骆驼祥子》,《老舍全集》第3卷,第4页。

② 同上书,第104页。

③ 巴人和蓝棣之都提到过,祥子带有明显的说教和理念化的倾向,是"抽象的和概念化的人物"。参见巴人《文学初步》,上海:海燕出版社1950年版;蓝棣之《现代文学经典:症候式分析》。

虚荣心和侥幸心理,不冒险出城,祥子是不会失去他的洋车的。而更有意味的一个细节是,在祥子看来,乱兵也罢,孙侦探也罢,固然都是恶人,但在小说里,跟踪曹先生的孙侦探竟然就是抓祥子到西山的孙排长,而且他竟然还记得祥子!这种令人难以置信的巧合,并不符合现实主义写作的真实性原则,却无意中暴露了老舍的一种想法:所谓的社会恶势力如兵、官等,都是同一类人,其实是抽象的恶的不同化身而已。因此,这里需要重视的,乃是老舍所思考的抽象的、概念化的、伦理哲学的"恶"。所谓的兵匪侦探等,不过是"恶"所变化的"相"而已。

除此之外,小说中还有一些"恶人",如不给仆人饭吃的杨太太、虎妞、刘四、陈二奶奶、夏太太等。他们也是"恶"的一部分,同时也是促使祥子从善变恶的重要因素。但我们同样不应将之简单地视为外部的恶。如前所述,在这些人当中,虎妞、夏太太所代表的性关系在祥子的毁灭过程中起到了最重要、最关键的作用。但谁也无法否认,如果我们把"性"视为恶的重要肇因的话,那么来自祥子自身的性欲,便是隐藏在内心的恶。祥子真正的毁灭者不是女人所象征的引诱,而是自己的欲望。他在面对虎妞时,"不知为什么觉得非常痛快,大胆;极勇敢的要马上抓到一种新的经验与快乐"。虽然对祥子而言,他认为与虎妞的性关系是出自虎妞的"骗诱",但正由于这种关系与自己的本能欲望无法分割,因此"到底这样的关系不能随便的忘记,就是想把它放在一旁,它自自然然会在心中盘旋,像生了根似的"。[①] 恶的种子不在于外,而正在于他的心中。在祥子与虎妞的关系中,评论者多注意到蛛网小虫的比喻,以此证明祥子的被动。但我们细读对祥子的这句心理描写——"他对她,对自己,对现在与将来,都没办法,仿佛是碰在蛛网上的一个小虫,想挣扎已来不及了"[②],便会发现,不仅虎妞是蛛网,自身和命运也都是困住祥子的蛛网。仅仅把恶理解为虎妞设下的圈套是不够的,恶还是性欲、人性的弱点以及由此带来的宿命感。在祥子有过性体验的第二天,他的欲望更被激发起来:

奇怪的是,他越想躲避她,同时也越想遇到她,天越黑,这个想头

---

① 老舍:《骆驼祥子》,《老舍全集》第3卷,第51页。

② 同上。

越来得厉害。一种明知不妥,而很愿试试的大胆与迷惑紧紧的捉住他的心,小的时候去用竿子敲马蜂窝就是这样,害怕,可是心中跳着要去试试,像有什么邪气催着自己似的。渺茫的他觉到一种比自己还更有力气的劲头儿,把他要揉成一个圆球,抛到一团烈火里去;他没法阻止住自己的前进。

他又绕回西安门来,这次他不想再迟疑,要直入公堂的找她去。她已不是任何人,她只是个女子。他的全身都热起来。[1]

他又回来找虎妞,没有拒绝虎妞的留宿。性欲在给他带来美好的同时,已经成为他体内无法控制的"恶"的一部分。两年后,祥子又面对夏太太,这同样是推动他堕落的重要环节。而此时的祥子已经懂得人伦之事,"晓得妇女的厉害,也晓得妇女的好处"[2]。但就在这个关键时刻,仍然是性欲——生命的某种热力、本能的驱使使他做出某种没出息的事,"而在这没出息的事里藏着最大的快乐——也许是最大的苦恼,谁管它!"[3]祥子已经被自己的性欲所控制,失去了理性,失去了主张,"只剩下可以大可以小的一口热气,撑着他的全体"[4]。

由于"性"在小说中起到如此重要和突出的作用,以至于在持左翼立场的批评家许杰那里,老舍对性的描写过分渲染,"似乎还过分了些",他并不赞同老舍把性的因素强调为祥子走上堕落之路的决定性因素的做法。当然,如果按照左翼文学理论来分析,以突出这部小说否定自由主义的"个人主义"、鼓吹集体主义,老舍对性的强调就显得更加不合逻辑,更加难以理解。就像许杰所质问的:"这样加重着性生活对于个人主义的毁灭的强调,这样的描写环境来决定个人性格,对于社会病态的解剖,对

---

① 老舍:《骆驼祥子》,《老舍全集》第3卷,第51页。

② 同上书,第182页。

③ 同上。

④ 同上书,第184页。这里的性隐喻是非常明显的。有意味的是,小说在写到夏太太和白面口袋时,祥子的脑海都闪过虎妞的影子。因此,如同孙侦探即是抢去祥子洋车的排长一样,小说如此安排,用意是非常明显的:虎妞、夏太太和白面口袋,都不过是邪恶性欲的化身。

于个人主义的出路和中国社会的前途，能算是公允的吗？”[1]但是，如果我们不从机械的政治化批评模式来认识老舍对“性”的强调，就会发现，这其实体现着老舍对人本性中的善恶问题的深刻思考。徐德明指出，老舍叙述的重心是“性关系”，也是“生命的相互作用”。他认为，虎妞和祥子之间确实有一种“噬的关系”，既是身体的，也是心灵的。[2] 这一观点给我们以启发：首先，性确实是“生命的相互作用”，因此，不能认为祥子在性关系中是被动的、消极的，祥子自身的欲望是导致他堕落的重要因素；其次，虎妞这个不像女人而更带男人气质的老姑娘，或许可以看作祥子本能性欲的一种投射，或可以视为性欲的一种象征。因此，在虎妞死去之后，她的形象仍在夏太太、白面口袋等身上反复出现——虎妞其实是祥子内心欲望的镜像，而祥子被虎妞（夏太太）所裹挟沉沦，也意味着真正吞噬祥子的，其实是他自己无法控制的本能欲望。

对性的认识，涉及老舍对欲望的认识，对人性本身的认识。恶来自性欲，也就意味着恶是来自欲望本身、人性本身，是内在于人性的。小说中有一段情节，值得注意：祥子遇到了刘四爷，没有告诉他虎妞的埋葬地，他用残忍来回敬残忍，用恶来惩罚恶。在这里，善与恶的界限彻底消失了。祥子以为“战胜了刘四便是战胜了一切”，他通过报复，迎来了重新做人的希望：“心中觉得舒畅的发热，处处是光，照亮了自己的将来。……从此烟酒不动，祥子要重打鼓另开张，照旧去努力自强，今天战胜了刘四，永远战胜刘四；刘四的诅咒适足以教祥子更成功，更有希望。”[3]看起来，祥子似乎在向“善”回归，他看到了战胜“恶”的希望：

> 看看自己的手脚，祥子不还是很年轻么？祥子将要永远年轻，教虎妞死，刘四死，而祥子活着，快活的，要强的，活着——恶人都会遭报，都会死，那抢他车的大兵，不给仆人饭吃的杨太太，欺骗他压迫他的虎妞，轻看他的刘四，诈他钱的孙侦探，愚弄他的陈二奶奶，诱惑他

---

① 许杰：《论〈骆驼祥子〉》，《文艺新辑》第 1 辑，1948 年 10 月。

② 徐德明：《〈骆驼祥子〉和现实主义批评的傲慢与偏见》，见中国老舍研究会选编《世纪之初读老舍：2006 国际老舍学术研讨会》，第 294 页。

③ 老舍：《骆驼祥子》，《老舍全集》第 3 卷，第 190 页。

的夏太太……都会死，只有忠诚的祥子活着，永远活着！[①]

读者不难发现叙述者意味深长的语调，得了性病的祥子不可能“永远年轻”，而且他对自己的理想也谈不上“忠诚”，这样夸张的词语分明透露出一丝尖刻的反讽：祥子关于善战胜恶的幻想只是一个天真的泡影，他并没有意识到，自己本身就是恶的一部分，他不可能获得新生，就好像心中的污点不可能洗去一样，他的重新成家立业的理想只不过是虚幻的泡沫。用“恶”来反抗“恶”，是永远不可能通向“善”的。回过头来，我们会发现，导致祥子堕落的“恶”，并非外部的社会因素（不良政治和阶级压迫），也并非虎妞等“资产阶级老女子”的引诱（蓝棣之），并非现代文明大城市（王润华），而是来自欲望和意愿（will）本身，这是人最终无法逃脱的宿命。在老舍看来，他对于“善”有着根深蒂固的质疑，祥子的堕落过程表明，完美的人性是不存在的，而衰弱和腐坏才是本质的、绝对的、先在的。

这很自然使我们想到了老舍所受过的基督教的影响。老舍的善恶思想，与基督教的“罪”的观念是否有关系？最近发现的老舍发表于1932年的一篇《以善胜恶》为题的演讲中，就谈到了善与恶的问题。这篇演讲发表于基督教教会刊物《河南中华圣公会会刊》第5卷第5期的“讲坛”栏目，可能是他在教会学校面向教会学生的一次演讲。[②] 因此，他在这里所谈论的“善恶”问题，是在基督教的语境中思考。他认为，社会恶劣的原因不在经济，也不在科学不发达和农村破产，而在于“人心不良”。[③] 老舍强调必须有善的信仰，才能胜恶，才能挽回人心。最后，他请听众“抱定只有以善才能胜恶的决心”。很显然，由于是面对公众（极有可能是教会学生）的讲演，老舍必须强调善的最后胜利。这与《骆驼祥子》的基调有所不同。但考虑到他演讲的场合，便可以理解这种矛盾。这一文章的价值在于给我们以启发，注意到老舍“善恶”观念背后或许有基督教思想

---

① 老舍：《骆驼祥子》，《老舍全集》第3卷，第190—191页。

② 刘涛：《老舍的基督教信仰与救世观及其他——从最近发现的三篇老舍佚文谈起》，《中国现代文学研究丛刊》2010年第2期。

③ 老舍：《以善胜恶》，见刘涛《老舍佚文三篇辑校》，《中国现代文学研究丛刊》2010年第2期。

的影响,尽管这种影响可能藏于文本深层结构之中。

我们注意到,老舍对善恶问题的思考或许受到但丁《神曲》的影响。《神曲》是一部典型的宗教文学作品,而老舍自称"但丁迷"[1],与《神曲》的关系极为密切。在他看来,《神曲》恰恰是一部讨论宗教哲学问题的"灵的文学"——"它使我明白了肉体与灵魂的关系,也使我明白了文艺的真正的深度"[2]。1942 年,在完成《骆驼祥子》6 年之后,老舍在汉藏教理院谈到了《神曲》:

> 西洋古代希腊罗马的文艺作品,都不曾说到"灵魂"这东西……虽罗马文学里有少数的作品说到"地狱"这个名字,但只是渺渺茫茫的一个阴影,并未说出人死了以后,为什么会生到地狱里去?既生到地狱里去了,其中生活又是怎么样?只是隐隐约约的道出个地狱的名罢了。到了但丁的时候,他就谈到地狱及地狱中怎么样了,这在他最伟大最著名的《神曲》作品中,第一部就是讲的地狱,可以想见他是一个天主教的教徒,但天主教所奉的《圣经》里并未说到地狱的情形怎样,可是信奉该教的但丁,却离开了《圣经》,大谈特谈其地狱的景况,描写其地狱的惨状,这也许他是受了东方文化——佛教的影响。……他谈的地狱,与中国所传说的地狱,很有点儿相像,且比中国所传说的还要有系统些,有条理些,而地狱的层次描写得很详尽。犯某些罪的就落于某一层地狱,作奸犯科,不忠不信的人们,固然有上刀山下油锅的一类刑具给他们受,就是不尽忠于宗教的教徒,也有固定的受罪处。地狱之外有一座山,从地狱中,悔悟出来的罪犯,就在那座山上修持,背后拴着一块大石,行路的时候,慢慢儿走,地上写着"人要谦卑"的四个字。[3]

他又说,《神曲》开始谈人世间之外的"灵魂",扩大了文学写作的范围,对于欧洲文化是个最大的贡献,"因为说到'灵魂'自然使人知所恐惧,知所

---

① 老舍:《写与读》,《老舍全集》第 17 卷,第 460 页。老舍与但丁的关系是近年学术界关注的一个热点,已经成为常识,此处不赘。

② 同上。

③ 老舍:《灵的文学与佛教》,《老舍全集》第 17 卷,第 286—287 页。

希求”[①]。他提出:“中国现在需要一个像但丁这样的人出来,从灵的文学着手,将良心之门打开,使人人都过着灵的生活,使大家都拿出良心来。”[②]同年,老舍再次谈《神曲》,表达了相近的意思:

> 荷马的史诗里有神有人,可是缺乏一个有组织的地狱。《神曲》里却天地人都有详尽的描写,但丁会把你带到光明的天堂,再引入火花如雪的地狱,告诉你神道与人道的微妙关系,指给你善与恶,智与愚,邪与正的分别与果报。他笔下的世界是一首完美的诗,每一色彩,每一响声,都有它的适当的地方。
>
> ……《神曲》里什么都有,而且什么都有组织,有理由,有因果。[③]

请注意上述两段引文中反复出现的几个词语:“灵魂”“地狱”“果报”“理由”“因果”……显然,作为基督徒的老舍对《神曲》中的宗教思想有着深刻的理解。回过头来,我们再看老舍写作《骆驼祥子》的动机,他非常明白地指出,自己所观察的并不是车夫外在的“那些小事情”,而是“要由车夫的内心状态观察到地狱究竟是什么样子。车夫的外表上的一切,都必有生活与生命上的根据”[④]。这是一句非常关键,但常常被研究者误读的话。人们常以为老舍是在写实主义的层面,从社会批判、政治经济批判的角度来理解“地狱”,而忽视了“地狱”这个词与《神曲》中的宗教思想、“罪”的观念之间的联系,忽视了“地狱”一词所蕴含的心理、伦理、宗教内涵。[⑤] 在但丁看来,《神曲》的主题是“表现死后灵魂的状况”,“从寓言来看全诗,就是人凭自由意志去行善行恶,理应受到公道的奖惩”。朱光潜

---

① 老舍:《灵的文学与佛教》,《老舍全集》第17卷,第287页。

② 同上书,第289页。

③ 老舍:《神曲》,《老舍全集》第17卷,第340页。

④ 老舍:《我怎样写〈骆驼祥子〉》,《老舍全集》第17卷,第466页。“地狱”一词,在《骆驼祥子》文本中反复出现,如“他仿佛就是在地狱里也能作个好鬼似的”,《老舍全集》第3卷,第6页。

⑤ 王润华先生也许是个例外。他在文中指出,老舍所说的“地狱”应该不止社会底层的现实,而应包括这些人的心灵世界的地狱。这已经初步涉及对“地狱”的形而上层面的解读。见王润华《〈骆驼祥子〉中〈黑暗的心〉的结构——老舍与康拉德比较研究》,《中国现代文学研究丛刊》1995年第3期。

认为，这里体现的是所谓“诗的公道”说（也即善恶报应说）。[①] 反观《骆驼祥子》，不正是在思考善与恶的问题，并描绘了祥子如何因为本性中的“恶”而受到了最严厉的惩罚吗？

为恶必受惩罚。从老舍在汉藏教理院的演讲可以知道，他对《神曲》中的地狱景况非常熟悉。《神曲·地狱篇》对地狱中灵魂所犯的罪行和承受的痛苦有清晰的分类。田德望在《神曲·译本序》中谈到，关于罪的类别和轻重，但丁是以亚里士多德的《尼各马可伦理学》和《政治学》中有关的学说为理论根据的。我们惊讶地发现，《骆驼祥子》中主要人物的“恶”，都可以归入《神曲》中地狱罪行的分类。如祥子的贪色、贪婪、欺诈，虎妞的纵欲、贪食（因贪食导致难产而死），刘四的贪财吝啬，阮明的欺诈等。在《神曲·炼狱篇》中，在进炼狱之前，上帝的天使在但丁的额头刻了七个P字母，并说：“你到了里面，要注意洗掉这些伤痕。”[②]P是拉丁文peccatum（罪）的第一个字母，七个P字母代表教会规定的七种大罪：骄傲、忌妒、愤怒、怠惰、贪财、贪食、贪色。[③] 而祥子、虎妞等人所表现出的恶行，也都在这著名的“七宗罪”之列。如果我们细读文本，就会发现这并非偶然的巧合。小说家刻意凸显了虎妞的馋和懒——“饭菜而外，她还得吃零食，肚子越显形，她就觉得越须多吃好东西；不能亏着嘴。她不但随时的买零七八碎的，而且嘱咐祥子每天给她带回点儿来”[④]。虎妞的贪食和懒惰来自她的财富，但老舍已经在小说中预示了她必将为自己的罪受到惩罚——“她的优越正是她的祸患”[⑤]。祥子被自己的情欲所虏获，更是小说浓墨重彩表现的重点。每个读者都不会忘记小说中震撼人心的一幕：祥子与虎妞结婚，成为情欲的奴隶后，在酷暑和暴雨中挣扎拉车，承受苦役。这很容易使我们联想到《神曲·地狱篇》中，犯了邪淫

---

① 转引自朱光潜《西方美学史》，第136页。

② 但丁：《神曲·炼狱篇》，田德望译，北京：人民文学出版社2002年版，第100页。在王维克译本中，此处译为“把这些污点洗净了吧”，北京：人民文学出版社1989年版，第277页。这很容易使人联想到祥子和虎妞发生性关系之后，心中那个仿佛永远不能再洗掉的黑点。

③ 但丁：《神曲·炼狱篇》，田德望译，第108页。

④ 老舍：《骆驼祥子》，《老舍全集》第3卷，第167—168页。

⑤ 同上书，第169页。

罪者的灵魂被地狱里的狂飙吹来吹去、痛苦万分,永远不得安息的场景。在基督教神学看来,骄傲、忌妒、愤怒、贪财、贪食、贪色等皆是严重的死罪,因为它们“直接抵挡神的爱与意志”,“与神的恩典隔绝”。[①] 老舍曾说,《骆驼祥子》是想写出一个“最真确的人”,而这个人“不但吃的苦,喝的苦,连一阵风,一场雨,也给他的神经以无情的苦刑”。[②] 事实上,这里的“苦”不仅指祥子的世间苦,或也指祥子所犯的重罪以及应受的惩罚。

这并不是老舍第一次在文本深层借鉴《神曲》的主题和结构,1930 年代是他模仿《神曲》的高峰期。他曾承认,《猫城记》类似于但丁的游“地狱”,只不过没有达到但丁的水准。[③] 1934 年,老舍在长诗片段《鬼曲》(这首诗的名字显然与《神曲》有关)的“诗末说明”所写的一段话,就更耐人寻味:

> 在梦里,我见着很多鬼头鬼脑的人与事。我要描写他们,并且判断他们。假如有点思想的话,就在这“判断”里。我不能叫这些鬼头鬼脑的人与事就那么“人”似的,“事”似的;我判定,并且惩罚。有点像《神曲》中的“地狱”。但只有“地狱”而无“天堂”等。[④]

这一段夫子自道,虽然是表明写诗的意图,但拿来对照两年之后所写的《骆驼祥子》,却有着令人吃惊的高度吻合:在《骆驼祥子》中那个居高临下、既悲悯又严厉的全知叙述者,不正是判定小说人物的“恶”并给予最终惩罚(毁灭)的人吗?而祥子等人从理想人格堕入深渊,承受劳苦、死亡的痛苦,不正是只有“地狱”而无“天堂”吗?在这样带有强烈宗教色彩的、反映基督教“罪”的观念的写作背景下,老舍怎么可能向 1949 年以后的读者解释,他为何没有给祥子一条出路呢?他当然只能感到“非常惭愧!”[⑤]

---

① 唐索深:《基督教神学导论》,余亮译,美国对华交流联会资助发行 2013 年版,第 107 页。

② 老舍:《我怎样写〈骆驼祥子〉》,《老舍全集》第 17 卷,第 466 页。

③ 老舍:《我怎样写〈离婚〉》,《老舍全集》第 16 卷,第 189 页。

④ 老舍:《鬼曲》,《老舍全集》第 13 卷,第 439 页。

⑤ 老舍:《〈骆驼祥子〉后记》,《老舍全集》第 17 卷,第 668 页。

如果上述推论可以成立,那么可以看到,在社会批判、文化反思的表层之下,《骆驼祥子》以“反成长”小说的叙事模式,讲述了一个“恶”战胜了“善”的宗教故事,进而讨论了更加复杂和深邃(相对于老舍其他小说)的“罪”的观念。对于基督教神学而言,“罪”是相当重要的概念,“罪也许不是所有问题的直接原因,但每一个问题的背后,都有罪在煽风点火”①。对于老舍来说,也许他本人对“罪”的思考深度有限,最终并未超越基督教神学的范畴。但认识到这一点,对于批评家却是极为必要的,因为它使我们能够注意到《骆驼祥子》文本深处的形而上意味,而这在以往的研究中显然被忽视了。

三、自由意志与个人主义

《骆驼祥子》对“罪”的表现与思索,可以改变我们对小说中一些重要概念的理解,例如“个人主义”。在小说尾声,老舍写道,祥子到了最后连贼也当不成,因为:

> 只有他自己会给自己挣饭吃,没有任何别的依赖与援助。他为自己努力,也为自己完成了死亡。他等着吸那最后的一口气,他是个还有口气的死鬼,个人主义是他的灵魂。这个灵魂将随着他的身体一齐烂化在泥土中。②

当然,还有那个最著名的结尾:

> 体面的,要强的,好梦想的,利己的,个人的,健壮的,伟大的,祥子,不知陪着人家送了多少回殡;不知道何时何地会埋起他自己来,埋起这堕落的,自私的,不幸的,社会病胎里的产儿,个人主义的末路鬼!

在老舍这个时期的作品中,“个人主义”还反复出现了很多次。1933年11月,老舍在评论臧克家的《烙印》时曾说,他愿意让生命“又臭又硬”,臧克家便“硬得厉害”——

---

① 唐索深:《基督教神学导论》,第106页。

② 老舍:《骆驼祥子》,《老舍全集》第3卷,第213页。

这个硬劲里藏着个人主义的一些石头子儿。“什么都由我承当,”是浪漫主义里那点豪气与刚硬。可是这并不是他个人的颂赞,不是众人皆软我独刚的表示。他的世界是个硬的,人也全是硬的,硬碰硬便是生活,而事实上大家也确是在那儿硬碰。碰的结果如何?克家没说。他不会作梦。他是大睁白眼的踱开大步朝前闯;不这么着可又怎样?细想起来,就是世界到了极和平极清醒的时候,生命还不是个长期的累赘?大概硬干的劲永远不应当失去,不过随着物质的条件而硬得不同程度便了。[①]

在1935年执教齐鲁大学时所写的讲义中,老舍谈到了现代主义文艺,其中也说到了个人主义——“这是资本主义,物质生活,与个人主义的混战时代;在这时只能有混沌,而艺术家们以个人所具的世界观想冲破这个混沌,可是大家都没能成功。他们的失败即是因为把物质主义与精神主义妥协起来,把个人主义与社会生活妥协起来,而没有具体的明确的办法”[②]。在发表于1940年、与宋之的合作的剧本《国家至上》里,主人公张老师的简介里也提到:

对人具热诚,但少礼貌,极自是,强人服从。爱名誉甚于爱身,虽老仍敢冒险——一个个人主义的英雄。[③]

可以看到,在这一时期的老舍文本中,“个人主义”是极少数带有“洋味儿”,而又不是在讽刺意味上使用的新概念。老舍是在非常重要的场合,很谨慎和斟酌地使用这个概念的。可以说,在特定的政治语境中,“个人主义”是与集体主义相对立的必须否定的一种资产阶级意识形态。这在很长一段时期内,主宰了学界对《骆驼祥子》中“个人主义”的认识。例如,王瑶对“个人主义的末路鬼”的解释,是“宣布了企图用个人奋斗来解放自己的道路的破产”,而老车夫的“蚂蚱”比喻,也就和这里的个人主义联系在一起,“仍然可以看作是老舍探索劳动人民解放道路所得出的

---

① 老舍:《臧克家的〈烙印〉》,《老舍全集》第17卷,第53页。

② 老舍:《〈文艺思潮〉讲义》,《老舍全集》第17卷,第82—83页。

③ 老舍、宋之的:《国家至上》,《老舍全集》第9卷,第350页。

一个崭新的结论”。[①] 王瑶的看法影响了很多国内学者的认识,不论是教材还是专著,大都认为老舍通过祥子的悲剧宣布了“个人主义”的失败,以及集体斗争的必要,并进而宣称老舍这时已经发生了向左翼靠拢的“思想转变”。有趣的是,夏志清也是在这一层面上理解老舍的“个人主义”的。他说:“在《离婚》里,老舍斥责中国人胆小怯弱,叫他们加强英雄作为,所以还很个人主义。但是在《牛天赐传》里,他就表示很怀疑,在一个普遍腐败的社会里,个人英雄主义究竟有什么用。到了《骆驼祥子》,老舍就积极地主张集体行动的必要了。没有具体证明,很难说老舍得出这样的结论是自动的还是受了左派的压力。”[②]夏志清认为,老舍同情怜悯祥子,“但到结尾时硬被变成讽喻个人主义的形象。我们读他最后堕落的故事的时候,意识到作者插进了讽刺手法,这和小说主体的同情旨趣是不相符合的”[③]。之所以这样,是因为老舍“另一方面却也对于个人英雄主义的爱国公式表示不满。这当然还不符合左派观点,但显示老舍已经开始非难带有自由主义味道的个人主义”[④]。也就是说,他也认为,老舍在这部小说中批评了个人主义,而转向了集体主义。如果我们联系到抗战期间的《国家至上》,那个带着“个人主义”标签的主人公张老师,幻想着“个人单干”而非回汉团结抗日,老舍文本中的“个人主义”具有与集体主义相对的贬义,是可以确定无疑的。但是,这就是老舍的“个人主义”的全部含义吗?

回到《骆驼祥子》“罪”的主题上来,我们会发现,老舍对个人主义的思考与基督教的自由意志论(free will)有关。在基督教神学理论中,“罪”来自人的自由意志。奥古斯丁认为,上帝是至善的,作为被造物的人只是相对的善;人的本质中有恶,恶源自人的自由意志:“我发现恶并非实体,而是败坏的意志叛离了最高的本体,即是叛离了你天主,而自趋

---

① 王瑶:《老舍〈骆驼祥子〉略说》,《王瑶全集》第5卷,石家庄:河北教育出版社2000年版,第513页。

② 〔美〕夏志清:《中国现代小说史》,刘绍铭等译,香港:香港中文大学出版社2001年版,第153页。

③ 同上书,第156页。

④ 同上书,第159页。

于下流”[1]。他在《论自由意志》中指出，自由意志本身并不是罪恶，上帝将自由意志赋予人，是为了让人正当地生活，而不是让人犯罪，但是“自由的恩宠不可避免地包含了受诱惑与犯罪的危险”[2]。人之所以犯罪，就是滥用自由意志的结果。当代神学理论也认为，“犯罪的可能性在于人在世上对自由意志的运用”，因为人的自由行为所追求的必然是“美善的事物”(goodness)，但因为人的有限理性和意志永远不能完全把握无限的美善，因此，对真正美善的追求往往会滑向貌似美善(实为罪恶)。[3] 所以奥古斯丁将“伦理的恶”看成真正的恶，因为它是人的意志选择的结果。没有人的自由意志，就不可能有原罪，也不可能引发其他的罪恶。当然，人凭借自由意志做出选择，也就应该为后果负责。

在《骆驼祥子》中，令人印象深刻的是，祥子有着强烈的自由意志，而这种自由意志恰恰会带来双重效应：一方面，他对自我的信念是异常坚定的，确信能够成为自己的主人，“自己为自己立法”；另一方面，由于以自己为神，“爱自己而轻视上帝”[4]，自由意志的滥用与失控也会导致罪恶的发生。祥子最大的愿望就是买一辆属于自己的车，当一个自己养活自己的车夫——“有了自己的车，他可以不再受拴车的人们的气，也无须敷衍别人；有自己的力气与洋车，睁开眼就可以有饭吃”[5]。这其实是追求一个独立的自我，买车的过程也可以理解为寻找另一个自我，使自我实现独立、自由和统一的过程，这是他的终极目的。我们看小说中的描写，洋车分明就是祥子的另一个自我：

> 好吧，今天买上了新车，就算是生日吧，人的也是车的，好记，而且车既是自己的心血，简直没什么不可以把人与车算在一块的地方。[6]

---

① 〔古罗马〕奥古斯丁：《忏悔录》，周士良译，北京：商务印书馆1963年版，第130页。

② 〔德〕白舍客：《基督宗教伦理学》(第一卷)，静也、常弘等译，上海：华东师大出版社2010年版，第351页。

③ 同上书，第329页。

④ 〔古罗马〕奥古斯丁：《上帝之城：驳异教徒》(中)，吴飞译，上海：上海三联书店2008年版，第225页。

⑤ 老舍：《骆驼祥子》，《老舍全集》第3卷，第5页。

⑥ 同上书，第11页。

那辆车也真是可爱，拉过了半年来的，仿佛处处都有了知觉与感情，祥子的一扭腰，一蹲腿，或一直脊背，它都就马上应合着，给祥子以最顺心的帮助，他与它之间没有一点隔膜别扭的地方。①

小说如此描写，从表面看，是表现了祥子对车的感情，内在则是说明，车不仅仅是外在于身体的物，而是像祥子的手脚一样，是祥子身体的一部分，是祥子自我力量的对象化和象征，是掌控自我、追求自由的人的意志目标。但正如奥古斯丁所说："我们所以作恶的原因是自由意志。"②祥子正是在他对洋车的狂热的、宗教式的信仰中，在他对自身性欲的放纵中，逐渐滥用他的自由意志——他与虎妞、夏太太的苟合，出卖阮明，都并非被人强迫，而是权衡之后意志的自由选择，但他也因此而受到了严厉的惩罚。正是在这样的背景下，我们才能理解老舍为什么说："他的命可以毁在自己手里，再也不为任何人牺牲什么。为个人努力的也知道怎样毁灭个人，这是个人主义的两端。"③——自由意志既是祥子成为强大个体的依据，同时也是"罪"的根源与肇因，而这恰恰是老舍"个人主义"的核心二元。

事实上，从哲学史来看，基督教的自由意志论正是近代个人主义的思想源头之一。从奥古斯丁到阿奎那，神学家大多都强调上帝的至善，而将世间的恶归诸人的自由意志，这既是出于建立神正论的需要，同时也强调了人因自由意志而在格位上与万物有别，具有"绝对的尊严、权利和责任"④，从而埋下了近世个人主义的种子。中世纪后期的意大利，布克哈特所说的"个人的完美化"已经开始出现，人们开始追求"最高的个人发展"⑤。作为"第一个探索自己的灵魂的人"⑥，但丁通过《神曲》体现了早

① 老舍：《骆驼祥子》，《老舍全集》第3卷，第12页。

② 〔古罗马〕奥古斯丁：《忏悔录》，周士良译，第116页。

③ 老舍：《骆驼祥子》，《老舍全集》第3卷，第206页。

④ 黄裕生：《原罪与自由意志——论奥古斯丁的罪-责伦理学》，《浙江学刊》2003年第2期。

⑤ 〔瑞士〕雅各布·布克哈特：《意大利文艺复兴时期的文化》，何新译，北京：商务印书馆1983年版，第130页。

⑥ 同上书，第307页。

期人文主义者对个人精神的重视，而整部宗教诗的主题，“就是人凭自由意志去行善行恶，理应受到公道的奖惩”[①]。在这里，但丁对自由意志的关注正是为了破除中世纪教会神学的蒙昧主义与禁欲主义，强调人的理性、自主和自我选择的重要性，正因为如此，布克哈特才说“在他的一切作品中洋溢着个人的力量”[②]。洛伦佐·瓦拉、皮科等文艺复兴时期人文主义者对自由意志的论证，使得个人“变成了一个欢迎人们去探索和发现的，广阔、复杂而丰富的独立世界”[③]。这种早期个人主义的发展并非偶然，而是一种历史的必然，“经过意大利文化的传递，然后注入欧洲其他民族”[④]。其后，从伊拉斯谟、路德、卢梭到康德，自由意志始终都是个人自主、自律、平等、尊严等命题的理论支点，他们围绕这些问题的阐释，构成了欧洲近世个人主义重要的组成部分。

因此，从这一哲学谱系来看，老舍所谓的“个人主义”，其基本内容便是基督教神学论述中的自由意志。它的核心理念乃是上帝将自由意志赋予人，人便具有了自由决断的权利，人有能力完全只根据自己的意志去决断生活、行动，而且这种权能是一种绝对权利，由于每个人以自己意志而不必以其他任何人的意志为依据去行动，因此他的存在便以自身为目的，这便是每个人的绝对尊严之所在。同时，由于人的一切行动都来自他的意志决断，他也必须绝对地接受和承担自己行动的后果。[⑤] 祥子的自由意志使他成为强有力的独立个体，但他的罪恶和毁灭也来自自由意志，这才是“个人主义的末路鬼”的真实含义，也是老舍塑造了一个近乎完美的祥子却又令其毁灭的内在原因。无独有偶，虎妞的所作所为都出自她的自由意志，她既通过精心谋划得到了祥子，又因为嫉妒和贪吃而送掉了性

---

① 出自但丁给斯卡拉大亲王的信，转引自朱光潜《西方美学史》，第136页。

② 〔瑞士〕雅各布·布克哈特：《意大利文艺复兴时期的文化》，何新译，第131页。

③ 〔捷克〕丹尼尔·沙拉汉：《个人主义的谱系》，储智勇译，长春：吉林出版集团有限责任公司2015年版，第75页。

④ 〔英〕史蒂文·卢克斯：《个人主义》，阎克文译，南京：江苏人民出版社2001年版，第23页。

⑤ 黄裕生：《原罪与自由意志——论奥古斯丁的罪-责伦理学》，《浙江学刊》2003年第2期。

命。小说人物的成功或失败、存在或毁灭，都来自他/她的意志和决断，也都应由他/她自身负责。个人的独立不得不依靠自由意志，但自由意志又是恶的根源并导致人的最终败坏，这也给小说增添了浓重的决定论色彩。

自由意志论使老舍对个人的存在与命运产生了矛盾的心态。奥古斯丁既认为自由意志是上帝赋予人的一种中等之善，使人比世间万物更尊贵，又认为由于自由决断导致的原罪，使人丧失了行善的意志能力，即使人仍有自由意志，也只有犯罪的自由。[①] 因此，老舍一方面塑造了许多骄傲强硬的、有着强大自由意志的"个人主义者"，另一方面又对人的努力与挣扎抱有一种悲观主义和虚无主义的态度，他的作品中内在的悲凉或许正来源于此。在谈到康拉德的时候，老舍提到了康拉德小说中的成功者与失败者，这两类人都是在与环境的对抗中，"至死不放松他们的责任"[②]，体现出强悍的生命力，因此也体现出强大的自由意志，但结局总是空虚，而"空虚"(nothing)是康拉德小说一个哲学主题：

> Nothing，常常成为康拉德的故事的结局。不管人有多么大的志愿与生力，不管行为好坏，一旦走入这个魔咒的势力圈中，便很难逃出。……他并没有什么伟大的思想，也没想去教训人；他写的是一种情调，这情调的主音是虚幻。他的人物不尽是被环境锁住而不得不堕落的，他们有的很纯洁很高尚；可是即使这样，他们的胜利还是海阔天空的胜利，nothing。[③]

同样，《骆驼祥子》的结局也近于空虚(nothing)，从自由意志导致的命定论角度来看，它们的相似并不难理解。

至此，不妨对《骆驼祥子》中的"个人主义"作一小结。由于时代氛围的熏染，老舍的"个人主义"当然不会是纯然的神学—哲学概念，而必然是糅合了社会政治意味的具有多层结构的混杂概念。首先，最表层也最

---

① 〔美〕奥尔森：《基督教神学思想史》，吴瑞诚译，北京：北京大学出版社2003年版，第288—289页。

② 老舍：《一个近代最伟大的境界与人格的创造者——我最爱的作家——康拉得》，《老舍全集》第17卷，第93页。

③ 同上书，第94页。

容易被发现的,是强调个人奋斗、个人抗争、独善其身,是集体主义的反义。其次,它也指从个人奋斗而来的个人精神气质,比如老舍所说臧克家身上的“豪气”与“刚硬”,以及《国家至上》里张老师的固执、倔强。因此,在老舍的语境里,个人主义也是一个以自尊、自信、自强、自傲为核心的伦理学、心理学概念。最后,它来自基督教神学中的自由意志论,并决定着老舍对人的复杂性、人本身的力量与局限的终极思考。个人凭自由意志决断与行动,并对此负全部责任——老舍对“什么都由我承当”的赞许,对个人奋斗的复杂态度,对“个人主义的末路鬼”的悲悯,以及1966年夏天的决断与行动,或许放在这一层面,才能得到真正的理解。

(撰文:孟庆澍)

扩展阅读:

1. 王润华:《老舍小说新论》,上海:学林出版社1995年版。
2. 关纪新:《老舍评传》,北京:北京出版社2019年版。

象征的技艺

——废名《桥》导读

废名(1901—1967)是现代文学诸作家中“读者缘”颇为奇特的一位,其作品在当时即被公认晦涩,是“第一名的难懂”[①];然而,正如其好友鹤西(程侃声)所称,“废名君的文章,以难懂出名,可是懂了一点就必甚为爱好”[②],周作人、朱光潜、李健吾、施蛰存等同时代的评论家皆是废名文章的爱好者,对其作品赞赏有加,且颇有会心之理解。废名在现代文学史上留下了不少“破天荒”的小说作品,如《桥》(1932)、《莫须有先生传》(1932)、《莫须有先生坐飞机以后》(1947—1948)等,这些作品在小说史上颇难定位,但直到今天,它们仍然不断激起“懂了一点就必甚为爱好”的读者和研究者孜孜解读的兴趣。

周作人曾将废名的晦涩,归结为文体的简洁生辣,将之比附于明末以文风奇僻著称的“竟陵派”,又称“我觉得废名君的著作在现代中国小说界有他独特的价值者,其第一的原因是其文章之美”[③]。朱光潜在对废名《桥》的评论文章中则写道:“看惯现在中国一般小说的人对于《桥》难免隔阂;但是如果他们排除成见,费一点心思把《桥》看懂以后,再去看现在中国一般小说,他们会觉得许多时髦作品都太粗疏浮浅,浪费笔墨”,因此,“读《桥》是一种很好的文学训练”。[④] 将大多数读者与废名隔绝开来的,大概并非废名作品本身的困难,而是如朱光潜所说,源于现代读者

---

① 岂明(周作人):《枣和桥的序》,王风编《废名集》第6卷,北京:北京大学出版社2009年版,第3410页。

② 鹤西(程侃声):《谈桥与莫须有先生传》,《文学杂志》1937年第1卷第4期。

③ 岂明(周作人):《枣和桥的序》,王风编《废名集》第6卷,第3410页。

④ 孟实(朱光潜):《桥》,《文学杂志》1937年第1卷第3期。

"安于粗浅"的小说阅读习惯。假如我们打破"小说"的形式成规和阅读期待,从周作人所说的"文章之美"的角度进入,或许可以找到打开废名奇僻幽微之文学世界的另一条通道。

一、废名小说文体略识

废名在文坛初露头角的作品是短篇小说集《竹林的故事》,其时他尚未"废"去名号,署的是本名"冯文炳"。废名1922年考入北京大学预科,1924年升入北京大学英文学系,《竹林的故事》所收的14篇短篇小说,即大致创作于这一时期。这部小说集中的作品,虽然最早的几篇还残留着模仿的痕迹,但很快便显示出废名独特的个人风格,已约略可以见出日后《桥》《莫须有先生传》的文体端倪。1935年,鲁迅编选《中国新文学大系·小说二集》时,从《竹林的故事》里选了3篇作品——《浣衣母》《竹林的故事》《河上柳》,作为废名小说的代表。为便利起见,我们先以这3篇作品为例,对废名小说的文体特质略作分析。

《浣衣母》写于1923年8月,这篇作品从文体到主题,皆可见出模仿鲁迅的痕迹。小说的主人公"李妈"是一位住在城外河滩上替人洗衣的普通妇人,原本受尽全城人的尊敬,但一位卖茶的单身汉的寄住,引起了乡村的骚动与谣言。小说开头便是以倒叙的方法从这一"谣言"写起:

> 自从李妈的离奇消息传出之后,这条街上,每到散在门口空坦的鸡都回进厨房的一角漆黑的窠里,年老的婆子们,按着平素的交情,自然的聚成许多小堆;诧异,叹惜而又有点愉快的摆着头:"从那里说起!"①

这种对于乡村谣言的传神描写,即颇有鲁迅的笔法;而从"年老的婆子们"的议论中引出主人公"浣衣母"的间接写法,亦是鲁迅小说《药》和《明天》中的典型技巧。此外,小说中写到李妈的女儿"驼背姑娘"的死:"一切事由王妈布置,李妈只是不断的号哭。……"这一情节也似曾相

① 废名:《浣衣母》,王风编《废名集》第1卷,第50页。

识,令人想起《明天》中单四嫂子失去孤儿的情景。废名自己后来回忆说,在这篇作品中,“一枝笔简直就拿不动,吃力的痕迹可以看得出来了”[①]。所谓“吃力”,显然和他的小说技巧尚不成熟,还处于模仿阶段有关。尽管从文体到主题都有明显的模仿痕迹,但与鲁迅的作品相比,废名在《浣衣母》中的表达要冲淡许多,无论是寡妇孤儿的悲哀,还是礼教的迫害,都笼罩在一种小说无意中所展露出的人情之美中,批判的锋芒被稀释了不少。如果将鲁迅的小说比作木刻画,那么废名的作品一开始便呈现出铅笔素描般的轻淡之感。

除了《浣衣母》,《竹林的故事》集中其他几篇早期作品,也存在或多或少的模仿痕迹;不过,废名很快就形成了自己的个人风格,这在写于1924年的《竹林的故事》中即已明显表现出来。这篇后来被用作小说集题名的作品,很有废名的特色,其中几乎没有情节性的故事,所写的只是平凡的乡村生活,作者意在借竹林的主人公“三姑娘”这一美好的少女形象,来表现乡村的人情之美。废名在此所塑造的淳朴美好的乡村少女形象,对沈从文有着显著的影响。在“三三”“翠翠”这些沈氏笔下著名的少女形象中,我们不难看到“三姑娘”的影子。不过,和沈从文的写法相比,废名的文体更具含蓄的古典趣味。“翠翠在风日里长养着,把皮肤变得黑黑的,触目为青山绿水,一对眸子清明如水晶”,这是《边城》里的名句,沈从文对翠翠的描写,从肤色到眼眸,颇为详尽,接近西方小说言无不尽的写实传统。相比之下,废名对“三姑娘”的描写则要含蓄得多:

> 三姑娘这时已经是十二三岁的姑娘,因为是暑天,穿的是竹布单衣,颜色淡得同月色一般,——这自然是旧的了,然而倘若是新的,怕没有这样合式,不过这也不能够说定,因为我们从没有看见三姑娘穿过新衣:总之三姑娘是好看罢了。[②]

在废名这里,少女相貌的美好似乎是不可写的,只好用饶舌的方式写上下四旁的衣装:旧衣也好,新衣也罢,总之“浓妆淡抹总相宜”——至于如何

---

① 废名:《(〈废名小说选〉)序》,王风编《废名集》第6卷,第3269页。

② 废名:《竹林的故事》,王风编《废名集》第1卷,第123页。

"好看",则作为空白,留给读者去想象。这种"留白"的技巧,后来成为废名小说中十分常见的修辞艺术。

从《浣衣母》到《竹林的故事》,再到《河上柳》,废名在小说中对故事情节的放逐,愈发大胆。写于1925年4月的《河上柳》,不要说没有情节,连故事也几乎消亡殆尽,整篇小说所表现的只是"陈老爹"如意识流般的心理活动:从衙门禁演木头戏后的失落,到对于亡妻曾经在杨柳树上点灯的怀念,再到大水淹没杨柳的回忆……值得注意的是,在表现陈老爹内心意识的流动时,"河上柳"这一"风景"扮演了重要的角色:

> 老爹突然注视水面。
>
> 太阳正射屋顶,水上柳荫,随波荡漾。初夏天气,河清而浅,老爹直看到沙里去了,但看不出什么来,然而这才听见鸦鹊噪了,树枝倒映,一层层分外浓深。
>
> ……
>
> 接着是平常的夏午,除了潺潺水流,都消灭在老爹的一双闭眼。
>
> 老爹的心里渐渐又滋长起杨柳来了,然而并非是这屏着声息蓬蓬立在上面蔽荫老爹的杨柳,——到现在有了许多许多的岁月。①

这里,风景并非客观之物,而是存乎主人公的眼与心——注视水面可见柳荫荡漾,闭眼则外物消失;而心里滋长出的杨柳——回忆的经验世界,同样也是"风景"之所在。正是基于这一对于"风景"的理解,小说以"老爹的心里渐渐又滋长起杨柳来"为过渡,从主人公的现实生活悄然切换到了回忆世界——紧接着这一段引文,便是陈老爹对于过往岁月中与杨柳有关者的回忆。这种对于风景与人物内心之关系的处理方式,以及在现实世界与回忆/幻想世界中的自由穿梭,开启了废名后续诸多小说的先声。

以上3篇经鲁迅选入《中国新文学大系·小说二集》的废名小说,的确代表了3种特色,同时也能见出废名的小说创作从模仿到形成个人风格的过程,可见鲁迅眼光之敏锐。在《小说二集》序中,鲁迅对废名《竹林

---

① 废名:《河上柳》,王风编《废名集》第1卷,第126—127页。

的故事》之后的小说评价不高——“可惜的是大约作者过于珍惜他有限的‘哀愁’，不久就更加不欲像先前一般的闪露，于是从率直的读者看来，就只见其有意低徊，顾影自怜之态了”[1]。所谓“率直的读者”，其实也可以理解为以“小说”的形式成规和期待视野去阅读的读者。假如我们换一种眼光，从文章的角度来看，或许会另有发现。

在1937年的评论文章《一人一书》中，施蛰存将废名视为中国新文坛“第一名”的文体家，在他看来：

> 在写《竹林的故事》的时候，废名先生底写小说似乎还留心着一点结构……但在写作《枣》的时候……似乎纯然耽于文章之美，因而他笔下的故事也须因文章之便利而为结构了。……看废名先生的文章，好像一个有考古癖者走进了一家骨董店，东也摩挲一下，西也留连一下，纡回曲折，顺着那些骨董橱架巡行过去，而不觉其为时之既久也。……用我们中国人的话说起来，也就是所谓“涉笔成趣”。[2]

在废名的小说中，故事“因文章之便利而为结构”、“涉笔成趣”之作，最典型的代表，莫过于1932年出版的《莫须有先生传》。

《莫须有先生传》是一部自叙传式的小说，它以废名1927年前后隐居西山的生活为底本，“莫须有先生”即废名自己的投影。这部作品与《桥》出版于同一年，可是风格却截然两样。《桥》的风格是简洁而凝练的，而《莫须有先生传》却来得恣意汪洋。卞之琳说，“废名喜欢魏晋文士风度，人却不会像他们中一些人的狂放，所以就在笔下放肆”[3]——用“放肆”来形容《莫须有先生传》的文风，可谓恰如其分。尽管风格两样，但在联想的跳跃、情文相生的语言机制上，《莫须有先生传》与《桥》却有着内在的共通之处。《桥》且按下不表，这里先来看《莫须有先生传》的文风：

> 莫须有先生蹬在两块石砖之上，悠然见南山，境界不胜其广，大喜道：

---

① 鲁迅：《〈中国新文学大系〉小说二集序》，《鲁迅全集》第6卷，第252页。

② 施蛰存：《一人一书》，《宇宙风》1937年第32期。

③ 卞之琳：《序》，《冯文炳选集》，北京：人民文学出版社1985年版，第8页。

“好极了，我悔我来之晚矣，这个地方真不错。我就把我的这个山舍颜之曰茅司见山斋。可惜我的字写得太不像样儿，当然也不必就要写，心心相印，——我的莫须有先生之玺，花了十块左右请人刻了来，至今还没有买印色，也没有用处，太大了。我生平最不喜欢出告示，只喜欢做日记，我的文章可不就等于做日记吗？只有我自己最明白。如果历来赏鉴艺术的人都是同我有这副冒险本领，那也就没有什么叫做不明白。”

“莫须有先生，你有话坐在茅司里说什么呢？”①

这一段是小说第六章“这一回讲到三脚猫”的开头，写的是莫须有先生出恭的神态。莫须有先生坐在茅司里自言自语，他的思绪十分跳跃：从山舍的命名，到写字，到印玺，再到告示、日记、文章，最后讲到艺术的赏鉴，各个联想物之间有一点微弱的联系，但背后却没有总体的指涉，类似于在能指层面不断跳跃的成语接龙游戏。在这个滑稽的、不登大雅之堂的场景里，作者还插入了一句“悠然见南山”，这既是对陶渊明诗句的引用，同时又是对莫须有先生真实动作的描摹。这种在文本中随时插入古诗文的情形，在《桥》和《莫须有先生传》中都很常见。这些诗文皆是未经剪裁、长驱直入的，废名并没有有意识地将诗文典故与当前文本的语境加以协调，而是如庾信一般，“以典故为辞藻，于乱辞见性情”②；当典故的历史含义与当下的文本语境产生落差时，便造成这种特殊的既热闹又嘲讽的效果。

周作人曾形容《莫须有先生传》文章的好处道：“这好像是一道流水，大约总是向东去朝宗于海，他流过的地方，凡有什么汉港湾曲，总得灌注潆洄一番，有什么岩石水草，总要披拂抚弄一下子，才再往前去，这都不是他的行程的主脑，但除去了这些也就别无行程了。”③这段关于流水的比喻很贴切，与施蛰存所说的如考古癖者在古董店中巡行的感觉，颇为相似。诗文典故以及自由联想中的各个物件，在废名的文章中，类似于流水所遇到的汉港湾曲、岩石水草，被披拂抚弄一番之后，文章又继续前行了。

---

① 废名：《莫须有先生传》，王风编《废名集》第2卷，第701页。

② 废名：《谈用典故》，王风编《废名集》第3卷，第1461页。

③ 岂明（周作人）：《〈莫须有先生传〉序》，王风编《废名集》第6卷，第3414页。

这种流水般的文脉，不仅是废名文章局部的文体特色，也可以用来形容《莫须有先生传》的整体结构。莫须有先生在西山的奇遇，如同堂吉诃德的漫游，其间的偶然和巧遇，似乎皆非行程的主脑，但除去这些也就别无行程了；换言之，莫须有先生的故事，没有任何先在的目的性，亦不指向一个外部的现实世界，仿佛是文本内部一种自足的生长和蔓延。如果借用浪漫主义的一个批评术语，这种文本的“不及物性”[①]，与其“文章之美”恰好构成了互为表里、互为因果的关系。

二、《桥》的文章与意境

废名的小说《桥》1932 年 4 月由开明书店出版，分上下两篇，计 43 章。这部小说的写作始于 1925 年 11 月，上篇各章在结集出版前，曾经过废名的大幅修订；开明书店的单行本出版之后，废名又开始续写下卷。[②]因此，后来他戏称自己是“十年造《桥》”[③]。《桥》既是从《竹林的故事》到《莫须有先生传》之间的过渡，也是废名小说文体的集大成者。

《桥》的情节构造十分松散，上篇 18 章写小林与琴子的儿时生活，下篇 25 章写小林长大后的回乡及其与琴子和细竹之间微妙的爱情。小说的主要人物只有 3 位：小林、琴子和细竹。琴子与细竹是堂姐妹，小林与琴子自幼定下婚约，而回乡后的小林对长大了的细竹姑娘亦萌发爱意——整部小说即围绕这小儿女的微妙爱情与田园诗一般的乡村生活而展开。实际上，这一故事线索，对于理解《桥》并不重要。《桥》的各章最初在《语丝》上刊出时题作《无题》，其发表的先后并不遵循原稿的秩序。按照当时发表的顺序，《语丝》的读者显然无法读出小说的时间线索。对此，废名早有自觉，他在 1930 将《桥》的上篇各章修订之后揭载于《骆驼草》时，便在《附记》中声明道：

---

① 关于浪漫主义美学中语言“不及物性”的概念，参见〔法〕茨维坦·托多罗夫《象征理论》，王国卿译，北京：商务印书馆 2010 年版，第 221—226 页。

② 下卷未结集，收入王风编《废名集》。这里的讨论以开明书店单行本为主。

③ 废名：《(〈废名小说选〉)序》，王风编《废名集》第 6 卷，第 3269 页。

无论是长篇或短篇我一律是没有多大的故事的，所以要读故事的人尽可以掉头而不顾。我的长篇，于四年前开始时就想兼有一个短篇的方便，即是每章都要牠自成一篇文章，连续看下去想增读者的印像，打开一章看看也不致于完全摸不着头脑也。因为这个原故，所以时常姑且拿到定期刊物上发表一下。①

1935年，周作人编选《中国新文学大系·散文一集》时，则干脆从《桥》中选了六篇作为小品散文的代表，并称"废名所作本来是小说，但是我看着可以当小品散文读，不，不但是可以，或者这样更觉得有意味亦未可知"②。由此看来，废名的《桥》甫一问世，即打破了"新文学"刚刚建立起来的短篇小说与长篇小说乃至小说和散文之间的文类界限。

对于这部情节松散、"文章"大于"故事"的小说，周作人的观感是："仿佛是一首一首温李的诗，又像是一幅一幅淡彩的白描画。"③在诗与诗、画与画之间，并不需要连贯的线索，因此结构的跳跃，正是题中应有之义。废名自己在《桥》的序言中也交代："本卷上篇在原来的计划还有三分之一没有写，因为我写到《碑》就跳过去写下篇了，以为留下那一部分将来再补写，现在则似乎就补不成。"于是主人公的十年的光阴，便以小说上下篇之间"一叶的空白"的形式而存在了。对于这一结构上的空白，废名说："从此我仿佛认识一个'创造'。真的，我的《桥》，它教了我学会作文，懂得道理。"④这句话似乎语带禅机。的确，这种"跳跃"和"空白"的美学，不仅存乎《桥》的结构，在《桥》每一章的行文中，亦比比皆是——而这也正是废名小说令人感到"晦涩"的重要缘由。

废名在1927年所写的《说梦》一文中，曾论及其小说的"晦涩"，并为自己辩解道：

有许多人说我的文章 obscure，看不出我的意思。但我自己是怎

---

① 废名：《桥·附记》，王风编《废名集》第1卷，第340页。

② 周作人：《〈中国新文学大系散文一集〉导言》，钟叔河编订《周作人散文全集》第6卷，桂林：广西师范大学出版社2009年版，第732页。

③ 周作人：《桥》，钟叔河编订《周作人散文全集》第8卷，第94页。

④ 废名：《桥·序》，王风编《废名集》第1卷，第337页。

样的用心，要把我的心幕逐渐展出来！我甚至于疑心太clear得利害。这样的窘况，好像有许多诗人都说过。

我最近发表的《杨柳》（无题之十），有这样的一段：

> 小林先生没有答话，只是笑。小林先生的眼睛里只有杨柳球，——除了杨柳球眼睛之上虽还有天空，他没有看，也就可以说没有映进来。小林先生的杨柳球浸了露水，但他自己也不觉得，——他也不觉得他笑。…………

我的一位朋友竟没有看出我的"眼泪"！这个似乎不能怪我。①

《杨柳》即《桥》的下篇第七章，这一段写的是小林在河边看细竹为小孩子扎杨柳球时的观感。假如没有废名自己关于"眼泪"的解释，这段文字的确令人费解。不过，由"眼泪"的解释作回溯式的阅读，我们却不难解析出废名文章典型的组织方式，并由此获得解读其"晦涩"之文的某种"密码"："小林先生的眼睛里只有杨柳球"这一句是实写，指的是小林被细竹所扎的"一个白球系于绿枝"之上的杨柳球所吸引；而接下来"小林先生的杨柳球浸了露水"，则跳跃到了隐喻的层面——"浸了露水"的"杨柳球"，而且是在小林的眼睛里，这一眼睛里湿润的球状物，喻指的似乎只能是"眼泪"，而破折号后面"他也不觉得他笑"，则再次从"哭"的角度暗示了"眼泪"这一喻旨。从这一角度来看，废名的确是"用心"地要把自己的"心幕"逐渐展开来，以便贴近他想要表达的对象。

这种表现手法，其实是废名小说中常见的技巧，我们在上文所分析的《竹林的故事》与《河上柳》中，已略见一斑：首先，不直接说出想要表达的对象，而是从上下四旁去描写，最终将对象（如三姑娘的"好看"、小林的"眼泪"）烘托或者暗示出来——对此，我们可以称之为"空白"的美学；其次，在实写与隐喻或回忆之间，缺乏明显的过渡，同一景物或物件可以在现实世界与幻想世界之间自由驰骋，这里的"杨柳球"与《河上柳》中的"柳树"实扮演了同样的角色——对此，我们可以称之为"跳跃"的艺术。这种"空白"与"跳跃"，并不是一味的削减、经济，而是一种间接而有力的

① 废名：《说梦》，王风编《废名集》第3卷，第1153页。

美学手段。这一技巧在《竹林的故事》《河上柳》中还只是初露端倪，《桥》则将这一手法运用得炉火纯青。

我们不妨再来看《桥·花红山》中的一段：

> ……琴子微笑道：
>
> “火烧眉毛。”
>
> 细竹听见了，然而没有答。确乎对了花而看眉毛一看，实验室里对显微镜的模样。慢慢的又站起身，伸腰——看到山下去了。
>
> “你喜得没有骑马来，——看你把马拴到什么地方？这个山上没有草你的马吃！”
>
> 她虽是望着山下而说，背琴子，琴子一个一个的字都听见了，觉得这几句话真说得好，说尽了花红山的花，而且说尽了花红山的叶子！
>
> “不但我不让我的马来踏山的青，马也决不到这个山上来开口。”
>
> 话没有说，只是笑，——她真笑尽了花红山。……①

这是琴子和细竹在清明节后游览花红山，见到了漫山的杜鹃花（映山红）之后的对话。太阳之下杜鹃花的盛开，似乎没有恰当的语言可以直接描摹，因此废名借用了姐妹俩的对话来表达：琴子的“火烧眉毛”形容花的颜色——火红；而细竹的“这个山上没有草你的马吃”则形容花的密集——满山是花，没有草的生长之地。这里，琴子和细竹似乎变成了练习联句的诗人，将她们的对话拼贴起来，便如同近体诗中的对句，从不同的角度互文式地描摹了花红山花开的盛况。

有意思的是，在这段对话中，姐妹二人对对方话语的反应，又类似针对对方“诗句”的评论，如细竹的“对了花而看眉毛一看”，琴子觉得这几句话“说尽了花红山的花”；这些嵌入在小说叙述中的评论，则将读者的注意力引到“诗作”的字面上来——如“眉毛”“马”，而叙述的脉络竟由此跳脱和衍生开去——琴子接着便由细竹的“没有草你的马吃”联想到“不让我的马来踏山的青”。换言之，在废名这里，用来烘托和描写那似

---

① 废名：《桥·花红山》，王风编《废名集》第1卷，第514页。

乎不可言传之对象的文字本身(能指),也具有传达美感和衍生意义的可能。这种由“能指”衍生出跳跃式联想的方式,与中国近体诗在文字上进行对偶相生的艺术,颇有异曲同工之妙。

在1950年代的《杜诗讲稿》中,废名提出了一个“文字禅”的概念。所谓“文字禅”,指的是诗句中的意象并不是对现实世界的模仿,而是“从写诗的字面上大逞其想象,从典故和故事上大逞其想象”①。如杜甫的“有猿挥泪尽,无犬附书频”(《雨晴》),“猿”有现实的所指,“犬”却是因对仗而起的联想,是从“黄犬寄书”的典故而生的想象;又如李商隐的“此日六军同驻马,当时七夕笑牵牛”(《马嵬二首》其二),“驻马”是写实,“牵牛”则是由上联对应的字面(“马”)而来的想象——李商隐的诗句原本表达的是凄怆之情,但因为对仗的关系,字面上却显得热闹非凡,仿佛有六七牛马在欢笑似的。近体诗的对仗机制,为这种由字面(能指)而不断衍生出新的联想和意义(即废名所说的“文字禅”),提供了有力的保障,而这也正是中国诗“以少写多”“说尽了而又余音不绝”②的奥妙所在。废名笔下共同作诗、互相评诗的琴子和细竹,显然深谙这一中国诗文的传统。

废名自己曾说:“我分明地受了中国诗词的影响,我写小说同唐人写绝句一样,绝句二十个字,或二十八个字,成功一首诗,我的一篇小说,篇幅当然长得多,实是用写绝句的方法写的,不肯浪费语言。”③所谓“写小说同唐人写绝句一样”,并不意味着文字的简洁,或是在小说中追求唐人绝句般的意境,而是一种对于意在言外、以简驭繁的表达技巧的锤炼。上文所分析的《杨柳》《花红山》中的例子,或许有助于我们理解废名所说的“用写绝句的方法”来写小说的真正意涵。实际上,废名此语,不仅是他的创作谈,更是可以作为一种阅读技巧来把握:《桥》的每一个章节,亦可当作一首古典诗词来阅读——这要求我们不再用读小说的方式去追踪线性的故事情节,而是来回扫描其结构布局,关注其中的前后照应、暗示与

---

① 废名:《杜甫的诗·夔洲诗》,王风编《废名集》第4卷,第2206页。

② 废名:《杜甫的诗·秦州诗风格》,王风编《废名集》第4卷,第2169页。

③ 废名:《(〈废名小说选〉)序》,王风编《废名集》第6卷,第3268页。

烘托,以读诗的方式来领悟作者所要表达的对象与主题。《桥》最早在《语丝》上连载时,不仅整部小说尚无名目,各章的小标题也处于待定状态,只好一律以"无题"相称;如果我们仔细考察废名后来为《桥》各章所加的小标题,尤其是下篇的各章,如"灯""棕榈""沙滩""杨柳""黄昏""灯笼""花红山"等,便不难发现,它们不仅标识着故事发生的时间和地点,同时也是各章的"题眼"。抓住这一"题眼",废名从上下四旁进行的烘托和暗示,也就庶几可解了。

废名在北大读的是英文系,他这种对于"中国文章"的理解,最早其实是由西洋文学启发而来。他在1930年代曾说,"我读中国文章是读外国文章之后再回头来读的"[1];在1957年的《(〈废名小说选〉)序》中更是明确指出:"就《桥》和《莫须有先生传》说,英国的哈代,艾略特,尤其是莎士比亚,都是我的老师,西班牙的伟大小说《吉诃德先生》我也呼吸了它的空气。"[2]而朱光潜在评论废名的小说《桥》时,则将它与普鲁斯特和伍尔夫夫人的作品相提并论:

> 它表面似有旧文章的气息,而中国以前实未曾有过这种文章;它丢开一切浮面的事态与粗浅的逻辑而直没入心灵深处,颇类似普鲁斯特与伍而夫夫人……
>
> ……普鲁斯特与伍而夫夫人借以揭露内心生活的偏重于人物对于人事的反应,而《桥》的作者则偏重人物对于自然景物的反应。他们毕竟离不开戏剧的动作,离不开站在第三者地位的心理分析,废名所给我们的却是许多幅的静物写生。[3]

朱光潜的评论并非特例,温源宁也有类似的看法,废名表示自己虽然"当时只读俄国十九世纪的小说和莎翁的戏剧",但"后来读了点吴(尔夫),艾(略特)的作品",认为"确有相同之感"。[4] 这意味着,在废名小说中,

---

① 废名:《中国文章》,王风编《废名集》第3卷,第1371页。

② 废名:《(〈废名小说选〉)序》,王风编《废名集》第6卷,第3269页。

③ 孟实(朱光潜):《桥》,《文学杂志》1937年第1卷第3期。

④ 朱光潜等:《今日文学的方向——"方向社"第一次座谈会记录》,王风编《废名集》第6卷,第3394页。

其“中国文章”的形式背后，实有着西洋文学的灵魂——这是一位“用毛笔写英文”的作家。

在《桥》中，废名对人物内心世界的呈现和分析方式，已颇具现代意味，的确非中国的“旧文章”所能涵盖。我们来看《桥·灯笼》中的一段描写：

> 这时小林徘徊于河上，细竹也还在大门口没有进来。灯点在屋子里，要照见的倒不如说是四壁以外，因为琴子的眼睛虽是牢牢的对住这一颗光，而她一忽儿站在杨柳树底下，一忽儿又跑到屋对面的麦垅里去了。这一些稔熟的地方，谁也不知谁是最福气偏偏赶得上这一位姑娘的想像！不然就只好在夜色之中。
>
> “清明插杨柳，端午插菖蒲，艾，中秋个个又要到塘里折荷叶，——这都有来历没有？到处是不是一样？”史家奶奶说。
>
> “不晓得。”
>
> 琴子答，眼睛依然没有离开灯火，——忽然她替史家庄唯一的一棵梅花开了一树花！
>
> 这是一棵蜡梅，长在“东头”一家的院子里，花开的时候她喜欢去看。①

这一段所极力描摹的是琴子的“心不在焉”。小林徘徊于河上，细竹还没有回来，琴子在灯下与奶奶闲谈，虽然人在屋内，但思绪却全在小林身上，因此是“一忽儿站在杨柳树底下，一忽儿又跑到屋对面的麦垅里去了”（即猜测小林此时的所在地）——这里，“站”和“跑”的行动主体，并不是现实生活中的琴子，而是琴子的意念。再到后面，“忽然她替史家庄唯一的一棵梅花开了一树花！”，这是很拗口的一个句子，意思是，琴子的思绪又飘到了下文所交代的“东头”一家（即细竹家）院子里的梅花上了。文章表面上是由奶奶所说的清明、端午、中秋，按照四季更替的顺序，琴子接着就联想到冬天的梅花，可作者真正想表达的是少女之心的飘忽不定、暗自担心。这种对于人物内心活动的呈现方式，的确如朱光潜所说，乃是

---

① 废名：《桥·灯笼》，王风编《废名集》第1卷，第492—493页。

“丢开一切浮面的事态与粗浅的逻辑而直没人心灵深处”，颇具普鲁斯特与伍尔夫夫人所代表的西方意识流小说的意味。

值得注意的是，这种对于人物内心活动的分析和展示，废名并没有直接从普鲁斯特和伍尔夫夫人的作品中获得灵感，他有他自己的“创造”。我们再来看《桥·诗》中的一段：

> 他要写一首诗，没有成功，或者是他的心太醉了。但他归究于这一国的文字。因为他想像——写出来应该是一个“乳”字，这么一个字他说不称意。所以想到题目就窘：“好贫乏呵。”……
>
> 一天外出，偶尔看见一匹马在青草地上打滚，他的诗到这时才俨然做成功了，大喜，“这个东西真快活！”并没有止步。“我好比——”当然是好比这个东西，但观念是那么的走得快，就以这三个字完了。这个“我”，是埋头于女人胸中呵一个潜意识。
>
> 以后时常想到这匹马。其实当时马是什么色他也未曾细看，他觉得一匹白马，好天气，仰天打滚，草色青青。①

如果说上引《灯笼》一节写出了琴子的“心不在焉”，这里写的则是小林在面对细竹“少女之胸襟”时的“心猿意马”。如同《花红山》中的琴子和细竹一样，小林在此也成了一位诗人——这里更为显豁，因作者直接交代“他要写一首诗”。引文中略去的部分，是小林为写出这首“诗”所想到的典故和意象——“杨妃出浴”的故事、红桃、月中桂树等，然而这些都不能令人满意；直到有一天，看到“一匹马在青草地上打滚”，小林（或者说作者废名）才找到了恰当的形象，以表现心中的诗思。

朱光潜认为，与普鲁斯特和伍尔夫夫人相比，废名揭示人物内心活动的特色在于侧重人物对自然景物的反应；如果更加具体一点来说，在废名的小说中，如上引《灯笼》和《诗》中的例子，主人公的意识之流动，皆是以一种意境化的方式来表达的，即以自然景物中的具象来表达人物内心的意念。这种以具体的形象来表达抽象的、不可捉摸的意念的方式，颇具朱

---

① 废名：《桥·诗》，王风编《废名集》第1卷，第526—527页。

光潜在《谈美》中所说的“寓理于象”的“象征”意味①。这一象征手法，与《诗经》中的“比”不同，而是更接近于“兴”的手法，因为在作为能指的具象（如“梅花”“白马”）和作为所指的意念（如琴子的心不在焉，小林对细竹之胸襟的遐想）之间，并没有必然的、有理据的联系。从《诗》中所展示的小林作诗的过程——如放逐掉“杨妃出浴”“红桃”等与“少女之胸襟”更具关联性的意象来看，废名其实是在有意避免具象（能指）与意念（所指）之间的相关性或相似性。

对于这种意境化或者说“象征”的技巧，废名后来在《谈新诗》的《已往的诗文学与新诗》中，通过对温庭筠和李商隐的诗歌艺术的分析，有着精彩的阐述。在废名看来，温庭筠的词，因其“具体的写法”以及对具象的频繁使用，堪称“视觉的盛宴”，而李商隐的诗则借典故来驰骋他的幻想，其典故亦是“感觉的联串”，这种不具逻辑性的“上天下地的幻想”以及对于具体的形象、感觉与经验的重视，蕴含着突破已有诗歌形式（如腔调、文法）的内在力量，乃是以自由表现自己为诉求的“新诗”所应取法的资源。在论述温庭筠词的“自由表现”手法时，废名举了《花间集》的几首作为例子，并称其“写美人简直是写风景，写风景又都是写美人”。如《花间集》的第二首《菩萨蛮》：

> 水精帘里颇黎枕，暖香惹梦鸳鸯锦。江上柳如烟，雁飞残月天。
> 藕丝秋色浅，人胜参差剪。双鬓隔香红，玉钗头上风。

在废名看来，前两句是写幻想中的美人闺房里的情景，可是接着“江上柳如烟，雁飞残月天”，一下子就跑到闺外的风景里去了，闺中的“暖香惹梦”与闺外的“江柳残月”之间，并没有任何理据性的关联。废名说，这就是幻想，如此落笔，温词中处处皆是，而这也正是温庭筠最令人佩服的地方——“上天下地，东跳西跳，而他却写得文从字顺，最合绳墨不过”，“仿佛风景也就在闺中，而闺中也不外乎诗人的风景矣”。② 我们很难说

---

① 朱光潜：《谈美》，北京：生活·读书·新知三联书店2014年版，第207页。

② 参见废名《谈新诗·已往的诗文学与新诗》，王风编《废名集》第4卷，第1638—1640页。

究竟是温庭筠的词启发了废名《桥》的写作技巧，还是通过《桥》的写作，使得废名"学会作文，懂得道理"①，因而对温词有着别有会心的领悟。无论如何，在《桥》的意境化或是象征化的表现方式与废名对于温词的阐释之间，我们能够看到一种鲜明的互文关系。

《桥》的这种文章与意境，在现代文学的小说中似无后续，却意外地在卞之琳一派的新诗中得到了回响。卞之琳诗歌的以小写大、以具象写抽象，与《桥》的意境化和象征化的技巧，颇有会通之处。卞之琳自己也曾说："我主要是从他(废名)的小说里得到读诗的艺术享受，而不是从他的散文化的分行新诗。"②这里我们引用卞之琳的一首《无题一》，以见一斑：

三日前山中的一道小水，
掠过你一丝笑影而去的，
今朝你重见了，揉揉眼睛看
屋前屋后好一片春潮。

百转千回都不跟你讲，
水有愁，水自哀，水愿意载你
你的船呢？船呢？下楼去！
南村外一夜里开齐了杏花。③

在这首诗中，诗人以水自居，描写爱情从萌芽("一道小水")到生长("春潮")、泛滥("水愿意载你")的过程。最后一句"南村外一夜里开齐了杏花"，似乎是从《桥·灯笼》中的"忽然她替史家庄唯一的一棵梅花开了一树花"化用而来，其功能则类似温庭筠词中的"江上柳如烟，雁飞残月天"，从闺中不可言传的情思，突然转向了闺外的风景，虽然"上天下地、东跳西跳"，却又似乎"最合绳墨不过"，爱情的生长、绚烂，似乎非"南村外一夜里开齐了杏花"不能表达。

---

① 废名：《桥·序》，王风编《废名集》第1卷，第337页。

② 卞之琳：《序》，《冯文炳选集》，第8页。

③ 卞之琳：《无题一》，《十年诗草 1930—1939》，桂林：明日社1942年版，第108—109页。

三、《桥》的诗学与哲学

通过上文的分析，《桥》的诗学特质可大体概括如下：首先，“空白”“跳跃”的文体特征背后，是一种与中国近体诗的描写技巧以及文字上的对偶相生颇为类似的美学；其次，废名对人物内心活动的开掘，糅合了西方小说与温（庭筠）李（商隐）诗词的传统，开辟了一条独特的以具象写抽象、以心象写意念的路径，与西方浪漫主义的象征诗学颇有会通之处。这可以说是废名在现代小说文体上的独特贡献，也是他的文章至今仍然值得一读再读、难以超越的地方。李健吾说，废名有“具体的想像”[①]；朱光潜则称，《桥》“没有成为‘理障’，因为它融化在美妙的意象与高华简练的文字里面”[②]。这两位评论家皆堪称废名文章的知音。

《桥》的这一诗学特质的背后，蕴含着废名作为一位小说家对语言与事物之关系的独特思考。《桥·黄昏》中有这么一段对话：

> ……一年前，正是这么黑洞洞的晚，三人在一个果树园里走路，N说：
>
> “天上有星，地下的一切也还是有着，——试来画这么一幅图画，无边的黑而实是无量的色相。”
>
> T思索得很窘，说：
>
> “那倒是很美的一幅画，苦于不可能。比如就花说，有许多颜色的花我们还没有见过，当你著手的时候，就未免忽略了这些颜色，你的颜色就有了缺欠。”
>
> ……
>
> T是一个小说家。[③]

---

① 刘西渭（李健吾）：《画梦录——何其芳先生作》，《咀华集》，上海：文化生活出版社1936年版，第192页。

② 孟实（朱光潜）：《桥》，《文学杂志》1937年第1卷第3期。

③ 废名：《桥·黄昏》，王风编《废名集》第1卷，第491页。

这里的N和T皆可视为废名自己的化身。所谓"一落言诠,便失真谛"①,N和T的对话,所表达的正是这一对于语言表达限度的体认。对此,禅宗的方式是"不立文字,以心传心";然而,作为一个小说家,却不得不面对这样的悖论——如何以有限的颜色,来表现"无量的色相"。在《桥》中,废名自己示范了一些方式,其文体的"空白"与"跳跃",以及以象征化的方式对人物内心活动的呈现,向我们启示了一种有与无、繁与简之间的辩证。

废名在《桥》中所实验的这种文体和手法,与他的艺术观亦息息相关。对此,废名在《桥》中也有不少自我指涉之处。《桥》上篇写的是小林儿时的生活,废名多次想表达的一个观念是,在儿童的世界里,艺术与现实的界限是不存在的或者说是可以轻易跨越的。如《井》中,小林的姐姐埋怨他在扇子上画的石头是"地下的石头,不是画上的石头",小林则回应道:"那么——牠会把你的扇子压破"②;又如《"送牛"》中,小林试图偷拿寿星面前的供桃,被姐姐窥破后,则辩称"我要偷寿星老头子手上的桃子"③。在儿童的思维里,画中的世界(连同影子里的、夜里的、梦中的、镜中的世界)与现实世界之间,并没有鲜明的界限,二者之间似乎可以来去无碍。如果我们联想到废名在《说梦》一文中,曾将文章和艺术的世界比作"梦"的世界,那么,他在《桥》中所表露的这种"艺术观",可以解释他对于"文章之美"的偏爱,即他的文章并不追求对于现实世界的"及物性",而是更为关注文字或者说文章本身的美感与自足性,因为"文章"的世界,并不比现实世界缺少生动性或真实性。

《桥》的下篇写的是成年之后的小林,但小林本质上乃是一位诗人。我们可以看到,他特别钟情于一些临界的意象,如时间的临界——黄昏,空间的临界——坟,塔,桥,等等。对于这些临界意象的描写,是《桥》中格外迷人的段落。如写到"黄昏":

天上现了几颗星。河却还不是那样的阔,叫此岸已经看见彼岸

---

① 废名:《桥·天井》,王风编《废名集》第1卷,第531页。

② 废名:《桥·井》,王风编《废名集》第1卷,第351页。

③ 废名:《桥·"送牛"》,王风编《废名集》第1卷,第397页。

的夜，河之外——如果真要画牠，沙，树，尚得算作黄昏里的东西。山——对面是有山的，做了这个 horizon 的极限，有意的望远些，说看山……①

又如“坟”：

小林又看坟。

“谁能平白的砌出这样的花台呢？‘死’是人生最好的装饰。……坟对于我确同山一样是大地的景致。”②

“黄昏”是日与夜的临界，废名却从空间上着眼，从河两岸的景色写起；而写到“坟”这一空间意象时，却又带入了时间的维度，即生与死的临界。

很明显，对这些临界意象作出诗人般冥想的小林，同样是作者废名的化身。废名自己对于“黄昏”“坟”这些临界意象，亦有着特殊的迷恋。在《说梦》中，废名曾说：“我有一个时候非常之爱黄昏”，《竹林的故事》，即原拟以“黄昏”为名，并以希腊女诗人萨福（Sappho）的歌作为卷头语——“黄昏呵，你招回一切，光明的早晨所驱散的一切，你招回绵羊，招回山羊，招回小孩到母亲的旁边”③；而在《桥》的序言中，废名也曾指出，这部小说他一度拟题为《塔》④——埋葬佛骨的塔，与坟一样，亦是以“死”来装饰“生”的“大地的景致”。废名最终作为小说题名的“桥”，则是此岸与彼岸的交界。在《莫须有先生传》中，废名曾借莫须有先生之口道出他对“桥”的特殊感情——

好比我最喜欢过桥，又有点怕，那个小人儿站在桥上的影子，那个灵魂，是我不是我，是这个世界不是这个世界，殊为超出我的画家的本领之外了。⑤

《桥》所描绘的，正是这样一个能够在现实与幻想、日与夜、生与死、此岸

---

① 废名：《桥·黄昏》，王风编《废名集》第1卷，第489页。

② 废名：《桥·清明》，王风编《废名集》第1卷，第500页。

③ 废名：《说梦》，王风编《废名集》第3卷，第1154页。

④ 废名：《桥·序》，王风编《废名集》第1卷，第337页。

⑤ 废名：《莫须有先生传》，王风编《废名集》第2卷，第698页。

与彼岸之间自由穿梭的儿童和诗人的世界。在1935年的《诗及信》一文中，废名有一首和鹤西的诗，或许有助于我们理解这种梦与醒、死与生两个世界同时共存的奇妙想象：

> 我是从一个梦里醒来，
> 看见我这个屋子的灯光真亮，
> 原来我刚才自己慢慢的把一个现实的世界走开了
> 大约只能同死之走开生一样，——
> 你能说这不是一个现实的世界么？
> 我的妻也睡在那壁，
> 我的小女儿也睡在那壁，
> 于是我讶着我的灯的光明，
> 讶着我的坟一样的床，
> 我将分明的走进两个世界，
> 我又稀罕这两个世界将完全是新的，
> 还是同死一样的梦呢？
> 还是梦一样的光明之明日？①

在此，诗人成了梦与醒、死与生、幻想与现实两个世界之间的"通灵者"；而"黄昏""坟""塔""桥"这些连接日与夜、生与死的临界意象，则可以视为作为"通灵者"的诗人再好不过的象征。在这个意义上，废名的小说《桥》，同时也可以读作一部作者的诗学宣言。

在《桥》的下篇，废名曾借小林之口说道："我感不到人生如梦的真实，但感到梦的真实与美。"②这句话通常被视作《桥》的诗学纲领。对此，废名后来在《阿赖耶识论》中还有一番哲学式的表述：

> 其实五官并不是绝对的实在，正是要用理智去规定的。那么梦为什么不是实在呢？梦应同记忆一样是实在，都是可以用理智去规定的。梦与记忆在佛书上是第六识即意识作用，第六识是心的一件，

---

① 废名：《诗及信》，王风编《废名集》第3卷，第1328—1329页。

② 废名：《桥·塔》，王风编《废名集》第1卷，第564页。

犹如花或叶是树的一件。……梦与记忆都是有可经验的对象，不是“虚空”。[1]

所谓“阿赖耶识”，在废名这里，即是包含了第六识在内的“心”的代名词。在废名看来，梦与记忆的世界，与我们通常所说的感官所感知的世界，具有同样的“实在”性。这番关于“阿赖耶识”的“实在”论，无疑有助于我们更好地理解《桥》的诗学特质：在废名这里，无论是五官所见的实象，还是梦与记忆中的虚象，皆是作为“实在”来描写的，不是“虚空”，因此，在他的小说中，常常是实象与虚象交叠共存，并互相濡染，产生交互感应——这正是其小说中意象“东跳西跳”的内在逻辑，亦是其象征手法的理论依凭。在这个意义上，废名小说的“文章之美”，也就不仅仅是一个形式的概念，它本身就是“实在”的内容与目的。

（撰文：张丽华）

扩展阅读：

废名：《竹林的故事》《桥》《莫须有先生传》《莫须有先生坐飞机以后》，王风编《废名集》第1、2卷。

① 废名：《阿赖耶识论·序》，王风编《废名集》第4卷，第1836页。

现代小说家如何"伤春"

——萧红《小城三月》导读

萧红,这位31岁即不幸去世的民国时期女作家,现在已经成为现代文学史上的经典作家了。她生于清代最后那一年即辛亥年,卒于太平洋战争爆发后的1942年年初,那时候,她在香港这个与她的故乡黑龙江呼兰小城隔着几乎一整个中国的城市,辗转病榻,终于不治。

作为一位从东北沦陷区流亡到关内的年轻作家,萧红最初在文坛引起关注的是小说《生死场》,写的是一个东北小村庄,那里的人们与那里的动物一样,"忙着生忙着死",直到日本侵略者到来,"年轮转动",人们的生活和精神发生了变化。此后,萧红还写了不少散文、小说,具有代表性的如《牛车上》《商市街》《旷野的呼喊》《回忆鲁迅先生》《呼兰河传》《马伯乐》等。我们这里要阅读的中篇小说《小城三月》,写于1941年的香港,是萧红最后一篇作品。

小说一共有五节,再加一个"尾声"。我们一节一节来读。

一、翠姨:大雪、马车、腊梅、花灯及其他

第一节,小说开头部分写得很美,很舒畅,语气略有点散漫,句子读起来有点漫不经心,就像小说中描写的春天一样,这儿点染一下,那儿点染一下,然后呼啦一下子,春天扑面而来了:

> 三月的原野已经绿了,象地衣那样绿,透出在这里,那里。郊原上的草,是必须转折了好几个弯儿才能钻出地面的,草儿头上还顶着那胀破了种粒的壳,发出一寸多高的芽子,欣幸的钻出了土皮。放牛的孩子,在掀起了墙脚下面的瓦片时,找到了一片草芽了,孩子们到家里告诉妈妈,说:"今天草芽出土了!"妈妈惊喜地说:"那一定是向

阳的地方!”抢根菜的白色的圆石似的籽儿在地上滚着,野孩子一升一斗地在拾着。蒲公英发芽了,羊咩咩地叫,乌鸦绕着杨树林子飞。天气一天暖似一天,日子一寸一寸的都有意思。杨花满天照地飞,象棉花似的。人们出门都是用手捉着,杨花挂着他了。草和牛粪都横在道上,放散着强烈的气味。远远的有用石子打船的声音,“空空……”的大声传来。

河冰发了,冰块顶着冰块,苦闷的又奔放的向下流。乌鸦站在冰块上寻觅小鱼吃,或者是还在冬眠的青蛙。

天气突然的热起来,说是“二八月,小阳春”,自然冷天气还是要来的,但是这几天可热了。春天带着强烈的呼唤从这头走到那头……

小城里被杨花给装满了,在榆树还没变黄之前,大街小巷到处飞着,象纷纷落下的雪块……

春来了。人人象久久等待着一个大暴动,今天夜里就要举行,人人带着犯罪的心情,想参加到解放的尝试……春吹到每个人的心坎,带着呼唤,带着蛊惑……①

写了这么一大段三月的风景,小说紧接着是一个看似很突兀的句子:“我有一个姨,和我的堂哥哥大概是恋爱了。”正是因为突兀,这个句子很有力量:与上文大篇幅地描写春天、很抒情地描写春天带来的那种愉悦感和轻松感相比,这个朴素的句子有种“硬”的质地,你正陶醉在春天的美妙感受里,猛然读到这个句子,会感觉仿佛一怔,意识到有什么事要发生了,小说从这儿开始,要讲一个跟三月春天有关的恋爱故事了,然而似乎,这个故事并不像三月那么温柔美妙。同时,这个句子也让读者的阅读感受重新进行了调整,将重点从“春天”转移到了“翠姨”。下文就集中描写了翠姨这个年轻姑娘。翠姨跟“我”,其实是没有血缘关系的,“她是我的继母的继母的女儿”,是寡妇再嫁带来的女儿。那翠姨是个什么样的形象呢?小说没有写翠姨的相貌,而是写了她的气质:

---

① 萧红:《小城三月》,《呼兰河传》,天津:天津人民出版社 2015 年版,第 247 页。以下《小城三月》引文均出自该版本,不另注。

> 翠姨生得并不是十分漂亮，但是她长得窈窕，走起路来沉静，而且漂亮，讲起话来清楚的带着一种平静的感情。她伸手拿樱桃吃的时候，好象她的手指尖对那樱桃十分可怜的样子，她怕把它触坏了似的轻轻地捏着。

萧红很擅长写这种“小动作”，你看，她只描写了翠姨怎么拿樱桃吃，我们就知道了：翠姨是个温柔沉静的女孩子。温柔沉静的表面背后是什么？接下来，小说用较长的篇幅写了一个翠姨买绒绳鞋的故事，让我们看到翠姨的内心深处。当时这个小城里正在流行绒绳鞋，大家都穿这样的绒绳鞋，翠姨妹妹的那一双，甚至都已经穿坏了；但是翠姨却没有买。

> 翠姨，她没有买，她犹疑了好久，无管什么新样的东西到了，她总不是很快地就去买了来，也许她心里边早已经喜欢了，但是看上去她都象反对似的，好象她都不接受。

翠姨不买绒绳鞋不是因为不喜欢，更不是因为她特立独行不赶时髦，而是出于她犹疑不决的个性。但写到这里还不够，她心理层面还有更深的东西。小说继续写，终于翠姨动了心要去买绒绳鞋了，小说中的叙述人“我”陪着她一起去买，买了两次。第一次，她们坐着马车走了好几家铺子，都没买到，因为这种绒绳鞋已经不那么流行了。好不容易在一家小铺子里发现有卖的，但尺码、颜色都不合适，于是在“我”的劝阻下，翠姨就没有买。但过了两天，翠姨又提议去买，“从此我知道了她的秘密，她早就爱上了那绒绳鞋了，不过她没有说出来就是了。她的恋爱的秘密就是这样子的，她似乎要把它带到坟墓里去，一直不要说出口，好象天底下没有一个人值得听她的告诉……”这样，小说的叙述兜了一个圈子，又照应到翠姨的恋爱故事上点了一笔。然后“我”第二次陪翠姨去买鞋。这一次，小说用了童话般的柔美笔触来写：

> 在外边飞着满天的大雪，我和翠姨坐着马车去买绒绳鞋。我们身上围着皮褥子，赶车的车夫高高地坐在车夫台上，摇晃着身子唱着沙哑的山歌：“喝咧咧……”耳边的风呜呜地啸着，从天上倾下来的大雪迷乱了我们的眼睛，远远的天隐在云雾里，我默默地祝福翠姨快快买到可爱的绒绳鞋，我从心里愿意她得救……

然而,这个童话般的场景又是悲伤的场景,马车在大雪中奔驰,直到暮色苍茫,鞋子终究还是没有买到。第一节是这样结束的:

> 翠姨深深地看到我的眼睛里说:“我的命,不会好的。”我很想装出大人的样子,来安慰她,但是没有等到我出什么适当的话来,泪便流出来了。

至此,小说通过买绒绳鞋这桩日常小事,将翠姨的气质一层一层完整地书写出来了:翠姨温柔沉静的表面下,是犹疑不决的性格,这性格背后,是宿命式的命运之悲。

第二节,小说写了翠姨的妹妹出嫁,翠姨虽然并不羡慕妹妹的婚姻,但她感到更加寂寞了,于是跟“我”家的来往更多了起来,在“我”家,结识了“我”的堂哥哥。如同第一节以大雪天坐着马车买鞋这一场景来写翠姨的性格气质,这一节仍然征用了一个场景,来写翠姨与堂哥哥之间模模糊糊的感情。翠姨住在“我”家里,就加入了“我”家的家庭音乐会,翠姨弹奏大正琴,跟“我”的伯父、哥哥、弟弟等人一起演奏《梅花三弄》,大家非常快乐。那位堂哥哥在吹箫,他放下箫,对翠姨说:“你来吹吧!”小说这样写道:

> 翠姨却没有言语,站起身来,跑到自己的屋子去了,我的哥哥,好久好久地看住那帘子。

第二节在这里戛然而止。翠姨和堂哥哥这一对年轻人,是否恋爱了呢?不得而知,正如同第一节中所交代的那样,他们“大概是恋爱了”。

第三节,翠姨住在“我”家,跟“我”夜晚聊天时,开始聊关于结婚之类的话题了。“我”的家是“咸与维新”的很开通的家庭,男孩子女孩子都上学,家里还有网球场,也会谈谈什么男学生不愿意要父母指配的亲事之类。翠姨自己没有读过书,在这样的环境里有些羡慕,也有些隔膜。不久之后,翠姨订了婚,未婚夫是乡下的财主之子,很有钱,人长得又丑又小。翠姨并不中意这门亲事,但也没有违抗,只是有时独自发愣,“向着远远的哈尔滨市影痴望着”——哈尔滨,我们知道,不仅是这小城附近的大城,堂哥哥也正是在那座城里念书。除了这些内容,第三节似乎是照例描绘了一个场景来表现翠姨的处境,即订婚后的翠姨去参加别人的婚礼。

这是一场旗人的婚礼,女客们都打扮得花团锦簇,翠姨呢?小说用了一种花来比喻她那种美,不是玫瑰花,不是牡丹花,而是更清冽的一种花,"漂亮得象棵新开的腊梅",所以引来了不少亲戚的围观,翠姨窘迫中误入新房,更引起了众人的调笑。第三节的结尾在这里收束,而且意犹未尽:

> 但是别的女人们羡慕了翠姨半天了,脸上又都突然地冷落起来,觉得有什么话要说出,又都没有说,然后彼此对望着,笑了一下,吃菜了。

显然,对于翠姨以及翠姨的婚事,女人们之间有种心照不宣。那是什么呢?与第一节所触及但还没有完全展开的翠姨那种"宿命式的命运之悲",有关系吗?

前面的三节,写得比较散,从翠姨的生活片段入手,来塑造翠姨。但这些片段,往往连带着场景一起写,勾连起来,就不仅仅是孤立地塑造人物形象了,而是写出了翠姨的精神层面的特点:既敏感、痛苦,又充满了渴望。同时,还写出了翠姨的那个"世界",写出了翠姨与她那个世界之间的关系。我们看到,温婉的翠姨在大雪天乘马车外出搜购绒绳鞋而不得,是她的"命"不好;弹琴吹箫的翠姨,在一个看似开明"维新"的家庭中,敏感到要逃脱;腊梅一样清丽动人的翠姨,面对不怀好意的围观……三节读下来,我们可以感知到,翠姨是柔弱的,与周遭环境间的关系是紧张的、令人不安的。

接下来的第四节,小说的叙事相对集中起来,写翠姨与堂哥哥的来往。核心的场景是冬夜看花灯。过年期间,哥哥放寒假在家,翠姨也来到了"我"家,大家一起在冬夜里跑到街上去看花灯,哥哥穿着西装,很好看,于是"我"发觉,翠姨"直在看哥哥"。还有一次,晚饭后"我"到翠姨房间去找她,结果发现哥哥在那里陪着她。然后,"他们出来陪我来玩棋,这次哥哥总是输。从前是他回回赢我的,我觉得奇怪,但是心里高兴极了"。这一笔的写法,跟第二节里"我"看到堂哥哥"好久好久地看住那帘子"的写法相同,都是故意从一个懵懂小女孩的视角,来看待翠姨和哥哥的关系,暗示他们之间情感的滋生。这个能力有限的限制性视角的叙述人,到此为止,也就无法更深入地理解并叙述翠姨的故事了。那么在小说的第四节结尾，就安排了“我”的退场，同时把前文留下的一些疑问，通过继母对我的讲述解答出来。小说是这样写的：

> 以后家里的事情，我就不大知道了。都是由哥哥或母亲讲给我听的。

不仅“后来的事情”，还有“之前的事情”也同样由母亲告诉“我”，即关于翠姨婚事的隐情。温柔可爱的翠姨，在这个小城里，婚事注定不会美满，“寡妇的孩子，命不好，也怕没有家教，何况父亲死了，母亲又出嫁了，好女不嫁二夫郎……”翠姨自己深深地懂得，她是“这种人家的女儿”，“她自觉地觉得自己的命运不会好的”。翠姨的犹疑不决、翠姨的局促与矜持、翠姨的宿命感，至此有了答案。这个答案，如果用一句套语概括的话，那就是“红颜薄命”。

二、翠姨之死：“大家也都心中纳闷”

然而，“红颜薄命”这种催泪悲情故事，并不能统领萧红写作这篇小说的文学指向。《小城三月》还有更丰富也更现代的情感意识。我们接下来读小说的第五节和尾声。

前面已经讲到，小说前四节中的叙述人“我”是在场的，又是特定的、限制性的，即翠姨身边一个半大不小的女孩。“我”似乎有点早熟，所以跟翠姨可以倾心长谈，谈谈姑娘之间的话题，穿衣打扮之类，甚至也可以谈谈婚姻恋爱这些事；但“我”又是懵懂的，还不了解爱情，况且“我”的成长环境与翠姨有很大不同，跟翠姨之间究竟有着隔膜，不能成为体会翠姨心境的知心人。所以，由“我”讲述出来的翠姨故事，就有着稍显破碎乃至分裂的情形。这种效果，与叙述视角的采用相关。以小女孩视角来写回忆，是萧红常用的，我们并不陌生，比如我们中学语文学过的《呼兰河传》节选就是这样，尤其这一视角下语言的表述，显得特别本真、新鲜、生动，你们一定还记得吧？而在《小城三月》这篇小说里，萧红一方面利用了这一视角，另一方面又质疑了这一视角。也就是说，这篇小说多数时候采用“我”儿时的回忆，让读者感受到“我”对翠姨的真切情感，也因此体会到翠姨恋爱故事的真实性;但同时,小说又对小女孩"我"的回忆作了进一步的限制,将恋爱故事的高潮部分屏蔽到"我"的视角之外,将其转换成"听来的结局",使翠姨和哥哥之间"大概恋爱了"这一事后的揣测终于不能坐实,其间的情感空间也就存有了更多的留白,乃至更多的质疑。

第五节就是这样的。这是听来的悲剧的结局。翠姨订婚后三年,婆家张罗要娶。翠姨一听就病倒了,但几天后就被她母亲带着去哈尔滨采办嫁妆,哥哥的同学招待她们,使翠姨在哈尔滨的几天成为她"一生中最开心的时候"。从哈尔滨回来后,翠姨愈发不愿意出嫁,她反抗的结果是为自己争取到了在家念书的权利,但她的身体却越来越糟,亲人也断言"她活不久了"。接下来的情节,是小说中极为重要的部分,当然,这部分如前所述,并不是叙述人"我"亲眼所见,而是听说的。翠姨一病不起,堂哥哥前去探望,小说这样写道:

> 哥哥进去了,坐在翠姨的枕边,他要去摸一摸翠姨的前额,是否发热,他说:
>
> "好了点吗?"
>
> 他刚一伸出手去,翠姨就突然地拉了他的手,而且大声地哭起来了,好象一颗心也哭出来了似的。哥哥没有准备,就很害怕,不知道说什么,做什么。他不知道现在应该是保护翠姨的地位,还是保护自己的地位。同时听得见外边已经有人来了,就要开门进来了。一定是翠姨的祖父。
>
> 翠姨平静地向他笑着,说:
>
> ……

翠姨就这样,马上从痛哭转为平静、微笑,说了一大堆感谢的话,检讨说自己脾气不好,最后,她"苦笑了一笑",告诉哥哥:"我的心里安静,而且我求的我都得到了……"

第五节的结尾很简单,但含有一种压抑感:

> 哥哥看了看翠姨就退出去了,从此再没有看见她。
>
> 哥哥后来提起翠姨常常落泪,他不知翠姨为什么死,大家也都心中纳闷。

为什么说这个只有两句话的结尾里含有一种压抑感？字面上，当然是指平淡而又突如其来地提及翠姨的死亡，而且对于这死亡，大家都不知道为什么，甚至连哥哥亦复如是。而字面之下被抑制、被遮蔽的情感表达方式，才是更压抑的。我们阅读了这篇小说的五节内容，其实已经可以洞若观火地看到翠姨对哥哥的爱情，尤其是最后会面时的大哭，翠姨“好象一颗心也哭出来了似的”，可以说，翠姨是殉情而死的。但她的死，似乎并没有带来相应的情感回应。曾经“好久好久地看住那帘子”的哥哥，曾经在翠姨面前屡屡输棋给“我”的哥哥，事后提起翠姨常常落泪的哥哥，却是“不知翠姨为什么死”；不单是哥哥，“大家也都心中纳闷”，不明白翠姨为何好端端的、年纪轻轻的就这么死了。死了，也就死了，人们惋惜一时，也就将她忘却了，而这一点，翠姨自己早就明白了。这里照应的是第一节绒绳鞋故事展示的翠姨的内心：“她的恋爱的秘密就是这样子的，她似乎要把它带到坟墓里去，一直不要说出口，好象天底下没有一个人值得听她的告诉……”写到这里，翠姨的故事，可以说“完成度”很高了，但是似乎对于萧红而言，还不够，她还继续写，就是“尾声”。凭借“尾声”所完成的，是“小城三月”这一叙述结构。因此我们又再一次读到关于春天的描述，与开头部分相比，这样的春天没有什么不同，除了在春天的田野里添加了翠姨的坟头，“坟头显出淡淡的青色，常常会有白色的山羊跑过”。多么抒情的、深情的，又是多么落寞的句子！而“尾声”的结尾，萧红再一次调用了她那童话般的笔触：

> 年轻的姑娘们，她们三两成双，坐着马车，去选择衣料去了，因为就要换春装了。她们热心的弄着剪刀，打着衣样，想装成自己心中想得出的那么好。她们白天黑夜的忙着，不久春装换起来了，只是不见载着翠姨的马车来。

三、“伤春的文学”

我们已经阅读了小说全文，现在会有一个大致的感受：就小说情节而言，这是一个女孩子恋爱的悲剧，她出于身世原因，无法向心仪的男子表白爱情，更无从谈婚论嫁，最后抑郁而终。就小说的风格而言，这是一篇哀婉的、抒情的作品，同时又比较内敛，“哀而不伤”。不过，说实话，这种风格其实也比较多见，说不上有什么独树一帜的。但是，这篇小说却格外有种动人的力量。翠姨的悲剧故事本身，在今天可能不那么常见了，我们现在不太容易想象一个女孩子像翠姨那样殉情而死。但是，我们并不因此就觉得这篇小说“过时”了，仍然有种阅读的情感共鸣，并因此觉得它打动了我们。那是什么呢？就这篇《小城三月》而言，我们大约可以从“伤春”的文学这里来谈一谈。

中国的文学传统，尤其是抒情文学传统，非常重要的表达是人在天地间的感受，四时万物、物换星移，无不引发人内在的感应，并同时投射在物我两造之间：“感时花溅泪，恨别鸟惊心”“念天地之悠悠，独怆然而涕下”……其中，非常直接的季节与情感对接的文学表述，至少有“伤春”与“悲秋”两大类，“春花秋月何时了”“秋月春风等闲度”，都很能传达我们的生命感受乃至生命哲学。我们这里只是粗线条地谈谈“伤春”的文学。比起“悲秋”，“伤春”的文学里往往有更明晰一点的性别色彩，换言之，“伤春”往往与女性有关，尤其是与年轻的女性有关。春天的美好而短暂易逝，常常被关联到女性青春韶华的美好短暂，又甚或被关联到女性的爱情乃至生命的脆弱，从而成为一种女性的身世与生命体验。其中，最有名的大概是汤显祖《牡丹亭》里的唱词了：

> 原来姹紫嫣红开遍，似这般都付与断井颓垣，良辰美景奈何天，赏心乐事谁家院？朝飞暮卷，云霞翠轩，雨丝风片，烟波画船，锦屏人忒看的这韶光贱。则为你如花美眷，似水流年，是答儿闲寻遍，在幽闺自怜。①

我们知道，这唱词后来又在《红楼梦》中被征引，就是第二十三回，“牡丹亭艳曲警芳心”，林黛玉隔水听见这支“皂罗袍”，飘飘忽忽一曲听将下来，从“倒也十分感慨缠绵”“不觉点头自叹”，到“心动神摇”，最后竟然“如痴如醉，站立不住”，极为细腻地传达了黛玉内心的百感交集，这种

① 汤显祖：《牡丹亭》，《临川四梦》，北京：中华书局2016年版，第143页。

“伤春”之情,与“葬花”叠加在一起,就构成了黛玉的命运隐喻。

《小城三月》,也可以看作这个“伤春”文学脉络里的一篇。小说题名为“小城三月”,明确地表达了这是关于春天的书写;小说的开头和“尾声”,都大段地描写了春天,构成一个关于春天的完整的、封闭的结构,“三月”的春天,就是小说最核心的时间含义。

不过,说到春天,大家有没有注意到:春天,跟翠姨有关系吗?我们阅读小说时已经注意到小说里翠姨所处的场景,都是什么季节呢?是春天吗?不是。翠姨和“我”坐着马车,在大雪中去买绒绳鞋;过年的时候在“我”家里参加家庭音乐会;正月十五到大街上去看花灯;到哈尔滨去办嫁妆,提到“出嫁的日子又不远了,或者就是二三月”,那自然也是冬天。就连文中描写翠姨的美,也是以寒冬季节的“腊梅”作比,翠姨不能是春天的桃花李花,她完全承担不了“人面桃花相映红”那种丰腴艳丽的美。所以总之,有意无意地,小说将翠姨安排给了冬天;而春天,跟翠姨始终是若即若离的。开头写春天来了,“人人象久久等待着一个大暴动”,“人人带着犯罪的心情,想参加到解放的尝试”,在这种解放感里,在这春天的“呼唤”和“蛊惑”里,翠姨“和我的堂哥哥大概是恋爱了”。但由于这场恋爱实际上还没开始就已结束,并不曾真的在翠姨生活中实现,所以小说中间也并没有关于春天的书写。尾声再写春天的时候,已是春尽人亡,只有翠姨的坟头留在春天里。也就是说,“小城三月”这大好春光,虽然被翠姨感知,但却始终不曾真的眷顾过翠姨的人生。如同小说“尾声”里所感叹的那样,“春天为什么它不早一点来,来到我们这城里多住一些日子,而后再慢慢地到另外的一个城里去,在另外一个城里也多住一些日子”。这个,当然是“伤春”,也即是对青春生命的悲悼。同时,这也可以解释前面的那个问题,为何这个“过时”的故事,仍然有深深打动今天读者的力量,因为它通过这个“伤春”的文学传统,得到了审美经验的加持,再一次传达并复刻了我们的文学情感记忆。

然而,对《小城三月》的解读,恐怕并不能到此为止。因为这并不是一篇古典“伤春”文学的现代版,这是一篇现代小说家的现代文学作品。现代小说家如何“伤春”呢?萧红有自己的文学处理。

如同上面所说,古典文学中的“伤春”文学,本身已经建立起了一种和谐精致的文学审美经验和情感机制。换言之,古典"伤春"文学中,无论杜丽娘还是林黛玉,都是古典的人在其古典处境中"伤春",感受她们的生命体验。翠姨则不然。小说中有个细节将翠姨比拟为黛玉:家庭音乐会那个情节段落里,因为翠姨很矜持,"我"的伯父打趣地说她"林黛玉",结果引得全家人都笑起来。但翠姨却感到了羞愧甚至羞辱,因为她没念过书,不知道"林黛玉"是什么意思,她说:"你们读书识字,我不懂,你们欺侮我……" 正是在这里,翠姨与林黛玉发生了"错位",萧红的《小城三月》与以往的古典伤春文学发生了"断裂"。

古典的伤春美人杜丽娘、林黛玉,她们所处的古典处境是什么?我们不从历史、文化的宏大角度展开,而只就其象征物来说,那就是"幽闭的花园"。只有在这个幽闭的花园里,才会有"姹紫嫣红开遍"而只能"都付与断井颓垣","如花美眷"才能喟叹"似水流年",春天之伤逝感,正是来自幽闭。

而《小城三月》呢?"小城",就是翠姨的处境。这个"小城",当然也还是有它封闭的一面,但是跟幽闭的花园相比,显然已经不同了。这里的春天,有田野,有野孩子,有草和牛粪,有大街小巷,还有风在吹着、河冰在奔流……小城里的春天带来的不是幽闭感,而是解放感,令人想要"犯罪"。同时,"小城"还有一个参照系,那就是哈尔滨这个"大城"。翠姨的世界是"小城",而哥哥的世界是"大城",翠姨在小城的时候往往"向着远远的哈尔滨市影痴望",她到大城办嫁妆的几天,是她人生最幸福的时光。这个小城已经被打开了豁口,无法再重现"幽闭的花园"这一古典处境,而沉静温柔、具有古典气质的翠姨,只能面对一个非古典的、现代的处境,《小城三月》于是无法完成传统"伤春"文学的审美自洽,现代小说家萧红以仿写撕裂了传统的"伤春"文学,使这种审美经验再度陌生化,然后重建了她自己的"伤春"小说。

在这样的转换中,我们看到,翠姨的不幸,其实已经无法用"红颜薄命""身世畸零"来涵盖了。作为一个"现代处境","小城"里也已经有所谓"男女平等""婚姻自主"这样的"开明"生活了,"新"的、"自由"的时代似乎已经来临。翠姨也曾经尝试着要融入这样的新生活里,于是她想争取读书的权利,但发现没有学校可以接纳她,只能在家请个老师;她站到

“我”家的网球场上，却发现只能尴尬窘迫地被动躲避……所谓新的、自由的一切，对她而言，终究还是隔膜的。“小城”的开明之下，隐藏着更深的既有秩序，那就是婚礼上女人们的心照不宣。这里，翠姨所面对的“现代处境”，就是“小城”所代表的“新”与“旧”两面的夹击。面对这种夹击，翠姨无法“解放”，无法“犯罪”，她只能默默地退回到她的“身世畸零”和“红颜薄命”的壳里去，以自虐式的“认命”，以只求速死的方式，完成她懦弱而刚烈的对抗。

解读到这里，也许可以说，翠姨的悲剧是一个时代的悲剧，是在特定的历史的新旧交接之际产生的悲剧，但似乎仍然不够。萧红通过她的小说叙事，还留下了另外的疑惑。那就是前面已经提及的叙事人“我”的问题，尤其是小说第四节之后，“我”退场，小说叙述改用了间接的转述方式，说明翠姨故事的结局“都是由哥哥或母亲讲给我听的”。

哥哥讲了什么呢？翠姨临死前，哥哥去看望她，只有两人相对，因此，翠姨抓住哥哥的手忘情大哭，这一戏剧性的故事高潮，只能来自哥哥的讲述。但在哥哥的讲述里，无论当时还是事后，他仿佛都是茫然无知的。翠姨痛哭之际，他感觉到了翠姨的无限绝望，因为翠姨“一颗心也哭出来了似的”那种状态，同样应来自哥哥的讲述；但是他“很害怕”，不知道“应该是保护翠姨的地位，还是保护自己的地位”；翠姨死后，他很悲伤，常常落泪，但是“他不知翠姨为什么死”。

母亲又讲了什么呢？翠姨病重，母亲派哥哥去看望，因为“母亲很久的就在心里猜疑着他们了”；翠姨死后，母亲还说，“要是翠姨一定不愿意出嫁，那也是可以的，假如他们当我说”。

翠姨死去了，哥哥表示他什么也不知道，母亲表示她本来可以帮忙。这之中是什么呢？我们已经说过，只求速死、以一己之死来对抗那个“命”，是翠姨最绝望的反抗，也就是她的死的价值与意义。然而，翠姨的死况，“都是由哥哥或母亲讲给我听的”，里面因此不无可疑之处。由此，我们可以说，这并不是一个凄美的爱情故事，而是一个冷漠的、令人质疑的故事。叙事人“我”的这一番转述，究竟是在叙事角度的转换之中不够圆融，还是故意要留下一个叙事的“破绽”，或是无意间流露了作者另外的思路？大家都可以根据自己更细致的进一步阅读，来给出自己的解析。

四、关于“尾声”

说到进一步阅读，那么除了《小城三月》这篇小说本身，还有必要与萧红更知名的另一部长篇小说《呼兰河传》，并列来读。我们可以先尝试着选取一个片段来进行对读。我们来读一读《呼兰河传》的“尾声”——是的，与《小城三月》一样，《呼兰河传》也有一个抒情性很强的“尾声”：

> 呼兰河这小城里边，以前住着我的祖父，现在埋着我的祖父。
>
> 我生的时候，祖父已经六十多岁了，我长到四五岁，祖父就快七十了。我还没有长到二十岁，祖父就七八十岁了。祖父一过了八十，祖父就死了。
>
> 从前那后花园的主人，而今不见了。老主人死了，小主人逃荒去了。
>
> 那园里的蝴蝶，蚂蚱，蜻蜓，也许还是年年仍旧，也许现在完全荒凉了。
>
> 小黄瓜，大倭瓜，也许还是年年地种着，也许现在根本没有了。
>
> 那早晨的露珠是不是还落在花盆架上，那午间的太阳是不是还照着那大向日葵，那黄昏时候的红霞是不是还一会工夫变出一匹马来，一会工夫变出一匹狗来，那么变着。
>
> 这一些不能想象了。
>
> 听说有二伯死了。
>
> 老厨子就是活着年纪也不小了。
>
> 东邻右舍也都不知怎样了。
>
> 至于那磨坊里的磨倌，至今究竟如何，则完全不晓得了。
>
> 以上我所写的并没有什么幽美的故事，只因他们充满我幼年的记忆，忘却不了，难以忘却，就记在这里了。①

这个尾声与《小城三月》的尾声有一致的地方，都是写时光流逝，天人永

① 萧红：《呼兰河传》，天津：天津人民出版社 2015 年版，第 217—218 页。

隔。事实上,《小城三月》的尾声也完全可以以《呼兰河传》尾声的样式来写,比如:这小城里,以前住着我的翠姨,现在埋着我的翠姨。同样的悼亡伤逝,同样令人动容。

但更重要的可能还是这两个“尾声”在叙事方式上的处理:二者都是跳出了女童叙述人略显沉溺性的讲述,回归到萧红的写作现场,虽然伤感惆怅,但并不耽溺在虚幻的怀旧中,她的冷静及质疑也并不因此有所减损。在我们看来,“尾声”里最重要的一句,可能是最后一句:“以上我所写的并没有什么幽美的故事”。

《呼兰河传》的写作时间比《小城三月》略早一些,也是萧红羁留香港时的作品。对萧红来说,两部作品的创作心境不乏相似之处。以多病之身辗转奔波,故土相隔千山万水,更不知何时是归期,遥远的童年、遥远的家乡愈发魂牵梦绕。萧红笔下的主人公,不论是《小城三月》中的翠姨,还是《呼兰河传》中的小团圆媳妇、有二伯、祖父、冯歪嘴子,都不再仅仅是一个个有着生活原型的个人,而更是那个小城的投影,萧红建起了属于她的“城与人”的文学图景。“呼兰河传”,就是呼兰河这个小城的传记,与《小城三月》一样,看似以写人为中心,但到底是写“城”。这个“城”里,“并没有什么幽美的故事”,只是充满了“我”的回忆。温暖自温暖,但严苛自严苛。萧红决不因回忆而将小城的传记一味诗意化、“幽美”化。萧红在她生命的最后时段,回忆往事,记录往事,拥抱往事,但并没有与那些往事一一和解。

在这一点上理解萧红是重要的。在现代文学史及现代文学接受史上,萧红及其作品的评价、位置,都发生过多次的变化,尤其是围绕萧红的左翼作家身份及其左翼文学写作。萧红曾经在左翼文学内部遭到过一定的排斥,评论者认为她的作品算不上经典的左翼文学,或者认为她表现出了对左翼文学的偏离乃至扭曲;但另一方面,1990 年代的一些评论,又从所谓“纯文学”的角度,刻意强调萧红与左翼文学的背离,并在这个意义上,更加看重她后期以《呼兰河传》为中心的创作,而有意忽略了早期以《生死场》为中心的创作。这两种不同的评价倾向,背后都有着各自的文化政治,我们这里不拟展开讨论。但是我们可以通过上述对《小城三月》的细读,读出萧红作品中柔美文字背后那种坚硬的、残酷的、绝不妥协的质地,这些毋宁说是与她内在的左翼文学立场紧密相关的,从《生死场》到《呼兰河传》《小城三月》,始终如一。

(撰文:李宪瑜)

扩展阅读:

1. 萧红:《生死场》《呼兰河传》。
2. 葛浩文:《萧红传》,上海:复旦大学出版社 2011 年版。

附慕课视频:

存在之思
——冯至《十四行集》导读

一、概况

在1920年代以《我是一条小河》《蛇》《南方的夜》等极具抒情意味的诗篇闻名，被鲁迅誉为“中国最为杰出的抒情诗人”的冯至(原名冯承植，1905—1993)，在经过十余年的沉寂之后，终于“爆发”式地向当时的诗坛供奉了一部堪称杰作的诗集——《十四行集》。《十四行集》初版于1942年5月，由桂林明日社印行，其主体是完成于1941年的27首十四行诗，此外还“附录”了几首诗:《等待》《歌》《给亡友梁遇春二首》《歧路》《我们的时代》《招魂》。

创作《十四行集》中的诗篇时，冯至正任教于地处偏僻昆明小城的西南联大。这部诗集既是冯至本人诗歌创作的巅峰，也是1940年代乃至整个中国现当代诗歌史上难得的佳构。此前冯至十余年的沉寂状态，就像他在《工作而等待》(1943)一文中所称赞的奥地利诗人里尔克那样，是一种“居于幽暗而自己努力”的累积过程。值得一提的是，1930—1935年间冯至曾留学德国，留学期间他通过广泛阅读领受了歌德、海涅、尼采、克尔凯郭尔、雅斯贝尔斯特别是里尔克等诗人、哲学家的熏染，这潜在地构成了《十四行集》的精神和写作资源之一。从精神和写作资源来说，这部诗集的写作还受到了中国古代、现代文化与文学传统的滋养，如屈原、杜甫、蔡元培、鲁迅等。[1]

---

[1] 冯至对杜甫的感情尤深，他在创作《十四行集》的同时期着手进行杜甫研究，后出版了《杜甫传》。这是考察《十四行集》与中国古典诗学之关联的一个切入点，本文不拟展开讨论。可参阅陈桑《冯至先生的杜甫研究》，见《冯至先生纪念论文集》，北京:社会科学文献出版社1993年版。

1949年1月《十四行集》由上海文化生活出版社再版，冯至写了一篇《序》，描述了诗集中第一首十四行诗诞生的情景——他称之为“偶然的”“开端”：

一九四一年我住在昆明附近的一座山里，每星期要进城两次，十五里的路程，走去走回，是很好的散步。一个人在山径上、田埂间，总不免要看，要想，看的好象比往日看的格外多，想的也比往日想得格外丰富。那时，我早已不惯于写诗了，——从一九三〇到一九四〇十年内我写的诗总计也不过十来首，——但是有一次，在一个冬天的下午，望着几架银色的飞机在蓝得像结晶体一般的天空里飞翔，想到古人的鹏鸟梦，我就随着脚步的节奏，信口说出一首有韵的诗，回家写在纸上，正巧是一首变体的十四行。这是诗集里的第八首，是最早也是最生涩的一首，因为我是那样久不曾写诗了。①

正是这个“偶然的”“开端”推动了一部杰作的问世。

二、尊崇与担当

《十四行集》中的27首诗犹如一粒粒既各自独立又相互关联的珍珠，连缀起来共同构筑了一个探询生命、“沉思”存在的世界。关于这部诗集的缘起，冯至在为再版的《十四行集》所写《序》中说：

……有些体验，永远在我的脑里再现，有些人物，我不断地从他们那里吸收养分，有些自然现象，它们给我许多启示：我为什么不给他们留下一些感谢的纪念呢？由于这个念头，于是从历史上不朽的人物到无名的村童农妇，从远方的千古的名城到山坡上的飞虫小草，从个人的一小段生活到许多人共同的遭遇，凡是和我的生命发生深切的关联的，对于每件事物我都写出一首诗……②

---

① 冯至：《十四行集·序》，《冯至全集》第1卷，石家庄：河北教育出版社1999年版，第213—214页。

② 同上书，第214页。

多年以后，冯至对此进一步作了解释：

> 我那时进入中年，过着艰苦贫困的生活，但思想活跃，精神旺盛……从书本里接受智慧，从现实中体会人生，致使往日的经验和眼前的感受常常融合在一起，交错在自己的头脑里。这种融合先是模糊不清，后来通过适当的语言安排，渐渐显现为看得见、摸得到的形体。①

这些自我表述敞露了冯至写作《十四行集》的背景和旨趣。当时，正值抗战最为艰苦的时期，在战争大后方的昆明，虽然听不见隆隆的炮声和悲壮的嘶喊，看不见激烈的格杀场面和毁灭场景，无法亲自触摸战争的残酷，但战争的阴影无时无刻不笼罩在人们心头。不过，与同代许多诗人倾向于直接摹写现实、争做一名摇旗呐喊者相异，冯至更愿意将关注的目光投向身边的细小的事物，然后转回内心而沉入对宇宙、人生、战争的思索。也许，在冯至看来，作为诗人，与时代发生关联的最好方式是，通过内在的省思来实现对现实的更深刻的介入；只有来自生命体验深处的吟唱，才能够发出对"贫乏时代"的"诗意提问"（海德格尔语）。因此，除《十四行集》外，同一时期冯至写成并出版的散文集《山水》（1947 年）、历史小说《伍子胥》（1947 年），也都具有浓重的"沉思"意向。这三部作品在主题、意绪和技法上彼此趋近和应和，可以参照起来阅读和阐释。

的确，《十四行集》所抒写的多是一些不起眼的事物，如小昆虫（第一首和第二十四首）、有加利树（第三首）、鼠曲草（第四首）、驮马（第十五首）、小路（第十七首和第二十六首）、小狗（第二十三首）等；还有一些是歌咏历史人物的，如蔡元培（第十首）、鲁迅（第十一首）、杜甫（第十二首）、歌德（第十三首）、凡高（第十五首）等。② 可是，正是在那些微小事物和历史人物身上，隐含着生命的秘密和伟大的品格。诗人如此赞叹以内心的沉静、严肃对抗尘世之鼓噪和虚浮的有加利树：

> 你秋风里萧萧的玉树——

---

① 冯至：《我和十四行诗的因缘》，《世界文学》1989 年第 1 期。

② 冯至：《十四行集 · 十四行二十七首》，《冯至全集》第 1 卷，第 216—242 页。

是一片音乐在我耳旁
筑起一座严肃的庙堂，
让我小心翼翼地走入；

又是插入晴空的高塔
在我的面前高高耸起，
有如一个圣者的身体，
升华了全城市的喧哗。

以及用谦恭、静默的品质，来彰显“高贵和洁白”的存在之名的鼠曲草：

你一丛白茸茸的小草
不曾辜负了一个名称；

但你躲进着一切名称，
过一个渺小的生活，
不辜负高贵和洁白，
默默地成就你的死生。

一切的形容、一切喧嚣
到你身边，有的就凋落，
有的化成了你的静默：

这些默默地生长在大自然中的平凡事物，给诗人带来了生命的启迪和精神的慰藉。在收录于《山水》集的一篇散文里，冯至也提到了鼠曲草和有加利树，怀抱着尊崇的心情：“我爱它那从叶子演变成的，有白色茸毛的花朵，谦虚地掺杂在乱草的中间。但是在这谦虚里没有卑躬，只有纯洁，没有矜持，只有坚强。……这使我知道，一个小生命是怎样鄙弃了一切浮夸，孑然一身担当着一个大宇宙”；而那些在植物丛中高高耸立的有加利树，“我们望着它每瞬间都在生长，仿佛把我们的身体，我们的周围，甚至全山都带着生长起来。望久了，自己的灵魂有些担当不起，感到悚然，好像对着一个崇高的严峻的圣者，你若不随着他走，就得和他离开，中间不容有妥协”。[1] 冯至还这样说：“……多赖那朴质的原野供给我无限的精神食粮，当社会里一般的现象一天一天地趋向腐烂时，任何一棵田埂上的小草，任何一棵山坡上的树木，都曾经给予我许多启示。在寂寞中，在无人可与告语的境况里，它们始终维系住了我向上的心情……我在它们那里领悟了什么是生长，明白了什么是忍耐。”[2]

可以发现，“担当”是冯至在描绘那些谦逊、安详的景物时所用的关键词语之一，也是《十四行集》的重要主题之一。这里的“担当”，显然是指灵魂、心智上的承受与负担。与此主题紧密相关，诗人对于那些如有加利树、鼠曲草一般高洁的历史人物，也充满了由衷的崇敬之情：“……你不知经验过多少幻灭，/但是那‘一觉’却永不消沉。//我永久怀着感谢的深情/望着你，为了我们的时代”（第十一首“鲁迅”）；“你在荒村里忍受饥肠，/你常常想到死填沟壑，/你却不断地唱着哀歌，/为了人间壮美的沦亡：/……你的贫穷在闪烁发光/象一件圣者的烂衣裳，/就是一丝一缕在人间//也有无穷的神的力量”（第十二首“杜甫”）。这些历史人物身上所蕴藏的“担当”精神，在诗人的咏赞声中重放异彩。倘若联系冯至写作这些诗篇的背景，将不难体会“担当”被寄寓的特殊意义。这种趋于内敛、沉静的笔法为整部诗集奠定了基调，同时，冯至对质朴、敦厚、坚韧等品性的强调，无疑有着中国传统文人人格影响的印记。

三、蜕变、关联性与存在

在《十四行集》中，自始至终渗透着一种明显的“蜕变”观念。这一观念的获得主要源于歌德：“蜕变论是歌德世界观中最主要的一部分，他不仅用以观察自然界的种种现象，也用它看待人与社会。”[3]歌德的诗作《蛇皮》恰好表达了这样的观念：“‘敌人们威胁着你，/一天比一天加剧，/你怎

---

① 冯至：《一个消逝了的山村》，《冯至全集》第3卷，第48—49页。

② 冯至：《〈山水〉后记》，《冯至全集》第3卷，第73页。

③ 冯至：《〈论歌德〉的回顾、说明与补充——〈论歌德〉代序》，《冯至全集》第8卷，第21页。

么毫无畏惧！'/我看到这一切，不为所动，/他们撕扯的/是我刚脱去的蛇皮。/下层皮若是成熟，/我就立即脱去，/又变得新生而年轻/在新鲜的神的领域。"[①]《十四行集》的第十三首便是向歌德致敬之作，明确涉及了"蜕变"的主题：

从沉重的病中换来新的健康，
从绝望的爱里换来新的营养，
你知道飞蛾为什么投向火焰，

蛇为什么脱去旧皮才能生长；
万物都在享用你的那句名言，
它道破一切生的意义："死和变。"[②]

诚如高利克所言，"飞蛾扑火"的意象直接取自歌德的诗作《祝愿》，而且这一意象不时闪现于《十四行集》的很多段落。可以说，万事万物必须经历"蜕变"并由"蜕变"而"新生"的质朴观念，成为贯穿这部诗集的主题线索之一：

……我们安排我们
在自然里，像蜕化的蝉蛾

把残壳都会在泥里土里；
我们把我们安排给那个
未来的死亡，像一段歌曲，

---

① 冯至：《浅释歌德诗十三首》，《冯至全集》第8卷，第153—154页。

② 捷克学者高利克认为，这首诗"与歌德名作《祝愿》（此诗收在1814年的《西东合集》中）关系密切。冯至显然喜爱这首诗，因为他把它译成了中文。他把某些词句甚或整个思想'移入'了自己的诗中，尽管大体上是歌德诗的翻版，但仍有着重大差别"，见高利克《冯至的〈十四行集〉：与德国浪漫主义、里尔克和凡高的文学间关系》，《中西文学关系的里程碑》，伍晓明、张文定等译，北京：北京大学出版社1990年版。歌德《祝愿》（冯至译为《幸运的渴望》）中相关的句子是："飞蛾，你追求着光明，/最后在火焰里殉身。"《冯至全集》第8卷，第148页。

歌声从音乐的身上脱落，
归终剩下了音乐的身躯
化作一脉的青山默默。（第二首）

在此，“蝉蛾”“蜕”“壳”与“歌声从音乐的身上脱落”形成对等关系，共同演绎着“向死而生”的进程。“蜕化的蝉蛾”凝结着生生不息的生命景观：“看那小的飞虫，/在它的飞翔内/时时都是永生”（第二十四首）。而“有如一个圣者的身体”的有加利树和鼠曲草也同样如此：“你无时不脱你的躯壳，/凋零里只看着你生长”（第三首）；“这是你伟大的骄傲/却在你的否定里完成”（第四首）。“蜕变”意味着自我否定，人生正是通过不断的自我否定，褪掉过去岁月的尘埃，褪掉种种赘累、纷扰和杂芜，达到对自身有限性的超越，而获得自由和纯粹的新生。按照歌德的“蜕变论”，“每棵植物都向你宣示那些永恒的法则”，“最稀奇的形式也暗自保有原始的形象”：“在高级植物中看到原始植物（叶），在高级动物中看到原始形体（脊椎），在矿物中看到原始石（花岗石），在人的现象之后看见神的、原始的创造力（爱）”。[①] 从这一点来看，“钢炉在向往深山的矿苗/瓷壶在向往江边的陶泥”（第二十一首）也与“蜕变”的观念有关。

“蜕变”的观念重新设置了生与死的关系，这体现在《十四行集》中便是对死亡的自觉自知态度：“从一个阶段发展到另一个阶段并不是轻而易举的，必须要用前一个阶段痛苦的死亡换取后一阶段愉快的新生。”[②] 无疑，“蜕变”之中已经暗含着死亡，死亡不过是生命“蜕变”过程中的一种极端形式：

……那些小昆虫，
它们经过了一次交媾
或是抵御了一次危险

① 冯至：《从〈浮士德〉里的“人造人”略论歌德的自然哲学》，《冯至全集》第 8 卷，第 58 页。

② 冯至：《〈论歌德〉的回顾、说明与补充——〈论歌德〉代序》，《冯至全集》第 8 卷，第 7 页。

便结束它们美妙的一生。(第一首)

死亡并不意味着生命的真正终结,而是一次辉煌的完成,它预示着新生命的开端;死亡成为走向更高的生命的途径。这一看待生与死的方式实际上超越了二者的界限,使二者构成交融与循环:“死背向我们,它是我们光线照不到的生命侧面。我们生存在生与死这两个无限的领域里,必须努力地克尽从这两个领域中摄取不尽的养分,这个最广大的自觉。真正的生命横跨这两个领域,贯穿这两个领域,进行着最大的血液循环。”①由于受里尔克思想的影响,冯至在《十四行集》中显示了一种浑融的“生死观”:“我们把我们安排给那个/未来的死亡,像一段歌曲,//歌声从音乐的身上脱落,/归终剩下了音乐的身躯/化作一脉的青山默默。”(第二首)“安排”体现出主动担当死亡的从容,最终达乎“一脉的青山默默”的静穆境界。不仅如此,冯至还倡导要学会“正当的死生”(第十首“蔡元培”),如同17世纪的法国哲人巴斯卡尔(现译帕斯卡),“在生前他的思想明透得像是结晶体,他死后留给人间的面型也十分明隽,有如智慧的象征,使人们觉得他不但深刻理解了生,却也聪颖地支配了死”②。

正如从“蜕变”中悟出旧与新、死与生等的联结,冯至常常从一棵树、一丛草、一条路等日常景象想到宇宙万物的关联:

我们站立在高高的山巅
化身为一望无边的远景,
化成面前的广漠的平原,
化成平原上交错的蹊径。

哪条路,哪道水,没有关连,
哪阵风,哪片云,没有呼应:
我们走过的城市、山川,
都化成了我们的生命。

---

① 〔德〕里尔克:《里尔克如是说》,林郁译,北京:中国友谊出版公司1993年版,第103页。

② 冯至:《忘形》,《冯至全集》第4卷,第13页。

我们的生长，我们的忧愁
是某某山坡的一棵松树，
是某某城上的一片浓雾；

我们随着风吹，随着水流，
化成平原上交错的蹊径，
化成蹊径上行人的生命。（第十六首）

这种弥散在《十四行集》中的相互转化、相互关联的观念，有着里尔克、佛教等思想资源的影子。在冯至看来，不管是隔着时间的烟尘，还是空间上的纵横万里，不同的生命之间总会产生"意味不尽的关联"："这里几千年前/处处好象已经/有我们的生命；/我们未降生前//一个歌声已经/从变幻的天空，/从绿草和青松/唱我们的运命。"（第二十四首）所有经历的人或事，所有见识过的景或物，都被凝结为"充满生命的小路"而通向诗人的内心。"生命的小路"这一意象成为万物之关联最贴切的表述，诗人以此呈现了人与自然、生与死、过去与未来相互沟通的主题："我们的生命象那窗外的原野，//我们在朦胧的原野上认出来/一棵树，一闪湖光；它一望无际/藏着忘却的过去，隐约的将来。"（第十八首）甚至，"第一次领受光和暖"的经验也体现着生命的关联："……这一幕经验/会融入将来的吠声，/你们在深夜吠出光明。"（第二十三首）由于生命的关联，"空气在身内游戏，/ 海盐在血里游戏"，睡梦里，"天和海向我们呼叫"（第二十五首）；由于生命的关联，"一个寂寞是一座岛，/一座座都结成朋友。/当你向我拉一拉手，/便象一座水上的桥"（第五首），穿越了时空的关联，克服了生命个体的相互隔绝与自身的短暂。

与"蜕变"引发的生和死问题密切联系的，是《十四行集》从两个向度思索生命的价值：一是"生命的暂住"，一是生存的决断；前者表明诗人对生之脆弱的深切洞察，后者意味着诗人试图展示生命、存在的尊严。在战争年代，"生命的暂住"醒目地表现为生的悲苦与绝望："一个村童，或一个农妇/向着无语的晴空啼哭"，他们"整个的生命都嵌在/一个框子里，在框子外/没有人生，也没有世界"（第六首），不尽的泪水洗净的是一个有限的、无望的宇宙；表现为生命的孤苦与无助："我们听着狂风里的暴雨，/我们在灯光下这样孤单”,“狂风把一切都吹入高空,//暴雨把一切又淋人泥土,/只剩下这点微弱的灯红/在证实我们生命的暂住”(第二十一首);表现为生命的陌生与未知:“这林里面还隐藏/许多小路,又深邃,又生疏”,似乎“一切都已熟悉”,到死时却“抚摸自己的发肤/生了疑问:这是谁的身体?”(第二十六首)对于生之秘密的麻木和缺乏惊觉,必然会造成对自我的陌生感;还表现为生命的无名和不可把捉:“我们走过无数的山水,/随时占有,随时又放弃”,“仿佛鸟飞翔在空中,/它随时都管领太空,/随时都感到一无所有”(第十五首),这种生之虚无感在于对生命本真的茫茫无知。

不过,在冯至那里,生命的价值更在于决断,因为“活,需要决断,不活,也需要决断”①。生命个体时时刻刻都要对自我的处境作出断然定夺和择取。决断显示了生命展开的方式、境界和走向,决定着生命个体能否抵达本真存在。在此意义上,决断的一刹那,危险与意义并存。但是,正是透过决断的瞬间,生命更崭露出崇高的旨意。由此,决断也同“蜕变”联系起来:决断之后,生命个体仿佛抖落了一件重负,从晦暗不明的境遇中一下进入豁然开朗的谐和境界。所以,生命个体面对困境时必然会摒弃无谓的态度,而是全神贯注地作出决断。冯至将决断视作生命的至高之举:决断是生之最艰难的课题,是最郑重的精神行动。他认同丹麦哲学家克尔凯郭尔所说的“在‘决断’中才能体验到真实的生的意义”,并转述后者的话:“选择(决断)赋予一个人的本质一种庄严,一种永久不会完全失却的寂静的尊荣。”②以表明决断的艰难性、严肃性与决断本身所体现的价值是对等的:“越是艰难的决断,其中含有的意义越重大”③;越是艰难的决断,越能展现生命的珍贵和庄严。冯至的历史小说《伍子胥》在主题上正是表现了“一个孤独的个人如何通过自由决断,从非本真的存在状态跃向真实的存在,如何在死亡的考验中使自己的生命获得意义”④。实际上,可以说整部《十四行集》都是冯至决断的反应和结晶,它以诗的

① 冯至:《决断》,《文学杂志》第2卷第3期,1947年8月。

② 冯至:《一个对于时代的批评》,《冯至全集》第8卷,第243页。

③ 冯至:《决断》,《文学杂志》第2卷第3期,1947年8月。

④ 参见解志熙《生命的沉思与存在的决断》(下),《外国文学评论》1990年第4期。

方式，宣喻了那样的时代里一个诗人怎样执守信念，怎样思考存在，怎样对生命的意义作出决断。

四、sonnet 的中国化

从诗的形式来说，《十四行集》有效地运用了来自异域的“十四行体”（sonnet），全部采用的是 4—4—3—3 格式，但在韵脚的安排上较为灵活，大多是交韵或抱韵，由此产生了韵律的穿插或回旋的效果。在诗集的最后一首十四行诗里，冯至如此表述：

从一片泛滥无形的水里
取水人取来椭圆的一瓶，
这点水就得到一个定形；
看，在秋风里飘扬的风旗，

它把住些把不住的事体，
……

向何处安排我们的思，想？
但愿这些诗象一面风旗
把住一些把不住的事体。

如此看来，他实际上是借用了 sonnet 这种外来诗体，找到了一种恰当的诗歌表达方式。诗集出版后，诗人李广田当时就评价说：“十四行体，也就是诗人给自己的‘思，想’所设的水瓶与风旗，何况，十四行体，这一外来的形式，由于它的层层上升而又下降，渐渐集中而又渐渐解开，以及它的错综而又整齐，它的韵法之穿来而又插去，……它本来是最宜于表现沉思的诗的，而我们的诗人却又能运用得这么妥帖，这么自然，这么委婉而尽致……”①

① 李广田：《沉思的诗——论冯至的〈十四行集〉》，《诗的艺术》，上海：开明书店 1943 年版，第 106 页。

另一方面也可以说，冯至所表达的让“泛滥无形的水”得到“定形”的想法多少暗含着某种针对性，一定程度上是对1920年代以降的自由诗“传统”的反拨（他的法则与自由的辩证观念仍然源于歌德）。《十四行集》严谨、整饬的外形与其趋于内敛、沉潜的主题相得益彰。虽然冯至本人说，“我采用了十四行体，并没有想把这个形式移植到中国来的用意，纯然是为了自己的方便。我用这形式，只因为这形式帮助了我”[①]，但他的成功实践体现了现代汉语诗歌容纳外来诗体的新的可能。

《十四行集》被李广田称为“沉思的诗”。朱自清在《诗与哲理》一文中也认为，“更引起我注意的还是他诗里耐人沉思的理，和情景融成一片的理”，并说“闻一多先生说我们的新诗好像尽是些青年，也得有一些中年才好。冯先生这一集大概可以算是中年了”。[②] 这都是从哲理的角度理解《十四行集》，哲理确实是这部诗集的显著特征之一。不过，从另外的角度来看，或许可以将《十四行集》视为中国现代诗歌抒情方式的重要转变。在这一阶段，受到西方现代主义诗学之启发的诗人们已经意识到：“诗是经验的传达而非单纯的热情的宣泄”[③]；“诗应当是一种情绪和思想的综合，一种出于思想情绪重铸重范原则的表现”，“真正现代诗人得博大一些，才有机会从一个思想家出发，用有韵和无韵作品，成为一种压缩于片言只语中的人生观照，工作成就慢慢堆积，创造组织出一种新的情绪哲学系统”[④]。这些观念无疑促进了中国现代诗歌从诗思到诗艺的全面拓展。

（撰文：张桃洲）

---

① 冯至：《十四行集·序》，《冯至全集》第1卷，第214页。

② 朱自清：《诗与哲理》，《新诗杂话》，北京：生活·读书·新知三联书店1984年版，第25、27页。

③ 袁可嘉：《诗与民主——五论新诗现代化》，《论新诗现代化》，北京：生活·读书·新知三联书店1988年版，第47页。

④ 沈从文：《新废邮存底》之“十七”“二十六”，《沈从文文集》第12卷，广州：花城出版社、香港：三联书店香港分店1981年版，第51、76页。

扩展阅读：

1. 冯至:《十四行集》,桂林:明日社 1942 年 5 月初版,上海:上海文化生活出版社 1949 年 1 月再版。
2. 《冯至全集》(共 12 卷)。
3. 李广田:《诗的艺术》。
4. 周棉:《冯至传》,南京:江苏文艺出版社 1993 年版。
5. 冯姚平编:《冯至与他的世界》,石家庄:河北教育出版社 2001 年版。

一部小说的三种读法

——张爱玲《倾城之恋》导读

《倾城之恋》是张爱玲1940年代的代表作品之一。这篇小说先是连载于1943年9、10月出版的上海《杂志》月刊第11卷第6、7期，后收入张爱玲小说集《传奇》。

小说以上海和香港两个城市为背景，写的是白流苏与范柳原的情感博弈故事。上海的白流苏出身于早已破败的世家望族，离婚后寄居娘家而备受冷眼，遂决心以自己的前途为注赌一个人人称羡的好婚姻；华侨富商范柳原虽然对流苏这个"道地的中国女人"颇为留恋，安排流苏到了香港，与她朝夕相处，然而却根本无意于迈进自我束缚的家庭生活，也就是没打算娶流苏为妻。这对男女"两方面都是精刮的人，算盘打得太仔细了"，所以他们的交往就是在调情中展开着各自的试探和较量。流苏为了以退为进，一度还曾返回上海。然而僵持数月，流苏终于不能忍受各种压力带来的煎熬，一得到柳原的"召唤"就重返香港，终于成了范柳原的情妇。时值1941年底，太平洋战争爆发，香港沦陷。流苏与柳原为了生存互相扶持，两人反倒产生了患难夫妻的感情，"他不过是一个自私的男子，她不过是一个自私的女人。在这兵荒马乱的时代，个人主义者是无处容身的，可是总有地方容得下一对平凡的夫妻"，于是两人正式结了婚。传奇中的佳人总是倾城倾国，对于流苏这位如愿以偿的现代佳人来说，"也许就因为要成全她，一个大都市倾覆了"。[①]

看起来，这是一篇现代的、都市的才子佳人故事，整个的场景、背景是非常"现代"的，旧上海的公馆、殖民风格的酒店、演奏着爵士乐的跳舞

---

① 张爱玲：《倾城之恋》，《传奇》(增订本)，上海：山河图书公司1946年版。以下《倾城之恋》引文均出自该版本，不另注。

场、炮火离乱中的香港等，在此背景下，女主角“逆袭”成功，钓得金龟婿，金钱、地位的算计，也夹杂着爱情故事，结局是有情人终成眷属，是很“好看”的小说。1944 年底，张爱玲亲自把这篇小说改编为四幕八场同名话剧在上海公演，也很成功。张爱玲自己写了一篇小文章，叫作《写〈倾城之恋〉的老实话》，里面这样说：

> 《倾城之恋》似乎很普遍的被喜欢，主要的原因大概是报仇罢？旧式家庭里地位低的，年青人，寄人篱下的亲族，都觉得流苏的“得意缘”，间接给他们出了一口气。年纪大一点的女人也高兴，因为向来中国故事里的美女总是二八佳人，二九年华，而流苏已经近三十了。同时，一班少女在范柳原里找到她们的理想丈夫，豪富，聪明，漂亮，外国派。①

那么我们大概可以感觉到，上述对读者心理的揣摩到现在也还是有效的，所以《倾城之恋》真的是一部现代都市“传奇”，尤其是 20 世纪八九十年代后，随着中国社会迅猛的城市化进程，这部小说就更加受欢迎，被多次改编为电影、电视剧、舞台剧，可以说是张爱玲小说中的“畅销单品”。

那么，这部受到市民读者追捧的小说，在学者那里评价如何呢？

小说发表后不久，有一位“迅雨”——也就是著名翻译家傅雷发表了评论文章《论张爱玲的小说》，对张爱玲那时已经发表及正在连载的小说进行了综合性的评论，《金锁记》一节、《倾城之恋》一节、其他短篇和长篇一节。傅雷对张爱玲在沦陷区上海的出现表示了高度的肯定，称赞《金锁记》是“我们文坛最美的收获之一”；但也正因如此，他对《倾城之恋》就感到很不满意了，认为这部作品空洞浮泛、不够深刻，沉溺于俏皮风雅的调情描写，“华彩胜过了骨干”，总之跟《金锁记》相差甚远。②

后来的学者对《倾城之恋》的评价没有傅雷那么苛刻，主要是因为从文学史的角度对张爱玲作品有了更加整体性的观照，然后在此基础上对

---

① 子通、亦清编：《张爱玲文集·补遗》，北京：中国华侨出版社 2002 年版，第 234 页。

② 迅雨（傅雷）：《论张爱玲的小说》，原载《万象》第 3 卷第 11 期，1944 年 5 月。收入《张爱玲文集》第 4 卷，合肥：安徽文艺出版社，第 405—420 页。

具体作品作出评价。当然大多数文学史著述还是会把《金锁记》放到一个更高的、更重要的位置上，比如在学界曾经有过很大影响的美国学者夏志清的《中国现代小说史》[①]，把《金锁记》视为中国现代“最伟大的中篇小说”，用了很大的篇幅来讨论；现在通行的文学史教材如《中国现代文学三十年》[②]，也对《金锁记》有更为详尽的描述；也有一些作家、评论家、学者可能更加注重对张爱玲其他作品如《封锁》《鸿鸾禧》等的重新阅读、阐释[③]。对《倾城之恋》呢，通常都还是较为看重，一般将其视为张爱玲1940年代代表作之一，认为《倾城之恋》在多个方面都表现出张爱玲独特的文学特点，比如她对新旧文化夹缝中的人物的塑造，她机智利落又婉转多姿的语言风格，她融注在小说整体格调中的“苍凉”与反讽等。[④] 总的来说，随着张爱玲成为经典作家，《倾城之恋》也成为现代文学的经典作品。

那么，我们还可以怎样来细读这篇小说呢？

这里提供了三个不同的路径，分别是：女主人公、男主人公和作者张爱玲。一方面是想呈现出一个相对而言由浅到深的解读过程，因为对一个比较丰富的小说文本来说，这种多层面的解读是很有必要的；另一方面也希望这种解读可以从单独的文本扩展到作家的写作及观念，是一个从窄到宽的拓展。

一、白流苏：“女结婚员”悲喜剧

张爱玲有篇小说《花凋》（收入《传奇》）[⑤]，里面提到一个很有意思的

---

① 〔美〕夏志清：《中国现代小说史》，刘绍铭等译，上海：复旦大学出版社2005年版。

② 钱理群、温儒敏、吴福辉：《中国现代文学三十年》（修订本），北京：北京大学出版社1998年版。

③ 如倪文尖《张爱玲的“背后”》，《中国现代文学研究丛刊》1998年第1期；苏童《枕边的辉煌——影响我的10部短篇小说·序》，《枕边的辉煌——影响我的10部短篇小说》，北京：新世界出版社1999年版。

④ 如温儒敏、赵祖谟主编《中国现当代文学专题研究》（第二版），北京：北京大学出版社2013年版。

⑤ 张爱玲：《传奇》，上海：上海杂志社1944年初版，1946年增订版。

说法，叫作“女结婚员”：

> 为门第所限，郑家的女儿不能当女店员，女打字员，做“女结婚员”是她们唯一的出路。

如果通读一下《传奇》，我们会发现，张爱玲笔下最重要的一个人物形象系列，就正是这种“女结婚员”。我们来大致梳理一下。

小说集《传奇》初版于1944年8月15日，收入两组共10篇作品：《金锁记》《倾城之恋》《茉莉香片》《沉香屑：第一炉香》《沉香屑：第二炉香》和《琉璃瓦》《心经》《年青的时候》《花凋》《封锁》。1946年11月，《传奇》增订版出版，增加了《留情》《鸿鸾禧》《红玫瑰与白玫瑰》《等》《桂花蒸 阿小悲秋》5篇小说。15篇小说基本都关乎“都市男女”，都有着“女结婚员”的身影出入其间，只不过浓淡或有不同罢了。我们选几位较为典型的“女结婚员”来看看吧。

先看“女结婚员”出处的《花凋》。川嫦是郑家最小的女儿，因为“唯一的出路”就是做“女结婚员”，上头又有三个姐姐的压迫及示范，“郑川嫦可以说一下地就进了‘新娘学校’”。经过了漫长的实习与等待，熬到姐姐们都出了嫁，轮到了川嫦。她的男朋友名叫章云藩，是个留学归来的医生。川嫦觉得自己爱上了他，也觉得可以趁着婚姻逃离自己危机四伏的家庭了。但是红颜薄命，川嫦染上了肺病，一病不起，而父母各有各的算计，谁都不愿意拿出钱来为她医治，最后女结婚员郑川嫦的结婚梦就断送在她青春生命的消逝中了。

还有一篇非常精彩的小说《封锁》。写的是上海沦陷期间的日常生活，电车开着开着，遇到了封锁，车中的陌生男女吕宗桢和吴翠远，阴差阳错地开始交谈、开始恋爱起来了。翠远家世良好，自己勤恳用功、职业体面（大学讲师），可同时却是个“剩女”，所以家里人“宁愿她当初在书本上马虎一点，匀出时间来找一个有钱的女婿”。交谈中翠远知道了宗桢“没有钱而有太太”，她感到了对家人报复以及恋爱的双重快乐，还有很罗曼蒂克的拟想中的悲剧性抗争，以至于把自己都感动哭了。但是接下来，封锁结束了，宗桢起身坐到远远的他原先的座位上去。翠远在震动中“明白他的意思了：封锁期间的一切，等于没有发生。整个的上海打了个盹，做了个不近情理的梦”——女结婚员吴翠远的结婚梦是如此的难堪！

川嫦和翠远都是“未遂型女结婚员”，《传奇》中自然也有不少是“成功型女结婚员”，也就是成功地做了“太太”或者“姨太太”的，我们也来读读看。

《留情》在《传奇》增订本中排在首篇。小说写得很克制，一对夫妇外出拜访亲戚然后回家而已，但已经写出了女主人公的大半生。淳于敦凤原本“出身极有根底”，人长得美，但寡居了十几年，不仅有人老珠黄的危机，更有经济上的拮据甚至困顿，经亲戚撮合，三十六岁的她做了五十九岁的富商米晶尧的侧室。小说中没有详细交代敦凤的结婚经过，只提及“从婆家到米先生这里，中间是有无数的波折”，直到最后关头还被小叔子讹诈了一笔；而米先生这一边呢，则是这么写的：“这一次他并没有冒冒失失冲到婚姻里去，却是预先打听好，计划好的，晚年可以享一点清福艳福，抵补以往的不顺心。”小说多处点明世道不靖，所以这桩各取所需的婚姻倒也带来了一时的“安稳”，小说结尾写道：“生在这世上，没有一样感情不是千创百孔的，然而敦凤和米先生在回家的路上还是相爱着。”女结婚员敦凤内心充满了安定感与优越感。但小说中有个非常重要的细节，即敦凤听算命的说丈夫还有十二年阳寿，觉得“欣欣然，仿佛是意外之喜”，我们读者读到这里，恐怕会有点不寒而栗，敦凤的欣然之喜，恰恰暴露了其内心深处的焦虑。如果我们把握住这一点，就能读得更细，就能更多地发现敦凤的安稳感背后潜在的“危机”。比如一开篇的家庭内部场景，冬天里生着火盆，丢了红枣进去，“发出腊八粥的甜香”，这样温暖柔和的气息衬着墙上的结婚证书，是敦凤的婚姻感受，所谓“现世安稳”吧。接下来米先生出场，他要去看望病重的原配太太，因此遭到敦凤的冷脸相待，米先生在这个家里的感受则是这样的：“米先生回到客室里，立在书桌前面，高高一叠子紫檀面的碑帖，他把它齐了一齐，青玉印色盒子，冰纹笔筒，水盂，铜匙子，碰上去都是冷的；阴天，更显得家里的窗明几净。”整洁而冷冰冰，其实也就是米先生此刻的婚姻感受（读到下文我们会知道他此前的婚姻是充满了嘈杂打骂而更有烟火气的）。事实上两个人感受的这种对比，在小说通篇都时隐时现，叫人忍不住为敦凤预期中的婚姻美满及经济保障捏一把汗。

《红玫瑰与白玫瑰》中的“佟太太”孟烟鹂更典型。丈夫佟振保嫌弃她、厌恶她，亲戚朋友也跟着瞧不上她，但烟鹂还是把丈夫当作她的天：“他在外面嫖，烟鹂绝对不疑心到。她爱他，不为别的，就因为在许多人之中指定了这一个男人是她的。她时常把这样的话挂在口边：‘等我问问振保看，’‘顶好带把伞，振保说待会儿要下雨的。’他就是天。”直到振保公然“胡闹”，狂嫖酗酒，家庭几乎无法维持时，烟鹂可以跟人哭诉了，然后很神奇地，“烟鹂现在一下子有了自尊心，有了社会地位，有了同情与友谊”。终于，“振保改过自新，又变了个好人”。女结婚员要巩固自己的太太地位，唯有靠被虐、靠自虐，而且这个准则是被社会公认的，这一点就是孟烟鹂之所以“典型”的原因。这个“路数”在张爱玲后来编剧的电影《太太万岁》里有更喜剧化也更从容的展开。

所以我们通过梳理《传奇》中的作品，可以见出张爱玲笔下“女结婚员”的悖论式困境：结婚是唯一出路，如果结婚未遂或者失婚，势必承受极大的痛苦；如果结婚成功，则需要承受另外的痛苦，是从一个火坑跳进另一个火坑。而女结婚员自身，对这种悖论状态也并非无知，知其苦痛而为之，将其内在化，将其视为婚姻稳固的可见指标，就构成了女结婚员的基本心理。《鸿鸾禧》里对此阐释得很准确：在待“嫁”而沽的女孩子眼中，新娘子“是银幕上最后映出的雪白耀眼的‘完’字，而她们是精彩的下期佳片预告”。新娘子本人呢，对自己的婚姻即便很满意而依然茫然无措，只能使气一样地买东西，“看见什么买什么，来不及地买，心里有一种决撒的，悲凉的感觉”，也就是自己也认同了那个雪白耀眼的“完”。

对这一人物形象系列有了上述基本的了解和判断之后，再来读《倾城之恋》就比较容易给白流苏“定位”了：一个从“未遂型”到“成功型”的“女结婚员”。只是流苏的经历更多了几次波折，所以这出悲喜剧的风格更摇曳多姿也更复杂一些。

小说里，流苏一出场是28岁，而且“婚已经离了这么七八年了”，那么可以推知，流苏20出头年纪轻轻就已从婚姻的围城里冲了出来；那么我们大概还可以推知，流苏当年算是一个娜拉式的“新女性”。娜拉是挪威戏剧家易卜生《玩偶之家》中的女主人公，因为醒悟到自我的主体性而离开丈夫走出家门。这部戏剧在五四时期被译介到中国后，尤其对中国的知识女性产生了很大影响，娜拉也因此成为一个新女性的符号人物。1923年，鲁迅在北京女高师作了一个著名的演讲：娜拉走后怎样？就是对娜拉出走问题的思考。一个女性若效法娜拉出走，以后会怎样呢？鲁迅说："她还须更富有，提包里有准备，直白地说，就是要有钱。"①也就是说，是否可以做到经济独立。否则，结局无非有二：不是堕落，就是回来。鲁迅1925年所作的小说《伤逝》也讨论了这个问题，《伤逝》中的子君骄傲地说出"我是我自己的，他们谁也没有干涉我的权力"，就明显带有娜拉的影响，但子君的出走最终是个悲剧。张爱玲作于1943年的《倾城之恋》，我们也不妨视为对这同一问题的回应。曾经娜拉一样勇敢的流苏，不惜打官司离了婚，回到自己的娘家，而且带着她自己的钱。那么在张爱玲的作品脉络里，有钱就可以从婚姻家庭"出走"，摆脱掉做女结婚员这条唯一的出路吗？也许是吧，只要保住自己的钱——不过或许我们可以想一想《金锁记》里的长安，这是个同样可以继续讨论的有意思的问题——但流苏的钱被哥哥们连骗带赔地用光了，于是流苏"要走也走不开"，不走呢，天天要忍受亲哥嫂的冷言冷语。这时她的前夫死了，哥嫂为了卸掉包袱竟然主张她回到前夫家里去守寡。如果她回去了，我们可以参看上述《留情》；《倾城之恋》给出的是另外一种"推演"，也就是徐太太推心置腹地告诫流苏的："找事，都是假的，还是找个人是真的。"流苏再次回到了"女结婚员"这"唯一的出路"上来，换言之，结婚，的确是流苏们"唯一的出路"。想走别的路？处处碰壁还都是死胡同。重返婚姻赌局来下注，流苏真是拼尽了全力，濒于崩溃。我们读香港浅水湾饭店的这一部分，流苏与柳原的你来我往中，自然可以读出傅雷所说的"俏皮风雅"，但我们体会着流苏"女结婚员"的处境，就会注意到流苏战战兢兢的紧张心态，她绷得紧紧的神经，比如"她总是提心吊胆""她如临大敌""心里异常怔忡""心里却估惙着""蓦地里悟到他这人多么恶毒"……小说中虽说他们"两方面都是精刮的人"，但究竟不是势均力敌，流苏赌上的是自己全部身家前途，柳原却是可以"谈笑中樯橹灰飞烟灭"；流苏退守上海，以为可以逼迫柳原"有一天还会回到她这里来，带了较优的议和条

① 鲁迅：《娜拉走后怎样》，《鲁迅全集》第1卷，第167页。

件”,但事实上在回沪船上流苏就已经输了:“流苏看得出他那闲适是一种自满的闲适——他拿稳了她跳不出他的手掌心去。”所以流苏最终当然只能乖乖就范,做了柳原的情妇;胜利者范柳原也就不以为意,第二天就告诉流苏他马上要去英国了。流苏独自留在香港,“现在她不过是范柳原的情妇,不露面的,她分该躲着人,人也分该躲着她。……她怎样消磨这以后的岁月?找徐太太打牌去,看戏?然后渐渐的姘戏子,抽鸦片,往姨太太们的路上走”。至此,流苏的“女结婚员”生涯算是以失败告一段落,因为虽然得到暂时的经济保障,但缺少婚姻内的名分,什么都是靠不住的。流苏差不多赌输了。但没想到悲剧接着就戏剧性地转为喜剧,战争爆发,一个大城倾覆,佳人流苏成了范太太。这个结局人人称羡,流苏的四嫂甚至也闹着要离婚了,喜剧的色彩很浓。那么重返婚姻的范太太此后如何?“柳原现在从来不跟她闹着玩了。他把他的俏皮话省下来说给旁的女人听。那是值得庆幸的好现象,表示他完全把她当作自家人看待——名正言顺的妻。然而流苏还是有点怅惘。”写得非常简略。流苏和柳原在战火中曾经相濡以沫,对此,小说中这样写:“他们把彼此看得透明透亮。仅仅是一刹那的澈底的谅解,然而这一刹那够他们在一起和谐地活个十年八年。”所以我们可以按照这个段落去推想范太太以后的生活,也可以参照张爱玲其他写“成功型”“女结婚员”的作品去推想。

二、范柳原:“他们华侨”的寻根与失落

以上所论,自然是以女主人公白流苏为中心的;不过,《倾城之恋》至少有两个各自独立的“声部”:一个是“女结婚员”声部,即白流苏的婚恋“传奇”,另一个是海归“浪子”声部,即华侨范柳原的文化及情感“寻根”经历。所以我们接下来可以从范柳原的角度来读《倾城之恋》。

不少读者会认为,张爱玲小说中的女性通常比男性刻画得更为细腻而且深刻,尤其是《金锁记》中的曹七巧,几乎就是一个炉火纯青的人物形象了。当年傅雷就正是在对七巧赞叹有加的前提下,指出《倾城之恋》的人物塑造太过缺乏“深刻”,而且认为“两个主角的缺陷,也就是作品本身的缺陷”。他将范柳原理解为“唐·裘安”(现通译唐·璜),一个登徒

子,但这个唐·裘安又塑造得草率而苍白,是个完全没有展开的“第二主题”。他质问道:“范柳原真是这么一个枯涸的(fade)人么?关于他,作者为何从头至尾只写侧面?”①

与傅雷的评论几乎同时,张爱玲的热烈拥趸者胡兰成对此提出了不同意见。胡兰成认为范柳原是个成功的形象,“柳原是一个自私的男子,也可以说是颓败的人物,不过是另一种的颓败。……这样的人往往是机智的,伶俐的,可是没有热情。他的机智与伶俐使他成为透明,放射着某种光辉,却更见得他的生命之火是已经熄灭了。”“他在深夜里打电话给流苏,也不是为了要使流苏烦恼,却正是他自己的烦恼的透露,他说出了爱,随即又自己取消了。因为怯弱,所以他也是凄凉的。”②

另一位当时与张爱玲齐名的上海女作家苏青则将范柳原类比为电影《飘》里的白瑞德,“这类男人也可以说是‘坏的’,但是他们真正谈起恋爱来,却能给女人以‘美妙的刺激’”③。

无论是“枯涸的”唐·璜,还是“凄凉的”“颓败者”,或是美国电影中的大众情人,都是将范柳原这个人物放在与白流苏的“情感关系”中来看待的。但实际上,情感关系并非单纯的男欢女爱,其背后隐藏的还是“文化关系”,所以我们要对这一对男女的情感取向作出分析。白流苏为何爱恋范柳原?这个问题上文已经讨论,首要在于“女结婚员”对长期经济保障的寻求;那么范柳原为何爱恋白流苏?周围的人都看不懂,范柳原这样一个“钻石王老五”,何以会看上“败柳残花”的白流苏呢?范柳原自己给出的答案是:流苏是一个真正的中国女人。为何“真正的中国女人”这么重要?因为柳原是所谓“他们华侨”。

“他们华侨”的说法出自《红玫瑰与白玫瑰》。海归人士王士洪取笑

---

① 迅雨(傅雷):《论张爱玲的小说》,原载《万象》第3卷第11期,1944年5月。收入《张爱玲文集》第4卷,第413页。

② 胡兰成:《评张爱玲》,原载《杂志》第13卷第2、3期,1944年5、6月。收入陈子善编《张爱玲的风气——1949年前张爱玲评说》,改题《论张爱玲》,济南:山东画报出版社2004年版,第24、25页。

③ 苏青:《读〈倾城之恋〉》,原载《海报》1944年12月10日,收入陈子善编《张爱玲的风气——1949年前张爱玲评说》,第103页。

自己的太太娇蕊“他们那些华侨，取出名字来，实在是欠大方”，“他们华侨，中国人的坏处也有，外国人的坏处也有”。这种似乎已成常谈的论调引来了娇蕊的抗议：“又是‘他们华侨’！不许你叫我‘他们’！”范柳原就正是这样一位非我族类的“他们华侨”，只不过由于他的经济地位，他不会被人取笑，而变成了一个女人们虎视眈眈的“他们华侨”。在散文《洋人看京戏及其他》里，张爱玲还谈到过“他们华侨”与故国的关系：“……华侨，可以一辈子安全地隔着适当的距离崇拜着神圣的祖国。”[①]范柳原呢？小说中交待柳原的身世，其父是一个著名的东南亚华侨富商，其母是一个伦敦的华侨交际花，两人秘密结婚，柳原就生长在英国。父母亡故后，柳原得不到父系家族的认可，“孤身流落在英伦，很吃过一些苦，然后方才获到了继承权”。柳原告诉流苏，“我回中国来的时候，已经二十四了。关于我的家乡，我做了好些梦。你可以想象到我是多么失望。我受不了这个打击，不由自主的就往下溜”。也就是说，柳原也曾经“安全地隔着适当的距离崇拜着神圣的祖国”，但回国后就感到幻灭，自暴自弃地做了荒唐浪子，他不甘心，才要抓住一个“真正的中国女人”不放。小说中这样写道：

> 他思索了一会，又烦躁起来，向她说道：“我自己也不懂得我自己——可是我要你懂得我！我要你懂得我！”他嘴里这么说着，心里早已绝望了，然而他还是固执地，哀恳似的说着：“我要你懂得我！”

这个心态表达得很是纠结：自己不懂得自己、深知对方也不可能懂得自己、恳求对方懂得自己——既然都不懂得“自己”，那这个“自己”是怎样的“自己”？又如何要求别人来懂？以及要求别人如何来懂？这种纠结就是文化关系。基本上，“他们华侨”范柳原，与“真正的中国（女人）”之间的文化关系，是一个有些“绕”的关系。要说清楚，我们可以拐个弯，先从《诗经》谈起。

关于《倾城之恋》的取材，张爱玲在《论写作》中曾这样谈到过她从《诗经》中获得的感受：

---

① 张爱玲：《洋人看京戏及其他》，《张爱玲文集》第4卷，第21页。

> 拙作《倾城之恋》的背景即是取材于《柏舟》那首诗上的："……亦有兄弟，不可以据……忧心悄悄，愠于群小。觏闵既多，受侮不少。……日居月诸，胡迭而微？心之忧矣，如匪浣衣。静言思之，不能奋飞。""如匪浣衣"那一个譬喻，我尤其喜欢。堆在盆旁的脏衣服的气味，恐怕不是男性读者们所能领略的罢？那种杂乱不洁的，壅塞的忧伤，江南的人有一句形容："心里很'雾数'。"①

这一解说很像是从流苏的角度切入的，可以帮助我们进一步理解"女结婚员"流苏的处境。不过除了《柏舟》，《诗经》中的另一首诗《击鼓》在《倾城之恋》中似乎更为重要，柳原先后两次提到过。第一次是在电话里：

> ……柳原不语，良久方道："诗经上有一首诗——"流苏忙道："我不懂这些。"柳原不耐烦道："知道你不懂，你若懂，也用不着我讲了！我念给你听：'死生契阔——与子相悦，执子之手，与子偕老。'我的中文根本不行，可不知道解释得对不对。我看那是最悲哀的一首诗，生与死与离别，都是大事，不由我们支配的。比起外界的力量，我们人是多么小，多么小！可是我们偏要说：'我永远和你在一起；我们一生一世都别离开。'——好像我们自己做得了主似的！"

第二次是两人去登结婚启事，路上看着战火后的香港那"平淡中的恐怖"，柳原旧话重提，又将这诗念了一半。——可见这首诗对范柳原而言，代表着一种极深的人生情感与价值观念。而在回应傅雷的批评时，张爱玲本人也在《自己的文章》里引用了这几句诗："'死生契阔，与子成说；执子之手，与子偕老'是一首悲哀的诗，然而它的人生态度又是何等肯定。"②

至此，只要稍加注意，我们就可以意识到，在张爱玲笔下，《击鼓》一诗出现了两个不同的版本：

> 范柳原：死生契阔——与子相悦，执子之手，与子偕老。
> 张爱玲：死生契阔，与子成说；执子之手，与子偕老。

---

① 张爱玲：《论写作》，《张爱玲文集》第4卷，第83页。

② 张爱玲：《自己的文章》，《张爱玲文集》第4卷，第174页。

显然,范柳原的版本是错误的。或者换言之,在《倾城之恋》中,张爱玲借范柳原之口,对《击鼓》进行了两处“改写”。第一处是字眼的改写,将“成说”(盟誓)改写为“相悦”,也就是不要“盟誓”,只要两情相悦就够了——所以下文流苏的反应是很有意思的,她“沉思了半晌,不由得恼了起来道:‘你干脆说不结婚,不就完了!还得绕着大弯子!’……”看来她是听出了这一处改写的意义:柳原是不要“成说”的。迅雨在《论张爱玲的小说》中,就指出来:“倘再从小节上检视一下的话,那末,流苏‘没念过两句书’而居然够得上和柳原针锋相对,未免是个大漏洞。”[①]大约这算是漏洞小节之一吧。——第二处改写可能更重要,那就是对句读的改写。原诗固然本来没有标点符号,但根据对整首诗的内容及节奏的理解,其通行的断句为“死生契阔,与子成说;/执子之手,与子偕老”,这也正是张爱玲使用的版本。按理说,柳原的“中文根本不行”,似乎更应该采用这种最朴素的句读,但他却偏要很费劲地将其改动为“死生契阔/——与子相悦,执子之手,与子偕老”。——我们要注意,这番话是范柳原在电话里说出来的,以口语方式要表达出那个破折号“——”的转折意义,实在是多少有些奇怪的,这只能说是张爱玲的苦心经营。按照通行的断句,四句诗的大意就是,无论死生离别,我都要同你盟誓:与你携手,一直到老。但柳原的断句不仅使惯常的诗歌节奏被打破,更重要的是将语义改变,“与子相悦”遂成为与“执子之手”“与子偕老”并列的同类项,共同构成对“死生契阔”的具有张力感的转折,四句诗的大意自然也就变了:死生离别,(可是)我和你相悦,我和你携手,我和你终老。也就是范柳原所解释的:“生与死与离别,都是大事”/“我们人是多么小,多么小”。

两个不同的“版本”,意味着不同的理解。张爱玲与范柳原一样,认可这“是一首悲哀的诗”,但她赞叹此诗的落脚点却在于“然而它的人生态度又是何等肯定”。而按照范柳原的说法,这首诗是“最悲哀的一首诗”,因为同生离死别那些“大事”相比,人是渺小无力而不自知的,“好像我们自己做得了主似的”,是何等的不肯定。

---

① 迅雨(傅雷):《论张爱玲的小说》,原载《万象》第3卷第11期,1944年5月。收入《张爱玲文集》第4卷,第414页。

现在我们把拐出去的这个弯再拐回来:范柳原对《诗经》的误读或者改写,又跟上述"文化关系"有何关联?我们其实可以把这种"误读"乃至"改写"视为一种象征性的文化症候:柳原将以《诗经》为代表的中国文化作为他对故国及家园的认同,这种认同的力量足够强大,可以是他落魄之际("流落英伦")的精神后援;或者说"他们华侨"通过对传统中国(文化)的理解与认同、神圣化崇拜来建构了一个"想象的共同体",对这个"共同体"呢,"做了好些梦";然而当他们回到故国,想要更真切地寻根、寻梦时,却发现这反而是一个尴尬的、"多么失望"的梦醒时分。那么问题来了,这种真实与梦幻、现实与想象间的落差,究竟是源于中国(文化)本身,还是源于"他们华侨"基于自身的现实处境而作出的"误读"乃至"改写"呢?我们其实可以从范柳原对待流苏的态度中加以揣摩。

小说中凡写到范柳原对流苏的赞美,无非是:"难得碰见像你这样一个真正的中国女人。""真正的中国女人是世界上最美的,永远不会过了时。""你是个道地的中国人。"至于"真正的""道地的"中国女人具体是怎样的,却又语焉不详,比较抽象,范柳原只是透露了些许"气氛":"你看上去不像这世界上的人。你有许多小动作,有一种罗曼蒂克的气氛,很像唱京戏。"哪些小动作呢?也不得而知,除了一种,那就是流苏的"善于低头",柔美的、柔顺的女性姿态,也是征服者眼中等待被征服的姿态。但对这样一个"真正的中国女人",范柳原赞美之余却又总是不满意,因为她是"不自然"的。他内心里希望有个能够在马来亚"原始森林"里奔跑的流苏,摆脱了上海白公馆"中国家庭"的束缚,摆脱了香港依然存留的"中国社会"的束缚,甚至摆脱旗袍这一"中国符号"的束缚,"也许会自然一点"。但是,这样一个脱去旗袍的流苏,又如何能承载"很像唱京戏"的"真正的中国女人"这一形象呢?恐怕是不能的,否则柳原在马来亚找一个"自然"的姑娘不就行了吗?看来这真是一个顾此失彼的愿望。这是范柳原看待"真正的中国女人",那么他对自身的看法呢?好像同样纠结在"中国"与"非中国"(外国)之间。他说:"我的确不能算一个真正的中国人,直到最近几年才渐渐的中国化起来。可是你知道,中国化的外国人,顽固起来,比任何老秀才都要顽固。"为什么"最近几年才渐渐中国化起来",而且"中国化"得如此"顽固"?小说中范柳原此时 33 岁,他从英国回国的时候,“已经二十四了”,也就是说,“最近几年”,正是他回到故国的几年,在这几年里,他见识到“现实的中国”,却几乎要使他崩溃:“你可以想象到我是多么失望。我受不了这个打击,不由自主的就往下溜。”——我们把这个过程梳理一下,大致得出的路线图是:范柳原心目中“真正的中国”其实是他“梦”中的中国(即虚假的中国),他回国后见识到的“现实的中国”(即真正的中国)则是他厌恶的“虚假的中国”,“难得见到”一个“真正的中国女人”(即“不像这世界上的人”);“梦”破灭的结果,是他“渐渐的中国化起来”;这里的“中国化”既然是“顽固”的,也就是更倾向于范柳原心目中“真正的中国”;这个“顽固的中国化的外国人”需要一个“真正的中国女人”来“懂得”他、“爱”他,但事实则是“真正的中国女人”既不“爱”他,也无从“懂得”他。

解读至此,我们大约可以体会到,身处文化夹缝中的范柳原,他对“真正的中国”“真正的中国女人”的认知与爱恋,未免是叶公好龙式的,以己意揣度、塑形,乃至“神圣化”,却也正因己意所需而误读、改写,失其本然。对“他们华侨”范柳原而言,与其说这是“浪子”“找寻真爱”的失落,毋宁说是“情感/文化寻根”的失落。

三、张爱玲:“参差对照”·“三底门答尔”·“社会小说”

我们接着上述“寻根及其失落”的小说脉络往下讲。大致可以说,在那种失落感里,一个华美蕴藉的“古中国”,一个略显伤感诗意的旧文明,在上海或者香港这样的堕落都市中,无可挽回地式微了。这种文学写作指向,很有可能在风格上就构成了一曲哀怨的挽歌,令人无限怅惘。

然而并非如此。我们在《倾城之恋》中读出来的,并不是这样。没有挽歌,小说可以说是以世态喜剧的方式来收束的。

战争爆发,香港倾覆,流苏“女结婚员”的家政训练派上了用场,曾经流落英伦的柳原也是“各样粗活都来得”,男人和女人各安其分,获得了乱世中患难夫妇的感情,于是他们去结婚。在结婚的路上,柳原再次讲起了《击鼓》那首诗:

柳原歇下脚来望了半晌,感到那平淡中的恐怖,突然打起寒战来,向流苏道:“现在你可该相信了:‘死生契阔,’我们自己哪儿做得了主?轰炸的时候,一个不巧——”流苏嗔道:“到了这个时候,你还说做不了主的话!”柳原笑道:“我并不是打退堂鼓。我的意思是——”他看了看她的脸色,笑道:“不说了。不说了。”他们继续走路。

时过境迁,不同于浅水湾饭店电话里他对流苏“不耐烦”地粗暴打断,现在换作范柳原被流苏的娇嗔和“脸色”两度打断,只能赔着笑“不说了”——这里我们或许读出了小说中的某种嘲谑感,柳原再也不能以某种“深刻的痛苦”、某种“高级的情感”在流苏面前居高临下了。《倾城之恋》这篇小说,里面这一对男女主人公经历了劫难,各有所悟,本来可以写得很“深刻”的,但实际上正如傅雷所痛心的:“这里正该是强有力的转折点,应该由作者全副精神去对付的啊!错过了这最后一个高峰,便只有平凡的,庸碌鄙俗的下山路了。”①

张爱玲自己怎么说明这一结局呢?她说:

> 我喜欢参差的对照的写法,因为它是较近事实的。《倾城之恋》里,从腐旧的家庭里走出来的流苏,香港之战的洗礼并不曾将她感化成为革命女性;香港之战影响范柳原,使他转向平实的生活,终于结婚了,但结婚并不使他变为圣人,完全放弃往日的生活习惯和作风。因之柳原与流苏的结局,虽然多少是健康的,仍旧是庸俗;就事论事,他们也只能如此。②

看来,对于傅雷所痛心的问题,她恰恰是老实承认的,她的小说构想就是要走上那么一条“平凡”“庸碌鄙俗”的“下山路”。这段话出自张爱玲《自己的文章》(1944年12月)一文。这篇文章比傅雷的文章晚出半年,虽未明言,但其实是围绕傅雷的批评在进行自我辩护。后来的学者大多很看重这篇文章,因为其中很明确地表露了当时张爱玲的文学观念,尤其是她关于“飞扬”与“安稳”、“壮烈”与“苍凉”等审美感受的区分并由

---

① 迅雨(傅雷):《论张爱玲的小说》,原载《万象》第3卷第11期,1944年5月。收入《张爱玲文集》第4卷,第413—414页。

② 张爱玲:《自己的文章》,《张爱玲文集》第4卷,第173页。

此引申出的她的“参差对照”美学，以及这种美学风格与“这个时代”间的关联。我们可以稍微读一下相关内容：

> 文学史上素朴地歌咏人生的安稳的作品很少，倒是强调人生的飞扬的作品多，但好的作品，还是在于它是以人生的安稳做底子来描写人生的飞扬的。没有这底子，飞扬只能是浮沫。
>
> 我是喜欢悲壮，更喜欢苍凉。壮烈只有力，没有美，似乎缺少人性。悲剧则如大红大绿的配角，是一种强烈的对照。但它的刺激性还是大于启发性。苍凉之所以有更深长的回味，就因为它像葱绿配桃红，是一种参差的对照。
>
> 这时代，旧的东西在崩塌，新的在滋长中。但在时代的高潮来到之前，斩钉截铁的事物不过是例外。人们只是感觉日常的一切都有点儿不对，不对到恐怖的程度。人是生活于一个时代里的，可是这时代却在影子似地沉没下去，人觉得自己是被抛弃了。
>
> ……
>
> 我写作的题材便是这么一个时代，我以为用参差的对照的手法是比较适宜的。……①

文章当然写得很“好看”，不过也许是因为要辩护，难免会有些过于依赖一种二元对立式的论辩修辞，反倒将“参差的对照”与“强烈的对照”强烈地对立起来了。这篇文章也很“好用”，一旦需要为张爱玲“辩护”，将其与某种思潮“切割”以突出张爱玲的“独特价值”时，就可以引用这篇文章，比如，以此来论证张爱玲的“日常生活写作”如何与“宏大叙事”划清界限、论证张爱玲的“市民文学”如何与“精英/严肃文学”划清界限等。同样，对1944年张爱玲与傅雷之间的这场文字交锋，就可以作如是观。

可以说这是一种横向的对比。那么我们不妨尝试着再换个角度，做个纵向的梳理，除了上述《自己的文章》，我们还可以讨论后来张爱玲的几篇带有一定理论性质的文章，她试图阐释的一些文学概念，这样可以帮助我们更好地理解作者张爱玲的文学观念，然后再回头看待《倾城之

---

① 张爱玲：《自己的文章》，《张爱玲文集》第4卷，第172—174页。

恋》,理解也应该可以加深。

1974年,张爱玲发表了一篇长文《谈看书》,其中有关于“三底门答尔”的表述:

> 郁达夫常用一个新名词:“三底门答尔”(sentimental),一般译为“感伤的”,不知道是否来自日文,我觉得不妥,太像“伤感的”,分不清楚。“温情”也不够概括。英文字典上又一解是“优雅的情感”,也就是冠冕堂皇、得体的情感。另一个解释是“感情丰富到令人作呕的程度”。近代沿用的习惯上似乎侧重这两个定义,含有一种暗示,这情感是文化的产物,不一定由衷,又往往加以夸张强调。不怪郁达夫只好音译,就连原文也难下定义,因为它是西方科学进步以来,抱着怀疑一切的治学精神逐渐提高自觉性的结果。①

郁达夫并不拒绝“三底门答尔”,他1920年代初也就是写《沉沦》的那个时期,会把“三底门答尔”作为他笔下“零余者”形象的一个性格标签,比如《沉沦》(1921)中男主人公在暗夜自嗟自叹:“Sentimental, too sentimental!”《南迁》(1921)中女主人公也对男主人公说:“你确是一个sentimentalist!”大概更接近“多情善感”或“多愁善感”之意。但张爱玲是拒绝这种“三底门答尔”的——比如她批评一部“社会言情小说”《广陵潮》,就说到这部作品“三底门答尔”——在她看来,“三底门答尔”两种释义(“优雅”或“丰富到令人作呕”)中的“情感”,都是虚假、不“由衷”、被所谓“文化”层层伪饰的;这种“三底门答尔”的情感,在她的作品中往往被以反讽的方式嘲谑乃至颠覆。举个与《倾城之恋》类似的例子:《金锁记》中有个范柳原式的人物——老留学生童世舫,经历过新式恋爱的打击,反倒爱上了旧式遗老家庭出身的长安,因为“多年没见过故国的姑娘,觉得长安很有点楚楚可怜的韵致,倒有几分喜欢”。但这桩姻缘没有大团圆结局,表面看是由于长安母亲七巧的蓄意破坏,实则还是童世舫“故国想象”的幻灭:“卷着云头的花梨炕,冰凉的黄藤心子,柚子的寒香……姨奶奶添了孩子了。这就是他所怀念着的古中国……他的幽娴贞静的中国闺

---

① 张爱玲:《谈看书》,《张爱玲文集》第4卷,第292—293页。

秀是抽鸦片的!”范柳原或者童世舫,其“故国情思”是一致的,听起来“优雅”“冠冕堂皇”,实质则是“三底门答尔”,带来的只有“异常的委顿”。

与“三底门答尔”相对,张爱玲提出了两个中国近现代小说中出现的概念、术语——“社会小说”和“平淡而近自然”,来说明她的文学观念与创作追求:

> 社会小说这名称,似乎是1920年代才有,是从《儒林外史》到《官场现形记》一脉相传下来的,内容看上去都是纪实,结构本来也就松散,散漫到一个地步,连主题上的统一性也不要了,也是一种自然的趋势。清末民初的讽刺小说的宣传教育性,被新文艺继承了去,章回小说不再振聋发聩,有些如《歇浦潮》还是讽刺,一般连讽刺也冲淡了,止于世故。对新的一切感到幻灭,对旧道德虽然怀念,也遥远黯淡。①

张爱玲承认,她自己的阅读口味,就正是嗜读这样的“社会小说”。那么“社会小说”的好处在哪里?在1968年发表的《忆胡适之》一文中,张爱玲谈到她心目中的社会小说精彩之作《海上花》,大力表彰其“平淡而近自然”,希望自己的小说也能够做到这一点。② “平淡而近自然”的说法,并非张爱玲的首创。鲁迅早在《中国小说史略》里就这样评论过《海上花列传》③,胡适后来的考据文章也是沿用了鲁迅的这一说法④。但身为小说家的张爱玲,则是明确地将这一对《海上花》的评语作为自己的创作追求和文学观念,即便胡适早已言之凿凿:“这种‘平淡而近自然’的风格是普通看小说的人所不能赏识的。”⑤张爱玲不是文学理论家,她并没有对“平淡而近自然”给出进一步的清晰明白的定义,但是她以作家的方式,

---

① 张爱玲:《谈看书》,《张爱玲文集》第4卷,第294页。

② 张爱玲:《忆胡适之》,原载香港《明报》月刊第26期,1968年2月。收入张爱玲《惘然记》(散文集二·1950—80年代),台北:皇冠文化出版有限公司2010年版,第12页。

③ 鲁迅:《中国小说史略》,《鲁迅全集》第9卷,第275页。

④ 胡适:《(海上花列传)序》,欧阳哲生编《胡适文集》第4卷,北京:北京大学出版社1998年版,第411页。

⑤ 同上。

通过不断的评点与描述，展示了“平淡而近自然”的“社会小说”的文学面貌，我们可以从中把握。

她是这样看待《海上花》之“平淡而近自然”的：

> （《海上花》）特点是极度经济，读著像剧本，只有对白与少量动作。暗写、白描，又都轻描淡写不落痕迹，织成一般人的生活的质地，粗疏、灰扑扑的，许多事“当时浑不觉”。所以题材虽然是八十年前的上海妓家，并无艳异之感，在我所有看过的书里最有日常生活的况味。①

其中强调的，除了一般所谓笔墨手法外，更有与“三底门答尔”绝不相类的“日常生活的况味”。所以我们再读她的《谈看书》，就不必惊讶于她的阅读口味的“庸碌鄙俗”了。她列举她嗜读的“社会小说”，一篇舞女与流氓和表兄间的三角婚恋故事，舞女苦尽甘来终于可以嫁表兄了，“但是他生肺病死了。这样平淡而结局意想不到地感动人”。又有个“现代钗头凤故事”，“男主人翁泄气得谁也造不出来，看来都是全部实录”。甚至那些潦草地写妓院生活的连载小说，她读得既有同情之了解又别具眼光：“小说内容是作者的见闻或是熟人的事，‘拉在篮里便是菜’，来不及琢磨，倒比较存真，不像美国的内幕小说有那么许多讲究，由俗手加工炮制，调入罐头的防腐剂、维他命、染色，反而原味全失。”总之，她嗜读的书，无论是“社会人种学”还是“淡漠稚拙”“文笔很差”的“社会小说”，都是“平淡而近自然”，惟其如此，才能品出现实日常生活这种“原料”中“特有的一种韵味，其实也就是人生味。而这种意境像植物一样娇嫩，移植得一个不对会死的”。②

诚然，以上相关论述，距离《倾城之恋》的创作已经过去了二三十年，并不能恰如其分地用来讨论《倾城之恋》中的具体问题。但我们仍然可

---

① 张爱玲：《忆胡适之》，原载香港《明报》月刊第26期，1968年2月。收入张爱玲《惘然记》（散文集二·1950—80年代），第24页。

② 张爱玲：《谈看书》，《张爱玲文集》第4卷，第296—297页。

以从这里“追溯”到《倾城之恋》,以一种“后见之明”来重新关注《倾城之恋》,尤其那个所谓“庸碌鄙俗的下山路”,在张爱玲那里,不仅不算败笔,反而更可能是她自己的创作论和小说学。她那时拈出的“参差对照”,与后来对“三底门答尔”的反思、对“社会小说”的看重、对“平淡而近自然”的追摹,实际上共同构成了一条相对完整的表述“链条”,也是她的文学观念的内在丰富性所在。

(撰文:李宪瑜)

扩展阅读:

1. 张爱玲:《金锁记》《花凋》《留情》。
2. 傅雷(迅雨):《论张爱玲的小说》。
3. 张爱玲:《自己的文章》《忆胡适之》《谈看书》。

“丰富的痛苦”与诗绪

——穆旦诗导读

无论是 1940 年代，还是从中国现代诗歌的整个历程来看，穆旦(1918—1977)都是一位独异的值得反复研读的诗人。穆旦原名查良铮，曾用笔名梁真，祖籍浙江海宁，出生于天津；1940 年从西南联大外文系毕业后留校任教，1942 年 2 月投笔从戎，以助教身份参加中国入缅远征军；1949 年赴美进入芝加哥大学英国文学系学习，1952 年获文学硕士学位；1953 年回国后，任南开大学外文系副教授，1958 年受到政治迫害调到图书馆工作，1977 年因心脏病突发辞世。穆旦于 1940 年代出版了《探险队》《穆旦诗集(1939—1945)》《旗》三部诗集；1950 年代回国后主要从事诗歌翻译，译著有《青铜骑士》(普希金)、《普希金抒情诗集》《雪莱抒情诗选》、《唐璜》(拜伦)、《拜伦诗选》《布莱克诗选》《济慈诗选》等。

穆旦的诗歌中包蕴着众多彼此异质的元素：极端的现代体验与深厚的现实关怀相纠结，富于理性的自我内省与具有爆发力的情感扩张相叠合，犀利的历史意识与无限的质疑和探询相渗透，错杂的主题意向与高度的形式感相调协；此外，希望与绝望、赞美与控诉、光明与黑暗、创造与毁灭、完成与未知——仿佛无数矛盾交织在一起，这形成了穆旦诗歌中无所不在的张力。正如与穆旦同代的诗人王佐良所概括的：“穆旦的真正的谜却是：他一方面最善于表达中国知识分子的受折磨而又折磨人的心情，另一方面他的最好的品质却全然是非中国的。在别的中国诗人是模糊而像羽毛样轻的地方，他确实，而且几乎是拍着桌子说话。在普遍的单薄之中，他的组织和联想的丰富有点近乎冒犯别人了。”①这似乎是一种悖论，

① 王佐良：《一个中国新诗人》，王圣思选编《“九叶诗人”评论资料选》，上海：华东师范大学出版社 1996 年版，第 311 页。

但恰好能够反映穆旦诗歌的异质性和创造性。

一、在历史与个人之间

在穆旦早年的人生中,有两个经历对于理解穆旦的性格和诗歌十分重要:一是他20岁那年与西南联大二百余名师生从长沙徒步至昆明,他在途中写下了《三千里步行》组诗,其中写道:"多少年来都澎湃着丰盛收获的原野呵,/如今是你,展开了同样的诱惑的图案/等待着我们的野力来翻滚"①;一是1942年他参加中国入缅远征军后,同年5—9月亲历滇缅大撤退,经历了震惊中外的野人山战役。生命中的这些罕见的体验绝不是可有可无的:

> 那是一九四二年的缅甸撤退。他从事自杀性的殿后战。……不知多少天,他给死去战友的直瞪的眼睛追赶着。在热带的豪雨里,他的腿肿了。疲倦得从来没有想到人能够这样疲倦,放逐在时间——几乎还在空间——之外,阿萨密的森林的阴暗和寂静一天比一天沉重了,更不能支持了,带着一种致命性的痢疾,让蚂蝗和大得可怕的蚊子咬着,而在这一切之上,是叫人发疯的饥饿。但是这个廿三岁的年青人结果是拖了他的身体到达印度……②

这段被赋予了传奇色彩的惊心动魄的经历,不仅锻造了穆旦的心智而使之坚韧,而且使得他的诗歌写作无时无刻不牵涉着个体的切肤感受,即从本己身体的感觉出发。这大概也可用于解释穆旦诗里频频出现"受难的形象"的原因。然而,穆旦从这一切中并没有产生"虚假的英雄主义"和炫耀式倾诉的冲动,而是将它们隐忍下来,变成某种更为内在的精神滋养:

> 在阴暗的树下,在急流的水边,
> 逝去的六月和七月,在无人的山间,

---

① 穆旦:《原野上走路——三千里步行之二》,李方编《穆旦诗全集》,北京:中国文学出版社1996年版,第84页。

② 王佐良:《一个中国新诗人》,王圣思选编《"九叶诗人"评论资料选》,第307—308页。

你们的身体还挣扎着想要回返，
而无名的野花已在头上开满。

那刻骨的饥饿，那山洪的冲击，
那毒虫的啮咬和痛楚的夜晚，
你们受不了要向人讲述，
如今却是欣欣的树木把一切遗忘。

过去的是你们对死的抗争，
你们死去为了要活的人们的生存，
那白热的纷争还没有停止，
你们却在森林的周期内，不再听闻。

静静的，在那被遗忘的山坡上，
还下着密雨，还吹着细风，
没有人知道历史曾在此走过，
留下了英灵化入树干而滋生。①

毫无疑问，穆旦的诗歌源自他的独特生命体验，同时深深植根于1940年代的历史语境。一方面是个人意志向历史、时代的强力突入而激起的热忱欢呼："我们这时代现在正开放了美好的精神的花朵……无论是走在大街、田野、或者小镇上，我们不都会听到了群众的洪大的欢唱么？这正是我们的时代"②，"突进！因为我看见一片新绿从大地的旧根里熊熊燃烧，/我要赶到车站搭一九四〇年的车开向最炽热的熔炉里"③；另一方面是在现实的强大挤压下个体产生的孤独感和"被围困"感："我们已是被围的一群，/我们消失，乃有一片'无人地带'"④，"我们做什么？我们

---

① 穆旦：《森林之魅——祭胡康河上的白骨》，李方编《穆旦诗全集》，第213—214页。

② 穆旦：《〈慰劳信集〉——从〈鱼目集〉说起》，香港《大公报·综合》1940年4月28日。

③ 穆旦：《玫瑰之歌》，李方编《穆旦诗全集》，第70页。

④ 穆旦：《被围者》，李方编《穆旦诗全集》，第179页。

做什么？/呵，谁该负责这样的罪行：/一个平凡的人，里面蕴藏着/无数的暗杀，无数的诞生”①。

这就导致了穆旦诗歌的主题朝两个向度展开：一是在对历史、时代的思索与审视中充满强烈的民族意识和苦难意识，如《合唱》《赞美》《活下去》《不幸的人们》《甘地》《他们死去了》《荒村》等；一是通过“丰富的痛苦”的展示和自我的反省来完成对社会现实的批判，如《童年》《从空虚到充实》《潮汐》《控诉》《五月》《裂纹》《时感》《隐现》《世界》等。当然，那些满含忧患与悲愤的“赞美”，也带着属于穆旦自己的特别的音调：

一样的是这悠久的年代的风，
一样的是从这倾圮的屋檐下散开的
无尽的呻吟和寒冷，
它歌唱在一片枯槁的树顶上，
它吹过了荒芜的沼泽，芦苇和虫鸣，
一样的是这飞过的乌鸦的声音。
当我走过，站在路上踟蹰，
我踟蹰着为了多年耻辱的历史
仍在这广大的山河中等待，
等待着，我们无言的痛苦是太多了，
然而一个民族已经起来，
然而一个民族已经起来。②

这样的“赞美”显然有别于同一时期、有着同样主题的“口号”诗，它囊括的感情更为质朴、凝重、深邃，因而也更加沉浑有力。此诗中貌似松散的长句子，在“风”“冷”“鸣”“音”以及“待”“来”等韵字的不经意的勾连下，显得十分紧凑而绵密，滋生了一种悠远、深长的节奏，加上“一样的是”“踟蹰”“等待”等语词复沓引起的音调上的回旋与应答，深沉的诗意也由此生成。

---

① 穆旦：《控诉》，李方编《穆旦诗全集》，第133页。
② 穆旦：《赞美》，李方编《穆旦诗全集》，第136页。

不过,更值得注意的是诗人在表达一个民族"无言的痛苦"时所渗透的个体声音,亦即穆旦作为现代知识分子在历史旋涡中的心灵挣扎与搏求。其间的虚无感、荒诞感、易逝感、幻灭感以及怀疑主义等感受是异常强烈的。既有背负着历史记忆的默默忍耐:"灯下,有谁听见在周身起伏的/那痛苦的,人世的喧声?/被冲积在今夜的隅落里,而我/望着等待我的蔷薇花路,沉默"①;又有在荒芜的社会现实面前的内心焦灼与良知拷问:"我们希望我们能有一个希望,/然后再受辱,痛苦,挣扎,死亡,/因为在我们明亮的血里奔流着勇敢,/可是在勇敢的中心:茫然。//……//当多年的苦难以沉默的死结束,/我们期望的只是一句诺言,/然而只有虚空,我们才知道我们仍旧不过是/幸福到来前的人类的祖先,//还要在无名的黑暗里开辟新点,/而在这起点里却积压着多年的耻辱:/冷刺着死人的骨头,就要毁灭我们一生,/我们只希望有一个希望当做报复"②;还有处于永恒的生命诱惑中的迷惘与空幻:"然而暂刻就是诱惑,从无到有,/一个没有年岁的人站入青春的影子,/重新发现自己,在毁灭的火焰之中"③。

这些诗句中的"痛苦""沉默""受辱""挣扎""茫然""黑暗""报复""毁灭"等语词十分醒目,它们相互缠绕与冲突,给人以阅读上的紧张之感。《从空虚到充实》在表现个体的虚无感和无所归依方面颇具代表性,它采用内心独白的方式,以一个个场景片段的组接,展示了在时代洪流中颠沛流离的知识分子的心路历程:"一个更紧的死亡追在后头,/因为我听见了洪水,随着巨风,/从远而近,在我们的心里拍打,/吞噬着古旧的血液和骨肉!"④正是这种噬心的紧迫感,促使穆旦深刻地写出了"中国知识分子的受折磨而又折磨人的心情"。

二、现代性自我的"分裂"

而最能体现穆旦关于生存之变动不居和易逝性的思考与他的怀疑主

① 穆旦:《童年》,李方编《穆旦诗全集》,第59页。
② 穆旦:《时感》,李方编《穆旦诗全集》,第222页。
③ 穆旦:《三十诞辰有感》,李方编《穆旦诗全集》,第227页。
④ 穆旦:《从空虚到充实》,李方编《穆旦诗全集》,第57页。

义的,便是那组"将肉体与形而上的玄思混合"[1]的《诗八首》[2]。

虽然人们一般认为这组诗有一条完整的"爱情"过程的线索,但它们显然不是一组普通的爱情诗,其主题实则涵盖了爱情、信仰、自我、人生、宇宙等诸多方面,爱情也许仅是诗人对这些命题展开形而上思辨的"框架"或引子。譬如,第一首中的"从这自然底蜕变底程序里,/我却爱了一个暂时的你",这既是一种爱的情景的表白,更是墨西哥诗人 O. 帕斯(Paz)所总结的"爱情的中心矛盾",即"它的悲剧性关系":"我们同时爱一个会死亡的身体,一个受时间及其偶然性控制的身体,以及一个不朽的灵魂"[3];"一个暂时的你"包含了对永恒、持久的不信任,也显示了对某种"自然法则"的不屑("那只是上帝玩弄他自己")。在第二首中,"在无数的可能里一个变形的生命/永远不能完成他自己"与"不断地他添来另外的你我",表明了自我的残缺和变幻多端(第五首也提到了"变更"),充满着种种或然性;"我们成长,在死底子宫里"再次提出了对"成长"法则的否定,隐隐透出宿命的悲哀。第三首的爱情意味较为明显,但其中夹杂了"大理石的理智殿堂",缠绵、如火的激情被置于理性的天平上得到重估。及至第四首,对未知的期待与忧惧占据了诗人形而上玄思的核心,从而将这组诗的主题引向深入:

> 静静地,我们拥抱在
> 用语言所能照明的世界里,
> 而那未成形的黑暗是可怕的,
> 那可能和不可能的使我们沉迷。

在此,已知的只是"用语言所能照明的世界",而包含世界秘密的"子宫"依旧处于闭锁的状态,并未完全向言说者敞开,因为"那未成形的黑暗是可怕的"。正如穆旦《我歌颂肉体》所表述的,"肉体是我们已经得到的,

---

① 王佐良:《一个中国新诗人》,王圣思选编《"九叶诗人"评论资料选》,第 311 页。

② 穆旦:《诗八首》,李方编《穆旦诗全集》,第 146—149 页。

③ 〔墨西哥〕奥克塔维奥·帕斯:《双重火焰——爱与欲》,蒋显璟、真漫亚译,北京:东方出版社 1998 年版,第 111 页。

这里。/这里是黑暗的憩息”,“它的秘密还远在我们所有的语言之外”①,凝结在身体内部的隐秘的“核”始终是未知的;面对爱情过程中灵与肉的缠绕,穆旦显示的更多是一种怀疑、不确定的态度。第六首以“相同和相同溶为倦怠,/在差别间又凝固着陌生”为基调,将自我的分裂完全展示了出来:“他存在,听从我底指使,/他保护,而把我留在孤独里,/他底痛苦是不断的寻求/你底秩序,求得了又必须背离。”这里的“他”正是由“我”分裂的另一个“我”(“我制造自己”),表明自我正处于“不断的寻求”“求得了又必须背离”的矛盾之中。

值得寻味的是《诗八首》中“我”“你”“他”诸人称的巧妙运用,“我”裂变为“他”体现了自我的内在分裂,“上帝”的概念也是为了映现“我”的处境而引入的②。自我的破碎、困顿与短暂是这组诗的潜在主题之一,同时也是贯穿穆旦诗歌的中心议题之一。这种“残缺”的自我观与中国早期现代诗歌中的自我意识(如郭沫若狂飙突进的自我和徐志摩感伤哀怨的自我)区别开来。在一首题为《我》的诗篇中,“我”已经隐匿无踪:

> 从子宫割裂,失去了温暖,
> 是残缺的部分渴望着救援,
> 永远是自己,锁在荒野里,
>
> 从静止的梦离开了群体,
> 痛感到时流,没有什么抓住,
> 不断的回忆带不回自己,
>
> …………③

---

① 穆旦:《我歌颂肉体》,李方编《穆旦诗全集》,第256页。

② 王佐良认为:“穆旦对于中国新写作的最大贡献……还是在他的创造了一个上帝。他自然并不为任何普通的宗教或教会而打神学上的仗,但诗人的皮肉和精神有着那样的一种饥饿,以至喊叫着要求一点人身以外的东西来支持和安慰。”王佐良:《一个中国新诗人》,王圣思选编《“九叶诗人”评论资料选》,第312页。

③ 穆旦:《我》,李方编《穆旦诗全集》,第86页。

全诗没有一个“我”出现,却处处闪现着“我”的情状。穆旦“省略了这个文法上的主词,一开始就强调了个体的被动性和易感性。诗中的‘我’是残缺的、孤立的,这是时间也是空间的隔绝,既没法溶入历史的整体,也没法汇入群众之中”①。

穆旦诗歌中将“我”以不同的面目呈现、通过不同的方式予以处置,为个体提供了进行自我反省的机缘。《防空洞里的抒情诗》的人称设置同样十分典型,其末节写道:“当人们回到家里,弹去青草和泥土,/从他们头上所编织的大网里,/我是独自走上了被炸毁的楼,/而发见我自己死在那儿/僵硬的,满脸上是欢笑,眼泪,和叹息。”②“我”被分割为不同声音、姿势的碎片。

三、“用身体思想”

从本己身体的感觉出发,不仅在主题上而且在形体上强化了穆旦的诗歌。他的那首《我歌颂肉体》写道:“我歌颂肉体:因为它是大树的根,/摇吧,缤纷的树叶,这里是你坚固的根基。”③事实上,沉浑的“肉感”(Sensuality)是穆旦诗歌所具有的显著特征,很多诗篇的词句间总是带着一层滞涩与凝重的色调。

在一首较早的诗作里,穆旦诗歌中的语词似乎因跃起的野兽的肉体而获得了饱满的力量:

黑夜里叫出了野性的呼喊,
是谁,谁噬咬它受了创伤?
在坚实的肉里那些深深的
血的沟渠,血的沟渠灌溉了
翻白的花,在青铜样的皮上!

---

① 梁秉钧:《穆旦与现代的“我”》,杜运燮等编《一个民族已经起来:怀念诗人、翻译家穆旦》,南京:江苏人民出版社1987年版,第49—50页。

② 穆旦:《防空洞里的抒情诗》,李方编《穆旦诗全集》,第50页。

③ 穆旦:《我歌颂肉体》,李方编《穆旦诗全集》,第256页。

是多大的奇迹，从紫色的血泊中
它抖身，它站立，它跃起，
风在鞭挞它痛楚的喘息。①

这“野性的呼喊”展现了闻一多所呼唤的一个民族的“蛮性”：“我们文明得太久了……如今是千载一时的机会，给我们试验自己血中是否还有着那只狰狞的动物……”②诗中野兽的纵身一跃，也被诗人唐湜准确地概括为生命的“投掷”，散发“强烈的灼人的浪漫的气质”：“在这吉诃德式的投掷过程里，全身筋肉震颤着，自觉的精神使他们习惯地把灵魂与肉体划分开来，而他们自觉的意图却又是重合二者，像约翰·邓(John Donne)那样用‘身体的感官去思想’，回到希腊人灵肉浑然一致的境界，用全生命的重量与力量向人生投掷。这是一种生命的肉搏，是在自觉的睿智照耀下筋肉与思想的一致表现。”③

穆旦的这首诗，显出鲜明的“用身体思想”④的特征。不过，在这里，“用身体思想”并不是简单地指明身体与思想的“溶合”，而是表明了二者在语词中相互交融、相互渗透的过程与结果：通过肉体的“震颤”和跃动，无形的思想变得厚沉而有力度，抽象的表达变得具体可感；肉体改变了语词的质地、色泽，使之变得结实、细密、立体而丰盈，并获得了感性的、可触摸的质感。这种化无形为有形、于感性中渗透思想的写法，构成穆旦诗歌的一个显著特色。诗中大量充满“肉感”的语词表明，“穆旦的语言只能是诗人界临疯狂边缘的强烈的痛苦、热情的化身。它扭曲、多节，内涵几

---

① 穆旦：《野兽》，李方编《穆旦诗全集》，第35页。

② 见闻一多为刘兆吉编的《西南采风录》所写“序”，北京：商务印书馆2000年影印版，第3页。

③ 唐湜：《搏求者穆旦》，《新意度集》，北京：生活·读书·新知三联书店1990年版，第89页。

④ 王佐良指出：“他总给人那么一点肉体的感觉，这感觉之所以存在是因为他不仅用头脑思想，他还‘用身体思想’。”王佐良：《一个中国新诗人》，王圣思选编《“九叶诗人”评论资料选》，第310页。

乎要突破文字，满载到几乎超载，然而这正是艺术的协调”[1]。即使那已经被写得滥俗的“春”，在穆旦的笔下也焕然一新：

绿色的火焰在草上摇曳，
他渴求着拥抱你，花朵。
反抗着土地，花朵伸出来，
当暖风吹来烦恼，或者欢乐。
如果你是醒了，推开窗子，
看这满园的欲望多么美丽。

蓝天下，为永远的谜迷惑着的
是我们二十岁的紧闭的肉体，
一如那泥土做成的鸟的歌，
你们被点燃，卷曲又卷曲，无处归依。
呵，光，影，声，色，都已经赤裸，
痛苦着，等待伸入新的组合。[2]

这是一首典型的充满“肉感”的诗。诗的第一节表面上写春天的景致，但重点其实在于对春天的感觉：首句“绿色的火焰在草上摇曳”是以动写静，以一种强烈的视觉感受和饱满的色块，呈现了春草的蓬勃生命力、“火焰”状“绿色”之盛与逼人眼目，“摇曳”则写出了“绿色”的活力；随后，“他渴求着拥抱你，花朵”中的“渴求”“拥抱”，准确地勾画了草与花的关系；紧接着的花朵“反抗”土地、从地里“伸”出来，则将花朵顽强生长、挣扎的具有动感的形态，生动地展示了出来。此三行通过对草、花、土地的描绘，展现了一派生机盎然的春色。接下来笔锋忽然一转，写到了春天的“暖风”。“暖风吹来烦恼，或者欢乐”，大概吹醒了屋子里的人（这里的“你”并没有具体所指），他推开窗子，看到了满园夺目的春景。最末一

① 郑敏：《诗人与矛盾》，杜运燮等编《一个民族已经起来：怀念诗人、翻译家穆旦》，第33页。

② 穆旦：《春》，李方编《穆旦诗全集》，第145页。

行连续用了“满园的欲望”和“美丽”两个抽象的词语,写浓浓的春意和琳琅满目的春景,以抽象彰显具象,再次突出了前面描绘的此起彼伏地涌来的春色。与此相承接,诗的第二节表现生命的春天:在春的气息的催发下,青春正“为永远的谜迷惑着”。“紧闭的肉体”突兀地显示了青春期独有的特征,肉体被禁锢而得不到施展,与后面“卷曲又卷曲”相呼应。相比之下,“泥土做成的鸟的歌”更形象,一种为沉重感所牵制的轻盈和飞翔的渴望,一种“被点燃”“却无处归依”的无奈、焦虑和迷惘——这些复杂的意绪被准确地传达出来。“泥土做成的鸟的歌”巧妙地展示了“歌”所负载的双重力量(轻盈与浑沉)。在此,“紧闭的肉体”与青春期蓬勃的活力、“泥土”的滞重与“鸟的歌”的轻盈以及“点燃”与“无处归依”等均构成了矛盾,这无疑增强了诗句的张力与密度,拓展了阅读的想象空间。这就是袁可嘉所说的:“敏锐的知觉和玄学的思维,色彩和光影的交错,语言的清新,意象的奇特,特别是这一切的融合无间。”①

穆旦诗歌充满“肉感”的语言,体现了中国现代诗歌语言的趋于成熟。正如有论者总结的:“穆旦的诗歌全面清除了那些古色古香的诗歌语汇,换之以充满现代生活气息的现代语言……它们就是普普通通的口耳相传的日常用语,正是这些日常用语为我们编织起了一处处崭新的现代生活场景,迅捷而有效地捕捉了生存变迁的真切感受”;穆旦“充分利用了口语的鲜活与散文化的清晰明白,但却没有像三四十年代的革命诗人那样口语至上,以至诗歌变成了通俗的民歌民谣或标语口号,散文化也散漫到放纵,失却了必要的精神凝聚”。因此,穆旦的诗歌为现代汉语的书面语表达注入了新的“活力”:“大量抽象的书面语汇涌动在穆旦的诗歌文本中,连词、介词、副词,修饰与被修饰,限定与被限定,虚记号的广泛使用连同词汇意义的抽象化一起,将我们带入一重思辨的空间,从而真正地显示了属于现代汉语的书面语的诗学力量。”②无疑,穆旦诗歌的极具活力的语言,对于处在生成中的现代汉语来说是一种补充、完善和重构的力量。

---

① 袁可嘉:《诗人穆旦的位置》,杜运燮等编《一个民族已经起来:怀念诗人、翻译家穆旦》,第15页。

② 李怡:《论穆旦与中国新诗的现代特征》,《文学评论》1997年第5期。

四、“反讽”及其他

与那些尖利的思辨主题、“肉感”的语言形体相宜，穆旦的诗歌发展了一种富于独创性的现代诗艺——“反讽”。《从空虚到充实》《还原作用》《蛇的诱惑》《华参先生的疲倦》《城市的舞》《时感》等诗篇中的反讽意味格外浓郁：如“只有你是我的弟兄，我的朋友，/多久了，我们曾经沿着无形的墙/一块走路。暗暗地，温柔地，/（为了生活也为了幸福，）/再让我们交换冷笑，阴谋和残酷”[①]的理性的对比与错位，“污泥里的猪梦见生了翅膀，/从天降生的渴望着飞扬，/当他醒来时悲痛地呼喊”[②]的滑稽可笑，“去年我们活在寒冷的一串零上，/今年在零零零零零的下面我们汗喘，/像是撑着一只破了底的船，我们/从漏水的去年驶向今年的深渊”[③]的自我嘲弄与冷幽默，以及“那里是眼泪和微笑：工程师、企业家和钢铁水泥的文明/一手展开至高的愿望，我们以渺小、匆忙、挣扎来服从/许多重要而完备的欺骗，和高楼指挥的‘动’的帝国”[④]的讥讽，等等。这些“反讽”往往通过戏剧性场景的设置而得以完成，多种异质的场景和意绪交错在一起，因强烈的反差而显出富有机趣的鞭挞色彩。

而《五月》这首诗，戏谑地把自拟的旧体诗词穿插在极具现代感的诗句之中，将反讽的效果推向了极致：

五月里来菜花香

布谷流连催人忙

万物滋长天明媚

浪子远游思家乡

勃朗宁，毛瑟，三号式手提，

---

① 穆旦：《从空虚到充实》，李方编《穆旦诗全集》，第55页。

② 穆旦：《还原作用》，李方编《穆旦诗全集》，第85页。

③ 穆旦：《时感》，李方编《穆旦诗全集》，第221页。

④ 穆旦：《城市的舞》，李方编《穆旦诗全集》，第263页。

或是爆进人肉去的左轮，
它们能给我绝望后的快乐，
对着漆黑的枪口，你就会看见
从历史的扭转的弹道里，
我是得到了二次的诞生。[1]

这种新旧并置确乎具有王佐良所说的"一种猝然，一种剃刀片似的锋利"[2]。此诗的主体部分（基本句式）是一些伸缩自如的长短句，那些旧体诗句只是相间其中，如此安排形成了诗歌文本的一种"结构性反讽"，它以这一突兀方式强调了诗人所感受到的生存焦虑。显然，句式与主题之间的张力增强了诗歌语言的力度。"反讽"成为穆旦诗歌中不可或缺的一个元素，它调节着穆旦众多诗篇的语感、结构与意旨的流向。

另一方面，《五月》提供了一个绝佳的样本，令人猜测穆旦似乎有意借助于这种特别的句式排列，来表明自己的某种诗学态度，那就是对陈旧诗意的断然排斥。这引出了一个颇具争议的话题：穆旦诗歌与中国古典诗学的关系究竟如何？不仅在穆旦这里，而且在中国现当代诗歌史上，这个话题都值得深入而严肃地讨论。令人关注的是，穆旦曾经在不同场合下，明确表示了对于古典诗词的拒绝。例如《玫瑰之歌》一诗就透露了个中消息："我长大在古诗词的山水里，我们的太阳也是太古老了"[3]。穆旦晚年给诗人杜运燮写信说："总的说来，我写的东西自己觉得不够满意，即传统的诗意很少。这在自己心中有时产生了怀疑。有时觉得抽象而枯燥；有时又觉得这正是我所要的：要排除传统的陈词滥调和模糊不清的浪漫诗意，给诗以 hard and clear front（大意是：严肃而清晰的形象感觉——原注）。"[4]此外，他在给一位青年诗友的信里，称自己的《还原作用》"是一种冲破旧套的新表现方式"，"其中没有'风花雪月'不用陈旧的形象或浪漫而模糊的意境来写它，而是用了'非诗意的'辞句写成诗。这种诗的

① 穆旦：《五月》，李方编《穆旦诗全集》，第 87 页。

② 王佐良：《一个中国新诗人》，王圣思选编《"九叶诗人"评论资料选》，第 311 页。

③ 穆旦：《玫瑰之歌》，李方编《穆旦诗全集》，第 70 页。

④ 杜运燮：《穆旦诗选·后记》，《穆旦诗选》，北京：人民文学出版社 1986 年版，第 151 页。

难处,就是它没有现成的材料使用,每一首诗的思想,都得作者去现找一种形象来表达;这样表达出的思想,比较新鲜而刺人”。[1]

这些,无疑都显示出一种可贵的“探险”精神,与穆旦对古典的背离似乎是相辅相成的。杜运燮说过,“他(穆旦)在写诗方面的‘探险’精神是坚强有韧性的”[2]——确实如此!也正由于此,我们应该辩证地看待穆旦对于古典诗词和态度,以及由此引发讨论的新诗与旧诗之间的复杂关系。

(撰文:张桃洲)

扩展阅读:

1. 《穆旦诗文集(增订版)》,北京:人民文学出版社 2014 年版。
2. 杜运燮等编:《一个民族已经起来:怀念诗人、翻译家穆旦》。
3. 杜运燮等编:《丰富和丰富的痛苦——穆旦逝世 20 周年纪念文集》,北京:北京师范大学出版社 1998 年版。
4. 易彬:《穆旦年谱》,北京:中国社会科学出版社 2010 年版。

---

① 穆旦:《致郭保卫的信(四)》,曹元勇编《蛇的诱惑》,珠海:珠海出版社 1997 年版,第 229 页。

② 杜运燮:《穆旦诗选·后记》,《穆旦诗选》,第 148 页。

不止于武侠

——金庸《鹿鼎记》导读

《鹿鼎记》是金庸(原名查良镛)所创作的最后一部武侠小说,于1969年开始在香港《明报》上连载,至1972年连载结束。如今内地读者所熟知的"三联版"《金庸作品集》是作者自1970年代至1980年代初修订后的版本,其中《鹿鼎记》这部小说是改动较少的,几乎保持了所有的结构、情节逻辑和人物性格。该小说以清朝康熙继位时期为背景,书写了扬州底层少年韦小宝误入皇宫与康熙结识,在权力斗争与江湖情仇中辗转腾挪的故事。

此前,金庸已经凭借其卓越的文笔、学识和想象力连续写出了十余部武侠小说,并因其作品中对人性的挖掘、对历史的探究和对传统模式的不断突破,改变了武侠小说在人们心中的面貌,由此成为新派武侠小说最为著名的作家。以《书剑恩仇录》为起点,到"射雕三部曲"所获得的巨大成功,再到《笑傲江湖》《天龙八部》等中后期作品,金庸不仅拓展了武侠小说的表现力和影响力,其塑造的诸多英雄形象及"侠义"精神也在文化层面产生了重要的影响。但在金庸的最后一部武侠小说中,读者却发现,此前所熟知的形式性元素被颠覆了,"反英雄"甚至"反武侠"的人物形象及其精神在《鹿鼎记》这部长篇之中被呈现出来,让人觉得这甚至不太像一部"武侠"小说。

但也正是这部《鹿鼎记》,给武侠世界提供了更多的可能性,如作者在小说后记中所言,"《鹿鼎记》和我以前的武侠小说完全不同,那是故意的",他甚至声言这部书"毋宁说是历史小说"。① ——其在已有的成功基

① 金庸:《后记》,《鹿鼎记》第5卷,北京:生活·读书·新知三联书店1999年版,第2005页。

础之上,所作的那些颠覆性的尝试,是完全自觉的。而在不断的阅读与接受中,研究界也逐渐给予了《鹿鼎记》更高的评价,将其视为金庸武侠小说中最具艺术价值的作品。可以说,在这部作品里,金庸对历史和国族的思考、对典型人物的塑造、对不同阶层不同人群的描绘等,都标示着新派武侠小说创作的高峰。

一、历史图景如何展开:以康熙为核心

武侠小说就其叙述动力来说,本身具有向"成长题材"小说偏移的可能性,通过主人公不断地习得更高深的武功,提升自身能力,打败更强的对手等,来彰显一次虚拟世界的"成长",使读者获得情绪上的认同感和愉悦感。在金庸这里,虽然也有《越女剑》《雪山飞狐》等例外,但总体来看,其武侠小说大多都会书写主人公在能力上的成长。然而需要注意的是,这种个体能力的成长一般并不构成金庸小说的核心矛盾冲突,主人公通常也并不以变得更强为最终的目标——那通常是欧阳锋、东方不败、鸠摩智等负面人物所追寻的。金庸小说的独特之处,在于将虚构的武林世界糅合进真实的具体历史,并且在人物的成长过程中构筑了"习得更高深的武功"或解决江湖恩怨这些层面之外的矛盾和叙事推动力,其中最典型的两类矛盾则是:国族与权力。

如陈平原所说:"金庸小说的背景,大都是易代之际……金庸小说中的'易代',往往纠合着激烈的民族矛盾,而这,正是其驰骋学识与才情的大好疆场。"①金庸小说中的人物往往是"被迫"卷入历史的变换,在民族的激烈矛盾之中展现江湖世界的"狭义"精神。这种对武侠精神的塑造,也是金庸本人特别在意的:"现代比较认真的武侠小说,更加重视正义、气节、舍己为人、锄强扶弱、民族精神、中国传统的伦理观念。"②如果适逢"易代"之际,武林中的正派人士更会在"激烈的民族矛盾"中表现出自己

---

① 陈平原:《超越"雅俗"——金庸的成功及武侠小说的出路》,《当代作家评论》1998年第5期。

② 金庸:《金庸作品集"三联版"序》,《鹿鼎记》第1卷,第3页。

的气节，无论是郭靖、黄蓉之守城身死，还是乔峰（萧峰）的雁门关外自尽，都是其典型体现。

《鹿鼎记》涉及的核心矛盾冲突之一即是国族，且这矛盾极端地聚集到了作为统治者的康熙身上。身为满族人，少年康熙继承的是一个刚入主中原不久的封建王朝，意图"反清复明"的汉族武林人士一直想要刺杀他——这就将宫廷及江湖两个世界联系了起来。而在面对国族问题之时，康熙还需要确立自己的统治权威，剿灭鳌拜、吴三桂、台湾郑氏等诸多势力等，这又涉及另外一个核心矛盾冲突：权力。《鹿鼎记》的书名本身就是对至高权力的暗示，小说开篇即借名士吕留良之口对"人为鼎镬，我为麋鹿"进行阐释，后引申到"问鼎""逐鹿"二词，说道："原来的出典，是专指做皇帝而言。"[①]可以说，这部小说是围绕康熙如何"做皇帝"展开的，武林江湖与之息息相关，参与构成了国族和权力的冲突。从叙述结构来看，这部小说则包括两个主人公：一个自然是韦小宝——小说叙述视角几乎一直跟随着他，另一个则是康熙——他是小说中矛盾推动力的来源和历史叙述展开的核心。

以武功并不如何高强的康熙作为武侠小说的主人公之一，是十分大胆的尝试，何况另一位主人公的武功似乎更加不堪。但恰如金庸的好友倪匡所言：

> 康熙不是侠士，但在金庸笔下，他却是个"为民造福、爱护百姓"的人，切合郭靖所订立的"英雄"定义。
>
> 正如乔峰、郭靖、陈家洛等侠士英雄，康熙也有他的使命，就是治国安民的使命。他并非以武功完成使命，而是运用才智、权术、驾驭人的手法。他任用小人，用卑鄙的秘密情报员，显然并不如典型侠士英雄那样决绝地坚持道德完美主义，但他们不能完成救国使命，至多能像郭靖那样，做到杀身成仁，而康熙却能做到他治国安民的使命。[②]

---

① 金庸：《鹿鼎记》第1卷，第6—7页。

② 倪匡：《金庸笔下的男女》，长春：时代文艺出版社1999年版，第143页。

康熙在小说中的形象是正面的,是很多人心目中的“明君”,尽管对执着于“反清复明”的人来说,他终究是个异族统治者。同时,正因为康熙的使命是“治国安民”,作为其手下的韦小宝(另一位主人公)这一人物形象才得以被更丰满地塑造,不仅显得不那么可厌,甚至还时常让人喜爱。

韦小宝可以说就是康熙任用的一个“小人”,也即是说,韦小宝作为武侠小说的主人公之一,是紧紧依附于权力并在其中获利的,这在金庸的武侠世界中很不寻常。从《书剑恩仇录》开始,更偏向民间的江湖世界就和政治上的权力机构有着诸多的纠葛,而主人公经常是站在权力拥有者的对立面的,这种对立有时以国族矛盾为核心背景,有时则体现为“侠”之精神对世俗的超越。“侠之大者,为国为民”的郭靖拒绝了异族驸马的身份,在面对蒙古侵略时则以布衣身份统领襄阳守备,未受朝廷任命;张无忌在获得盖世武功后当上明教教主,甚至曾统领过朱元璋等人,最终却在江湖纷争平息之后退隐;《笑傲江湖》更是构成了对权力欲望最大的讽刺,岳不群、左冷禅、任我行、东方不败等诸多人物为了权力与名声、为了“千秋万载,一统江湖”而纷争倾轧,最终变得可笑、可悲。在金庸的小说中,权力的拥有者和依附者多数都是负面人物,“侠”的精神似乎与世俗权力格格不入,特别是在对主人公的塑造上,即便是《天龙八部》里生为大理世子、本身并非典型侠士形象的段誉,在叙述中也要突出其对宫廷权力的无甚兴趣。

《鹿鼎记》的主人公形象则大不相同。其叙述是跟随者韦小宝这个人物来展开的,但他几乎没有对国族矛盾的深入判断,更没有诸如“侠之大者,为国为民”的光辉人格,他的所作所为其实很多都在为皇权、为另一位主人公康熙服务。也即是说,尽管韦小宝本人可能对权力并没有什么兴趣,但他的行为却与权力纷争息息相关:他是皇权统治的一个具体执行道具,同时因为并没有主动参与权力斗争的意愿(也不会因此做什么大恶),故显得不似岳不群等那般令人生厌。韦小宝曾总结过自己为康熙所做的“七件大事”:“杀鳌拜是第一件,救老皇爷是第二件,五台山挡在皇上身前相救驾是第三件,救太后是第四件,第五件大事是联络蒙古、西藏,第六件破神龙教,第七件捉吴应熊,第八件举荐张勇、赵良栋他们破吴三桂,第九件攻克雅克萨……太多了,太多了,小事不算,大事刚好七件,不多不少。”[①]整部《鹿鼎记》的情节推进都与这“七件大事”的交替发生相关,这七件大事巩固了康熙的统治,韦小宝则是具体事件的参与者和执行者。这些事件的发生与韦小宝个人的奇遇纠缠在一起,造就了一个完整且细密的叙述结构。自韦小宝入宫之后,在擒鳌拜、斗假太后等宫廷斗争的同时,就引出了天地会、沐王府、神龙岛等势力,此后上五台山遇到九难师徒,赴云南时他更直接带上天地会和神龙教中人……似乎每一件与皇权相关的“大事”都可能被牵扯进江湖世界,而韦小宝则是被皇权和江湖不断推进新的历险,在多方势力中不断游走。这种写法比之《射雕英雄传》中郭靖、黄蓉游山玩水(两人处在无目的状态)偶遇洪七公,《神雕侠侣》中杨过(无目的状态)偶然发现独孤求败剑冢,《天龙八部》中乔峰在东北(无目的状态)偶遇完颜阿骨打和耶律洪基等,在结构上要更加完整,类似于《水浒传》中晁盖之死到宋江当上山寨之主,诸多事件嵌套,又几乎随时都能感受到事件及主人公行为背后的必然性和目的性。在《鹿鼎记》中,这目的性主要就来源于康熙,来源于对其真实历史的复述和改写,来源于他巩固皇权的需要和“治国安民”的使命。

当康熙终于巩固了自己的统治,平定各方动乱,并初步“治国安民”之后,韦小宝作为天地会香主的身份已经彻底暴露。因为韦小宝拒绝再参与“铲除天地会”这一新的“大事”,小说的叙述也行将结束。同时,康熙本人的形象塑造也已经完成,从“小玄子”成长为了一代明君,尽管天下仍有人要“反清复明”。在小说的最后一章中,金庸写道:

> 康熙又叹了一口气,抬起头来,出神半晌,缓缓地道:“我做中国皇帝,虽然说不上尧舜禹汤,可是爱惜百姓,励精图治,明朝的皇帝中,有哪一个比我更加好的?现下三藩已平,台湾已取,罗刹又不敢来犯疆界,从此天下太平,百姓安居乐业。天地会的反贼定要规复朱明,难道百姓在姓朱的皇帝治下,日子会过得比今日好些吗?”[②]

其实,诸如天地会中的李力世等人也曾表达过对康熙的认可,但他们

---

① 金庸:《鹿鼎记》第5卷,第1969页。

② 同上书,第1968页。

始终无法接受异族皇帝的统治，这就形成了一种心态上的矛盾冲突。严家炎曾在论及《鹿鼎记》时指出："小说中反清复明的故事背景，不但没有构成一种相应的思想倾向，反而衬托出康熙的英明有为。"①事实上，《鹿鼎记》中"反清复明"的话语不仅属于天地会等江湖势力，甚至当吴三桂这个汉奸想造反自立时，也打出"反清复明"的口号（这确实符合真实的历史），在康熙形象的映衬之下，构成了十足的反讽。

与韦小宝最后一次见面时，康熙曾说："做皇帝的，人人都自以为是鸟生鱼汤，哪一个是自认桀纣昏君的？何况每个昏君身边，一定有许多歌功颂德的无耻大臣，把昏君都捧成了鸟生鱼汤。"②"鸟生鱼汤"本是韦小宝对"尧舜禹汤"的误读，康熙在自己的话语中时常沿用这种误读，也暗示了他清楚地知道这只是"歌功颂德"，这种"捧"的话语对他来说并不重要。至于韦小宝是不是"无耻大臣"，其实他也并不在乎，因为他究竟不是"昏君"；只要能为"治国安民"的使命贡献价值，即便韦小宝是天地会的"反贼"，他也一样可以委以重任。

幸运的是，韦小宝尽管是个不学无术、见风使舵、满嘴谎话的小混混，却有各种机巧手段，能用自己的方法办成"大事"，甚至还会选拔人才……最重要的是，韦小宝可以完成康熙做不到的事情，可以游走于宫廷、市井、江湖之间，在重大的政治历史之外展开世俗的画卷，而且，他对康熙也算得上"义气"。

二、"无父"的韦小宝

金庸研究者陈墨认为："作为武侠小说，《鹿鼎记》以韦小宝作为主人公是让人匪夷所思的"，因为韦小宝的人格模式是"反武侠人格"，或"反侠"，但作者塑造这个人物，却是"要借此人物来揭示中国文化的某种本质"，"正如鲁迅笔下的阿 Q 是国民性的一种典型，韦小宝是国民性的另

① 严家炎：《金庸小说论稿》，北京：北京大学出版社 1999 年版，第 85 页。

② 金庸：《鹿鼎记》第 5 卷，第 1980 页。

一种典型”。[1] 金庸后来自己也曾解释说:“韦小宝……我想把他写成一个中国人劣根性的典型,受鲁迅先生《阿Q正传》影响大,它写了中国人一个很不好的个性。”[2]且不论金庸此言是否受到了后来研究话语的影响,是否过分强调了《阿Q正传》之于韦小宝形象的作用,不可否认的是,韦小宝这个人物确实塑造得非常成功,属于中国20世纪文学中最典型而又最复杂的形象。一如鲁迅的阿Q是说不尽的,金庸的韦小宝同样也是说不尽的。

韦小宝形象的独特,首先在于他绝非郭靖、乔峰等金庸笔下传统的武侠主人公,甚至是站在那些英雄的对立面的——他既无“武”的本事,又无“侠”的精神,反倒有一身泼皮无赖的技能(刚出场就猛捏一个盐枭的阴囊),且直到最后也没学会什么高深的武功。仅从这个人物的塑造来看,这很像是金庸在传统基础上“反武侠”的尝试,不过《鹿鼎记》中也存在着在其过往小说中就已经塑造过的传统江湖世界,其价值观也有正面的直接展现。韦小宝和传统侠义英雄所构成的差异,则是这部小说最值得探究的一点。

韦小宝之所以能有日后的诸多经历,在于他偶然间踏入了江湖人士的纷争,用江湖人士所不齿的手段救了江湖好汉茅十八。也就在和茅十八的对话中,他与金庸过去的小说主人公身世上的差异第一次显现了出来:

> 那人哈哈大笑,说道:“很好!小朋友,你叫什么名字?”那小孩道:“你问我尊姓大名吗?我叫小宝。”那人笑道:“你大名叫小宝,那么尊姓呢?”那小孩眉头一皱,说道:“我……我尊姓韦。”
>
> 这小孩生于妓院之中,母亲叫做韦春花,父亲是谁,连她母亲也不知道,人人一向都叫他小宝,也从来无人问他姓氏。此刻那人忽然问起,他就将母亲的姓搬了出来。[3]

---

① 陈墨:《孤独之侠——金庸小说论》,上海:上海三联书店1999年版,第202—203页。

② 金庸、白岩松:《访谈:白岩松与金庸对话》,《生活时报》1999年9月16日。

③ 金庸:《鹿鼎记》第1卷,第53页。

韦小宝不知道父亲是谁,甚至“连他母亲也不知道”他父亲是谁,这一“无父”的身份在金庸小说中很是特殊。在金庸其他的长篇作品里,“父亲”乃至身世经常会影响主人公在成长过程中所面对的矛盾冲突,并为其卷入武林世界增添一定的宿命色彩。《射雕英雄传》的主人公宋人郭靖身背杀父之仇,随母亲成长于蒙古大漠,却发现义弟杨康认仇人金国六王爷完颜洪烈作父,由此展开了其在宋、金、蒙之间的传奇经历;《神雕侠侣》中的杨过认定是郭靖、黄蓉二人害死了自己的父亲杨康,在与小龙女的爱情主线外还面临着复仇与国家大义之间的挣扎抉择;张无忌的父母因武林人士觊觎屠龙刀而被逼自尽,《倚天屠龙记》中复杂的纷争就此将他裹挟进去;更不必说《天龙八部》中的乔峰,其生父在雁门关外的遭遇几乎就决定了他此后面临的一切冲突;即便是看起来同样“无父”的令狐冲,也有“华山派大弟子”这一武林世界中的背景身份,何况其师岳不群在《笑傲江湖》的叙述中也部分承担了“父亲”这一形象。从这个角度来看,“无父”的韦小宝几乎断绝了从“复仇”这一母题进入故事的可能,也没有任何身世背景的继承性(其母作为妓女的身份背景无法被他继承),这在金庸的长篇小说中实在是一个异类。

从另一个方面来看,韦小宝的“无父”及姓氏的不确定则与鲁迅笔下的阿Q有一定相通之处。“我并不知道阿Q姓什么”①——从这句话当然并不能推断说阿Q是“无父”的,但在鲁迅构筑了这一叙述之后,阿Q本人在身份上就变得更加抽象化,他可以是任何一个姓氏的传承者,可以被理解为旧社会中国底层农民的一个化身。由于姓氏及身世背景的不确定性,韦小宝同样可以看作一类人的形象化身。他来源于市井底层,具有世俗世界中无赖的脾性,但有趣的是,他在叙述中不断增添着新的身份,从妓院中长大的孩子做到风光一时的鹿鼎公,因此其阶层属性又显得不那么固定。甚至,韦小宝的民族属性也是无法确定的,在小说的结尾之处,其母韦春花暗示汉族人、满族人、蒙古族人、回族人、藏族人等都有可能是其父亲,作为妓女,韦春花只会拒绝接待“外国鬼子”。——这倒成了关于其身份隐喻的解读入口:韦小宝象征的是一类中国人。

---

① 鲁迅:《阿Q正传》,《鲁迅全集》第1卷,第513页。

韦小宝的人物特征包括贪财、好色、爱算计、有阿Q般的精神胜利法、为谋求生存和利益无所不用、重视他从说书人那里听来的“义气”等，这些共同构成了一个完整的人物。在中国自“五四”以来的小说创作中，有近似特征的典型人物并不算少，其中包括农民、底层市民，也包括知识分子、官员，他们的形象也可以被纳入更广泛的批判话语中。但是在这些相对普遍的缺点（和部分优点）之外，韦小宝还有一个重要的人物特征：他属于人际关系上的投机分子，拉拢贿赂各种手段俱全，但在本质上，他对人际关系的认知并不复杂，远比不上政治家。韦小宝既不在乎也不太懂那些关乎立场的大道理，他秉承的是市井小民的逻辑，常常是谁能让自己获利或生存下去，就对谁谄媚，或者是谁对自己好，自己便对谁好——偶尔还对一些人有真实的情感投入，甚至因此同时站在了康熙和天地会这两条相互背离的船上。这种情况，也是和他“无父”的身份、和他缺少关爱的生活相关的。

在偶遇茅十八之后，韦小宝就曾犹豫过是否要出卖对方，领一千两的赏银，最后为了“江湖义气”而放弃，其行为既非出于真正的英雄侠义，也并非单纯地为利益驱使，而是源于一种较简单的人际情感，事实上，他自己可能也不是很明白什么是“江湖义气”。韦小宝与康熙结识并受宠后，索额图为了自己的利益提出和他结拜兄弟，从这一事件正可看出政治家与市井小民之于人际关系的不同判断——“韦小宝虽然机伶，毕竟于朝政官场中这一套半点不懂，只道这个大官当真是喜欢自己，不由暗自得意”①。而对自己最亲近熟悉的康熙，他则会出于朋友义气相助，而非出于“忠君”这一儒家伦理。当九难质问韦小宝为何替康熙挡剑时，韦小宝并不会说出什么大道理，在他心里“只觉康熙是自己世上最亲近之人，就像是亲哥哥一样，无论如何不能让人杀了他”②。

韦小宝其实是缺乏安全感的，他时常需要通过某种契约仪式来确认情感及关系，“他之处事及与人结交，无非是将这种人伦关系推而广之。

---

① 金庸：《鹿鼎记》第1卷，第187页。

② 金庸：《鹿鼎记》第3卷，第951页。

即，无非拜师、结义而已"[①]。韦小宝也会在与人交往的过程中真实地投入情感，来填补"无父"及缺少关爱的童年。他之拜师陈近南，本来对双方而言更像是一种交易契约、一种关系利用，但经过情感的发展，当陈近南身死的时候，韦小宝却如失去父亲一般痛哭出来："他从来没有父亲，内心深处，早已将师父当成了父亲，以弥补这个缺憾，只是自己也不知道而已；此刻师父逝世，心中伤痛便如洪水溃堤，难以抑制，原来自己终究是个没父亲的野孩子。"[②]

韦小宝当然有诸多的缺点，金庸自己就曾在后记中劝告读《鹿鼎记》的小朋友们"韦小宝重视义气，那是好的品德，至于其余的各种行为，千万不要学"[③]。但韦小宝实在算不得"恶人"。他偷奸耍滑，满口脏话，脚踏数条船……可他做不了太大的坏事，他的一切行为都可以追溯到特殊环境中养成的生存本能，他没有政治和权力上的野心，只是一个被命运推进政治赌局的、有些小聪明的"作弊者"。而且幸运的是，他站在了小说中的"明君"一侧。从这个角度来看，他的形象很像是当代市民文化中的"顽主"，以来自民间的机智和机巧参与并解构着宏大的历史。[④]

细究起来，韦小宝的人生理想和根本志向其实再庸俗不过：大富大贵。这一点，从小说第45回他在通吃岛上做的梦可以看出来。在这个梦中，东海龙王派了一头大海龟来接韦小宝，请他去水晶宫赴宴豪赌。韦小宝自然答应，遂在梦中赴宴，赌局上仍然"连连作弊"，赢了金银美女无数，"待得将李逵的两把板斧也赢过来时"，李逵终于忍不住喝骂了韦小宝："贼厮鸟，做人见好就该收了。你赢了人家婆娘，也不打紧，却连老子的吃饭家伙也赢了去，太也没有义气。"随后一拳打向韦小宝，将他打醒了。[⑤]

---

① 陈墨：《孤独之侠——金庸小说论》，第89页。

② 金庸：《鹿鼎记》第5卷，第1753页。

③ 金庸：《后记》，《鹿鼎记》第5卷，第2006页。

④ 有学者曾将韦小宝与王朔笔下的"顽主"形象对比，指出"他们都属于同一类具有解构性的特殊文化形态"。参见姚晓雷《当下市民文化精神的两种演示——王朔与金庸小说中人物形象之比较》，《文学评论》2003年第1期。

⑤ 金庸：《鹿鼎记》第5卷，第1795—1796页。

此时的韦小宝已经是通吃岛上的“一等通吃伯”，现实中可以说是达成了大富大贵这一人生理想，梦中还仍要赢金银、美女、别人“吃饭的家伙”，但输急眼的李逵却给了他一个重要的警示“做人见好就该收了”。这个梦暗示了最终的结局：在小说的最后，韦小宝实已面对着人生中最大的抉择，在康熙与天地会间只能选一边，甚至还有人劝他当皇帝，此时已难以“通吃”，怎么办？

韦小宝的回答是：“老子不干了！”

三、皇宫、妓院、江湖

1981年，刚刚修订完《鹿鼎记》的金庸在当年10月号的《明报月刊》上发表了一篇文章，其中这样说道：

> 韦小宝自小在妓院中长大，妓院是最不讲道德的地方。后来他进了皇宫，皇宫又是最不讲道德的地方。在教养上，他是一个文明社会中的野蛮人。为了谋求生存和取得胜利，对于他是没有什么不可做的，偷抢拐骗，吹牛溜须，什么都干，做这些坏事，做来心安理得之至。吃人部落中的蛮人，决不会以为吃人肉有什么不该。
>
> 韦小宝不识字，孔子与孟子所教导的道德，他从来没有听见过。①

这一段话将妓院与皇宫对比，说它们都是“最不讲道德的地方”，或许有些夸张，但两者也确实有相似之处：需要生存的本能和本领，不管这本领多么龌龊。从小说中的书写来看，出入皇宫的各种人（皇亲国戚、高官大员、宫女太监）为了自身的权力、利益、恩怨等，甚至单纯为了自保，都可以使出各种手段。而在妓院中做一个市井小混混的经历，则为韦小宝之后在皇宫中的生存提供了经验，这种经验首先是心理上的——他并不认为自己做的各种事情、编的各种谎话、耍的各种手段“有什么不该”。

另一方面，韦小宝看待场所、事件、人物的眼光，很多时候都受到他小

---

① 金庸：《韦小宝这小家伙！》，《明报月刊》1981年10月号。

时候市井生活的限制和影响。他一开始就没有把宫廷看得多么高贵,甚至在第一次穿行于皇宫之中、第一次看到那些雕梁画栋之时,心中仍是拿妓院来作对比:“他妈的,这财主真有钱,起这么大的屋子……咱丽春院在扬州,也算得上是数一数二的漂亮大院子了,比这里可又差得远啦。乖乖弄的东,在这里开座院子,嫖客们可有得乐子了。不过这么大的院子里,如果不坐满百来个姑娘,却也不像样。”①

这段心理描写除了从“皇宫”联想到“妓院”之外,还可以看成一个关于人的隐喻类比:出入皇宫的人与出入妓院的“嫖客们”。韦小宝或许是康熙所熟识的第一个市井人物,对于表面上富丽堂皇的宫廷而言,他实在是一个异类。当别的官员都尽力维持着表面的光鲜与高贵、把龌龊藏在官袍之下时,在皇宫里混得风生水起、不断高升的韦小宝却经常可以不讲“孔子与孟子所教导的道德”,可以说出“他妈的”“辣块妈妈”这般脏话。少年康熙之所以能与韦小宝这个市井小混混建立感情,除却比武阶段的快乐记忆,韦小宝在言行上的特征也是一个重要因素——康熙是要顾忌自己的身份的,大多数时候他不能像韦小宝这样骂人,即便他想;也只有和韦小宝单独在一起时,他才能自由地说出平时不能讲的话。换句话说,韦小宝给他提供了一个宣泄的可能。

如金庸所言,韦小宝“是一个文明社会中的野蛮人”,和“文明社会”中的人相比,他是粗俗的,是一个突然闯入的“异物”,在行为和言语上具有一定的不可预知性。去抄鳌拜的家时,索额图曾教韦小宝贪污巨款,这其实是在将他拉入一个“正常”的官场集团,因为此前韦小宝获取利益的方式仍偏向于市井小民,主要是通过赌博作弊等手段。此后,尽管韦小宝通过贪污敲诈等非正义手段获得了大量财富,但他在文化心理上仍是一个市井小民,在生存和利益这两个大原则之下,他仍留有赌徒的个性。在皇宫中获得的成功和在赌桌上的胜利,其实对韦小宝而言是类似的,他甚至不在乎自己是不是以“奴才”的身份获利。简单来讲,出于生存和获利的本能欲望,出于其文化个性,韦小宝的价值观基本上是一种物化的价值观(包括把人“物化”),一切都要有可衡量的现实的价值。

---

① 金庸:《鹿鼎记》第1卷,第110—111页。

在探讨韦小宝的文化个性时，陈墨曾指出要考虑三个因素，其中就包括“他的具体的生存环境”：“如妓院、赌馆、戏场、市井，这对他的人生观、价值观以及具体的生存技能的形成和发展，有着至关重要的影响作用。”其中“妓院”或许是最为典型的，这个环境“使他的‘荣辱观’以及‘婚姻观’自然与众不同”。[①] 小说开篇即让韦小宝在妓院中出场，又让他在结尾时回到妓院，似乎暗示了其身份的本质归属。而对于整部小说的叙述而言，可以说，韦小宝的“婚姻观”决定了其中女性人物角色在结构上的“功能性”存在——它直接将“爱情”这一武侠小说中常见的主题去除了。

金庸小说中以爱情为核心矛盾冲突的，长篇显然是《神雕侠侣》，中短篇《越女剑》和《白马啸西风》也与这一主题有重要关联。即便是在那些以国族、权力或其他矛盾为核心的作品中，金庸通常也会安排真挚的爱情，其中既有站在矛盾一侧而勠力同心的（如郭靖与黄蓉），有本属不同阵营却终能远离纷争的（如张无忌与赵敏），也有因各种原因而未得完满的（如乔峰与阿朱）。而在《鹿鼎记》中，爱情似乎从未出现过。对康熙的情感书写主要在于亲情，以及他和韦小宝的友情，几无涉及爱情；而韦小宝尽管通过各种手段追求到了七位夫人，更时常表现出对美貌女性的喜爱，但他真的拥有爱情、在乎爱情吗？

韦小宝对于女性，永远只有物化的审美，或者说，他是将女性当作物品来看待的。他从不觉得自己的母亲作为妓女有何羞耻可言，甚至还埋怨“花姐”会唱的小曲太少。他不会因为自己想要得到的女性心有所属而受到“爱情”上的打击，只会用各种手段试图夺取。他可以在完全不了解一位女性的情况下，就心生占有欲，仅仅因为对方美貌——这一点从他第一次见到阿珂时的状况即见得明白：

> 韦小宝一见这少女，不由得心中突的一跳，胸口宛如被一个无形的铁锤重重击了一记，霎时之间唇燥舌干，目瞪口呆，心道：“我死了，我死了！哪里来的这样的美女？这美女倘若给了我做老婆，小皇帝跟我换位我也不干。韦小宝死皮赖活，上天下地，枪林箭雨，刀山

---

① 陈墨：《金庸小说人论》，南昌：百花洲文艺出版社 1996 年版，第 68 页。

油锅，不管怎样，非娶了这姑娘做老婆不可。”①

韦小宝之所以“非娶了这姑娘做老婆不可”，仅仅因为阿珂是一位“美女”，他所想象的占有方式，也是通过自己付出代价，而并不关涉双方的爱情可能。而从叙述的设计来看，阿珂此时也绝不可能喜欢韦小宝，因为她在叙述结构上是近似“物化”的一个道具，韦小宝对她的追逐则是一个契机，最终将故事从五台山引向了江湖世界。

与韦小宝有交集的年轻女性角色，除了建宁公主，基本上都与武林势力有关，这些女性角色经常充当连接皇宫与民间江湖的桥梁，将韦小宝从一个世界引入另一个世界（譬如被方怡骗去神龙岛、因阿珂而跟随九难等），就整体叙述来看，都属于功能性人物。当某个江湖势力已经没有存在的必要时，属于那个世界的年轻女性就会被韦小宝“收编”，这种“收编”与爱情关系不大，而更像一个嫖客对待妓女的占有。韦小宝占有苏荃和阿珂等人，是在丽春院的床上，是通过迷奸的方式，而他不仅完全没有负罪心理，还直接将几位女性比作妓女：“方姑娘、小郡主、洪夫人，你们三个是自已到丽春院来做婊子的。双儿、曾姑娘，你们两个是自愿跟我到丽春院来的。这是什么地方，你们来时虽不知道，不过小妞儿们既然来到这种地方，不陪我是不行的。阿珂，你是我老婆，到这里来嫖我妈妈，也就是嫖你的婆婆，你老公要嫖还你了。”②在这次迷奸之后，苏荃和阿珂（原本并不是很喜欢韦小宝）因为怀孕而终被“收编”，她们在叙述结构上的功能性作用也已经结束了。

苏荃和阿珂等人在叙述结构上起着将韦小宝引入武林江湖的作用，而武林江湖世界在《鹿鼎记》中存在的一个重要意义，就是作为民间的反抗性力量与皇权进行对抗。无论是天地会、沐王府、王屋山还是神龙教，其构成都是民间性的，是皇权所不能容忍的叛逆组织。这些反抗性力量的存在，使得作为皇帝的康熙需要时时顾及民间江湖，同时也就给了韦小宝更大的表演舞台。金庸此前的武侠小说，主要便是以这民间江湖为舞台。他曾总结说：“古典小说的传统，也即是武侠小说所接受的传统，主

① 金庸：《鹿鼎记》第3卷，第846页。

② 金庸：《鹿鼎记》第4卷，第1554页。

要是民间的，常常与官府处于对立地位。”而武林英雄们在这种对立中所采取的，是“个人以暴力来执行‘法律正义’，杀死官吏，组织非法帮会，劫狱，绑架，抢劫等等”。[①]

在《鹿鼎记》中，这个民间世界与官府的对立性主要表现在所谓的反对“异族”统治，或者说是在国族矛盾上。但这些江湖势力自身内部就充满了矛盾。陈近南属于较传统的英雄形象，最终却死在郑克塽手下，是这一矛盾最典型的体现，让人不禁叹息。当《鹿鼎记》中的江湖人士仍试图“杀死官吏，组织非法帮会，劫狱，绑架，抢劫”的时候，他们所对抗的国家权力却在康熙的统治下愈发健全，甚至让江湖世界的这种对抗失去了情感上的合理性。在小说的最后，还出现了当初各路英雄推选的“总军师”顾炎武等四人劝韦小宝自己当皇帝的荒诞情节，让人哭笑不得。顾炎武等人如何不知康熙是明君，他们心中明白，“自开国的明太祖直至末代皇帝崇祯，若不是残忍暴虐，便是昏庸糊涂，有哪一个及得上康熙？”[②]但他们无论如何都无法接受中原被满族人统治，因此不论韦小宝有没有当皇帝的本事，只要他有可能取代康熙，他们就要“劝进”。——问题是，韦小宝就一定是汉族人吗？

结　语

距离《鹿鼎记》最初在《明报》上连载，已经过去了几十年，这几十年来，有众多的学者从人物、结构、文化心理、历史意识等来解读这部小说。不过大多数时候，无论读者还是研究者，仍习惯将《鹿鼎记》放置在武侠小说（或金庸武侠小说）的整体谱系中来看待，这或许也是一种惯性的窠臼。《鹿鼎记》不仅是一部武侠小说，甚至金庸自己所言的“毋宁说是历史小说”也只是一种观察角度。这部小说是难以简单定性的，它包含了对中国社会、历史、文化的广阔书写，塑造了众多阶层、性格、价值观迥异的人物，传统的武林江湖在其中仍有着重要的作用，但已不是唯一的世

① 金庸：《韦小宝这小家伙！》，《明报月刊》1981 年 10 月号。

② 金庸：《鹿鼎记》第 5 卷，第 1985 页。

界。金庸在他的最后一部小说中展现了自己在结构设计和人性描绘上的最高水平,同时也突破了过去曾给他带来巨大成功的小说写作模式,将《鹿鼎记》和韦小宝这一角色带到了中国现当代文学经典的位置。

(撰文:徐钺)

扩展阅读:

1. 严家炎:《金庸小说论稿》。
2. 陈墨:《金庸小说人论》。
3. 陈墨:《孤独之侠——金庸小说论》。

描摹汉语的“紫金冠”

——昌耀诗导读

昌耀,1936年生,本名王昌耀,湖南桃源人。少时参军,从朝鲜战场负伤回国,后参加大西北建设,任青海省文联创作员,同期开始诗歌创作。1957年被错划为“右派分子”,在祁连山农场从事重体力劳动,经历长达22年的流放和监禁生涯。1979年恢复名誉和工作,终身在青海清苦度日,精诚作诗。2000年因不堪肺癌折磨,在医院跳楼自尽。出版诗集《昌耀抒情诗集》《命运之书》《昌耀的诗》等,临终前编订《昌耀诗文总集》传世。

1980年开始,昌耀在《诗刊》《人民文学》等刊物发表作品,引起诗界侧目。其作品不仅是新时期的“归来者诗群”或“西部诗群”的扛鼎之作,更是整个当代新诗史上具有充沛精神含量和至高审美价值的典范之作,他本人成为汉语写作里“大诗歌观”的宣谕者和践行者。

昌耀的诗歌固然有其坚实明朗的精神指向和辨识度很高的艺术风格,这并不意味着他的写作特质是铁板一块。作为一个信仰生命原质和天地人心的写作者,昌耀的诗歌在其创作的不同时期呈现出不同的写作特征和气质面貌,这无疑反映出诗人对岁时、世事、艺文和生命等方面的多重感应和调适,以及对深层创作心理上的革新和转换的内在要求,形成其作品中一条多元性的诗学转向轨迹。

一、昌耀诗歌的自传性和美学品质

20世纪90年代初的某一天,诗人昌耀写下一则随笔,题目叫作《诗人与作家》,记述了一位诗人与他的作家朋友对饮的情景。其中写道:

> 诗人试以自己半生秘闻作酒肴陪饮青年佳宾。诗人讲到他的父

母，他的童年从军。讲到西部流放、镣铐、历史的车轮、原始的钻木取火。讲到饿殍。讲到灵魂从肉体被撕裂时的痛快……等等。关于受难的部分，作为一个亲历的人讲述，他说得十分轻松，仿佛只是一个顽童在夸示山中曾经玩耍的游戏。①

熟悉昌耀生平经历的读者不难看出，文中的那个“诗人”所讲述的，正是发生在昌耀自己身上的故事。作为中国当代文坛上“役期”最长的“右派”诗人之一，昌耀把这瓶陈年浊酒喝得五味杂陈、荡气回肠。如今，这位命运多舛的诗人再也没有机会与他的朋友对饮了，他把时代赐给他的酸甜苦辣一口一口地吞咽到胃里，酿制成他身体内绵延而澎湃的血气，我们读到的他的许多作品，大都可以看成这种血气的结晶。血气成为诗人生命体验的菁华，他直接蒸馏为自己留在世间的那些遒劲而苍凉的文字，以供那些有心之人反复阅读。

诗人柏桦曾经提出过一个有趣的观点，他认为：“诗人比诗更复杂、更有魅力、也更重要，诗人的一生是他的诗篇最丰富、最可靠、最有意思的注脚，这个注脚当然要比诗更能让人怀有浓烈的兴味。”②这种认定对于昌耀诚然是有效的。昌耀的诗歌具有很强的自传性质，诗人的生平经历通过艺术的手段保存和呈现在了他的众多作品当中。

昌耀出生于湖南桃源王家坪村（今红岩垱村）的一个城堡式的大宅院里，父母都受过良好的教育。年幼的诗人在宁静、平和、充满诗情画意的乡间度过了短暂的童年时光。昌耀和他的父辈们一样，都无意于宴居故里，而是热切地渴望着离开家园，奔赴远方。13岁的昌耀报考了湘西军政干校，因为从小怕鬼，不敢起夜，所以常常尿床，这件尴尬无比的事情使得校方勒令他退学。但昌耀并不肯善罢甘休，又瞒着父母报考了中国人民解放军第38军114师的文工队，开始了日夜与军鼓、二胡与曼陀铃为伴的戎马生涯，不日即随军开赴朝鲜战场。多年之后，在一篇名为《内

---

① 昌耀：《诗人与作家》，燎原、班果增编《昌耀诗文总集》（增编版），北京：作家出版社2010年版，第540页。

② 柏桦：《我的早期诗观》，《今天的激情：柏桦十年文选》，上海：上海人民出版社2006年版，第103页。

心激情：光与影子的剪辑》的随笔中，昌耀用一种奇幻的笔调，描述了一颗炮弹在他身边爆炸时定格下的那个永恒的瞬间：

> 哪有那么多梦呢？梦呓与谵语几乎不可分……我在梦里是一只绿色的豆荚。是在朝鲜元山附近一处农家菜园，我突然倒仆。也许倒仆了一年，天仍未亮，高射炮的弹火还在天边编织着火树。我的脸庞枕垫在潮湿的泥土。我知道我耳边的血流仍在更远的地方切开潮湿的土地。但我只关注于从农家内室传来的纺车呜呜声。太绵、太悠远了，纺着我看不见的线。我一点也动弹不了。只觉着看不见的线是那么绵绵地将我牵动，将我纺织。①

负伤回国后，昌耀被诊断为"脑颅颞骨凹陷骨折"，他的《革命残废人员证》写下了"三等乙级"。后来，昌耀进入河北荣军学校进行了两年的学习，在毕业前夕，他从保定城里买来了一张名为《将青春献给祖国》的藏地风情宣传画，画中那个年轻人无比幸福、自信的笑脸使昌耀躁动的心备受鼓舞，再一次激起了他的远方情结。毕业后，他响应了国家的号召，毅然决定投身大西北建设。1955 年 6 月，昌耀踏上了青海的土地。先是在青海省贸易公司担任秘书，后调入青海省文联担任编辑，同时在《青海文艺》（也就是现在的《青海湖》杂志）兼任创作员。这也许是昌耀一生中度过的少数纯真烂漫的光景，在他几年后创作的诗歌《凶年逸稿——在饥馑的年代》中，我们辨认得出，在那些饥馑、浪漫的日子里，一个远离抒情中心的诗歌少年悉心捕捉美丽事物时的动人身影：

> 有一个时期（那已像梦一般遥远）
> 我坐在黄瓜藤蔓的枝影里抄录采自民间的歌词。
> 我时而停下笔来揣摩落在桌布的影迹
> 或有着石涛的墨韵笔意。
> 中午，太阳强烈地投射在这个城市上空
> 烧得屋瓦的釉质层面微微颤抖。

---

① 昌耀：《内心激情：光与影子的剪辑》，燎原、班果增编《昌耀诗文总集》（增编版），第 309 页。

没有云。没有风。斗拱檐角的钟铃不再摇摆。
真实的夏季每天在此仅停留四个小时。
但在紧张施工的城市下水道堑壕却极阴凉。
整晚我坐在自己的斗室敞开唯有的后窗
听古城墙上泥土簌簌剥落如铭文流失于金石。
夜气中沉浮着一种特殊的丁香气味。
是线装图书、露水或黎明的气味。①

1957年的昌耀年纪尚轻,专注于民间采风,热爱创作。由于他对政治生活和社会活动不太积极,并且刚好有人揭发他写了"歪诗"(即《林中试笛》),青海省文联"理所应当"地把上级分配下来的"右派"指标划归给他,让他到农村接受贫下中农再教育。下放到牧区后,他在尊严问题上屡次顶撞村支书,并听从房东的建议,装病不出工,在"家"里摆弄乐器,终于招来一辆荷枪实弹的吉普车将他带走,成为真正意义上的囚徒。在那个极端的时代,历史的阴差阳错彻底改变了一个阳光少年后半生的命运。

诗人风马在一篇回忆文章中写道:

> 在看守所里,二十一岁的昌耀每天要干十几个小时的苦活。而食物却只有被人为地放酸了的杂粮干馍馍(新馍馍非要放到十来天直到变质了才让吃)。每到吃饭时,昌耀就蹲在墙角啃那些馍馍,让肚皮鼓起来。到了夜里,昌耀还不得不睡在那个一米高的马桶旁,他将同犯的鞋子悄悄收拢到一起,填在脑后当枕头。如果能这样睡到天亮当然好,可是同犯要大小便,一次一次排着队伍轮流便溺。那些黄色汤汁就四溅起来,溅入一个诗人的噩梦之中……②

昌耀所经历的折磨是常人难以想象的。在那个非常时期,诗人鲜有作品留下,我们只能通过他的只言片语,去喟叹那些噩梦般的日子。在《艰难之思》中,昌耀有过这样的回忆:

---

① 昌耀:《凶年逸稿——在饥馑的年代》,燎原、班果增编《昌耀诗文总集》(增编版),第30—31页。

② 风马:《漫话昌耀》,《风马散文选》,贵阳:贵州人民出版社1998年版,第21页。

1958年5月,我们一群囚犯从湟源看守所里拉出来驱往北山崖头开凿一座土方工程。我气喘吁吁与前面的犯人共抬一副驮桶(这是甘青一带特有的扁圆形长腰吊桶,原为架在驴马鞍背运水使用,满载约可二百余斤)。我们被夹挤在爬坡的行列中间,枪口下的囚徒们紧张而竦然地默默登行着。看守人员前后左右一声声地喝斥。这是十足的驱赶。我用双手紧紧撑着因坡度升起从抬杠滑落到这一侧而抵住了我胸口的吊桶,像一个绝望的人意识到末日将临,我带着一身泥水、汗水不断踏空脚底松动的土石,趔趄着,送出艰难的每一步。感到再也吃不消,感到肺叶的喘息呛出了血腥。感到不如死去,而有心即刻栽倒以葬身背后的深渊……①

祁连山荒蛮的腹地见证了诗人无数次与死神对视的刹那。这无疑是昌耀一生中最重要的一个时期,这段艰辛的历史镌刻出昌耀无数的创伤记忆以及短暂的快慰瞬间,从此塑造了他苍莽、健朗、博大的诗风,《踏着蚀洞斑驳的岩原》《荒甸》《夜行在西部高原》《水手长—渡船—我们》《峨日朵雪峰之侧》《良宵》《断章》《酿造麦酒的黄昏》等诗歌都是这一时期的佳作。在公认的昌耀最重要的一首作品中,我们可以领略到诗人所抵达的生命厚度和精神境界:

是的,在善恶的角力中
爱的繁衍与生殖
比死亡的戕残更古老、
　　　　　　更勇武百倍。

我,就是这样一部行动的情书。

我不理解遗忘。
也不习惯麻木。
我不时展示状如兰花的五指

① 昌耀:《艰难之思》,燎原、班果增编《昌耀诗文总集》(增编版),第373页。

朝向空阔弹去——
触痛了的是回声。

然而，
只是为了再听一次失道者
败北的消息
我才拨动这支
命题古老的琴曲？
　　在善恶的角力中
　　爱的繁衍与生殖
　　比死亡的戕残更古老、
　　　　　　更勇武百倍。[①]

1980年，《诗刊》在该年第1期上发表了昌耀的长诗《慈航》，这是一首在今天看来都堪称夺魂摄魄的作品。此时的昌耀，终于摘掉带了22年的"右派"帽子，恢复了名誉和工作，重新享受写作的自由，他的诗歌生命也开启了一个崭新的阶段。随即到来的，是他写作生涯里的一次高峰，许多奠定昌耀诗歌地位和写作格调的作品，均诞生在这一时期。除《慈航》外，《山旅》《划呀，划呀，父亲们！》《旷原之野》《青藏高原的形体》（组诗）、《河床》《巨灵》等诗作，都在昌耀复出之后的中国诗坛产生了广泛的影响，评论界也饶有兴致地将他这段时间的写作命名为"西部诗"或"新边塞诗"，这一时间成了诗歌界的热门话题。

新边塞诗，也称西部诗，是中国诗坛20世纪80年代新崛起的一个诗歌流派，代表诗人有昌耀、周涛、杨牧、章德益等。他们生活在中国西北内陆，既受到开发建设西部的社会生活变革的激励，又受到源远流长的边塞诗的影响，把文学的地域性特色与当代性内涵结合起来，加以诗化表现。他们写红柳、胡杨、骏马、兀鹰，写大漠荒原、雪山冰川、汉唐遗址、丝路新貌，写拓荒者的艰辛创业、人与自然的冲撞与和谐等，而又无不寄寓着当代

① 昌耀：《慈航》，燎原、班果增编《昌耀诗文总集》（增编版），第106—107页。

人开拓、进取的情怀。他们在题材和风格上有相近的美学追求,而又各具个性,形成了豪放、雄奇、刚健的诗风,在当代诗歌发展中有自己的地位。

在一次访谈中,昌耀对自己的诗风有过这样的描述:“我的诗是键盘乐器的低音区,是大提琴,是圆号,是萨克斯管,是老牛哞哞的啼唤……我喜欢浑厚拓展的音质、音域,因为我作为生活造就的材料——社会角色——只可能具备这种音质、音域。”①昌耀用“低音区”来定义自己诗歌的声学品质,这是他的历史记忆和社会角色赋予他的朴实风格,也是他的内在秉性使然。昌耀曾坦诚地说:“我欣赏那种汗味的、粗糙的、不事雕琢的、博大的、平民方式的文学个性……我所理解的诗是着眼于人类生存处境的深沉思考。是向善的呼唤或其潜在意蕴。是对和谐的永恒追求与重铸。是作为人的使命感。是永远蕴含有悲剧色彩的美……我厌倦纤巧。”②

雄浑的低音区奏响了沉潜在人性深处的命运音符,偏重低音的声学特征也使他的诗歌具有了风化和沉淀的力量,形成一种坚硬的质地,一种劳作的美学,一种雕塑感。雕凿诗歌就是雕凿生活,它是赋形的演奏,也是写作的隐喻。昌耀渴望在铿锵有力的敲击声中雕凿出一颗永恒的头颅,它带着意味深长的粗线条、石器时代的光环、英雄般的桀骜,古道热肠中浸润着坚韧的灵魂和冰冷的意志,以及一切逝去岁月里的艰辛和荣耀。

昌耀不失机缘地寻找到了一类坚硬的形象,它们浑身充溢着斧凿时噼啪的火星和砥砺的音符,他喜爱将它们置于诗集的封面,以表明自己的美学品位,如同他津津乐道于“卡斯特罗气节”“以色列公社”和“镰刀斧头的古典图式”等左派形象一样。美学上的“左派”却吊诡般地成为政治上的“右派”,昌耀承受着精神和肉体上双重的撕扯和摧残,他在自己的诗歌雕像中品咂着一种错乱而迷幻的中国公民身份,一部名副其实的史论专著,抑或是一种高贵诗意的降临。“低音区”内近乎涩滞的奏鸣,像饮下一口沉重而兴味浓烈的苦酒,这种声音催促着这类坚硬形象的诞生,它们孤独地俯卧在世界的最底层,暗自修补着残损的自我以及精神缺失

---

① 昌耀:《宿命授予诗文荆冠》,燎原、班果增编《昌耀诗文总集》(增编版),第 546 页。

② 昌耀:《艰难之思》,燎原、班果增编《昌耀诗文总集》(增编版),第 377 页。

的同代人，也同时磨制出盛载梦想的诗意容器。

昌耀选择了诗歌，诗歌也选择了昌耀。当我们在他的诗中发现了一个诗人艰涩的行脚时，昌耀会这样告诉他自己：

> 你是风雨雷电合乎逻辑的选择。
> 你只当再现在这特定时空相交的一点。
> 但你毕竟是这星体赋予了感官的生物。
> 是岁月有意孕成的琴键。①

昌耀把自己视为一个“无产者”诗人，并且誓死捍卫他的美学光晕。这种在写作中雕凿出的坚硬感，同样在昌耀辗转的生活中继续流传。在复出后百无聊赖的日子里，他依然顶着剧烈的高原反应登上了“太阳城”参加诗会；与他的藏族妻子离婚后，他横下一条心把住房留给她和子女，自己搬到摄影家协会的办公室独居，沦为“大街看守”；个人诗集出版受阻，不善于经营自己的昌耀，别出心裁地在《诗刊》上发表了一则既有趣又无奈的“征订广告”；感情无所归依的诗人，苦恋着远方的梦中情人SY，一日突发奇想，在信中煞有介事地向后者索求“长长的七根或九根青丝”；生病入院，因无法忍受病房吵闹不宁，他执意要求医院在走廊为他增设一张病床；直到万念俱空，他拖着沉重的病体艰难挪向病房的阳台并一跃而下……就这样，昌耀被抛进了长达一生的噩梦之夜中。在这个暗无天日的世界里，却也布满了星星点点自由选择的萤火虫。在无法逆转的时代车轮的碾压下，昌耀力图在每一个微小的生存缝隙里行使着他的自由意志，在每一个命运的交叉路口处为自己作着决绝的裁定。而在他一生中的众多选择和裁定中，只有诗歌成全了他全部的生命体验。

二、昌耀诗歌的内在转向与文化意义

在昌耀大部分作品中，不论抒情主体采取第一人称还是第三人称，一个饱经忧患的诗人形象隐约可辨：从《荒甸》中“我在这里躺下，伸开疲惫

---

① 昌耀：《慈航》，燎原、班果增编《昌耀诗文总集》（增编版），第121页。

了的双腿"[①],到《良宵》中"放逐的诗人"渴望"柔情蜜意的夜"[②];从《夜谭》中"我搭乘的长途车一路奔逐"[③]在申诉之路上,到《慈航》中"摘掉荆冠/他从荒原踏来,重新领有自己的运命"[④];从《山旅》中"北国天骄的赘婿"[⑤],到《湖畔》中"库库淖尔湖忠实的养子"[⑥];从《雪。土伯特女人和她的男人及三个孩子之歌》中他和家人们"同声合唱着一首古歌"[⑦],到《致修篁》中"我亦劳乏,感受峻刻,别有隐痛"[⑧]……在严酷的现实生活面前,昌耀依赖写作行使文字最基本的权利,为个人经验提供了一种镜面式的复写。诗人将现世遭际物化为万贯家财,再租借语词的舟楫把它们运载到时间彼岸的码头。对于诗人来说,那里将是一个安全地带,也是一个安栖之所。

在《作为自传的昌耀诗歌——抒情作品的社会学分析》中,诗歌评论家耿占春试图把昌耀的诗歌读成一部个人精神传记,挖掘这一话语整体的社会符号学意义,他说:

> 他的诗篇中的经验内涵承受着沉重的历史负荷与集体记忆,而他的诗歌想象力、他的修辞学幻象和象征主义,既是与这样的历史负荷相一致的对应物,又是修正与转换这种历史负荷的方法,他的诗歌因此而被理解为比记录单纯的个人困境更为深入地一种转换困境的方法。因此我们最终能够把作为自传的昌耀诗歌,翻转为反自传的创造过程的记录。[⑨]

---

① 昌耀:《荒甸》,燎原、班果增编《昌耀诗文总集》(增编版),第27页。

② 昌耀:《良宵》,燎原、班果增编《昌耀诗文总集》(增编版),第46页。

③ 昌耀:《夜谭》,燎原、班果增编《昌耀诗文总集》(增编版),第47页。

④ 昌耀:《慈航》,燎原、班果增编《昌耀诗文总集》(增编版),第107页。

⑤ 昌耀:《山旅》,燎原、班果增编《昌耀诗文总集》(增编版),第132页。

⑥ 昌耀:《湖畔》,燎原、班果增编《昌耀诗文总集》(增编版),第151页。

⑦ 昌耀:《雪。土伯特女人和她的男人及三个孩子之歌》,燎原、班果增编《昌耀诗文总集》(增编版),第190页。

⑧ 昌耀:《致修篁》,燎原、班果增编《昌耀诗文总集》(增编版),第511页。

⑨ 耿占春:《作为自传的昌耀诗歌——抒情作品的社会学分析》,《文学评论》2005年第3期。

在这类具有自传色彩的作品中，昌耀在炮制文本时所带来的快感，源于他流放时期的受虐经验，以诗歌中弥漫的准宗教氛围为背景，实现了“生之痛”与“文之悦”的象征交换。而当作为流放者的昌耀再度回归正常生活秩序后，世界以另外一副面孔呈现在他面前，但受虐体验仍然牢牢盘踞在他的个人生活中，本雅明(Walter Benjamin)所谓的那种“土星式命运”[①]在暗暗地支配着他。昌耀的诗歌在整体上直观地表达了他的命运，写就了一部“命运之书”，因此在昌耀的绝大多数作品中，抒情主体就约等于或干脆等于诗人自己了。然而，他跳动的命运原子继续裂变着，我们在某一刻突然发现，他的作品似乎经历了一次从头到脚的变化。

1985年，昌耀写出了一首意境悠远的诗歌《斯人》，标志着这种变化的开始。全诗只有三行：

> 静极——谁的叹嘘？
>
> 密西西比河此刻风雨，在那边攀缘而走。
> 地球这壁，一人无语独坐。[②]

小诗《斯人》写意了一种空间的无奈状态，流溢着一种亚热带的忧郁，它努力实现空间情感密度的最大化，却在极为简练的表达中呈示出天地悠悠的邈远意境。《斯人》是昌耀手中一把微型的刻刀，他用它锐利的锋刃在此前构筑的空间抒情大厦之上绽出一记凿痕，又在凿痕悲伤的寂静中眺望危机。这首具有地平线意义的小诗，为昌耀获得了至高的荣誉，它将抒情主体由充满深刻透视感的历史场景拉回到了当下的生活世界，也让诗人终于有机会把自己遥远的目光收敛在眼前的生存处境上。此时的诗人似乎已经有了微微的醉意，生活的酒精带他进入了一个截然不同的时空。

从《斯人》开始，昌耀的写作发生了一次重大的飞跃，他的诗歌由赞

---

① 转引自〔美〕苏珊·桑塔格《〈单向街〉英文本导言》，孙冰编《本雅明：作品与画像》，上海：文汇出版社1999年版，第236页。

② 昌耀：《斯人》，燎原、班果增编《昌耀诗文总集》(增编版)，第283页。

美西部河山和陈述历史记忆等题材转向了心灵世界里诸元素的微妙化合。这种转变帮助昌耀更精确地表达了他在日新月异的时代生活面前更加消极的生存处境。在《头戴便帽从城市到城市的造访》中，昌耀写道：

> 这个世界再没有向导能够为我指明这块门牌了。
> 他们不喜欢我的便帽。这里不记得便帽。
> 然而那头戴便帽的一代已去往何处？
> 感觉眼中升起一种憔悴。
> 我的便帽也蓦然衰老了。
> 从脸孔似的面具直到面具似的脸孔，
> 从岩溶似的屋宇直到屋宇似的岩溶，
> 艰难的跋涉属于心理的跋涉了。
> 我从风景似的广告走向广告似的风景，
> 花匠仍以例行剪修着每日的缺少激情的花篮，
> 无意旁骛。没有什么还会在花蕊上闪耀了。
> 他们不喜欢我的便帽。①

了解昌耀生活履历的读者差不多都会赞同这样一个判断：从最初刺入皮肉的“荆冠”，到挥之不去的“无产者诗人”的桂冠，再到遭人冷落的“铲形便帽”，组成了一部中国当代诗人的精神冠冕史，其中记载着诸多苦难记忆。以“铲形便帽”为代表的这种顽强但被世人遗忘的信仰符号，如同堂吉诃德陈年的甲胄，一直被昌耀携带进中国社会下一个崭新阶段。在冠冕符号的整个变形历程中，我们看到，时代的观看方式已经发生了变异，从先前的生产主义目光切换为了一种消费主义目光。而昌耀却并没有跟随机敏的大多数人作出同步的调换，他是根深蒂固的不合时宜者，因为他的目光散发着一种古典主义的光芒，在他头顶上那些或真实或虚幻的帽子，其实来源于同一个原型。

在一首名为《紫金冠》的作品中，昌耀写道：

---

① 昌耀：《头戴便帽从城市到城市的造访》，燎原、班果增编《昌耀诗文总集》（增编版），第461—462页。

我不能描摹出的一种完美是紫金冠。

我喜悦。如果有神启而我不假思索道出的

正是紫金冠。我行走在狼荒之地的第七天

仆卧津渡而首先看到的希望之星是紫金冠。

当热夜以漫长的痉挛触杀我九岁的生命力

我在昏热中向壁承饮到的那股沁凉是紫金冠。[①]

我们在诗人的文字中仿佛瞥见了“紫金冠”的灵光乍现，它是昌耀诗歌中的最高形象，我们幻想自己也能够戴上它。站在这卷命运之书最后的、最闪亮的一个词根上，我们沿着昌耀的古典主义目光一路回望，那些不断远逝的、有意或无意被遗忘的风景和故事，都在这停下的片刻重新回到我们面前。

昌耀的一生，走完了中国20世纪大半个时代征程，在赞美了那么多的“父亲们”之后，他自己也终于成为我们的“父亲”。那些短暂的欢乐和悠长的痛苦，依然被他身后众多的同胞和“儿子”们所分享和承担，谁也不知道明天的生活会更加美好，还是更加糟糕。只有那些“没有人读的诗”（茨维塔耶娃语）会留下来，留在中国人的语言中，变成这种语言的一部分。它让我们的生命愈益丰富，让我们的灵魂在语言中接受沐浴、建构、焚烧和吐纳的多重体验。语言会像蜡块一样，为我们保存下活着的痕迹。

这种痕迹在昌耀的作品里体现为一种复杂的狰狞之美。在幽独的大西北，在万马齐喑的写作年代里，他重新唤回了汉语身上厚重的历史感和无常的神秘性，发现了它们镌刻在人类身体上的刺青。像一座覆满积雪的铜钟，在诗人孤独的敲打中，不断抖落身上的积雪，让走调的钟声恢复如初。他混合并调匀了汉语中的灵气和血气、鬼神性和肉身性、地缘感和血缘感，让他的整个作品体系犹如生命体一般，有了它自己的血液、呼吸、信仰和梦想，即使在时代的沧海桑田面前也矢志不渝。昌耀深受中国传统文化的洗染，在对现代汉语虔敬而熟练的操作和调遣中，依然保存着对

---

① 昌耀：《紫金冠》，燎原、班果增编《昌耀诗文总集》（增编版），第445页。

古汉语的热忱，这种混搭的心态造就了诗句中的冗长、拗口和涩滞，让读者踟蹰于古今两重语境之中而不知归路，制造了怪诞、陌生、峻峭的文风，如同化石般坚硬、粗粝、体态苍凉。这种文风引起了气息的间断和停顿，强迫着呼吸运动，模拟了诗人在时代生活中的言说之难和呼吸之难，以及奋力向诗意的富氧层突围的决心。

昌耀依靠诗歌书写自己一生的曲折命运，让我们察觉到他仿佛正在用自己倍加热爱的汉语呼吸，维系着诗人生命中的信仰和血气。作为我们时代的天才诗人，他被自己的母语放逐到了这条漫长、迂回的航线上，他倒退着前行，把目光投向遥远的起点，将一路的风景和足迹尽收眼底，用面朝过去的姿态拥抱未来。作为一种在无间断的华夏历史中绵延不绝的语言，汉语创造了中国人的信仰形式。诗人犹如高原上的牧羊人，一边用皮鞭驱策着自己的诗歌，一边又接受汉语的驱策：他们降生在古老的汉语中，也创造出崭新的汉语。这就是古往今来的诗人所共同肩负的责任。

三、昌耀研究一瞥

昌耀，一位绝世独立的汉语诗人，他的生命经验和写作成就在中国当代诗坛实属罕见。他一生命运多舛、心性孤绝，长期遭受不公正对待，偏居西北内陆，远离文化中心，这让他的写作既能清醒独立地把握时代精神主题，又较少地受流俗思潮及诗风的洗染和左右。昌耀的作品扎根于祖国大西北的壮美沃土，沉浸于西域边疆深厚的多民族历史文化底蕴，创造性地将中国古典诗歌、西北民歌、少数民族史诗及神话传说、藏传佛教奥义、外国诗歌（尤其是惠特曼、普希金、勃洛克等诗人的作品）等多种资源形式综合融汇在现代汉语诗歌的创作中。经过大浪淘沙的历史汰选、旷达细腻的生命体认和审慎专注的自我锤炼，在乱纷纷、闹哄哄的中国当代诗坛上，昌耀为现代汉诗的写作开辟了庄重、坚执、独异的路径和面向，形成了崇高、健朗、奇崛、超拔的精神向度，以及雄浑、沉郁、苍凉、博杂的美学风格。这些精神和美学的宝贵成就，集中呈现在昌耀的“大诗歌观”中。2019 年，昌耀的诗歌作品《峨日朵雪峰之侧》被选入“部编本”高中语文教材（必修），这意味着昌耀诗歌的价值已经初步得到了诗歌教育界和研究界的认可和重视，并将逐渐被海内外更多的读者接受和研读。在中国现当代诗歌史上，继郭沫若、艾青、穆旦、郭小川等诗人之后，昌耀将成为又一位步入经典化行列的大诗人。

当下学界对昌耀诗歌的独特价值和经典性地位几已形成共识，但其诗学观念发生发展的内在逻辑尚未得到充分梳理，其作品的整体精神质地和艺术成就也未得到精准的提炼和定位。据资料显示，1979 年，评论家燎原在《青海湖》杂志上发表了《严峻人生的深沉讴歌》一文[①]，宣告了昌耀研究的发轫，但在当时，昌耀的作品只引起了极少数同行和读者的注意。关于昌耀的研究，以 1998 年为界，大体可以分成前后两个时期：前期是昌耀研究的奠基期，主要以作品解读为主，借此形成对昌耀诗歌的基本定位，并影响了后一阶段，一些重要的判断依然沿用至今。骆一禾和张玞分析了昌耀诗歌形象的英雄人格和作品语言的古语特征，并首次评价昌耀是“新诗运动中一位大诗人”，足见论者之远见卓识。[②] 叶橹论述了昌耀诗歌的价值与其命运和阅历的深刻关系，并对昌耀在新时期的重要代表作《慈航》进行了细读式分析。[③] 李万庆突出论述了诗人的西部特色及其作品的悲剧精神。[④] 从 1998 年至今，昌耀研究进入多元化发展时期。一方面，写人记事兼评作品的随笔、通讯和书信不断涌现，对昌耀的生平经历有了较为翔实的描述，对其人品和作品评价很高。这类研究以韩作荣、燎原等为代表。[⑤] 另一方面，对昌耀诗歌文本的批评和研究水平有较大提升，研究者积极吸纳了社会学、文化学、心理学、历史伦理学等领域的成果，提高了昌耀诗歌研究的品质，拓宽了认识论幅度，也愈益清晰和完善地还原和确认了昌耀秉持的“大诗歌观”及其作品的精神内涵和艺术

---

① 燎原：《严峻人生的深沉讴歌》，《青海湖》1979 年第 8 期。

② 骆一禾、张玞：《太阳说：来，朝前走——评〈一首长诗和三首短诗〉》，《西藏文学》1988 年第 5 期。

③ 叶橹：《〈慈航〉解读》，《诗刊》1988 年第 7 期。

④ 李万庆：《“内陆高迥”——论昌耀诗歌的悲剧精神》，《当代作家评论》1991 年第 1 期。

⑤ 韩作荣：《有个诗人叫昌耀》，《昌耀的诗》，北京：人民文学出版社 1998 年版，第 1—4 页；燎原：《高地上的奴隶与圣者（代序）》，《昌耀诗文总集》，西宁：青海人民出版社 2000 年版，第 1—37 页。

价值。此阶段代表学者有耿占春、敬文东、李春艳等。[①]

此外,燎原的专著《昌耀评传》[②]、肖涛的专著《西部诗人昌耀研究》[③]、张光昕的专著《昌耀论》[④]、董生龙主编的文集《昌耀:阵痛的灵魂——昌耀诗评》[⑤]、章治萍主编的《最初的传承——昌耀诞辰70周年祭》[⑥]和《最轻之重——"昌耀论坛"开办五周年选集》[⑦],是为数不多的重要参考资料。

(撰文:张光昕)

扩展阅读:

1. 昌耀:《昌耀诗文总集》(增编版)。
2. 燎原:《昌耀评传》(修订本)。
3. 张光昕:《昌耀论》。

附慕课视频:

---

① 耿占春:《作为自传的昌耀诗歌——抒情作品的社会学分析》,《文学评论》2005年第3期;敬文东:《对一个口吃者的精神分析:诗人昌耀论》,《南方文坛》2000年第4期;李春艳:《昌耀后期诗歌中的焦虑体验》,西南师范大学中国新诗研究所硕士学位论文,2005年5月。

② 燎原:《昌耀评传》,北京:人民文学出版社2008年版,北京:作家出版社2016年修订版。

③ 肖涛:《西部诗人昌耀研究》,上海:上海三联书店2015年版。

④ 张光昕:《昌耀论》,北京:作家出版社2018年版。

⑤ 董生龙主编:《昌耀:阵痛的灵魂——昌耀诗评》,西宁:青海人民出版社2000年版。

⑥ 章治萍主编:《最初的传承——昌耀诞辰70周年祭》,香港:香港天马图书有限公司2006年版。

⑦ 章治萍主编:《最轻之重——"昌耀论坛"开办五周年选集》,香港:香港天马图书有限公司2007年版。

漂泊的行者

——北岛诗导读

一、从《回答》到《乡音》的诗路历程

北岛是当代诗坛重量级的诗人,“朦胧诗”最重要的代表诗人之一,他的诗歌创作启发或影响了不止一代人。没有任何一部诗歌史可以忽视他的创作,对于他的诗歌艺术成就,虽然也有质疑与否定,但他永远是讨论新时期诗歌转型过程中绕不开的标识性、里程碑式的诗人。他的诗歌从起点就带有反叛的意味,这种反叛甚至成为他诗歌艺术风格的一个重要组成部分。他为当代诗坛带来了一种“新的美学原则”,为新时期的诗歌转型积累了最初的力量。然而北岛诗歌的艺术风格并不是一成不变的,他跳出诗坛主潮,用自己的方式对语言和写作发起了新的冲击。

北岛早期的诗歌创作可以追溯到他读初一时,当时他得到一个带锁的抽屉,第一次体会到拥有隐私的美好,随之,这种狂喜被他写入诗中:

> 用抽屉锁住自己的秘密
> 在喜爱的书上留下批语
> 信投进邮箱,默默地站一会儿
> 风中打量着行人,毫无顾忌
> 留意着霓虹灯闪烁的橱窗
> 电话间里投进一枚硬币
> 问桥下钓鱼的老头要支香烟
> 河上的轮船拉响了空旷的汽笛
> 在剧场门口幽暗的穿衣镜前
> 透过烟雾凝视着自己

当窗帘隔绝了星海的喧嚣
灯下翻开褪色的照片和字迹①

1969年春,20岁的北岛被分配到了北京第六建筑公司,去河北蔚县开山放炮。一年多以后,他才有机会回到北京,在房山的东方红炼油厂工作,每两周有一次回家的机会。能够留在北京,不仅避免了去条件过于恶劣的地方,也为热爱阅读的北岛提供了更多的机会。他可以通过北京的地下沙龙和朋友之间的关系,接触到作为内部资料的"黄皮书""灰皮书"等,其中不仅有《在路上》《麦田里的守望者》这一类外国小说,还包括存在主义的哲学著作等。苏联诗人叶甫图申科的《娘子谷及其他》就对北岛产生过非常深的影响。这份工作给了北岛相对宽松的个人阅读空间,特别是当遇到自己非常感兴趣的书,或者书籍的持有者要求尽快归还的时候,北岛还会找各种理由换来一两天的病假,然后把自己关在屋子里,一心读书。

1970年春,北岛和几个朋友一起去颐和园的湖上划船。其中一位朋友在船头朗诵了一首食指的诗,这带给北岛很大的触动。北岛说:"我被他诗中的那种迷惘与苦闷深深触动了,那正是我和朋友们以至一代人的心境。"②"我的七十年代就是从那充满诗意的春日开始的。当时几乎人人写旧体诗,陈词滥调,而郭路生的诗别开生面,为我的生活打开一扇意外的窗户。"③

旁观者的身份和大量的阅读使北岛对历史和现实有了更清醒的认识,也正是在这一个时期,北岛开始了诗歌创作。他曾经这样说道:"时代,一个多么重的词,压得人喘不过气来。可我们曾在这时代的巅峰。一种被遗弃的感觉——我们突然成了时代的孤儿。就在那一刻,我听见来

---

① 北岛:《日子》,《履历:诗选1972—1988》,北京:生活·读书·新知三联书店2015年版,第8页。

② 翟頔:《中文是我惟一的行李——北岛访谈》,《书城》2003年第2期。

③ 北岛:《断章》,北岛、李陀主编《七十年代》,北京:生活·读书·新知三联书店2009年版,第32页。

自内心的叫喊:我不相信——”①

或许正是这种内心的呼喊促生了《回答》这首诗。据北岛的朋友齐简说,《回答》的初稿写于 1973 年 3 月 15 日,最开始的时候叫作《告诉你吧,世界》,经过多次修改,才成为今天我们见到的样子。北岛的这首代表作,表现的正是诗人作为先觉者的怀疑精神。

借由北京的地下文化圈,北岛结识了很多活跃分子,包括赵一凡、黄锐、彭刚等。1978 年的秋天,北岛、芒克、黄锐凑到一起喝酒,喝酒的过程中三人产生了创办一个杂志的念头。产生念头容易,实际操作起来却没有那么简单。在经费不足、没有纸张的情况下,几个人发动了所有可以发动的关系,一连干了三天三夜,终于在 12 月 23 日那天印出了第 1 期《今天》杂志。他们把印好的杂志贴在了西单墙,以及北大、清华等地方。

1980 年《今天》杂志出到第 9 期的时候,由于不符合相关规定,不得不停止发行活动。以北岛为代表的“朦胧诗人”的创作也招致很多质疑,其中不少来自艾青、臧克家等著名的老诗人。甚至连“朦胧诗”这个名字,也是从批评者那里得来的。如黄药眠在对《回答》的批评中先引了四行诗句“我不相信天是蓝的;/我不相信雷的回声;/我不相信梦是假的;/我不相信死无报应”,然后指责道:“你瞧,这是什么意思呢?你说它是哲学罢?它没有道理,也没有人民的生活经验做基础。……你说它是直觉罢?但根据我们大家的感觉,天的确是蓝的,你的感觉和大家的感觉不同,这怎能使人相信,并欢迎、爱读你的诗呢?如果像他这样硬来写些没有常识的东西,我也可以说‘石头是动物’,‘鬼就是人’等一类胡话。而且所引的最末一句还宣传迷信,意思是‘我相信死是没有报应的’。这能行吗?”②但“朦胧诗”却对当代诗歌以及社会人文进程作出了重要的贡献,它“恢复了对人的价值的肯定”,“恢复了新诗的人道主义传统,‘想做一个人’(北岛《宣言》)、‘保持做一个人的权利’(舒婷《遗产》)成为一代

---

① 北岛:《断章》,北岛、李陀主编《七十年代》,第 35 页。

② 黄药眠:《关于朦胧诗及其他》,《朦胧诗论争集》,北京:学苑出版社 1989 年版,第 241 页。

诗人共同的心愿”，同时也“恢复了诗歌的‘真’”，“恢复了诗歌的审美价值”。[1] 因此“朦胧诗”慢慢得到了主流诗歌界的认可，北岛的《回答》曾刊发在《诗刊》上。在《今天》停止活动以后，北岛先后在《新观察》杂志、外文局的《中国报道》担任过编辑，并于 1987 年赴英国访学。

从此，北岛开始了异国之旅，从 1989 年到 1995 年短短的 6 年时间，他就搬了 7 国、15 次家。在永无休止的远行当中，中文成了北岛唯一的行李，他用中文写诗，不断深入到语言当中。《乡音》一诗表达的就是这种心境。

二、北岛诗歌的艺术成就

在接受唐晓渡采访时，北岛曾经说过这样一段话：“自青少年时代起，我就生活在迷失中：信仰的迷失，个人感情的迷失，语言的迷失，等等。我是通过写作寻找方向，这可能正是我写作的动力之一。”[2]这可以作为打开北岛诗歌的一把钥匙。这三种迷失以及迷失之后的寻找，代表了北岛诗歌的三种方向。

从 1970 年开始，北岛走上了诗歌创作的道路。1978 年，他完成了第一部诗集《陌生的海滩》，并自费出版。到 1986 年，北岛又完成了《峭壁上的窗户》《八月的梦游者》，并出版了一本《北岛诗选》[3]。

当北岛开启诗歌创作之路时，“文化大革命”仍在进行当中。建立在理想主义之上的美好信念的破灭成为北岛写作的一个缘起。对于北岛这一代人来说，理想是像生命一样珍贵的，而曾经所信奉的价值观念的崩塌，带给他们这一代人极大的精神痛苦和心理折磨。我们可以从如下几个方面概括北岛那一阶段的诗歌创作：

第一，信仰迷失后的批判与找寻。“文化大革命”爆发时，北岛正值

---

① 西渡：《〈致橡树〉和朦胧诗》，《读诗记》，上海：东方出版中心 2018 年版，第 223 页。

② 唐晓渡、北岛：《“我一直在写作中寻找方向”——北岛访谈录》，《诗探索》2003 年第 3—4 期。

③ 北岛：《北岛诗选》，广州：新世纪出版社 1986 年版。

十六七岁，他就读的北京四中处于风暴的中心。从“红卫兵”的积极分子到一个被“革命”所放逐的人，北岛意识到这场运动并不能通向理想的广场。他的内心有一个声音在呼喊，那就是“我不相信——”。《回答》《结局或开始》《红帆船》等许多诗作，可以看作信仰迷失之后诗人内心挣扎的一种表现。由是我们说，这一阶段的创作，“诗人对世界的体察仍受到‘黑暗’与‘光明’、‘正义’与‘邪恶’等对抗性情绪因素的影响，没有也不可能对‘人’‘生’‘死’做出深刻的省悟”[①]。

在以北岛为代表的“朦胧诗人”的眼中，信仰迷失的后果便是让世界展露出它荒诞的本质。但是在他们那里，人的主体世界却可以成为救赎的标准，可以用一种正义、人道的态度去面对现实的黑暗，以一种充满殉道精神的举动来赋予个体生命的毁灭以意义。所以在北岛的诗歌当中，诗人所充当的往往是受难者和审判者的角色，他试图通过“主体”强大的力量来为世界重新立法，并不惜为此而奉献生命。

信仰的迷失不仅仅指向过去，同时也会关涉到当下的现实。长期形成的“主体性”极强的认知习惯和对世界透彻而悲观的看法塑造了诗人的思维惯性，使他认为“一定会有一个新的价值体系等待着诗人步入，一定会有一所安详的住址收留流浪多时的现代灵魂”[②]。但是现实的情况是不能让人满意的，诗人对现时和过去同样充满了怀疑。

痛苦和迷惘的精神状态使北岛这一时期的诗作增加了不少行走的意象，诗人以一个孤独者的刚强和悲凉走向那杳无人烟、白茫茫的冬天，比如《走向冬天》《迷途》《界限》等诗作。

第二，情感迷失后的缅怀与重建。诗人和自己的妹妹姗姗有着非常深厚的感情，北岛曾经在她生日时写下一首《小木屋的歌》作为纪念。姗姗的离世给北岛带来了巨大的伤痛，以至于到1990年代的时候，他还创作了一首《安魂曲——给珊珊》来祭奠自己的妹妹。

除了缅怀之作以外，北岛还创作过不少情诗。当个人的情感被排除在诗歌以外太长的时间以后，北岛的情诗就带有了某种情感重建的意味，

---

① 戈麦：《异端的火焰——北岛研究》，《新诗评论》2017年总第21辑。

② 同上。

如《黄昏·丁家湾》《雨夜》等等。张枣就曾经说过“北岛的《黄昏·丁家湾》使大学生们懂得了谈恋爱时如何说话”[1]。

第三,语言迷失后的漂泊与深入。异国他乡的个人经历带给北岛的是漂泊的生存体验,他从自己的母语当中抽离出来,面临着语言的迷失。而这种境遇反而使北岛重新认识了语言,“对于一个在他乡用汉语写作的人来说,母语是唯一的现实”[2]。所以在他这一时期的创作当中,漂泊之感和归乡之思变得非常浓烈,比如前面提到的《乡音》以及《远景》《画——给田田五岁生日》等诗作。

除此之外,对语言的深入也成为这一时期最重要的努力方向。北岛渐渐摒弃了早期直面现实的创作方向,让写作返回到语言的层面,如《零度以上的风景》这首诗所体现出的元诗意识,此外还有《练习曲》《变形》《重建星空》等。

正是这种迷失与寻找之间的张力关系构成了北岛个人内部的冲突与矛盾,在论者胡亮看来,可以归纳出七对矛盾,也就是“儿童视角与成人视角”“纯诗与政治抒情诗”“现实与个人作为现实”“生活和写作之间的训导与反训导”“说话风格的惯性与悬崖”“母语与非母语”“中国语境与异国语境”[3]。所谓“儿童视角与成人视角”的矛盾,是指北岛早期诗歌多以儿童的视角看待世界,与中后期诗歌以成年人、思想家的视角进行创作之间存在冲突,前一种充满儿童式的笨拙与无辜的诗歌,主要有《你好,百花山》《五色石》《小木房的歌》等。而“纯诗与政治抒情诗”的矛盾则是指北岛虽然抱有创作与政治无关的纯诗的志向,但是他的诗歌却表现出明显的现实关涉性,体现这一矛盾的有《雨夜》等。“现实与个人作为现实”的矛盾指的是诗人一方面对现实进行批判,同时也不断自我剖析。自己并不是无罪的,就像《触电》当中“双手合十”所带来的惨叫和烙印。

---

① 亚思明:《彼岸有界诗意无声——论转折时期的北岛的诗(1979—1986)》,《南方文坛》2013年第5期。

② 唐晓渡、北岛:《“我一直在写作中寻找方向”——北岛访谈录》,《诗探索》2003年第3—4期。

③ 胡亮:《北岛》,《窥豹录:当代诗的九十九张面孔》,南京:江苏凤凰文艺出版社2018年版,第66—67页。

“生活和写作之间的训导和反训导”,则是生活与写作之间说服与被说服、纠正与被纠正的关系。它们相互作用,互相产生影响,如《写作》《午夜歌手》《零度以上的风景》等。“说话风格的惯性与悬崖”之间的矛盾是指北岛1970年代的诗歌,在词语和意象上都带有特殊年代的烙印,这种风格延续到了北岛此后的创作当中,同时也造成了北岛诗歌当中的一些弊病,如《回答》《结局或开始》。“母语与非母语”的矛盾则是北岛去国后生存在语言夹缝中的尴尬处境。而“中国语境与异国语境”的矛盾是两种语境在禁忌和殷望之间的错位,一个语境中的禁忌可能是另一个语境的殷望,诗人在两种语境的角力当中寻找平衡,如《同谋》《四月》《守夜》《早晨的故事》等。

1980年代末去国离乡的经历让北岛这个名字渐渐淡出了人们的视野,但是他七八十年代之交创作的那些诗歌,仍然被不少读者津津乐道。北岛这一时期的诗歌体现出非常鲜明的个人特色,同时也具有非常高的艺术价值,具体而言如下:

其一,深沉、冷峻、凝重的艺术风格和强烈的怀疑精神。最能突出表现这种艺术风格的是《回答》,这种冷峻、凝重的风格还主要体现在《迷途》《界限》等诗作中。而北岛所经历的“文化大革命”这一特殊的历史情境,被认为是其艺术风格形成的主要诱发因素。北岛早期诗歌当中所承载的一代人的命运本身就带给了诗歌特殊的分量,而无处不在的悲剧意识更加深了这些作品挥之不去的冷峻和深沉的艺术特质。

其二,象征艺术手法的运用。学者李欧梵认为:“清醒的思辨与直觉思维产生的隐喻、象征意象相结合,是北岛前期和中期诗歌显著的艺术特征,具有高度概括力的悖论式警句,造成了北岛诗独有的振聋发聩的艺术力量。”[①]有学者曾指出北岛是在1970年于海边生活一段时间之后开始的诗歌创作,因此他的诗歌当中充满了大海、帆船、波浪等意象。[②] 其实这些意象不仅仅作为自然的一种描摹而被写入诗歌当中,其中承担了很多的象征意味。“北岛的意象往往自成体系,有一些意象有一种永恒的

---

① 李欧梵:《午夜歌手序》,《联合报·副刊》(台北)1995年10月10、11日。

② 戈麦:《异端的火焰——北岛研究》,《新诗评论》2017年总第21辑。

指向。比如'海'往往即象征个体生命自由和个体价值实现。"①类似的诗作在这一时期还有很多,比如《触电》《太阳城札记》《履历》等。

其三,宣言式的语言风格。北岛在早期的诗歌当中习惯使用判断的句式,形成一种宣言式的语言风格。比如《回答》当中那句著名的"卑鄙是卑鄙者的通行证,/高尚是高尚者的墓志铭",《明天,不》当中的"明天,不/明天不在夜的那边/谁期待,谁就是罪人"等。而这里的"不"也构成了北岛诗歌的关键词,在否定与宣判的语调当中,北岛一方面揭示出外在世界的荒诞,另一方面又把个人的主体性高扬到了一个全新的高度。这样的语言风格也是北岛诗歌形成深沉、冷峻、凝重的艺术风格的原因之一。

其四,充满悖论的意象群。北岛早期的诗歌当中有许多充满悖论的情境,"否定式意象组合几乎俯拾皆是……这种悖论式的思考,是对现实与历史的更深的思考。悖论,作为诗人感知世界认识世界的一种独特方式,实际上在北岛笔下已超越了形式上的语义层次,告诉人们:世界上也许有些事确乎是不可理喻的"②。

为了营造这种悖论式的情景,北岛惯于设置两类不同的诗歌意象,其中一类象征的是光明、希望、人性和意义,带有理想色彩,比如天空、鲜花、海洋、玫瑰等;另一类象征的则是死亡、荒诞、无意义和非人性,带有否定色彩和批判意味,比如铁栏杆、网、冰川等。

不可否认的是,北岛早期诗歌的意象选取留存着特殊年代的深刻烙印,钟文就曾经在文章中说道:"北岛二十世纪七十年代早期的诗与后来的诗有很大的不同。他早期的诗更多的还保留着那个时代的烙印,从用语选择到意象创造。比如他在《一束》《太阳城札记》《一切》等诗歌中大量使用的还是像海湾、帆、喷泉、画框、日历、罗盘等等那个时代泛滥的诗物象。诗人用的图画常常是'童年清脆的呼唤''开满野花的田园''陪伴星星的夜晚'。这些用词是鲜亮的,但又是呆板的、公用的,是没有诗人个人体验性在里面的时代话语,是滥用的、单向性的、平面化的时代沿用

---

① 戈麦:《异端的火焰——北岛研究》,《新诗评论》2017 年总第 21 辑。

② 吴晓东:《"走向冬天"——北岛的心灵历程》,《读书》1987 年第 1 期。

语。但是我们又应该看到,诗人沿用了这些词汇,却常常是用别人的酒用来浇自己的块垒,不妨碍诗人创造出真实的个人化的诗歌形象,包括‘我不相信’的诗歌形象。”①

1986 年,北岛创作了他唯一的长诗《白日梦》。1980 年代末旅居国外以后,又陆续完成《旧雪》《走廊》《零度以上的风景》《开锁》等诗集。与此同时他也创作了大量的散文,结成《蓝房子》《时间的玫瑰》《青灯》等散文集。

以 1980 年代末去国为界限,北岛的创作可以划分为前后两个阶段。这两个阶段的诗歌在内容上有明显的差异,其中最突出的就是对语言本身的关注。此外,北岛去国后诗歌的艺术风格发生了明显变化,由对现实的直接指涉,退回到了写作和语言当中。这一时期的诗歌也加入了更多现代性的成分,象征的运用不再像早期那样带有较多的文化记忆积淀,而是从个人经验出发,因而显得更加晦涩和内敛。我们可以通过引入“流散写作”②和“漂移”理论来切入北岛后期的诗歌创作,从而更深入地剖析其总体上的艺术特色。

所谓“流散写作”“即一些离开自己故土流落到异国他乡的作家或文化人自觉地借助于文学这个媒介来表达自己流离失所的情感和经历。由于他们的写作是介于两种或两种以上的民族文化之间的,因而他们的民族和文化身份认同就是分裂的和多重的”③。而“漂移”则是法国思想家居伊·德波(Guy Dobord)在“景观”概念的基础上提出来的一个理论,指试图用在城市中漫游和慢游的方式构建自主情境以打破规范化对人的身体和思想的禁锢,鼓励大众抽离出既有的生活重新认识城市和自我。④从不同流散诗人对家园和城市的书写中我们可以看到空间的转移对诗歌

---

① 钟文:《北岛的文本意义》,《诗探索》2016 年第 5 期。

② 采用“流散写作”而非“流亡写作”的说法,实则借鉴清华大学王宁教授的理论成果:本质而言二者内涵相同,但“流亡写作”不能涵盖那些“有意识地自我移居海外的但仍具有中国文化背景并与之有着千丝万缕联系的作家”,而“流散写作”则具有更为丰富的外延,它强调流散作家身上的漂泊性和流动性。

③ 王宁:《流散文学与文化身份认同》,《社会科学》2006 年第 11 期。

④ 〔法〕居伊·德波:《景观社会》,王昭风译,南京:南京大学出版社 2006 年版,第 150 页。

形象的营造和主体生命的多维影响。

北岛自20世纪80年代末至2007年受聘于香港中文大学定居香港，其在海外近20年的创作可以纳入“流散写作”的范畴。与大多数流散作家一样，北岛与异域文化之间始终保持着一定的距离，对本土的经验和记忆占据着诗人的灵魂，他的诗歌中充满了浓重的忧伤和对祖国刻骨铭心的思念，在“怀乡”、孤独的言说、对命运漂泊与时间动荡的感悟之中，彰显出“漂移”的美学特质。

如果说早期北岛是以理性和人性为准绳，在诗歌中力图建立其理想中历史的“理性法庭”，那么，在流散写作中，由于地域、文化、政治、语境的改变和生活居所不断的漂移，他完成了历史观的转变，那是一种从生命内部生发出来的深度的个体反思。

作为北岛海外时期的生存境遇，对于流散的意义，从理性到体悟尤其是个体生命层面，诗人均有触及，他的诗歌写出了流亡海外的孤独感、带有浓烈身世感的怀乡之情以及异境汉语写作的困境和自己秉持的突围精神：“在母语的防线上/ 奇异的乡愁/ 垂死的玫瑰”[①]和“我对着镜子说中文”[②]，从母语视域刻写出诗人身居海外无以返乡的精神磨砺，不仅是诗人自身，“乡音”也陷落于一种漂移的困境之中，诗人意识到“必须修改背景/你才能够重返故乡”[③]。身份背景是诗人致命的痛，重要性已胜于个体的存在乃至主观意愿，其中暗含有沉重的隐喻。

三、《回答》与《乡音》导读

北岛被看作“朦胧诗”的领袖，与其在当时的巨大影响力有很大关系。从表面上看，《回答》似乎代表的是一个时代的共同声音，其实诗中既有时代的共振，也有自我的音调，整个时代的精神苦闷透过个人得以传

① 北岛：《无题》，《在天涯：诗选1989—2008》，北京：生活·读书·新知三联书店2015年版，第55页。

② 北岛：《乡音》，《在天涯：诗选1989—2008》，第23页。

③ 北岛：《背景》，《在天涯：诗选1989—2008》，第70页。

达出来。《回答》所回答的是一位诗人对荒谬时代的怀疑、批判和挑战，也包含着对未来的凝视和期望：

卑鄙是卑鄙者的通行证，
高尚是高尚者的墓志铭。
看吧，在那镀金的天空中，
飘满了死者弯曲的倒影。

冰川纪过去了，
为什么到处都是冰凌？
好望角发现了，
为什么死海里千帆相竞？

我来到这个世界上，
只带着纸、绳索和身影，
为了在审判前，
宣读那些被判决的声音：

告诉你吧，世界
我——不——相——信！
纵使你脚下有一千名挑战者，
那就把我算作第一千零一名。

我不相信天是蓝的，
我不相信雷的回声，
我不相信梦是假的，
我不相信死无报应。

如果海洋注定要决堤，
就让所有的苦水都注入我心中，
如果陆地注定要上升，

就让人类重新选择生存的峰顶。

新的转机和闪闪的星斗，
正在缀满没有遮拦的天空。
那是五千年的象形文字，
那是未来人们凝视的眼睛。[①]

《回答》创作于1973年，其中充满了对时代的怀疑精神以及对历史的使命感。这首诗既有启蒙色彩，又有审美维度，它傲然于时代的审美趣味之上，又与时代的总体性情绪具有某种意义上的共振。正是以《回答》为代表的北岛早期诗歌，"证明了政治维度是文学性所先天包含的重要维度，而且是在审美化的实践中真正表现出来的"[②]。

北岛在诗歌的开头就用一种振聋发聩的音调喊出了"卑鄙是卑鄙者的通行证，/高尚是高尚者的墓志铭"这一悖论式的箴言，在晦暗的年代里发出了石破天惊的呐喊。整首诗以一种格言式的语句开场，语调直硬，就是为了打碎荒诞年代借以掩饰自我的面具，字字见血地刺入历史现实的内核。然而接下来的诗句并没有延续这种力举千钧的语言力度，而是用"看吧"两字稍作停顿，进而将视线转移到了具体的物象上面。在这两行诗句当中，诗人用"镀金"修饰天空，用"弯曲"修饰倒影，前者加深了天空的辉煌、肃穆之感，后者却进一步放大了死者的屈辱。这两种影像叠加到一起，把特殊年代的历史悲剧放大到了触目惊心的程度。这里可以用1980年代初北岛说过的一段话进一步予以解释：

诗歌面临着形式的危机，许多陈旧的表现手段已经远不够用了。隐喻、象征、通感、改变视角和透视关系，打破时空秩序等手法为我们提供了新的前景。我试图把电影蒙太奇手法引入自己的诗中，造成意象的撞击和迅速转换，激发人们的想象力来填补大幅度跳跃留下

① 北岛：《回答》，《履历：诗选1972—1988》，第12页。

② 吴晓东：《从政治的诗学到诗学的政治——北岛论》，《新诗评论》2009年总第10辑。

的空白。另外，我还十分注重诗歌的容纳量、潜意识和瞬间感受的捕捉。①

也就是说，《回答》接下来的诗行可以当作这一论述的注解。冰川纪是一个地理概念，指的是地球被大量的冰川所覆盖的地质时期。冰川纪早就已经成为遥远的历史，而我们的现实生活中却到处都是冰凌。好望角从字面上可以理解为“美好希望的海角”，死海则因为其过高的含盐量而不适合大部分生物的生存。然而不可思议的是，了无生机的死海里熙熙攘攘，而寓意美好的好望角却无人问津。诗人将这两个相互平行的悖论式情境剪接到了一起，通过一种象征蒙太奇的手法，营造出了一派萧条、死寂的景象。

在诗的第三节，“我”的视角首次登场。这里的“我”既是一个“大我”，传达整个时代的苦闷与迷惘；同时也是一个“小我”，一个无所畏惧的挑战者和义无反顾的殉道者的化身。诗人来到这个世界“只带着纸、绳索和身影”，其中“纸”是为了书写审判的词语，“绳索”既可以是每个人与生俱来的束缚，也可以是献身者被押上刑场时所使用的刑具，而“身影”则和第一节的“倒影”相对应，代表的是一种献身的决心。这里的纸、绳索和身影都是对称于现实压力的反抗方式，面对时代的险恶和被无端审判的命运，诗人毫无畏惧地发出挑战者的声音。这是一个孤绝的战士诗人形象，似乎从诗的文字缝隙中放大出来，如此清晰地凸显在我们面前。

程光炜认为北岛是一位政治意识很强的抒情诗人，“擅长用较强烈的情绪来暗示自己历史处境”②，这在《回答》一诗中体现得比较鲜明，当现实的荒诞让诗人再也无法呼吸的时候，诗人以决断的情感向世界喊出了自己的答案：“我——不——相——信！”“我不相信天是蓝的，/我不相信雷的回声，/我不相信梦是假的，/我不相信死无报应。”一连串的否定加重了诗歌的语气，也加快了诗歌的语速，在读者的头脑中呈现出了一个痛心疾首、大声呼喊的先觉者的形象。这位先觉者不仅挑战着这个荒诞

---

① 转引自方克强《“百家诗会”座谈简讯》，《上海文学》1981 年第 5 期。

② 程光炜：《中国当代诗歌史》，北京：中国人民大学出版社 2003 年版，第 259 页。

世界所有不合理的秩序,同时也承担着因为反抗可能导致的一切后果:“如果海洋注定要决堤,/就让所有的苦水都注入我心中”,其间洋溢着一种舍生忘死的英雄主义情怀,同时包含了难能可贵的担当意识。

诗歌的最后一行从慷慨激昂的呐喊回到了对未来的希冀当中,他希望未来的人们可以透过历史的层层迷雾,将整个民族引向“新的转机”。

多年以后,当北岛再次谈及《回答》的时候,他说:“现在如果有人向我提起《回答》,我会觉得惭愧,我对那类的诗基本持否定态度。在某种意义上,它是官方话语的一种回声。多是高音调的,用很大的词,带有语言的暴力倾向。”①

诗学观念的转变让北岛开始反省自己早期诗歌创作中宣言式的语言风格以及对个人主体性的过分倚重。但是不管怎么说,以《回答》为代表的北岛早期诗作,不单单给诗歌创作带来了一种新的美学原则,还以其直面现实的艺术旨趣应和了特殊时期在一般读者心目中普遍存在的情感体验,不仅具有艺术价值,还具有相应的社会价值。“北岛的意义正在于把抗议的声音和反叛的政治向诗学积淀。”②

北岛早期的诗歌不仅表现出了直面现实的勇气,而且还包含了一种走向虚无的执拗。从这一层面来看,北岛与鲁迅具有某种程度上的相似性。他们都面临着既有价值观念的破灭,同时又对现实当下抱有一种悲观的情绪。但是与鲁迅不同的是,北岛仍然坚信主体的力量,即使面对人生的荒诞,也仍然要反抗荒诞,以一种强劲的个性走向虚无。于是“走”的意象便反复出现在北岛的诗歌当中,比如《迷途》一诗:

沿着鸽子的哨音
我寻找着你
高高的森林挡住了天空
小路上
一棵迷途的蒲公英
把我引向蓝灰色的湖泊

---

① 唐晓渡:《热爱自由与平静——北岛答记者问》,《中国诗人》2003年第2期。

② 吴晓东:《从政治的诗学到诗学的政治——北岛论》,《新诗评论》2009年总第10辑。

在微微摇晃的倒影中

我找到了你

那深不可测的眼睛①

与《回答》那种冷峻但是决绝的语调不同,《迷途》更多地带有一种凝重和阴郁的色彩。它的内涵变得晦涩并且飘忽不定,给人一种难以把捉的朦胧之美。

"沿着鸽子的哨音/我寻找着你","寻找"成为这首诗最主要的内容。虽然我们并不能确定"你"指的是什么,但是"鸽子的哨音"却是相对明确的,它具有一种明朗而愉悦的指向,更多地会让人联想到秋日高远的天空。但是紧接着,诗人却写道,"高高的森林挡住了天空",原本明确的方向被遮蔽了,森林以其阴森压抑的形象阻断了继续寻找的道路。

"在小路上/一棵迷途的蒲公英/把我引向蓝灰色的湖泊",当天空与道路迷失之后,诗人却在一条小路上找到了一棵蒲公英。这里要特别注意的是,被用作题目的"迷途"再次出现,被拿来形容蒲公英。也就是说蒲公英虽然扮演了引领者的角色,但是它本身仍然是不确定的,是深不可测的。从明朗、清晰的鸽哨转向轻盈却不确定的蒲公英,其中包含了诗人由对明确的信念或者方向的确信转向对不确定或者说虚无的凝视。

"在微微摇晃的倒影中/我找到了你/那深不可测的眼睛",跟随着蒲公英的指引,诗人进入一个幽暗而且神秘的境地。在这里湖水是灰蓝色的,眼睛是深不可测的,一切仿佛都在梦境中一样,给人以一种超现实的体验。诗人苦苦寻找的"你"仍然是无法言说、无法体察的,它虽然深不可测,却让我们体验到了一种诡异的魅力。这可以看作诗人否弃现实之后朝着虚无的一次转向,并且反抗荒诞、走向虚无的过程中并不是一无所获的,他到达的不是鲁迅意义上的无物之境,而是找到了可以看透历史与未来的神秘的眼睛。

北岛式的"我不相信"的质疑精神不仅仅指向特殊的历史年代,同时也指向诗人自己。在北岛的诗歌当中除了有《触电》对自我本身的反思

---

① 北岛:《迷途》,《履历:诗选 1972—1988》,第 55 页。

以外，也有《界限》所表达的对自我精神理想的质疑。

去国之后的北岛，其诗歌创作不管在内容上还是在艺术风格上都发生了很大的转变，《乡音》一诗体现了北岛“漂泊——还乡”的诗歌主题和对语言以及写作的深入：

我对着镜子说中文
一个公园有自己的冬天
我放上音乐
冬天没有苍蝇
我悠闲地煮着咖啡
苍蝇不懂什么是祖国
我加了点儿糖
祖国是一种乡音
我在电话的另一端
听到了我的恐惧①

在远离中国的西方社会，中文成了北岛与家乡之间仅存的联系，与此同时语言也成为他这一时期诗歌所表现的最主要的对象。

诗中，北岛运用了镜像化的写作方式。除最后两行以外，诗歌的单数行表现的是诗人当下的日常生活：说中文、放音乐、煮咖啡等，看似平静而安宁。而双数的诗行表现的是一个镜像里的世界，前一行的意象递接到下一行里面，首尾相连，展现的是语言的公园在冬天里的荒芜状态。北岛以这样的方式将诗歌本身分为两个部分，相互映照相互补充。直到诗歌的最后两行，通过一条电话线，两个世界猝然撞击，诗人所感受到的只能是语言“漂移”状态下的无所适从以及随之而来的一种深深的恐惧。

“祖国”“乡音”等词汇成为北岛这首诗中的关键词，强烈的怀疑精神和现实色彩不见了，代之以现实和精神上的双重漂泊以及由之而来的归乡的努力。

---

① 北岛：《乡音》，《在天涯：诗选 1989—2008》，第 23 页。

结　语

洪子诚、刘登翰主编的《中国当代新诗史》设立专章讨论了"朦胧诗"与《今天》杂志的情况。该书认为北岛是"朦胧诗人"当中"最具争议的一位",他的《回答》《宣告》《结局或开始》《履历》等代表作,"在悲剧性的抗争道路上,表现了'觉醒者'的内心紧张冲突,历史'转折'的意识和类乎'反抗绝望'的精神态度,表现了在批判、否定中寻找个体和民族'再生'之路的激情"①。而其后期的诗歌创作则明显发生了变化,其国外的诗歌创作一方面延续了国内时期的诗歌艺术风格,另一方面又加入了犹疑、对话等基调,语言、情感朝着简洁、内敛的方向发展。诚然,前后两个创作阶段的艺术特色基本分别凝聚于《回答》与《乡音》之中。去国时期的北岛对自己前期的诗歌创作进行了一定程度的反思。他由一位悲剧式的受难者形象转变为现实和语言当中的漂泊行者形象,而且他的诗歌创作也变得更为复杂与多元。然而不管是肯定也好还是批评也罢,随着时间的推移,北岛的许多诗篇都已成为诗歌史上的经典之作。不管谁谈及"朦胧诗",北岛永远是绕不开的诗人。如今,他依然以一种不断行走的姿态在诗歌和散文的广阔疆域孜孜探寻。

(撰文:孙晓娅)

扩展阅读:

1. 北岛:《履历:诗选 1972—1988》。
2. 北岛:《时间的玫瑰》,北京:生活·读书·新知三联书店 2015 年版。
3. 北岛:《在天涯:诗选 1989—2008》。
4. 洪子诚:《北岛早期的诗》,《海南师范学院学报(社会科学版)》2005 年第 1 期。

---

① 洪子诚、刘登翰主编:《中国当代新诗史》(修订版),北京:北京大学出版社 2005 年版,第 187 页。

5. 唐晓渡、北岛:《“我一直在写作中寻找方向”——北岛访谈录》,《诗探索》2003 年第 3—4 期。
6. 王干:《历史 · 瞬间 · 人》,《文学评论》1986 年第 3 期。
7. 吴思敬:《论北岛》,《中国现代文学研究丛刊》2014 年第 10 期。
8. 吴晓东:《从政治的诗学到诗学的政治——北岛论》,《新诗评论》2009 年总第 10 辑。
9. 钟文:《北岛的文本意义》,《诗探索》2016 年第 3 期。
10. 孙晓娅:《论北岛“流散写作”中的“漂移”诗学》,《中国现代文学研究丛刊》2016 年第 10 期。

附慕课视频:

这个萝卜好神奇

——莫言《透明的红萝卜》导读

莫言是中国第一位荣获诺贝尔文学奖的著名作家。从高密东北乡的高粱地走向诺贝尔文学奖的领奖台,他经历了什么样的人生与文学之旅呢?

莫言1955年出生于山东高密县大栏村。出生之后,莫言一直在乡村生活,乡村的贫困、乡村生活的悲凉,是他童年中最重要的心灵记忆。1976年,他非常侥幸地应征入伍,离开了家乡,从此以后,在部队工作多年,在此期间,从战士"提干",1984年秋天又上了解放军艺术学院文学系的作家班,学习两年。

1980年代中期,中国文坛名家辈出、新作迭现。莫言在1985年写出了《透明的红萝卜》,一举成名,引起文坛重视。在《透明的红萝卜》之后,莫言的创作一发而不可收,先后发表《枯河》《爆炸》《金发婴儿》《白狗秋千架》等一系列作品。当然,真正奠定了他在当代文坛重要地位的是《红高粱》,或者说是"红高粱"系列。最初是一部中篇小说《红高粱》,之后又写了它的续篇《高粱酒》《高粱殡》《狗道》《奇死》等,组成了"红高粱"系列,这也可以看作一部组合型的长篇小说。

从1980年代末一直到21世纪以来,莫言一直是当代文坛上一位非常活跃、有成就、有影响力的作家。这一段时期,他的重要作品有《白棉花》《丰乳肥臀》《檀香刑》《四十一炮》《生死疲劳》《蛙》,还有短篇小说《师傅越来越幽默》等。可以说,从1985年发表《透明的红萝卜》开始,莫言在表现生活、表现心灵的深度和力度上,在小说艺术的探索上,都作出了重要的努力,取得了骄人的成绩,堪称实力派作家。他的很多作品被改编为影视作品,对影视艺术的发展也作出了贡献。

莫言在乡村中整整生活了20年,他在乡村中接受了最初的文学教育,并受到地域文化的熏陶,这些使得他的创作形成了表现乡村生活的独特视角以及浓郁的地域特色。下面,我们尝试解读《透明的红萝卜》,兼及莫言的其他一些作品,从而对莫言的创作特色有一种比较深入、全面的讨论。

一、孩子眼中的成人世界

《透明的红萝卜》是一篇以孩子的视角展开的作品。主人公黑孩,八九岁一个小孩子,既是作品的主人公,又是作品中各种事件的在场者、观察者和隐形的叙事者。这和我们通常的儿童文学是不一样的,儿童文学作品通常以孩子为主人公,但是他们或者仅仅生活在儿童的世界,或者仅仅在儿童和成人世界的关系上发生各种纠葛各种矛盾。《透明的红萝卜》是一个孩子来到一个成人的世界,孩子在展开自己的心灵想象的同时,也在观察、认识、体验着那样一个特定年代成人生活的世界。同时,《透明的红萝卜》并不是一个按照我们通常的分析,有矛盾的开端、有发展、有矛盾的高潮、有结尾的以情节和冲突见长的作品,而是让黑孩的一双眼睛,既看到现实生活的沉重,也看到现实生活的欢乐,同时还看到一个神奇的想象世界的作品。

《透明的红萝卜》故事并不是很复杂,但是它有几条线。第一条是黑孩自己过去的和在作品中展现出来的生活状况和心灵世界(这一点我们后面还会具体讲)。第二条是他所观察到的成人世界,包括这样几组人物关系:一组是黑孩和小石匠、小铁匠、老铁匠、菊子姑娘;再一组是小铁匠、小石匠,两个都很优秀的年轻人,与菊子姑娘的爱情,以及围绕爱情展开的争夺和决斗。第三条是老铁匠和小铁匠这一对中国传统的手工艺人之间,师傅和徒弟,教和学,怎么教,怎么学。当然还有潜在的成规,我们过去有一句老话:教会徒弟,饿死师傅。

在一个相对有限的市场里,师傅往往要保留一种绝招,一种诀窍,以保持他的技术垄断。作品中,小铁匠跟老铁匠打铁打了3年,而且,劳动场面非常精彩,技术出神入化,但就是有一种技术没有学会:老铁匠把烧红的锻打好的钢钻子放到水里去淬火,这样一道工艺,是他严格保守的秘密,不让小铁匠插手。这个过程,既要看怎样把钢钻子放到水中,同时还有对水温的控制。小铁匠为了学会这手艺,趁老铁匠不注意的时候,一下子把手臂伸进水桶里去,测试水温,体会水温。老铁匠毫不犹豫地,把烧红的钢钻子一下子捅到小铁匠的胳膊上。但是这样的细节背后,作家还写了另一笔:老铁匠胳膊上同样也有一个这样的伤疤。这样就让大家去联想,很可能老铁匠当年也是用同样的办法,从师傅那里偷学来这样的手艺。当然,生存非常残酷。小铁匠虽然被烫伤,但是他掌握了铁匠这一行技术中淬火这一道工序的诀窍,于是老铁匠最后只好卷铺盖,很悲凉地离开,小铁匠成了取而代之的师傅。

从故事的内容来讲,师傅和徒弟的故事,两个年轻男性和菊子姑娘的爱情纠葛问题,似乎未必有什么特殊的、鲜为人知的秘密,但是,我们刚才讲到,这是一个在孩子眼中展开的故事。老托尔斯泰说过,在孩子和外来人眼中,他们所看到的世界都是陌生的。这句话说的是什么?说的是艺术要追求陌生化的效果,要推陈出新,使用儿童视角,用儿童的眼光看世界,就会有一种陌生感,一种新奇感,产生许多新的体验。比如说,黑孩来到水利工地,来到周围的人们当中,他眼睛里看到的老铁匠、小铁匠、小石匠、菊子姑娘,以及他们之间发生的种种纠葛和联系,对于小黑孩来讲,都是很新奇的,都是第一次。这样,作品就有一种新鲜感、陌生感。而艺术很重要的一条,就是推陈出新,用艺术的方式,改造我们观察生活、体验生活、思考生活的角度和目光。

而且,从《透明的红萝卜》开始,儿童视角,孩子的目光,在莫言的作品当中,就形成前后相承、不断采用的一种叙述视角。不管作品当中讲的是什么年代,讲的是什么样的故事,儿童的参与,儿童的观察和思考,都给这些作品带来了一种奇异的、别致的、有很多诱惑力和想象力的艺术元素。比如说《红高粱》,故事的主体写的是"我爷爷"余占鳌、"我奶奶"戴凤莲那一代人的故事。作品当中,既有成人世界的爱与死、情感与心灵,又有民族之间,中国农民和日本侵略者之间的殊死搏斗。在《透明的红萝卜》中如果拿掉小黑孩,这个作品就不能成立了。在《红高粱》当中,如果把七八岁的小豆官拿掉,这个作品的主体虽说不会受到大的伤害,但是恰恰由于小豆官的在场、评述,才使得这部作品非常生动,非常鲜活,使得这个故事有了一种童心盎然的情趣。莫言的作品里,采用儿童视角,或者是有一些成人,但仍然是以长不大的儿童的心态叙述故事的,还有《丰乳肥臀》《四十一炮》等。关于这一点,希望大家在自己阅读的时候留神。

二、小黑孩的形象分析

我们接着来分析一下作品中小黑孩的形象。小黑孩,一个苦孩子,非常苦,小小年龄,母亲去世,父亲远走关东,继母呢,自己有一个儿子,对他的排斥厌弃可想而知。小黑孩在作品当中有一个最明显的特征:尽管天气越来越寒冷,从秋天到深秋,但是他永远是光着脊梁,让人们看到后,不由得感到自己的肌肤都变得寒冷起来。同时,还有饥饿,还有小小年龄要去和成人一起干活,承受成人那样的体力付出。尽管对他可能会有一些照顾,但又能到什么程度?这样一个小小少年,面对沉重的劳动,他的付出、他的感受会如何?作品里写他砸石头,举起那把羊角锤来晃晃悠悠,左拐右拐,画了多少个曲线,才落到石头上来——

> 他左手摸着石头块儿,右手举着羊角锤,每举一次都显得筋疲力竭,锤子落下时好象猛抛重物一样失去控制。有时姑娘几乎要惊叫起来,但什么也没发生,羊角铁锤在空中划着曲里拐弯的轨迹,但总能落到石头上。[1]

小说中写他拉风箱,不是他在拉风箱,而是风箱在拉他,因为铁匠炉用的风箱个头非常大,不比农家烧火做饭的小风箱。但是,在这些苦难面前,在这些沉重的劳动面前,小黑孩表现出了异常顽强的生命力、承受苦难的能力、承受痛苦的能力。作品里小黑孩一出场的形象,就有一种先声夺人的效果:

> 墙角上站着一个十岁左右的男孩子。孩子赤着脚,光着脊梁,穿一条又肥又长的白底带绿条条的大裤头子,裤头上染着一块块的污

① 莫言:《透明的红萝卜》,洪子诚主编《中国当代文学史·作品选 1977—1999》,武汉:长江文艺出版社 2002 年版,第 363 页。

渍,有的像青草的汁液,有的像干结的鼻血。裤头的下沿齐着膝盖。孩子的小腿上布满了闪亮的小疤点。

"黑孩儿,你这个小狗日的还活着?"队长看着孩子那凸起的瘦胸脯,说,"我寻思着你该去见阎王了。打摆子好了吗?"

孩子不说话,只是把两只又黑又亮的眼睛直盯着队长看。他的头很大,脖子细长,挑着这样一个大脑袋显得随时都有压折的危险。①

这样瘦弱的身体,连他自己的脑袋都显得没有足够的力量支撑起来。在队长的问话中,还交代了他刚刚患过疟疾。好了没有呢?没有说,只是说他不必躺在床上,能够起床,能够下地劳动。但是,在这样一种生存状态中,黑孩并不仅仅让人觉得他孤苦伶仃、可怜兮兮。我们看到,他经常是处于挑战苦难、超越苦难这样一种精神状态。作品里有几个地方,一个是菊子姑娘看他砸石头的时候砸破了手指,害怕他感染,给他用手绢包起来,很快他就把手绢解下来,悄悄藏起来。这里的解释大概是这样的:他非常珍重菊子姑娘对他的情感和关怀,他既没有父爱,家里又缺少母爱,碰到菊子姑娘这样好心的年轻女性,他对于这情感的看重是可以理解的。但是,还有两个地方:一个地方是写天气冷起来了,老铁匠给他找了一件油油腻腻的衣服,他不要穿,把衣服脱下来。另一个地方是小铁匠为了偷偷地学会淬火的工艺,失败了很多次,一生气就把烧红的钢钻子扔出好远,又要小黑孩把它捡回来。第一次他不知道这东西温度特别高,拿手去捡,把手给烫了。烫了以后,脆弱一点,会哭得满面是泪;坚强一点,不哼不哈。但是小黑孩第一次是因为不知道它温度很高,用手去捡它;等他发现这个钢钻子温度很高,第二次照样伸手把它捡回来。连小铁匠都难以承受这样一种景象,小黑孩倒从容坦然。前面还有相关的描写。小黑孩的脚,脚底板很硬,他常年打赤脚,用脚把野草上带刺的蒺藜揉得粉碎,他自已倒毫无感觉。这样一个孩子,在苦难当中生存,并没有被苦难所吓倒。

---

① 莫言:《透明的红萝卜》,洪子诚主编《中国当代文学史 · 作品选 1977—1999》,第356—357页。

三、在超人的感觉和神奇的想象中超越苦难

那么,小黑孩为什么会这样呢?我们认为,这就是作品的另一面:小黑孩独特的心灵世界。他面对现实,软弱无力,是一个弱者,一个小孩子,在成人的世界当中,没有独立的地位,不管是菊子姑娘的保护,还是小铁匠的恶作剧,他都很难直接拒绝,很多时候还遭受他们的摆弄。但另一方面,小黑孩又有自己独特的心灵世界。在现实生活当中,他很迟钝,似乎没有多少痛苦感,也没有语言能力,作品并没有说他是不是一个哑巴,但他从头到尾没有说过一句话。这种感觉的迟钝、语言的匮乏,和他的性格、他心灵的另一侧面,形成一种有趣的对照。他有一种超常的感觉能力,同时有一种独特的理想追求。这样一个孩子,他保持了对现实、对自然万物的一种敏锐感受,一种奇特的通感,把听觉、视觉、触觉、嗅觉等融为一体的那样一种感受能力。

在作品里,有很多这样的描写,我们举一两个例子。在工地上,公社的刘副主任"刘太阳"给民工讲修水利的意义,自以为是地训话——

> 刘副主任的话,黑孩一句也没听到。他的两根细胳膊拐在石栏杆上,双手夹住羊角锤。他听到黄麻地里响着鸟叫般的音乐和音乐般的秋虫鸣唱。逃逸的雾气碰撞着黄麻叶子和深红或是淡绿的茎杆,发出震耳欲聋的声响。蚂蚱剪动翅羽的声音像火车过铁桥。[①]

注意这一句,听到秋虫鸣唱,听到鸟叫般的音乐,我们还可以理解,我们也可能听到,下面这一句,"逃逸的雾气碰撞着黄麻叶子和深红或是淡绿的茎杆,发出震耳欲聋的声响",雾气,本来是一种视觉的东西,在这里变成了听觉。小黑孩还可以听到"蚂蚱剪动翅羽的声音,像火车过铁桥",火车过铁桥,咣当咣当,那是什么劲儿?小蚂蚱振动翅羽,那是什么劲儿?但是他就可以听到。另一个地方,是写黑孩坐在那里砸石头,但是他听到

---

① 莫言:《透明的红萝卜》,洪子诚主编《中国当代文学史·作品选 1977—1999》,第360页。

河上传来一种奇异的声音：

> 黑孩的眼睛本来是专注地看着石头的，但是他听到了河上传来了一种奇异的声音，很像鱼群在唼喋，声音细微，忽远忽近，他用力地捕捉着，眼睛与耳朵并用，他看到了河上有发亮的气体起伏上升，声音就藏在气体里。只要他看着那神奇的气体，美妙的声音就逃跑不了。他的脸色渐渐红润起来，嘴角上漾起动人的微笑。[①]

黑孩在成人的世界里很难与他人交流，尤其他从头到尾都不说话，不说话别人怎么理解你的心态？从他的眼睛、从他的点头摇头，这只是比较简单的交流。没有语言怎么交流？但是莫言笔下的小黑孩，在用自己非常奇特的感受能力，与周围的大自然、与乡村生活的各种景物进行交流，他具有一种非常奇特的感觉能力。莫言自己说过，他十一二岁参加劳动，因为年龄小，于是派他一个人去放牛放羊，他在放牛放羊的时候，经常在山坡上、草丛里与自然万物交流对话，对自然万物体察入微。这样一些描写也更新了我们自己对于生活的感觉印象，让我们耳目一新，让我们发现自己感官的迟钝和蒙昧。

注重感觉式的描写，注重人物的感觉能力，这在莫言的许多作品当中都是非常常见的。这种感觉的放大，时空的拓展，是莫言小说描写当中非常独特的艺术手法。比如他的中篇小说《爆炸》，一开场，面对在外面当干部的儿子回到乡下要和妻子离婚，在农村当农民的父亲非常气愤，举起手来扇了儿子一巴掌。这一巴掌不足为奇，奇妙的是在父亲这一巴掌落下的同时，四面八方各种各样的信息都萃集在这一瞬间：天上的喷气式飞机，地上的人们围追黄鼠狼的声音，还有天地之间各种各样的声音，田野上各种各样的景象，都在父亲的巴掌落下来的一瞬间展现开来。这样的描写，与我们常规的写实描写大异其趣，富有一种艺术创新的意义。

小黑孩令我们感到神奇的，还不仅仅是特殊的感觉能力，他还有一种自己的追求、自己的向往。莫言在谈到《透明的红萝卜》写作的时候说过：

---

① 莫言：《透明的红萝卜》，洪子诚主编《中国当代文学史 · 作品选 1977—1999》，第363页。

> 我觉得写痛苦年代的作品，要是还像刚粉碎“四人帮”那样写得泪迹斑斑，甚至血泪斑斑，已经没有多大意思了。就我所知，即使在“文革”期间的农村，尽管生活很贫穷落后，但生活中还是有欢乐，一点欢乐也没有是不符合生活本身的；即使在温饱都没有保障的情况下，生活中也还是有理想的。当然，这种欢乐和理想都被当时的政治背景染上了奇特的色彩，我觉得应该把这些色彩表达出来。把那段生活写得带点神秘色彩、虚幻色彩，稍微有点感伤气息也就够了。①

莫言的小说，一方面对于农村那样一种沉重的充满了荒凉感的生活状况描写得力透纸背。他表现这种生活举重若轻，灵活自如。小黑孩的许多痛苦许多苦难都不必多说，他一出场那样的景象，然后队长问他，你的打摆子好了吗，后来在工地上，羊角锤摇摇晃晃东倒西歪地落下去，都表达了很多沉重的东西，很多令人感叹的东西。但另一方面，小黑孩的奇特感觉朝什么方向引申？朝他的理想追求，朝小黑孩童心当中的理想。这种童心当中的理想，通过透明的红萝卜表现出来。像他自己说的，把那段生活写得带点神秘色彩、虚幻色彩，稍微有点感伤气息也就够了。这种神秘、虚幻，都是建立在小黑孩奇特的感觉能力、和大自然万物心灵交流的能力基础上。正因为在作品当中许多地方描写和铺垫了小黑孩的这种能力，于是，当小黑孩在铁匠炉旁边看到那样一只璀璨透明、银色的液体流动着的红萝卜的时候，我们会顺理成章地接受，而不是指责：小黑孩怎么会把一只普普通通的红萝卜看得这么玲珑剔透、璀璨夺目，富有一种神奇的魅力呢？当然，也许是因为小黑孩的现实世界有太多的匮乏、太多的沉重、太多的压抑，他的心灵无法在现实中得到释放，得到解脱，于是假借这么一只普普通通微不足道的红萝卜表现出来——大家注意一下，这只萝卜个头小，几个人拿来吃的时候遗漏掉了，随手放在打铁用的铁砧子上，然后在炉火的映照下突然焕发出奇光异彩。而且这种光彩，只有小黑孩看到了，但这样一个场面，写得非常之美、非常传神：

---

① 徐怀中、莫言等：《有追求才有特色——关于〈透明的红萝卜〉的对话》，《中国作家》1985年第2期。

铁砧踞伏着,像只巨兽。他的嘴第一次大张着,发出一声感叹(感叹声淹没在老铁匠高亢的歌声里)。黑孩的眼睛原本大而亮,这时更变得如同电光源。他看到了一幅奇特美丽的图画:光滑的铁砧子。泛着青幽幽蓝幽幽的光。泛着青蓝幽幽光的铁砧子上,有一个金色的红萝卜。红萝卜的形状和大小都像一个大个阳梨,还拖着一条长尾巴,尾巴上的根根须须像金色的羊毛。红萝卜晶莹透明,玲珑剔透。透明的、金色的外壳里包孕着活泼的银色液体。红萝卜的线条流畅优美,从美丽的弧线上泛出一圈金色的光芒。光芒有长有短,长的如麦芒,短的如睫毛,全是金色,……①

从一只普通的红萝卜,上升为一个非常神奇的审美意象,小黑孩对着萝卜,不是因为嘴馋,不是因为肚子饿一心要把这萝卜吃掉,而是被炉火映照下的萝卜的熠熠生辉所吸引,唤起了他对美的追求。于是在作品当中,这只萝卜被小铁匠扔到河里后,他曾经下河去想把这只小萝卜打捞起来,却没有成功,后来他再一次来到萝卜地,想在萝卜地里拔出来的萝卜上重新看到那样一种令人迷醉的动人景象。可想而知,怎么可能重现炉火映照下神奇的萝卜那样一种景象?那稍纵即逝,不可复现。但是在这里作家保持了足够的分寸感,让他仍然是一个小孩子。我们说不可能,是成人会这么想。但是小黑孩有他自己的儿童的逻辑,他把那一片萝卜地全都拔光了,拔起来以后,仍然没有找到那样一只透明的、金光璀璨、外边闪着金光、里边银色液体流动的红萝卜。那样一只萝卜失而不可复得,而作品里和作品标题所标示的“透明的红萝卜”的景象,足以让我们赞叹作家的感受力和想象力的神奇和独到。

最后我们再讲一些解读《透明的红萝卜》的细节。我们曾经组织几个同学讨论《透明的红萝卜》,有两个地方解读起来比较困难。一个是说小石匠和菊子姑娘对小黑孩都很关爱,小石匠和黑孩是一个村的,对小黑孩比较关照,菊子姑娘对小黑孩的关怀更是写得淋漓尽致,但是,当小铁

---

① 莫言:《透明的红萝卜》,洪子诚主编《中国当代文学史 · 作品选 1977—1999》,第381页。

匠、小石匠最后为了爱情进行决斗,为什么小黑孩帮的是小铁匠?他应该帮谁?大家觉得这地方难以说通。我们的解释是,看两个男子汉的那一场决斗,在3个回合当中,小石匠都落了下风。小石匠抓了一把沙土,朝小铁匠脸上扔过去。我们知道,本来小铁匠的一只眼睛就有毛病,只有一只眼睛有视力,沙土扬过去,把小铁匠的眼睛蒙住了。小石匠乘虚而入,殴打小铁匠,就胜之不武。小黑孩尽管跟小石匠和菊子姑娘都很亲近,但还有他自己的辨别能力,至少在这样一个情境面前,他愿意帮助小铁匠是讲得通的。作品还有一个细节:在最冷的天气,黑孩穿上了一身衣服。这衣服是谁给的?我们讨论了一番,是小铁匠,还是小石匠和菊子姑娘?争论一番,各说各有理,最后也没有一个结论。小黑孩的这一身衣服,也就是他后来把那一片萝卜地全都拔光的时候,被看管萝卜地的农民剥下来的那一身衣服。

(撰文:张志忠)

扩展阅读:

1. 程光炜:《颠倒的乡村——再读莫言的〈透明的红萝卜〉》,《当代文坛》2011年第9期。
2. 杨剑龙:《梦境中的童年记忆——读莫言的〈透明的红萝卜〉》,《名作欣赏》2013年第12期。
3. 张清华:《细读〈透明的红萝卜〉:"童年的爱情"何以合法》,《小说评论》2015年第1期。
4. 许丽宁:《〈透明的红萝卜〉中的陌生化手法与通感体验》,《兰州教育学院学报》2018年第7期。

都市·日常·女性
——王安忆《长恨歌》导读

王安忆,1954年出生于南京,1955年随其母茹志鹃迁居上海。1970年赴安徽插队落户,1972年考入徐州地区文工团,1978年回到上海,出任《儿童时代》小说编辑,1987年进入上海作家协会进行专业创作至今。现为上海市作家协会主席,复旦大学教授。著有短篇小说集《雨,沙沙沙》《流逝》《小鲍庄》《荒山之恋》《海上繁华梦》等,长篇小说《69届初中生》《纪实与虚构》《长恨歌》《启蒙时代》等。她的代表作品《长恨歌》最早于1995年连载于《钟山》杂志第2、3、4期上,1996年由作家出版社发行单行本。《长恨歌》在2000年被选为1990年代最有影响力的中国作品之一、获第五届茅盾文学奖,2001年获世界华文文学奖。

小说以上海为背景,讲述了一个女人40年的情与爱。在上海弄堂中长大的少女王琦瑶,偶然参加了"上海小姐"的选举并夺得了第三名的成绩,成为家喻户晓的"三小姐"。选举结束后,王琦瑶被国民党要员李主任收作外室,在爱丽丝公寓中度过了一段梦幻奢华的日子,可惜好景不长,不久李主任便死于一次飞机失事。在此之后,王琦瑶曾到乡下待过一段时间,但最后还是回到上海的弄堂中继续生活,她先后与几个男人产生情感纠葛,并在生活困境与情感纠结中生下女儿薇薇。时代的浪潮在她脚下流过,却未曾真正波及她。1980年代,一股怀旧潮流席卷上海,王琦瑶也成为一代青年人的精神导师。最终,女儿同学的男朋友为了金钱,在一次入室盗窃中扼死了王琦瑶,使其命丧黄泉。

王安忆用细腻而绚烂的笔调,展现出一个女人的一生。王琦瑶生命中的爱恨情欲,与上海这座大都市从1940年代到1990年代的沧桑巨变交织在一起。上海弄堂女人的期待、躁动和失望,她们对情爱的追求与幻灭,在我们面前依次展开。王安忆对细小琐碎的生活细节精心刻画,展现出时代变迁中的人和城市,《长恨歌》因此被誉为"现代上海史诗"。

一、城市精神的发掘

翻开《长恨歌》首章,开篇就显示出王安忆驾驭一个城市的意图:

> 站在一个制高点看上海,上海的弄堂是壮观的景象。它是这城市背景一样的东西。街道和楼房凸现在它之上,是一些点和线,而它则是中国画中称为皴法的那类笔触,是将空白填满的。当天黑下来,灯亮起来的时分,这些点和线都是有光的,在那光后面,便是上海的弄堂了。①

从地域角度看,每一个城市都有自己独特的文化特征,而这种文化底蕴只属于它的地域性城市"精髓"。现代城市不仅是一个地理概念和社会概念,更是一个内涵极其丰富的文化概念,一种由文明形成的群体行为和生活方式,是人类社会的意识形态。上海作为真正意义上的城市,已是王安忆文本世界的独特精神存在,一种囊括了城市精髓的文化符码。

上海在五口通商之前只是一个普通的小渔村,自1843年开埠以来,大量的外国新鲜事物涌入上海,上海对外贸易增加,银行、交易所、汽车、电灯等先进事物变得随处可见。到了20世纪40年代,上海的发展水平已经远远超过了中国同时期的北京、广州等城市,成为引领中国潮流的国际化大都市。上海经历了中国近代沦落为半殖民地半封建社会的历史过程,深切感受了中国现代各种文化的碰撞与渗透,特殊的发展历史带来了丰富的物质资源与开放的文化态势,打造出了上海独一无二的特质。

伴随着上海的发展,市民经济不断兴起,越来越多的作家将目光投向了这个摩登城市。李欧梵在《上海摩登——一种新都市文化在中国》②中对上海的城市文化背景进行了详细的介绍,并在一批作家及其作品与城

---

① 王安忆:《长恨歌》,上海:东方出版中心2008年版,第3页。

② 〔美〕李欧梵:《上海摩登——一种新都市文化在中国》,毛尖译,北京:北京大学出版社2001年版。

市文学之间建立起了联系。在张资平、叶灵凤的笔下，上海是“性爱”解放的实验室，享受上海文明的城市男女成为上海历史的见证者。到了20世纪30年代，刘呐鸥、穆时英等新感觉派作家把对上海的书写纳入了他们的作品，夜总会、跑马场、电影院、西餐厅成为上海的象征，通过喧嚣的娱乐场所，变换的五彩灯光，快节奏的城市生活，新感觉派作家将上海描绘成“一个声光化电的奇幻世界”①，一座繁华迷乱、五光十色的不夜城。在张爱玲的笔下，上海是一个个传奇故事，她以一个女性作家独有的敏锐感悟力，关注普通人的平凡生活，通过尘世男女间的情爱传奇去触摸上海的生命结构。在王安忆的《长恨歌》中，上海则是融贯中西文化的现代化城市，它富裕、繁华、时尚、现代、文明。置身于大上海的现实场景中，有“弄堂”“流言”“闺阁”，还有典型的上海弄堂女儿“王琦瑶”。这里，“弄堂”是城市的背景，“流言”是城市的真心，“闺阁”是城市的天真，“鸽子”是城市的灵魂。《长恨歌》的真正主题是上海，作者在对上海典型景观、人物的描绘中，展现出上海的精神特质：繁华、细致、时尚、精明、务实。

上海是一座繁华的现代城市，伫立于这座城市中，听觉、视觉、触觉所及，尽是风情摇曳的旗袍、灯影重重的舞会、香气氤氲的茶盅。发达的城市经济造就了多姿多彩的城市生活，上海的繁华引导着“王琦瑶们”结伴去电影院看电影、到照相馆照相、在家听留声机。这些日常的休闲活动，使得上海市民的生活充斥着一种西洋气息，而这种西洋气息便是生活情调的一部分。与北平四合院表现出的严整庄重不同，上海生活是讲究风情与趣味的，这是一种现代城市造就的罗曼蒂克的小资情调，上海的弄堂“是放下架子的，门是镂空雕花的矮铁门，楼上有探身的窗还不够，还要做出站脚的阳台，为的是好看街市的风景”②。上海的繁华是浸入到骨子里的，骨子里透出的便是细致与柔媚，这就决定了上海的繁华不仅仅是富丽堂皇的宏伟建筑，更是现实生活中细微精致的边角：

> 这是个绫罗和流苏织成的世界，天鹅绒也是材料一种，即便是木器，也流淌着绸缎柔亮的光芒。这世界里堆纱叠绉，什么都是曳地遮

① 〔美〕李欧梵：《上海摩登——一种新都市文化在中国》，毛尖译，第10页。

② 王安忆：《长恨歌》，第4页。

天，是分外的柔软亮滑，澡盆前是绣花的脚垫，沙发上是绣花的蒲团，床上是绣花的帐幔，桌旁是绣花的桌围。……这又是花的世界，灯罩上是花，衣柜边雕着花，落地窗是槟榔玻璃的花，墙纸上是漫洒的花，瓶里插着花，手帕里夹一朵白兰花，茉莉花是飘在茶盅里，香水是紫罗兰香型，胭脂是玫瑰色，指甲油是凤仙花的红，衣裳是雏菊的苦清气。①

上海的生活是以繁华做底子的，无论是穿衣吃饭，还是梳妆打扮，都讲究华丽繁复的风情，这风情孕育了王琦瑶这样的女儿，也造就了上海的魅力。

上海是一座时尚之都，它的时尚是别出心裁、带有小资情调的。弄堂里的女孩子，在闺阁里最常做的就是梳妆打扮，还会互相交流时尚心得。在王琦瑶的小圈子里，朋友间的聊天是平日生活里必不可少的要素，而穿衣时尚却是女性朋友之间必备的话题：哪种款式的裙子时下最流行，哪种样式的发型最新潮，如何搭配能够最出奇……少女时代的王琦瑶拥有时尚的资本，所以夺得了“三小姐”的称号；她又拥有驾驭时尚的能力，能把最普通的衣服穿出娇艳动人的韵味，所以她身上旗袍的花色也成为流行的样式。不仅如此，王琦瑶对时尚的敏锐感知力，还让紧追现代时尚的老上海人严家师母嫉妒不已，甚至走在时尚前沿的新上海人张永红也对她崇拜不已，笑说自己是“假时尚”，王琦瑶才是“真时尚”。上海的时尚不因时代的变换而失去魅力，即使在“文革”时期，上海女性对时尚的追逐也暗藏各处：

你要细心地看，看那平直头发的一点弯曲的发梢，那蓝布衫里的一角衬衣领子，还有围巾的系法，鞋带上的小花头，那真是妙不可言，用心之苦令人大受感动。②

而且上海人的时尚，并不仅仅体现在穿衣打扮上，更是一种对自我和生活的要求，这种追求新潮的执着已经成为他们的审美态度，贯穿在生活的方

① 王安忆：《长恨歌》，第91—92页。

② 同上书，第251页。

方面面，他们把这种摩登情调当成日子来过。旗袍的样式、发髻的形状、照相的姿态、点心的花样、帐幔和桌围的绣花、香水的香型，一切都要最前卫、最美好的，再细微的地方也马虎不得，唯有这样，才配得上上海"东方巴黎"的称号。

上海是精明功利的现代城市，上海人的生活是务实的。与北京人对礼仪制度的讲究不同，上海人更注重现实效益。活在这座城市里，王琦瑶自然也沾染了那一份精明的气息。王琦瑶被好友吴佩珍邀请去片场，明明心中很乐意去，可是骄傲和自尊又让她保有一颗矜持的心，于是推脱有事。越是有吸引力的事情，就越要保持矜持，这是她一贯的处事风格。去片厂试镜时，王琦瑶不想让吴佩珍知道，这是要为自己的骄傲留余地，假如真的失败，那也可以当作没有这件事情一样，不会损失面子。在竞选"上海小姐"时片厂导演请她吃饭，王琦瑶点的菜既不会让对方破费，也不会让对方有失颜面。在起起伏伏的人生中，王琦瑶可进可退，可攻可守，她性格中独有的那一份精明让她在人际交往中游刃有余，总能占据上风。"蛮实惠"是上海人常说的一句话，小到穿衣吃饭，大至婚丧嫁娶，上海人的日常中无不贯彻着"实惠"二字。这种生活哲学，强调的是个人实际利益的获得。上海人拥有理性的生活态度，每一次付出都要得到相应的回报。王琦瑶对蒋丽莉的友情带有功利性目的，王琦瑶深知作为寻常人家的女儿，她无法依靠自己接触到上流社会，但是通过蒋家母女的帮助，王琦瑶顺利地参加了各种晚会、派对，并最终在选美比赛中胜出，打开了通往名利社会的渠道。在爱情的抉择上，她也带着功利心。在遇到李主任之前，王琦瑶明白程先生的心意，但是程先生不符合王琦瑶的功利标准，所以她对待程先生只当一般朋友。当身居要职的李主任出现，王琦瑶便迅速作出了选择，因为李主任是"大世界"的人，是主宰她这个"小世界"的。王琦瑶的精明是骨子里的，她深谙人情世故，并由此形成了自己的处事方式，她"面上放开着手脚，无所不往的样子，心里却计算着分寸，小不忍却不乱大谋。是悉心做人的意思，晓得这世界表面上没规矩，暗底下却是有着钢筋铁骨的大原则"①。精明务实是上海赋予王琦瑶的个性，

---

① 王安忆：《我看苏青》，《我读我看》，上海：上海人民出版社 2001 年版，第 161 页。

也是这座城市的精神特质之一。

二、日常生活的书写

王安忆的《长恨歌》把对上海的刻画推向了极致,不仅展现了上海城市的沧桑变化,也凸显了上海城市所独有的繁华、细致、时尚、精明、务实的精神特质。但是,这种城市特色又是借由日常生活来呈现的。她以细致绵密的笔触,深入上海城市的内里,倾力描写了平凡琐细的日常生活。

可以说,文学与生活的关系一直是当代文学创作中备受关注的话题,而日常生活作为与人之存在息息相关的领域,构成了人存在的基本面貌和全部表现形态。因此,对日常生活的描写在文学创作中逐渐增多,尤其是一些女性作家,她们的创作往往来源于女性独特的生活体验,以及她们对日常化生活细节的感受。在王安忆眼中,都市的历史不是舞厅酒吧里纸醉金迷的夜生活,也不是波涛汹涌的革命热潮,而是琐细平凡、真实可感的日常生活。在小说中,她以委婉有致、从容细腻的笔触,深入上海市民文化的一方天地,从一段易于忽略、被人遗忘的历史出发,涉足东方都市缓缓流淌的日常生活长河,体现了浓淡适宜的人间情怀。这段"易于忽略、被人遗忘"的历史,正是被主流历史所遮蔽的记忆,这是对生活历史的书写,它不属于群体记忆,却最贴近个体的心灵感受。

《长恨歌》的叙事时间从 1940 年代跨越到 1980 年代,这几十年历史在王安忆的笔下极具风采,故事中没有政治社会中的风云变幻、权力更迭,没有家国天下的宏图大志,她着眼的是平凡生活中烦琐的衣食住行,以及凡尘男女之间的情爱纠葛。作品中的人物极少处于时代与政治的风口浪尖,唯一来自"大世界"的李主任也只在王琦瑶的生命中作了短暂的停留,影影绰绰,如鬼魅一般不真实。这种"背对历史"的姿态同样体现在人物的活动上,他们自觉地回避、疏离与时代、政治的联系。他们关心的只是生活的情趣和质量,是"柴米油盐酱醋茶",而不是外面的"腥风血雨"。在弄堂里,人们不谈历史,不谈政治,能引起他们注意的是那不断从阁楼的后窗和后门里传出来的流言。主流历史的变迁在此退居为这座城市舞台的背景板,日常生活的感触在这里变得尤为细密敏锐:

> 流言总是带着阴沉之气。这阴沉气有时是东西厢房的薰衣草气味，有时是樟脑丸气味，还有时是肉砧板上的气味。它不是那种板烟和雪茄的气味，也不是六六粉和敌敌畏的气味。它不是那种阳刚凛冽的气味，而是带有些阴柔委婉的，是女人家的气味。[1]

这些琐碎的生活记录，是平民百姓无法被正史所记载的“小历史”，也“就是那些‘局部的’历史：比如个人性的、地方性的历史，也是那些‘常态的’历史：日常的、生活经验的历史，喜怒哀乐的历史，社会惯例的历史”[2]。在王安忆看来，细密琐碎的日常生活才是民间历史的本质。她说过：“我个人认为，历史的面目不是由若干重大事件构成的，历史是日复一日、点点滴滴的生活的演变。譬如上海街头妇女着装从各色旗袍变成一式列宁装，我关注的是这样一种历史。因为我是个写小说的，不是历史学家也不是社会学家，我不想在小说里描绘重大历史事件。小说这种艺术形式就应该表现日常生活。”[3]王安忆从女性对生活细腻的体验入手，打破了传统的、宏大的历史叙述框架，将对日常生活的细节描写作为文本的主要内容，颠覆了“大写”的传统历史。

王安忆笔下的上海，不在外滩，不在租界，不在洋行，而是在弄堂里，因为上海的大多数市民就生活在弄堂里，上海的大多数故事也发生在弄堂里。文本中，作者首先用“声”和“色”打底，展现出一个活色生香、生活气息十足的上海弄堂，上海弄堂的感动是带有烟火人气的感动，上海弄堂的情味也从日常生机的间隙中迸发出来。弄堂的世界里全是家长里短、谣言流散，弄堂里的窗扇是精雕细作的，窗台上的月季是细心细养的，偏厢闺阁挂着的窗帘是花色典雅的。弄堂里有专供老妈子谈闲天的积满油垢的厨房后窗，弄堂里有能与男先生幽会的窗边后门，还有从窗户里伸出的挂满衣服的晾衣竿……王安忆捕捉的正是弄堂里市民的生活细节，也

---

① 王安忆：《长恨歌》，第7页。

② 赵世瑜：《小历史与大历史：区域社会史的理念、方法与实践》，北京：生活·读书·新知三联书店2006年版，第10页。

③ 徐春萍：《我眼中的历史是日常的——与王安忆谈〈长恨歌〉》，《文学报》2000年第10期。

是市民生活的本真情态。王琦瑶出生在弄堂，成长在弄堂，虽辗转到爱丽丝公寓、乡下邬桥，但最后还是回到了弄堂。她舍不掉弄堂；反过来，弄堂也为她营造起安稳的小天地，让她过着不谙世事的生活。

日常生活本身是重复的、烦琐的，而王安忆以她细腻敏感的诗心描绘出了柴米油盐中的别样风情，她怀着温情反复描写日常生活琐事，并饰之以丰富贴切的语言，使得一粥一饭、一针一线都有了令人惊艳的风采。《长恨歌》中的王琦瑶、严师母等人，都是日常生活中的平凡人，她们每日待在与世隔绝的“围炉小天地”，专注的都是精心调制的家常菜，将生活的智慧和聪明全都用在了经营口腹之欲上，所以她们有了精致的下午茶——糕饼汤圆，清茶咖啡，芝麻糖，桂花粥，烤朝鲜鱼干等，层出不穷，全都是色香味俱全，无一不是时间和心思制成的艺术品。做蛋饺，她们会把蛋饺摆成花朵和宝塔的形状；做黑洋酥，她们会一个摇磨，一个舀米，一个舂芝麻，花上一整日来制作，王安忆甚至还刻意描绘了香浓腻人的芝麻香气和乳白米浆。可见，弄堂是独属于平凡人的一片天地，王琦瑶她们在这个天地里享受着柴米油盐的小日子，将半个世纪的风云激荡挡在门外——

> 这是一九五七年的冬天，外面的世界正在发生大事情，和这炉边的小天地无关。这小天地是在世界的边角上，或者缝隙里，互相都被遗忘，倒也是安全……他们上午就来，来了就坐到炉子旁，边闲谈边吃喝。午饭，点心，晚饭都是连成一气的。等窗外一片漆黑，他们才迟疑不决地起身回家。①

王安忆将那个时代特殊的政治背景作了淡化处理，在她的笔下，值得关注的从来不是大写的历史，而是小写的人，以及他们的日常饮食起居。

除了日常饮食，衣着服饰也是日常生活中必不可少的一部分。在《长恨歌》中，王安忆还着重描写了人们关心与在意的穿衣打扮、时尚搭配。比如，程先生着旧式西装，戴金丝边眼镜；康明逊穿一身平整的人民装，搭配略有尖头的皮鞋。

---

① 王安忆：《长恨歌》，第170页。

对于女人来说，衣服更是平日里最贴心的伙伴，它们见证了女人的美丽，渲染了女人的娇艳，同时又能成为“武器”，为女人争夺“小世界”里的风头、虚荣和地位。小说细腻地描写了王琦瑶为自己准备“上海小姐”决赛出场服装的情景：

> 粉红旗袍缎子上的绣花，却是温暖着她的心，那细针密线，绣的都是她的希望，滚边滚的也是希望，看着会掉泪，即使事情不成也不怪它的。苹果绿的洋装的裙裥，则要洒脱得多……这些衣服，都是要与她共赴前程的，是她孤独中的伴侣。她与它们是有肌肤之亲，是心贴心。①

此时此刻，衣服仿佛与她融为了一体，成为她生命中不可或缺的一部分。在王琦瑶的人生哲学里，“要说做人，最是体现在穿衣上的，它是做人的兴趣和精神，是最要紧的”②。纵观她的一生，从始至终都对服饰装扮保持着一份热心，服饰是她的气质、她的语言和掌握时尚真理的智慧。服饰的款式、色彩和质地都在王琦瑶精准的把握下呈现出最美的姿态：小碎花旗袍是一种纯真乖巧的美；粉红绣花旗袍是一种娇嫩妩媚的风情；果绿色与西洋样式的结合成就的是清新活泼的艳丽；白色婚纱在万紫千红的争奇斗艳中退让出一份善解人意的素朴美。

王安忆对日常历史的专注，还体现在对琐碎生活小事的记录上。比如，在回请严家师母时，作者对王琦瑶的宴请准备作了极细致的描写，足以显示出她对琐屑的日常生活的描绘有一种浓烈的兴趣，但读来并不令人生厌，反而常常流淌出一种灵动的美感。这种独到而精致的审美体悟不禁让人想起了张爱玲，在张爱玲的作品中，对衣食住行的描绘也常见笔端——《沉香屑·第一炉香》写到葛薇龙试穿衣服：“毛织品，毛茸茸的像富于挑拨性的爵士乐；厚沉沉的丝绒，像忧郁的古典化的歌剧主题歌；柔滑的软缎，像《蓝色的多瑙河》，凉阴阴地匝着人，流遍了全身。”③总之，王

---

① 王安忆：《长恨歌》，第 60 页。

② 同上书，第 173 页。

③ 张爱玲：《张爱玲经典作品集》，长春：时代文艺出版社 2003 年版，第 13 页。

安忆不厌其烦对衣食住行、声色气味等琐碎小事加以描写，勾勒出一个富有温情和诗意的日常化的小世界。关于《长恨歌》，王安忆曾说："这个故事吸引我写下去的，是王琦瑶从选美的舞台上走下来，走到平安里的一间屋里，屋里的客人，从资产阶级渐渐换成外币黄牛、长脚等人，这就是我所认识的历史"[①]，"浮光掠影的那些东西都是泡沫，就是因为底下这么一种扎扎实实的、非常琐细日常的人生，才可能使他们的生活蒸腾出这样的奇光异色"[②]。城市故事中曾经的轰轰烈烈被作者有意忽略，她用民间视角和世俗情怀，记录了一段被主流历史遮蔽的时光，它琐碎却扎实，没有宏大的意义却最贴近人心。

王德威曾在《海派文学，又见传人》中提到，"由于历史变动使然，王安忆有关上海的小说，初读并不'像'当年的海派作品。半世纪已过，不论是张爱玲加苏青式的世故讥诮、鸳鸯蝴蝶派式的罗愁绮恨，或新感觉派式的艳异摩登，早已烟消瓦灭，落入寻常百姓家了。然而正是由这寻常百姓家中，王安忆重启了我们对海派的记忆"[③]。把王安忆当作张爱玲的当代传人的观点，王安忆一直以来都是不认可的，她曾写了《我不像张爱玲》[④]、《世俗的张爱玲》[⑤]等文章，努力理清自己和张爱玲的关系。但是在两位女作家同样书写上海的作品中，都表现出了对政治的疏离，对日常生活的着重关注，以及对女性生存和命运的观照，这种相似性在一定程度上构成了"暗合"。

三、女性欲望的悲歌

《长恨歌》中，王安忆以王琦瑶这一女性为都市代言人，用情爱故事做小说的芯子，把日常男女交往当叙述话语背景，是别有一番用心的。就

① 王安忆：《王安忆说》，长沙：湖南文艺出版社 2003 年版，第 121 页。

② 钟红明：《王安忆写〈富萍〉：再说上海和上海人》，《人民日报》2000 年 10 月 11 日。

③ ［美］王德威：《现代中国小说十讲》，上海：复旦大学出版社 2003 年版，第 283 页。

④ 王安忆：《我不像张爱玲》，《语文世界（初中版）》2003 年第 Z1 期。

⑤ 王安忆：《世俗的张爱玲》，《男人和女人 女人和城市》，北京：新星出版社 2012 年版。

上海这座都市的发展历程而言,它对中国传统文化继承得较少,而对西方现代文化吸收得更多,开放而繁华的都市环境成为欲望的掩体,女性欲望在这里毫不掩饰地蓬勃生长。

但是,王琦瑶并没有将“女性欲望之歌”唱得嘹亮美好,她本着女性自我的本能以及文化上的要求,一生都在拼命寻求美欲、物欲、情欲的满足,却最终没能逃脱命运的悲歌。

少女时期的王琦瑶,首先迸发出的是对美的追求。从古希腊“金苹果”之争,到荷马史诗中的女神为美而战,再到由女性美为导火线引发的特洛伊战争,这些都说明:“美”向来是女性最崇高的荣誉。王琦瑶深知美的力量,出生于上海弄堂的她,同生活在这城市里的千万妙龄女郎一样爱美,喜爱那些轻柔细软的华服,会和女伴探讨当下流行发饰,渴望自己的美被人认可、夸赞,甚至总是暗自怜悯容貌并不出众的吴佩珍。美本身是无罪的,王琦瑶对美的渴望原本是天性,但由于女性的“美”总是被他人定义,判定女性的美有一套严格的标准,这套标准的制定者又是男权社会,使得女性对美的追求只能通过男权社会的评判来得到满足,这就注定了女性追逐美的悲剧结局。

起初王琦瑶想做电影明星,希望通过银幕展现自己的美,得到大众认可。她通过吴佩珍的关系,获得了一次试镜的机会,怀揣着一颗忐忑的心独自一人去往片场,幻想着模糊不清的未来,渴望着命运的转机。然而,这次试镜失败了,镜头下的她失去了撼人心神的魅力,因为王琦瑶的美不是文艺的,更不是妩媚的,她的美只是家常的。这件事给王琦瑶的生活投下了一片阴影,并使她对自己的美产生了某种怀疑。但是她依然没放弃对美的追求,决定去竞选“上海小姐”,并认为这“是女性解放的标志,是给妇女社会地位”[①],这一切都是因为王琦瑶知道“美”之于女性的重要性。最终,王琦瑶在选美中夺得了“三小姐”的名号,这里的“三小姐”独具文化意味,“是真正代表大多数的”,“是这风流城市的艳情的最基本元素”,“最体现民意”[②]。王琦瑶之所以能够赢得桂冠,是因为她的美是

---

① 王安忆:《长恨歌》,第 56 页。

② 同上书,第 64 页。

“乖”的，是“温和，厚道的，还有一点善解的”[1]，是吻合男性想象，且没有攻击力的。

在夺得“三小姐”的名号之后，王琦瑶并没有产生欣喜若狂的感觉，因为她对自己的期待是动人心魄，而非润物无声，“三小姐”的家常美感并非她的目标，但为了夺冠，她只得迎合。王琦瑶利用自己的身体和美貌来争取话语权威，用男权社会意识的标杆来进行自我鉴定，赢得了男权社会对自己的认同。在公众视野中取得乖顺、贴心的美女印象，使得王琦瑶吸引了李主任，也吸引了康明逊、老克腊等人，王琦瑶与各式各样的男人展开露水般的情缘，最终导致其前半生的虚无。又因这美感的不合时宜，女儿薇薇始终对她隐含妒意，母女之间不融洽的关系造成她后半生的孤寂。选美本身是男权社会制造出的游戏，当女性对美的认知仍然停留在对男权社会的迎合阶段，她对美的追求就难免扭曲、破灭。

除了对美的渴望，王琦瑶还有对“物欲”的渴求。繁华奢靡的上海是个不折不扣的势利场，物质的极大丰富逐渐催化了欲望的滋生，王琦瑶虽然出身平凡，却也和千千万万上海的小姐们一样“渴望出人头地，有着名利心”[2]。在蒋丽莉母女和程先生的帮助下，王琦瑶夺得了选美比赛的第三名，成为名噪一时的“三小姐”，当她近距离地感受到弄堂之外的奢华亮丽后，内心对物欲的渴求越发强烈。对美好生活的向往是女性的正常渴求，然而当时社会各方面都限制妇女同男性一样成为独立自由的人，用各种方式证明女性不适宜独立，虽然女性已经由阁楼进入社会，但在由男性主导的世界中，依然是依附男性而存在的“第二性”，是不被接受的“他者”，无法成为世界的主宰。从弄堂里走出来，家庭一般又心气颇高且不甘平淡的王琦瑶，要想跳脱一生只为妻为母操劳奔波的传统女性命运，实现衣锦食丰的荣华富贵，只能将以男性为中心的父权制文化价值取向内化为自己的行为准则。

在夺得“三小姐”的头衔之后，王琦瑶果断选择成为李主任的外室，与其保持不婚不嫁的姘居关系。王琦瑶之所以选择李主任为其“女性欲

---

① 王安忆：《长恨歌》，第37页。

② 同上书，第52页。

望”的投射对象,并通过走“爱情”路线来实现自己的现实目的,乃是情理中事。这一切就是因为“李主任是决定一切的”,“李主任是权力的象征”①,是“钱”与“权”的集合体,是“物欲”的化身。这里的“物欲”,并非单指对物质享受的欲望,而是指以物质享受为基点的人对现实中自身所有利益的追求。“钱”是物欲最直接明显的物化形式;“权”则是物质和精神理想得以实现的一种保障,是物欲的转化形式。于是,王琦瑶面对李主任,这一可使其女性欲望对象化的承载体,开始为所谓的“爱情”做献身运动。在金钱与情感,甚至最能体现人之本能欲望的性的追求与较量中,金钱就这样赤裸裸地排挤、取代了性——这一生命追求的位置,现实欲望就这样轻而易举地剥夺了人的本能欲求。与此同时,王琦瑶也进驻了用闲置的青春、独守的更岁和自由的丧失做代价的“人间仙境”——爱丽丝公寓,成了城市中的“精英”。在此,王琦瑶把内心天然的女性欲望潜藏起来了,她试图走一条曲线道路,通过迎合男性欲望来实现自我的女性欲望。然而,“爱丽丝”公寓的日子转瞬即逝,随着李主任的罹难,王琦瑶的青春也惨淡收场了。李主任留下的那盒金条没有在王琦瑶的一生中起过什么重大的作用,在所有艰难的日子里,她都是依靠自己的节俭和辛劳渡过了难关。甚至到了最后,王琦瑶用她以一生为代价换来的整盒金条也唤不回老克腊的晚年陪伴,更为荒诞的是,她最后还死于这盒她用青春、美丽与终身幸福做赌注换来的金条上。这一盒金条如同严家师母口中“摆渡人”的横财,在王琦瑶的生命中来而又去,改变了王琦瑶的命运,却没有给她留下什么真实的利益。王琦瑶对物欲的追求如同南柯一梦,她最终什么也没有得到。

除了对美、物欲的追求,王琦瑶还有情欲上的追求。如果说王琦瑶对李主任的选择更多是出于利益的考虑,那么她与程先生、康明逊、老克腊之间的纠葛更多是源于她对情欲的渴求。其中,程先生是出现在王琦瑶感情生活中的第一个男人,他真心爱慕王琦瑶,尽自己所能将王琦瑶包装为家喻户晓的“上海淑媛”,在饥荒时期帮扶王琦瑶渡过难关。在与王琦瑶相处的日子里,程先生秉承谦谦君子的道义,从未做出过任何越轨之

---

① 王安忆:《长恨歌》,第83页。

举。王琦瑶为了实现物欲的满足,放弃了这段本可能开花结果的爱情。然而,当物质与生存对王琦瑶已不是问题的时候,她不再压抑自己对情欲的本能渴望。她爱上了康明逊,想同这个男人建立长久的婚姻关系,但康明逊是在旧上海生活过的富家子弟,由于家庭、社会、舆论的种种压力,无法从婚姻角度接受她,王琦瑶只得与康明逊保持隐秘的两性关系,安慰自己不结婚的男女欢爱才是实打实的满足。当王琦瑶决定生下女儿薇薇时,这个懦弱的男人竟选择了逃避,在王琦瑶的生活里消失了。女儿远走美国后,陪在王琦瑶身边的只剩老克腊,他成为王琦瑶唯一的情感寄托,但对于老克腊而言,他迷恋的只是王琦瑶身上那种旧上海的气息,当王琦瑶日渐衰老的脸庞惊醒了这一场旧梦,他就迟疑了。为了挽留老克腊,抓住自己对情爱的最后一点期待,王琦瑶以飞蛾扑火般的决绝姿态,拿出了她以一生为代价换来的整箱金条,渴望晚年时得到他的陪伴,换来的却是对方的落荒而逃。王琦瑶关于情爱的最后一点希望也化为泡影。

纵观王琦瑶的一生,是与欲望纠缠的一生,她以女性的本能角色,存在于这个男人的世界里,费尽心力,却终无所获。这就是《长恨歌》的长恨所在,也是王琦瑶的长恨所在,是一种真正宿命与无奈的"长恨",是女性欲望的长恨之歌:一个如此热爱自己、热爱生命的女人,她用尽一生的小心思与大努力,却始终实现不了自己的欲望。王琦瑶一生都在遮蔽中暗自争取,其女性欲望一直是通过对男性欲望的迎合来呈现与实现的,她的个体、生命价值就呈现在她日常生活的琐碎中,可是,就是这日常生活价值的终端也是一种虚无。王琦瑶的女性欲望从来就没有真正实现过,它在遮蔽和扭曲中走向了幻灭。作者同时也在表达这样一种思想:当女性把自己变为商品,用自己的女性身体作为获取利益的手段,尽管看似获得了女性欲望的表面实现,其实其女性欲望已完全失落。

(撰文:艾尤)

扩展阅读:

1. 程光炜:《王安忆与文学史》,《当代作家评论》2007 年第 3 期。

2. 苏童:《王琦瑶的光芒——谈王安忆〈长恨歌〉的人物形象》,《扬子江评论》2016 年第 10 期。
3. 南帆:《城市的肖像——读王安忆的〈长恨歌〉》,《小说评论》1998 年第 1 期。

后　记

21世纪以来，通识教育在高等教育中始终备受关注，相应的课程自然也层出不穷。数年前，首都师范大学文学院给大一新生开设了成系列的通识课程，其中我们中国现当代文学教研室承担的就是"中国现当代文学经典导读"。那时学校的良乡校区已经启用，大一新生都被安排在那里，教师们需乘坐学校班车前往授课。出于种种考虑，教研室的这门通识课就由几位比较年轻的教师来承担，我除了授课，也顺带负责课程的协调。一轮一轮地，已经开设了将近十年。

近十年来，授课教师除我之外，陆续有更换，教研室新来的老师也总会来分担这门课程，这是我们这个小团队的"焕发机制"；课程本身的性质也不断发生着变化，从"一般通识"到"核心通识"再到中文"大类课程"；选课学生来源随之变化，从最初的各院系，到文学院之外的文科院系，再到文学院学生占到相应比例；课堂大小也从最初的几十人，到目前的近二百人……这些都使得我们的课程每年有相应的调整。有时候是经典篇目的调整，比如鲁迅小说，最初我们选择《祝福》《伤逝》来讲，后来考虑到学生们的变化，改讲《故事新编》或其他篇目；有时候是经典作家的调整，比如讲诗歌，以前选择徐志摩等学生们较为了解的诗人，后来则更多讲解昌耀、张枣这样晚近被经典化的诗人；更多时候，则是各位授课教师综合自己的研究兴趣以及学生们的听课要求，在授课方式、讲解方法上不断作出调整。在此，"经典"的多元阅读与讲授，大约可算一端。学期终了，几位授课教师一般小聚一下，针对本学期的上课情况、学生的结课论文等议论一番、评论一番、感慨一番，以便对这门课程更加心中有数，这也是教学生活的乐趣之一吧。

部分因为想要保持课堂动态的调整，我们这门课程的教材一直标注为“自编讲义”。不过，首都师范大学文学院重视我们这门课，肯定这门课数年来的教学效果，愿意继续培育这门课，特意给出教材建设经费，当然是值得感谢的好事，我们因此将本课程讲义编订出版。

对于编订过程，有三点需要加以说明。其一，大家作了多次商议后，决定仍然各自撰写、自主决定相关内容，但有几点原则是大家的共识，即大致体例确定、保持讲稿化文风、以作品导读为重心。其二，经过商议，大家一致同意邀请“外援”加入，既希望这部教材中部分“经典”的选择和导读可以由更胜任的学者来完成，同时也希望传达我们编写这部教材的开放心态。在此特别感谢北京大学中文系的张丽华老师和中国社科院大学文学院的徐钺老师，分别讲授、撰写了废名的《桥》和金庸的《鹿鼎记》导读两章。此外还有我们教研室的张志忠老师，他虽未参与这门课程的讲授，但作为著名的莫言研究专家，慷慨应允承担了关于莫言的一讲，在此特别致谢。其三，跟本书责编、北京大学出版社的艾英女士商议之后，我们在部分章节之后附了慕课链接，以方便使用或参看本教材的读者。慕课内容与教材并不完全一致，但都可以作为参考。本教材编定之时，新冠肺炎疫情尚未结束，“网课”成为各学校主要的上课方式，我们的课程也因此借用了上述慕课资料，重新回顾、审视这些课堂影像，除了心生感叹，也令人思考慕课、通识课程今后可能作的调整与完善。

再次感谢各位同人的愉快合作！感谢艾英女士和苏丽杰同学的辛苦工作！

感谢使用本教材的每一位老师、同学、读者朋友，并期待你们的批评指正！

李宪瑜

2020 年 3 月